Jessie Rosen

Something Old, Someone New

Roman

*Aus dem amerikanischen Englisch von
Sonja Häußler*

HarperCollins

Die Originalausgabe erschien 2024 unter dem Titel
The Heirloom bei G.P. Putnam's Sons, New York.

1. Auflage 2025
© 2024 by Jessie Rosen
Deutsche Erstausgabe
© 2025 für die deutschsprachige Ausgabe HarperCollins in der
Verlagsgruppe HarperCollins Deutschland GmbH
Valentinskamp 24 · 20354 Hamburg
info@harpercollins.de
Gesetzt aus der Adobe Garamond
von GGP Media GmbH, Pößneck
Druck und Bindung von CPI books GmbH, Leck
Printed in Germany
978-3-365-00837-9
www.harpercollins.de

Jegliche nicht autorisierte Verwendung dieser Publikation zum Training
generativer Technologien der künstlichen Intelligenz (KI) ist ausdrücklich verboten.
Die Rechte des Urhebers und des Verlags bleiben davon unberührt.

*Für alle ehemaligen Besitzerinnen und Besitzer
meiner kostbaren Erbstücke.*

*Und für Geanna,
die mir geholfen hat, das hier zu schreiben.*

1

Bis zu jenem Moment, in dem John mir einen Heiratsantrag machte, wusste ich nicht, dass der menschliche Körper zwei völlig gegensätzliche Gefühle zur selben Zeit empfinden kann. Meine Fingerspitzen prickelten vor Begeisterung, meine Beine hingegen fühlten sich an wie frisch gehärteter Zement. Ich war mittendrin in dieser puren Freude, und doch beobachtete ich das Geschehen merkwürdigerweise wie von außen, so angespannt, dass mir schwindelig wurde. Vor mir war der Mann, den ich liebte, aufs Knie gesunken und stellte die Frage aller Fragen, auf die ich schon seit Monaten gehofft hatte. Dafür hatte er den perfekten Ort ausgewählt – die stillste Ecke der High Line, der halbe Quadratmeter, der mir in ganz Manhattan am allerbesten gefiel. Irgendwie war es ihm gelungen, mich von Los Angeles hierherzulotsen, ohne dass ich ihm auf die Schliche gekommen wäre. Und das Universum lieferte ihm dazu auch noch einen rosa Julihimmel mit seltsamerweise immer noch frischer Stadtluft. Aber das Wichtigste: John erwählte mich zu dem einen Menschen auf der Welt, an den er sich für den Rest seines Lebens binden wollte. Tränen verschleierten meinen Blick. Ich hätte Ja kreischen und mich ihm in die Arme werfen sollen. Doch stattdessen starrte ich den einzigen bösen Teil der Überraschung an – den, den er in den Händen hielt.

»Shea ... du hast mir noch nicht geantwortet«, sagte John; Worte, zu denen sich absolut kein Mensch nach »Willst du mich heiraten?« genötigt sehen möchte. Er hielt mir das Ringkästchen vor mein immer noch versteinertes Gesicht. Innen im mit Seide ausgeschlagenen Deckel standen die drei Worte, die diesen Gemütszustand ausgelöst hatten: *Hudson Vintage Collectors.* Sie prangten über dem Inhalt des Kästchens: ein schimmernder Verlobungsring mit einem Stein im Smaragdschliff. Doch wie das *Vintage* im Namen des Geschäfts schon andeutete, schimmerte er nicht, weil er brandneu war. Er war secondhand, stammte von einer anderen Frau, aus einer anderen Ehe. Aus der Ehe einer Fremden – in Johns Familie war kein Schmuck vererbt worden, so viel wusste ich. So wurde dieser Ring zu einem zutiefst bedeutungsvollen Schmuckstück vollkommen unbekannter Herkunft. Ein Objekt, angefüllt mit dem Karma eines ganzen Lebens, das ich nun in meine eigene, hoffentlich glückliche Ehe tragen sollte. Aber vor allem: mein ganz persönlicher Heiratsantragsalbtraum.

2

Das war so nicht vorgesehen gewesen, hatte ich doch seit dem Tag, an dem ich John kennengelernt hatte, darauf hingearbeitet, genau das zu verhindern.

»Was mich betrifft, gibt es vier – und nur vier – nicht verhandelbare Dinge«, hatte ich auf unserem ersten Date gesagt. »Willst du, John ›Zweitname‹ Jacobs wissen, welche das sind?«

Zu diesem Zeitpunkt waren wir noch nicht zu den Zweitnamen gekommen. Wir hatten gerade die ersten drei Stunden eines Dates hinter uns, aus dem zwölf werden sollten und zu dem es überhaupt nur gekommen war, weil mein Mund, wie üblich, schneller arbeitete als mein Gehirn. In einer Cafébar hatte drei Barhocker weiter ein Mann gesessen, der *Kein Land für alte Männer* las, und ich konnte mich nicht bremsen, ihm mitzuteilen, dass ich den Film besser fand. Als er mich ansah, stellte ich fest, dass der Leser der attraktivste Mann im Raum war – wenn nicht in sämtlichen Räumen überhaupt. Ich war nach einem Workout völlig verschwitzt, was selten vorkommt, normalerweise dusche ich im Fitnessstudio. Auch setze ich mich nur selten ins Café, ich bin eher der Typ, der per App vorbestellt. Doch das Seltsamste war John »Zweitname« Jacobs' Reaktion auf meinen ungebetenen Kommentar. Er hob seine Tasse und sagte: »Beweise es.«

Was ich tat. Zumindest bewies ich *irgendwas*, jedenfalls so viel, dass John vorschlug, das Gespräch auf einem Spaziergang woandershin fortzusetzen: zu einem Buchladen mit Weinbar, genau die richtige Art von vorwitzig. Das war eine der vielen goldenen Fahnen, auf die ich achtete – das Gegenteil von roten Fahnen. Da waren seine großen blauen Augen. Seine gepflegten welligen Haare, die aber zum Glück nicht *zu* gepflegt waren. Die Art und Weise, wie er sein Shirt in die nicht zu enge Jeans gesteckt hatte, sich der Tatsache bewusst, dass ein Gürtel zu weit gehen würde, vor allem an einem Samstag. Und dann waren da noch die wesentlichen Dinge, zum Beispiel, wie höflich er zu dem Kellner war, der ein wenig zu oft an unseren Tisch kam, und seine Reaktionen auf meine Antworten auf Fragen, die er mir über mein Leben stellte, während er genau die richtige Menge aus seinem eigenen preisgab. Daher beschloss ich, dass es an der Zeit war, die vier mein Leben prägenden Dinge aufs Tapet zu bringen – beziehungsweise das Gespräch in die Richtung zu lenken, aus der ich schon seit zehn Jahren bei ersten Dates meine Detektivarbeit aufnahm.

»Schön«, sagte John. »Aber wenn eines der vier Dinge lautet, dass du ein Katzen- und kein Hundetyp bist, dann bin ich raus.«

Das war die Art von Antwort, auf die ich immer gehofft hatte: süß, aber nicht herablassend – eine Harrison-Ford-Charakter-Reaktion.

»Ich bin ein Hundetyp«, beschied ich ihm. »Und die erste Sache ist, dass ich eines Tages in Italien leben werde.«

Johns Augenbrauen tanzten auf und ab. Am liebsten hätte ich ihn auf der Stelle geküsst. »Warum das?«, fragte er.

»Erstens bin ich mütterlicherseits zu hundert Prozent Italienerin. Zweitens, wenn ich in einem Film leben könnte, dann wäre es *Ein Herz und eine Krone*. Aber vor allem, weil meine Nonna und mein Pop mal einen ganzen Monat mit meiner Schwester Annie und mir dort verbracht haben. Wir wohnten auf dem Bauernhof von Nonnas Familie in der Nähe von Salerno, pflückten jeden

Tag Weintrauben und kochten jeden Abend Pasta. Auf dem Rückflug habe ich mir geschworen, dass ich eines Tages dort leben werde.«

»Notiert. Und gebilligt«, erwiderte John und fügte dann rasch hinzu: »Nicht, dass du dafür meine Billigung bräuchtest.« *Dieser Typ ist gut.*

»Kommen wir zu Nummer zwei«, fuhr ich fort und rückte in der halbrunden Nische einen Tick näher an John heran. »Wenn ich irgendein echtes Gesangstalent hätte – und das habe ich nicht –, hätte ich mir gewünscht, Sängerin zu werden. Und zwar so sehr, dass ich mein Studium geschmissen hätte und durchs Land getingelt wäre, um in beschissenen Bars aufzutreten.«

»Aber du sagtest doch vorhin, dass du bei einem Filmfestival arbeitest. Warum nicht in der Musikbranche?«, fragte John und bewies damit, dass er ein hervorragender Zuhörer war.

»Zu schmerzhaft«, scherzte ich.

»Verstanden. Also ist diese zweite Sache eher eine Warnung, falls du eines Tages aufwachen solltest mit der Stimme von …?«

»Kelly Clarkson«, ergänzte ich.

»Kelly Clarkson«, wiederholte John mit einem aufrichtigen Blinzeln. »So weit, so gut, noch laufe ich nicht davon. Gib mir Nummer drei.« Dies gab für gewöhnlich den Ausschlag, dass mich der Mann nie wieder anrufen würde.

»Drei: Ich halte extremen Reichtum für unmoralisch. Oder heißt es *amoralisch*? Das weiß ich nie.«

»Ich glaube *un* nicht *a-*, und von welcher Art von Reichtum reden wir hier?«

»Bezos, Musk und Zuckerberg natürlich. Von meinem Hedgefonds-Cousin väterlicherseits, Stew. Im Grunde von Menschen, die mehr angehäuft haben, als sie je brauchen werden, und es horten. Das ist einer der Gründe, weshalb ich meinen Job liebe: Wir nehmen von großen Firmen Geld an und helfen damit kleinen Filmschaffenden.«

»Interessant«, sagte John. Meine Gedanken huschten zurück zu den Informationen, die er mich bisher hatte wissen lassen: *Mathelehrer an der Mittelschule* schrie nicht gerade nach Treuhandfonds. Dann blitzte noch ein weiteres Detail auf: *Heimatstadt Costa Mesa, Kalifornien. Orange County.* Seine Eltern besaßen womöglich eine Luxusautohauskette und saßen im Vorstand des »Clubs«. In diesem Fall war dies vielleicht der letzte Moment, den John »Zweitname« Jacobs und ich miteinander teilten. Ich zog in Erwägung, mit ihm zu knutschen, ehe es zu spät war.

»Nun, ich habe sieben Jahre lang für einen Hedgefonds gearbeitet, der von einem Typen wie deinem Cousin geleitet wurde, ehe der Markt eingebrochen ist«, begann er. »Für deine Maßstäbe wahrscheinlich sieben Jahre zu lang, aber das Ganze war so widerwärtig, dass ich zurück an die Schule gegangen und Lehrer geworden bin.«

»Oh, gut. Sehr gut!«, erwiderte ich.

»Stellen diese Fragen eine Art Test dar?«, fragte John in weiser Voraussicht.

»Ja«, sagte ich, denn ich war schon zu angeheitert vom Sauvignon blanc und den geistreichen Antworten dieses Kerls, um zu lügen. »Nun, für die vierte und letzte Sache möchte ich gern eine Verzichtserklärung abgeben: Es geht um Heirat, bitte nichts hineininterpretieren.«

John beugte seinen sehr soliden Körper vor, kniff die babyblauen Augen zusammen und sagte: »Na los.« Mir flatterte das Herz in der Brust. Eigentlich hatte ich immer gedacht, dass man das nur so sagt.

»Nummer vier: Ich bin in vielerlei Hinsicht abergläubisch, aber am meisten, wenn es um vererbten oder Secondhandschmuck geht. Das mag ich nicht. Ich traue ihm nicht über den Weg. Wenn mir also jemand mit einem antiken Ring einen Heiratsantrag macht, würde ich Nein sagen.«

»Was verstehst du darunter?«, fragte John.

»Einen Ring, der in einem Geschäft für Antik- oder Vintage-Schmuck gekauft wurde und der zuvor von einer unbekannten Frau in einer unbekannten Ehe getragen wurde.«

»Und warum sollte man deshalb abergläubisch sein?«

»Schlechtes Karma. Ich glaube, der Ring trägt die Energie aus den Ehen der vorherigen Trägerinnen in sich.«

»Und dann? Gibt er sie etwa an dich ab?«

»*Genau!*« Es beruhigte mich, dass er die Idee dahinter so schnell begriffen hatte.

»Okay, aber *warum?*«

»Ich bin mir nicht hundertprozentig sicher. Ich denke, die Energie muss in Bewegung bleiben und springt deshalb über …«

John lachte. »Nein, ich meine, warum glaubst du das?«

»Oh. Wegen meiner Nonna. Sie war die Königin des Aberglaubens. Keine Schuhe auf dem Tisch, keine Eulen im Haus, wenn man jemandem ein Messer schenkt, muss einem derjenige einen Cent zurückgeben. Aber ihre Regeln rund um Ehe und Hochzeit waren legendär.«

»Noch legendärer als die Sache mit dem Messer und dem Cent?« Noch nie hatte ich einen Mann gesehen, bei dem zusammengezogene Augenbrauen so niedlich aussahen.

»Oh, das weiß jeder Italiener. Aber Nonna hatte einen Brautmodenladen, das Bella Vita, und in der Stadt ging das Gerücht, dass die Ehe einer Braut glücklich werden würde, wenn sie sämtliche von Nonnas Regeln befolgte. Nie ein Kleid ohne Schleier tragen, niemals Perlen zum Kleid, außer sie gehören deiner Mutter, nie vor dem ›Ja, ich will‹ deinen neuen Namen sagen und niemals einen alten Ring annehmen.«

»Und das glaubst du alles?«, fragte John. Sein Ton verriet Neugier, kein Urteil, aber beides wäre okay gewesen. Im Lauf der Jahre hatten schon viele Menschen meine »Glaubenssätze« infrage gestellt, einschließlich meiner Mutter, die fand, Nonnas Regeln seien optional, und meiner Schwester, die nach ihrem Abschluss in Psychologie absolut antiabergläubisch geworden war.

»Nun, Schleier sind hübsch, Perlen hasse ich ohnehin, und meinen Nachnamen will ich nicht ändern, deshalb bleibt noch die Sache mit dem Ring, die tatsächlich noch am ehesten Sinn für mich ergibt.« So einfach war das immer für mich gewesen – eine Tatsache wie die, dass der Himmel blau ist. John nickte, nahm alles in sich auf. Dann sagte er die Worte, die unser Schicksal besiegelten: »Das ergibt tatsächlich noch am ehesten einen Sinn.«

Ich beugte mich vor und küsste ihn – lange genug, um ihm klarzumachen, dass die längere Version sehr, sehr gut werden würde. Wir lösten uns voneinander und tauschten Teenager-Lächeln aus, dann sah ich John tief in die Augen. Er hatte inzwischen so viele goldene Fahnen angesammelt, dass ich sie gar nicht mehr zählen konnte. Aber das war meine liebste, das Gefühl, dass ich all die Tiefe, Wärme und pure Güte in seinem Inneren sehen konnte. Das ist das Gefühl, auf das ich gewartet habe, wurde mir in diesem Moment klar. *Das ist ein Mann, der der Richtige für mich sein könnte.*

3

»Shea? Du machst mich wahnsinnig …«, sagte John. Die Rosen in dem Blumenkasten neben mir stachen mir in den Arm, stupsten mich an. Und links von mir sah ich aus dem Augenwinkel ein paar Touristen, die uns angafften. Selbst sie wirkten nervös.

Ich konnte durch Johns angstvoll aufgerissene Augen bis hinunter in sein über dem Abgrund schwebendes Herz sehen: Er starb innerlich und hielt dabei ein Schmuckstück in Händen, bei dem jede andere Frau in Ohnmacht gefallen wäre. Er muss monatelang darauf gespart haben, dachte ich. Hatte er womöglich deshalb den Job übernommen, das Team für die Wissenschaftsolympiade der Schule zu coachen? Ich konzentrierte mich wieder auf Johns liebes, hoffnungsvolles Gesicht. Dass er diesen Ring gekauft hatte, war suspekt, aber mein Schweigen war unhöflich.

»Meine Antwort ist Ja. Ich will dich heiraten«, sagte ich. »Es ist nur …« Ich konnte nicht direkt sagen, was ich dachte: Warum hast du diesen Ring ausgewählt? Hast du einfach nicht zugehört, als ich mindestens fünfmal im Lauf unserer Beziehung gesagt habe: kein Secondhandschmuck, nicht mal geerbter!?

John stand auf und riss mich dabei in seine Arme. »Okay! Ja! Aber *Shit,* was hatte ich Angst! Es geht mir gut. Alles ist gut.« Dann hielt er inne, blickte auf den Ring und schloss das Kästchen. »Gut. Was ich zuerst hätte sagen sollen: Ich weiß, dass es ein Vintage-Ring ist.«

»Ein *Ring mit Vorbesitzerin* ...«, sagte ich, noch immer völlig erschüttert.

»Richtig, und ich weiß, was du darüber gesagt hast.« *Dann hat er mich also ignoriert?* »Aber ich habe monatelang gesucht, und ich sage dir, Shea, das ist er. Ich habe mir Dutzende von Ringen angeschaut. Ich habe sogar einen gekauft und wieder zurückgebracht, weil er sich dann doch nicht richtig angefühlt hat. Ich wollte einen Ring, der mir ein Zeichen gibt, weil ich weiß, dass du darauf gehört und deine Entscheidung genauso getroffen hättest. Und deshalb musste es genau dieser Ring sein, weil – und jetzt kommt's – ich ihn in dem Laden gefunden habe, vor dem du zum ersten Mal ›Ich liebe dich‹ zu mir gesagt hast. Weißt du noch? Dieser Juwelierladen in Hudson?« Nun ergab dieses *Hudson Vintage Collectors* auf der Innenseite des Kästchens einen Sinn.

»Das scheint tatsächlich ein Zeichen zu sein«, sagte ich langsam.

»Nein, warte, es kommt noch besser.« Inzwischen war John in Fahrt. »Ich sollte eigentlich gar nicht in Hudson sein, aber ich hatte eine Reifenpanne auf der Fahrt von Saratoga nach Manhattan, weißt du noch? Ich habe im Baba Louie zu Mittag gegessen, während der Wagen repariert wurde. Und früher an diesem Tag – ich schwöre bei Gott, Shea – hatte ich unsere Flüge hierher gebucht, nach New York, weil ich vorhatte, dir einen Heiratsantrag zu machen, aber ich hatte immer noch keinen Ring! Ich ging also auf der Warren Street auf und ab und wartete auf das Auto, bis ich rein zufällig an der Ich-liebe-dich-Stelle stehen blieb. Genau wie du damals, weißt du noch? Ich hatte dir gerade von irgendeiner Exkursion erzählt, die ich mit den Schülerinnen und Schülern unternehmen wollte. Du hast mich am Arm gepackt und gesagt: ›Ich liebe dich.‹ Dann entdeckten wir links von uns ein Schaufenster voller Verlobungsringe und haben uns ausgeschüttet vor Lachen.« Natürlich erinnerte ich mich daran. »Nun, in genau *diesem* Fenster legte ein alter Mann gerade genau diesen Ring in die Auslage, exakt in dem Augenblick, in dem ich vorbeikam. Und der Stein hatte auch noch diesen rechteckigen Schliff, den du so magst! Ich meine, komm schon!« Eine von Johns feinsten Eigenschaften bestand darin, dass er nicht lügen oder auch nur übertreiben konnte. Dies alles war so passiert, und ich konnte nicht abstreiten, dass es die Art von unwahrscheinlichem Zufall war, von der ich mich fast überallhin leiten lassen würde. *Fast.*

»Smaragdschliff«, sagte ich. »Und ich werde das erste Mal, als ich dir gesagt habe, dass ich dich liebe, nie vergessen.«

Ich nahm John das schwarze Samtkästchen aus den immer noch zitternden Händen und öffnete es wieder. Drinnen lag ein absolut überwältigender Diamant, umgeben von winzigen Steinen im Baguetteschliff, die strahlenförmig nach außen zeigten, wie eine sehr organisierte Sternenexplosion. Ich war mir nie sicher gewesen, was genau für einen Ring ich tragen wollte, wenn es mal so weit war; nicht mal, nachdem ich in den letzten zehn Jahren sämtliche Ringe meiner Freundinnen an ihrem großen Tag hatte bewundern dürfen. Eine Zeit lang hatte ich sogar darüber nachgedacht, meinen künftigen Verlobten darum zu bitten, mir zum Antrag eine Uhr zu überreichen wie meine beste Freundin Rebecca ihrer Frau Teres. Aber nun, da ich diesen hier sah, verstand ich den Reiz.

»Ich wusste, du würdest ihn lieben«, sagte John selbstbewusst, auch wenn er damit nicht hundertprozentig richtiglag.

Er nahm das Schmuckstück aus dem Kästchen und schickte sich an, es mir an den Ringfinger der linken Hand zu stecken. Ich hörte,

wie eine der Touristinnen »Oooooh« machte, und fragte mich unwillkürlich, ob jemand – oder womöglich alle – diesen Moment auf einem Foto festhielt. Doch als der goldene Reif meine Haut berührte, schaltete mein Gehirn unmittelbar in den Panikmodus: *Nein, nicht, das ist gefährlich.* Schrie mich da etwa gerade Nonnas Geist an? Doch dann …
»Hm, er sitzt ein wenig locker«, meinte John. Er hatte recht. Ich spürte, wie mir der Ring vom Finger glitt. Und mit diesem Gefühl dämmerte eine Lösung meines Problems herauf.
»Ich will ihn nicht verlieren«, sagte ich. »Was, wenn ich ihn heute Abend zur Sicherheit erst mal an meiner Halskette trage?«

Das Nächste, an das ich mich erinnere, ist, dass wir aus einem Taxi stiegen und zum Abendessen ins Café Lalo gingen, diese gemütliche kleine Dessert-Bar, in der es in *e-m@il für Dich* zum ersten Mal zwischen Tom Hanks und Meg Ryan knistert (goldene Verlobungsfahne!). Zwei Sekunden danach lag ich heulend meiner Schwester Annie in den Armen, die den ganzen Weg von Los Angeles hierhergeflogen war, um bei uns zu sein. Im Raum dahinter entdeckte ich Rebecca und Teres, die von Boston raufgekommen waren, und noch mehr gute Freunde und Freundinnen vom College; und meine New-York-City-Crew. Ich konnte kaum fassen, was für einen Aufwand John getrieben hatte, um seinen Antrag so besonders zu machen, und gleichzeitig überraschte es mich nicht im Geringsten.

»Danke, danke, danke, und wie um alles in der Welt hast du das hingekriegt?«, schluchzte ich.

»Willkommen im Club, Kinder«, sagte Annies Mann Mark, während er John ein Bier reichte.

Dann packte mich meine große Schwester an den Schultern,

küsste mich auf die Stirn, genau wie unsere Mom es getan hätte, und erkannte sofort, dass der Verlobungsring *nicht* an meinem Finger steckte.

»Toilette?«, fragte sie.

»Toilette«, erwiderte ich.

4

»Er ist schön«, sagte Annie, als sie die Kette mit dem Ring in der Hand hielt.
»Ich weiß, aber ...«
»Stopp. Du liebst ihn. *Ich* liebe ihn. John Jacobs ist es zweifellos wert, ihn zu lieben und zu heiraten. Lass den Aberglauben los, Shea.«
Wir hatten uns gemeinsam in eine der Toilettenkabinen gequetscht. Sie hockte sich auf den Klodeckel, ich trat auf dem restlichen halben Quadratmeter Fläche von einem Fuß auf den anderen, genau wie immer.
Seitdem Annie groß genug war, um an die Türklinke zu reichen, versteckten sie und ich uns in Klos: Beim ersten Mal war sie sechs, ich zwei gewesen. Mom dachte, wir würden zum Spielen dorthin gehen, was rückblickend ein wenig seltsam erscheint, aber es war von jeher der Ort, an dem wir uns üblicherweise mit einer meiner zahlreichen Neurosen befassten. Einmal hatte ich meine Lieblingspuppe zu Hause gelassen und machte mir Sorgen, wer sich um sie kümmern würde, während wir im Olive Garden waren. Ein anderes Mal entdeckte ich in der Pizzeria meinen Schwarm aus der Schule, der in einer Nische ganz in der Nähe saß, und beschloss, dass ich in seiner Anwesenheit *unmöglich* essen konnte. Und wenn Mom und Dad sich stritten – über die Restaurantrechnung oder die unhöfliche Art, wie Dad mit der Kellnerin gesprochen hatte,

oder die Art und Weise, wie Mom seiner Meinung nach mit dem Kellner geflirtet hatte –, holte mich Annie aus der Situation heraus. Sie scherzte immer, dass sie Schulpsychologin geworden ist, weil sie schon jahrzehntelang mit mir hatte üben können. Das Thema Secondhandschmuck hatten wir schon mehrfach in einer unserer »Sessions« behandelt.

»Aber Annie, du weißt doch, was Nonna immer gesagt hat«, widersprach ich. »Und du *und* John wisst genau, dass *kein Secondhandschmuck* zu den vier Grundsätzen *meines Lebens* gehört.«

»Dein Leben macht mehr aus als nur vier Grundsätze, Shea«, hielt Annie dagegen.

»Dutzende von Menschen wissen das über mich! Sie werden *alle* darauf reagieren, werden mich ausfragen. Was hab ich auf andere Frauen eingeredet, um sie von meiner Anti-Secondhandring-Haltung zu überzeugen!«

»Ein Aberglaube, der eigentlich *Nonnas* Aberglaube gewesen ist«, sagte Annie. »Ein Aberglaube der Frau, die deinen Großvater hinten im Garten *mit dem Luftgewehr auf eine Eule schießen* ließ, weil sie meinte, die würde Unglück bringen.« Annie strich sich die glatten Haare hinters Ohr, wie immer, wenn sie wusste, dass sie ein durchaus stichhaltiges Argument vorgebracht hatte.

»Ich weiß, aber die Sache mit dem alten Ring hat auch für mich immer einen Sinn ergeben. Das Karma. Die Geister. Annie, eine andere Frau hat diesen Ring an jedem einzelnen Tag ihrer Ehe getragen. *Was ist in dieser Ehe passiert?!*«

»Atme, Shea.«

Es gibt Zeiten, in denen das ruhige, weise Wesen meiner Schwester genau den Balsam darstellt, den ich brauche. In jenem Moment wirkte es jedoch wie Fingernägel, die über eine Tafel schrammen. Ich holte ein wenig Luft, um sie zu besänftigen. »Sei ehrlich. Wäre es sehr schlimm, wenn ich ihn einfach um einen anderen Ring bitten würde …?« Ich schüttelte mein alles andere als glattes Haar, wie immer, wenn ich die Antwort auf meine Frage schon kannte. »Heute?! Ich finde, du solltest unbedingt ein wenig dankbarer dafür sein, wie sehr sich dieser Mann ins Zeug gelegt hat!«

Sie hatte ja recht. Aber die dickköpfige kleine Schwester in mir wollte sich dennoch durchsetzen. »Gut«, sagte ich. »Aber mir behagt hier das Machtgefälle nicht. Der Mann diktiert einfach so, was die Frau für den Rest ihres Lebens trägt, ohne irgendein Feedback? Was ist mit Feminismus in Heiratsanträgen?«

Annie erhob sich von der Toilette, mit ihrer Geduld am Ende. »Die Ehe ist ein Geben und Nehmen, eine lebenslange Aneinanderreihung von Kompromissen. Du sagst doch selbst, dass John sich unglaublich Mühe mit seiner Wahl gegeben hat. Für ihn ist es auch ein Symbol. Und zwar nicht für irgendwelche dahergelaufenen Geister, die auf geheimnisvolle Weise durch deine Haut einsickern könnten. Du sagst, er hätte ihn dort gekauft, wo du zum ersten Mal ›Ich liebe dich‹ zu ihm gesagt hast. Herrgott, Shea! Entweder führe ich dich zum Altar, damit du diesen Mann heiratest, oder ich lasse mich von Mark scheiden und wir tauschen die Plätze!«

Wieder strich sie sich wie wild die Haare hinter die Ohren. Aber sie rief mir auch etwas in Erinnerung. Eine einzelne Träne lief mir übers Gesicht, als mir klar wurde, dass ich bei all der Aufregung nicht mehr an die klaffenden Lücken in diesem lebensverändernden Moment gedacht hatte.

»Wie hast du das alles ohne Nonna und Mom geschafft?«, fragte ich.

»Ich hatte doch dich«, antwortete Annie, auch ihr waren Tränen in die Augen gestiegen. »Und jetzt hast du mich.«

Unsere Nonna – die temperamentvollsten eins fünfzig in South

Bay, Los Angeles – hatten wir an ihr schwaches Herz verloren, als ich sechzehn war und Annie zwanzig. Vier Jahre später war Mom – Nonnas liebe, sensible einzige Tochter – an Krebs gestorben. Pop, der Stoische – vielleicht weil er nie zu Wort kam –, blieb uns noch ein paar Jahre länger erhalten.

Bei Annies und Marks Hochzeit war keiner von ihnen dabei. Die beiden kannten einander seit der Highschool, aber ich glaube, Annie hat gewartet, bis sie dreißig waren, weil die Vorstellung, ohne sie alle heiraten zu müssen, zu heftig für sie war. Ich war diejenige, die sie zum Traualtar führte.

Bei der Erinnerung an diesen Moment musste ich plötzlich die Zähne zusammenbeißen.

»O Gott, Dad«, sagte ich.

»Schon gut. John hat gefragt, ob wir ihn für heute Abend einladen sollen, aber ich wusste, dass du Nein sagen würdest.«

Was mich anging, war unser Vater nur eine weitere Person, die aus unserem Leben verschwunden war.

Ich drückte Annie fest, schubste uns dabei beide gegen die Tür der Kabine.

»Danke«, sagte ich. »Dafür, dass du hergekommen bist. Dass du mich von diesem Abgrund weggeholt hast. Für alles.«

»Du kannst dich bei mir erkenntlich zeigen, indem du dich jetzt ganz doll amüsierst«, sagte Annie. »Und wenn dich heute Abend irgendjemand fragt, ob dein Ring ein Erbstück ist, dann sagst du: ›Eigentlich schon, aber jetzt gehört er ganz allein mir.‹«

Ich lachte, was sich gut anfühlte. »Wie lange hast du an diesem Satz gearbeitet?«

»Seit ich zur Tür hereingekommen bin. Jetzt geh und probiere ihn an Rebecca und Teres aus, die für das hier heute Morgen um sechs in Boston losgefahren sind.«

Der Satz funktionierte. Ebenso Annies noch wichtigerer Ratschlag: Ich verstaute meine abergläubischen Gedanken tief in einer Schublade in meinem Gehirn. Ich war dankbar und entspannt und fühlte mich von allen Menschen in meinem Leben wahrhaftig geliebt. Darüber hinaus gelang es mir sogar noch, genau dieses Gefühl mit zurück nach Los Angeles zu nehmen.

Und dann hatte ich diesen Traum.

5

Das Erste, was mir in der Traumwelt auffiel, war das Blumenmuster meines Kleides. Ich hatte es an jenem Tag getragen, an dem John mir den Antrag machte. Aber ich war nicht auf der High Line, nicht mal in New York. Ich stand allein in einem riesigen See aus goldenem Teppichboden, der nach altem Clinique-Parfüm roch: der Brautmodenladen Bella Vita.

Plötzlich veränderte der Raum seine Form – oder war ich jetzt woanders? Nun stand da ein Spiegel mit drei Flügeln. Ja. Hierher brachte Nonna jede Braut, damit sie die infrage kommenden Kleider von allen Seiten betrachten konnte. Früher hatte ich nach der Schule Stunden damit verbracht, das aus unterschiedlichen Winkeln heraus zu beobachten, meistens unter dem üppigen Reifrock eines der Kleider, die aufgereiht an Stangen an der Wand hingen. Nun aber stand ich selbst auf dem Podest. Jetzt war ich die Braut.

»Los geht's! Die klassischen Ballkleider zuerst«, hörte ich jemanden sagen. Ich wirbelte herum und entdeckte Nonna in ihrer Uniform aus rosafarbener Hose und frischer weißer Bluse, aber es war nicht die Version von ihr, wie ich sie am Ende ihres Lebens kannte. Ihre dunkle Haut war glatt und ihr Haar noch immer rabenschwarz. Ich klappte den Mund auf, um etwas zu sagen, doch kein Wort kam heraus.

»Ich weiß, dass du nicht der Typ für ein Ballkleid bist, aber jede Braut sollte sich als Königin des Tages fühlen.«

Ich blickte in einen der Spiegelflügel, weil ich wissen wollte, ob ich auch eine jüngere Ausgabe meiner selbst war, entdeckte aber stattdessen Annie, die in einem der Ohrensessel saß, die an der Seite standen. Die Sessel für die Zuschauer. Sie war jünger, vielleicht zwanzig? Aber mein Blick verweilte nicht bei ihr, weil daneben meine Mutter saß, am Leben und strahlend vor Mutter-der-Braut-Stolz.

»Probier sie einfach an, Shea«, sagte Mom mit einem wissenden Zwinkern. »Mach deiner Nonna eine Freude.«

Rechts von dem Spiegel hing eine Reihe von Kleidern.

»Nun mach schon«, sagte Nonna. »Du kannst anprobieren, was du willst.«

Aber mein Traum-Ich blieb stumm. Oder konnte es womöglich gar nicht sprechen?

»Komm schon, Shea …«, hörte ich Annie sagen. »Das sind mindestens drei Dutzend …«

Nonna trat neben mich. Der Rest des Raumes verschwamm.

»Tu einfach, was ich dir beigebracht habe, dann wird die Wahl klar sein.«

»*Ascolta il tuo cuore*«, hörte ich mich flüstern.

»Genau. Schließ die Augen und hör auf dein Herz.«

Ich gehorchte und befolgte, was sie Annie und mir schon eingebläut hatte, seit wir ganz kleine Mädchen gewesen waren. *Ascolta il tuo cuore* konnte auf so kleine Dinge angewandt werden wie die Wahl unseres jährlichen Halloween-Kostüms, aber auch auf Wichtigeres wie die Art und Weise, wie ich mich entschuldigte, wenn ich Mom oder Dad gegenüber mal wieder ausgerastet war. Und als die Zeit der ersten großen Liebe, der ersten Dates und der ersten gebrochenen Herzen kam, hieß es immer noch *ascolta*. Nonna war so etwas wie meine Grille Jiminy.

Ich löste meinen Blick von ihren erwartungsvollen Gesichtern und wandte meine Aufmerksamkeit der langen Reihe aus Kleidern zu: ein weiter dreistufiger Taftrock mit einem eleganten ballerinahaften Oberteil; ein über und über mit Perlen besetztes Korsett mit A-Linie-Rock, geeignet für einen mondänen Ball; ein schlichtes cremefarbenes Kleid mit U-Boot-Ausschnitt, das aus Rohseide bestand, die sich anfühlte, als könnte sie nicht ohne Krone getragen werden. Nicht eines davon sprach zu meinem Herzen.

»Fang einfach links an«, riet Mom und zeigte auf das Kleid im Schwanensee-Stil. Wie ein Zombie bewegte ich mich auf den Kleiderständer zu. Beobachtete ich bloß, wie das geschah, oder war ich tatsächlich in diesem Raum? Ich streifte die Spitzenträger des Kleides vom Bügel und hielt es an mich. Puff. Es verschwand. Ich wandte mich erneut dem Kleiderständer zu – hatte ich es vielleicht gar nicht an mich genommen? Aber das Kleid war tatsächlich weg. Nonna stieß einen gellenden Schrei aus. Mom presste sich die Hand an die Brust. Selbst Annie sah total erschrocken aus. *Wa…*, ich spürte, wie ich wieder versuchte zu sprechen, doch die Worte kamen mir nicht über die Lippen. Panik überwältigte mich.

»Okay. Schon gut. Alles ist bestens. Probiere einfach ein anderes«, sagte Mom beruhigend.

Ich griff nach dem nächsten Kleid, hielt seinen Tüllrock gut fest, als ich es vom Kleiderbügel streifte. Es löste sich noch schneller in Luft auf als das vorherige.

»Was ist das? Was passiert da?« Nonna blickte nach oben, als erwartete sie vom Himmel eine Antwort, so wie sie es immer tat, wenn eine Lampe überraschend verlosch. Dann wandte sie sich mit entsetztem Gesicht an mich. »Shea? Was hast du getan?«

Ich wusste es nicht, und was noch schlimmer war, ich konnte ihr das nicht sagen. Es war, als wären meine Lippen zugenäht. Wieder sah ich in den Spiegel, aber mit meinem Gesicht war alles in Ordnung. Ich klappte den Mund auf und wieder zu. Inzwischen durchsuchten Nonna, Mom und Annie die Reihe der Kleider, flüsterten ängstlich miteinander. Völlig verunsichert von mir. Dadurch wurde ich noch panischer. *Warum kann ich nicht sprechen?* Ich starrte in den Spiegel, flehte um eine Art Durchbruch. Dann holte ich tief Luft, spannte meine Mitte an, öffnete den Mund und versuchte wieder und wieder zu schreien.

Plötzlich schreckte ich zitternd hoch und wachte auf. John lag tief und fest schlafend neben mir im Bett – ich war in Sicherheit. Mit klopfendem Herzen öffnete ich den Mund, und ein geflüstertes *Hallo* kam mir ganz leicht über die Lippen. Ich legte die Fingerspitzen zusammen und erinnerte mich an das Gefühl, wie die Kleider zwischen ihnen verschwunden waren. Dann drehte ich mich zum Nachttisch, um auf die Uhr zu schauen. Doch statt der Uhr sah ich ein Glitzern, das vom Halbmond, der durchs Fenster schien, hervorgerufen wurde: der Ring. Eine Vision von Nonnas Gesicht aus dem Traum wehte wie ein Windhauch an mir vorbei. Seit meine Großmutter gestorben war, hatte ich immer nur Schönes von ihr geträumt. Allerdings hatte ich auch nie etwas getan, was sie so eindeutig missbilligen würde ...

Bei Geistern, die unsere Träume bestimmen, ziehen wir eine Grenze, sagte ich mir, während ich nach meinem Handy griff, das auf dem Nachttisch lag. Fünf neue E-Mails wurden auf dem Display angezeigt: zwei von der Arbeit und drei von WeddingWire. com – offensichtlich hatte das Internet in dem Moment, in dem ich mich verlobt hatte, die Lauscher aufgesperrt. Der Traum ist nur meiner Aufregung wegen der Hochzeit entsprungen, dachte ich, während ich vorsichtig aus dem Bett schlüpfte, um John nicht zu wecken. Es war fünf Uhr morgens, spät genug, um aufzustehen.

Ich würde mich mit einer riesigen Tasse Kaffee und letzten Vorbereitungen für den Zehn-Uhr-Termin ablenken, bei dem wir um einen großen neuen Kunden für das Festival werben würden. Eine weitere vollkommen vernünftige Erklärung für einen seltsamen Traum.

Ich holte meinen Laptop aus der Tasche in der Ecke des Zimmers und nahm meinen Morgenmantel vom Haken hinter der Schranktür. Den Ring ließ ich auf dem Nachttisch liegen.

6

»Hast du ihre Gesichter gesehen, als du die Partnerschaft mit dem Academy-Museum durchgezogen hast?« Mein Boss strahlte, als hätte er mich gerade zur Olympiade gecoacht. »Genau da hattest du den Deal in der Tasche. Wir werden binnen einer Stunde eine Zusage von ihnen bekommen, Anderson. Spätestens.«

»Meinst du wirklich?«, fragte ich und war froh über meine frühmorgendliche Vorbereitungssession, egal, wie viel Kaffee dafür notwendig gewesen war.

»Ich weiß es«, sagte er.

Jack Sachs war New Yorker, der zu einem Angeleno geworden war, und er trug immer noch tagtäglich Anzug, um das unter Beweis zu stellen. Wir arbeiteten gemeinsam am New York Film Festival – mein erster richtiger Job nach dem College –, und ich war Teil des Teams, das ihn nach L. A. gelockt hatte zum damals frischgebackenen LA Cinema Fest. Jack Sachs war ein Marketinggenie. Alles, was ich darüber wusste, wie man Geld von Firmen in einen Indie-Film verwandelt, hatte er mir beigebracht; dabei waren wir zu einer Art Robin Hood für junge Filmschaffende geworden. Einmal hatte ich einige Open-Bar-Getränke zu viel intus gehabt und ihm erzählt, dass ich mir wünschte, er wäre mein Dad. Jack Sachs war nett genug, dies hinterher nie wieder zu erwähnen.

»Shea Anderson hat gerade einen dicken Fisch an Land gezogen«, verkündete er dem Großraumbüro voller Nischen, als wir aus dem Konferenzraum kamen. »Unseren allerersten Streaming-Plattform-Sponsor. Und sie hat ihn davon überzeugt, seine Dollars in ein brandneues Projekt zu investieren, das seinen besonderen Schwerpunkt auf Filmschaffende von den asiatischen und pazifischen Inseln legt, also die Künstlerinnen und Künstler, die bisher am schlechtesten von uns versorgt wurden.« Meine Kolleginnen und Kollegen applaudierten, sogar die launische Julie, die an der Präsentation für diesen Deal hatte mitwirken wollen. Ich musste mich anstrengen, den Blick nicht zu senken, weil ich mich nicht wohlfühlte bei all dieser Aufmerksamkeit. Nach außen hin wirkte ich zwar selbstbewusst und lebhaft, war aber stets besorgt darüber, was die Leute von mir hielten. Aber ich holte rasch Luft, um meinen Körper daran zu erinnern, dass wir erwachsen waren.

»Danke«, sagte ich. »Ich freue mich sehr darauf, daran zu arbeiten.« Ich hatte getan, was Jack Sachs gesagt hatte, und war unglaublich stolz darauf.

»Hast du einen Moment Zeit, Anderson?«, fragte Jack mit verdächtig leiser Stimme, als wir durch den Flur gingen.

»Klar«, erwiderte ich ebenso leise.

»Wie es aussieht, verlässt Christy ihren Posten als Leiterin der Markenintegration.«

»Wirklich … Geht sie zur Konkurrenz?«

»Das weiß ich noch nicht, aber ich würde gern durchsetzen, dass du in ihre Fußstapfen trittst.« Schockiert blieb ich stehen. Jack schob mich mit einem scharfen Blick weiter.

»Sorry, aber als Leiterin? Sie hat viele Jahre mehr Erfahrung als ich.«

»Du kannst diesen Job bewältigen und hast eine Chance verdient«, sagte er, während er uns zum Schutz vor Zuhörern in eine

leere Arbeitsnische drängte. »Aber ich muss das irgendwie nach oben vermitteln und würde dich deshalb gern nach New York schicken, um während des Festivals auf unserem alten Terrain etwas Wettbewerbsforschung zu betreiben. Ich will in der Lage sein, bei allen deine Kompetenz hervorzuheben.«
»Sehr gern«, sagte ich. »Das wäre dann in zwei Wochen, oder?«
»Ja. Und super. Wenn mein Masterplan aufgeht, bin ich in zehn Jahren in Rente, und du bist dann ich.«
Jack Sachs verließ mich mit einem fast schon ein bisschen gruseligen Zwinkern. Das waren gute Nachrichten. Potenziell *großartige* Nachrichten. Eigentlich hätte ich rüber zu meinem Schreibtisch hüpfen und versuchen müssen, mein Frohlocken zu verbergen. Stattdessen stand ich da, die Arme fest vor der Brust verschränkt, und starrte Jack nach, als er durch den Flur verschwand.

Annie und ich hatten schon eine ganze Weile einmal im Monat eine feste Verabredung zum Mittagessen: im Prince Pub in Koreatown, den man aus dem Filmklassiker *Chinatown* aus den Siebzigerjahren kennt. Der Laden war bequeme zehn Minuten von Annies Schule und fünfzehn Minuten von meinem Büro entfernt. Doch weil ich noch so lange im Auto gesessen und ins Leere gestarrt hatte, kam ich dieses Mal eine Viertelstunde zu spät.
»Sorry, sorry, sorry«, sagte ich, als ich auf Annie zueilte, die bereits am Tisch saß. »Der Verkehr.«
»Kenne ich«, sagte Annie. »Ich lebe auch in dieser Stadt.« Verärgert verschränkte sie die Arme.
Ich ließ Annie den Anfang machen mit einer Riesentirade über den Irrsinn des Immobilienmarkts in Los Angeles. Sie und Mark versuchten nun schon seit fast einem ganzen Jahr, etwas zu kaufen, das nicht allzu weit von irgendeinem Strand entfernt war.

Durch die Tatsache, dass Mark Immobilienmakler war, schmerzte das womöglich umso mehr. Sein Stolz hatte eine Delle abbekommen.

»Du sparst mindestens zwanzig Prozent von deinem Gehalt, nicht wahr?«, fragte sie mich.

»Ja.«

»Gut. Wir hätten das ab dem Moment, in dem wir angefangen haben zu arbeiten, auch tun sollen, aber Mark und ich hatten als kluge Finanzberaterin lediglich eine Comic-Eule auf unserer Bank-App. Na schön. Du bist dran. Erzähl mir was Aufmunterndes.«

Ich dachte mir, dass es weise wäre, mit der möglichen Beförderung anzufangen anstatt mit dem sonderbaren Albtraum mit den Kleidern. Annies Reaktion gab mir recht.

»Wow, Shea! Das ist unglaublich!«, sagte sie und strahlte vor mütterlichem Stolz. »Du hast eine echte Glückssträhne.«

»Danke. Es ist großartig. Unmittelbar nachdem er es mir gesagt hat, war es für einen Moment lang seltsam, aber inzwischen glaube ich, ich bin immer noch ein bisschen neben der Spur wegen des verrückten Traums heute Nacht, der in Nonnas Brautmodenladen gespielt hat.«

»O nein.« Annie schnitt eine Grimasse, die mir sagte, dass sie bereits ahnte, worauf das hinauslaufen würde. Ihr Blick blieb fest auf mich geheftet, während ich den Traum zusammenfasste.

»Ich wusste es!«, rief ich, als ich fertig war. »Das sind meine unterbewussten Ängste, der Ring könnte zu mir sprechen! Ich sollte das nicht auf sich beruhen lassen!«

Annie aß ihren Salat auf, dann lehnte sie sich zurück. »Du weißt, ich hasse es, die Therapeutin für dich zu spielen, aber da du dich weigerst, dir selbst eine zu suchen, übernehme ich es eben: Shea, glaubst du ernsthaft, dass das schlechte Karma, das dein

Verlobungsring *womöglich* enthält, stärker ist als deine *tatsächliche* Beziehung zu John?« Meine Schwester war gut, deshalb brauchte ich keine andere Therapeutin.

»Tut mir leid, aber vielleicht …«, begann ich. »Was ich damit sagen will: Würdest du dir ein gebrauchtes Sofa kaufen, wenn es sein kann, dass darauf jemand gestorben ist?«

»Okay, aber was, wenn nie jemand auf diesem Sofa gestorben ist?«

»Was meinst du damit?«

»Du gehst davon aus, dass jemand auf dem Sofa gestorben ist. Dass das Karma schlecht ist. Was, wenn das gar nicht zutrifft? Was, wenn es sich vielleicht sogar um gutes Karma handelt?«

Bei dieser Frage feuerten irgendwo tief in meinem Kopf die Synapsen. Ich war vom Schlimmsten ausgegangen, aber eine glückliche Geschichte war auch möglich und stellte mein Best-Case-Szenario dar. *Was, wenn ich herausfinden könnte, ob das Karma gut oder schlecht war?*

»Ich werde einfach herausfinden, wem der Ring gehört hat«, sagte ich plötzlich. Ein Knistern durchlief mich, als hätte jemand meinen Finger in die Steckdose gesteckt.

»Warte mal. Was?«, erwiderte Annie.

»Das ist es! So werde ich das Ganze lösen. Ich werde herausfinden, wem der Ring vor mir gehört hat, so kann ich erfahren, ob die Ehe gut oder schlecht war! Es muss einen Weg geben, oder?«

»O mein Gott, nein …«, sagte Annie. Sie ließ den Kopf zwischen die Hände fallen und wiegte sich vor und zurück.

»Glaubst du nicht, dass ich das herausfinden könnte?«, fragte ich.

»Das *Nein* galt mir selbst«, sagte sie und mied meinen gespannten Blick. »Ich habe dich gerade aus Versehen zum Eingang des Kaninchenlochs geführt.«

»Vielleicht«, sagte ich und stibitzte eine Fritte von ihrem Teller. »Aber wir beide kennen mich; am Ende hätte ich ohnehin meinen eigenen Weg gefunden.«

Annie reagierte, indem sie ihren ganzen Teller mit Fritten zu mir herüberschob und damit ihre Niederlage anerkannte.

7

An diesem Nachmittag hinterließ ich die längste, holprigste Nachricht aller Zeiten auf einem Anrufbeantworter, der hoffentlich Hudson Vintage Collectors gehörte. Hallo, hier ist Shea. Mein Freund – sorry – Verlobter! Sorry. Das spielt keine Rolle. Jedenfalls! Ein Mann namens John Jacobs hat vor Kurzem einen Ring bei Ihnen gekauft. Diamant mit Smaragdschliff, gesäumt von Baguetteschliffsteinen, Goldring. Können Sie mir irgendwelche Informationen über die Person geben, die Ihnen den Ring verkauft hat? Weil ... Nun ja ... Lange Geschichte! Ich will nur über den Ring reden. Ob Sie etwas über ihn wissen oder nicht. Okay. Bitte rufen Sie mich zurück. Oh, ich bin übrigens Shea.

Natürlich vergaß ich, meine Telefonnummer zu hinterlassen, und musste noch mal anrufen. Eine ordentliche Mütze Schlaf wurde gerade zu einer medizinischen Notwendigkeit für mich.

Ich brannte darauf, John alles über meinen neuen Plan beim Abendessen zu erzählen. Annie war nicht gerade begeistert gewesen, aber er würde mich bestimmt unterstützen, malte ich mir aus. Er hatte sich damals mit mir ins Ungewisse gestürzt, als ich anhand alter Werbepost herausfinden wollte, wer vor mir in meiner Wohnung gelebt hatte. Wie sich herausstellte, war es eine Zahnärztin mit einer florierenden Praxis, in der wir von da an unsere Zahnreinigungen vornehmen ließen. Genauso könnte das jetzt doch auch laufen!, dachte ich auf der Fahrt nach Hause. Doch als

John an diesem Abend in Dr. Rachel Fines ehemalige Wohnung platzte, hatte er seine eigenen Pläne.

»Wir haben heute Abend nichts vor, oder?«, fragte er und gab mir einen raschen Kuss, ehe er ins Schlafzimmer rannte.

»Nein, ich dachte mir, wir könnten Ramen bestellen und über ein paar Dinge plaudern.«

»Hmm, und ich dachte mir, wir könnten eine Hochzeits-Location besichtigen«, hörte ich aus dem Zimmer nebenan.

»Wie bitte, was?«

John streckte den Kopf zurück in den Flur, auf dem Gesicht ein stolzes Lächeln. Meine Lippen hingegen beschrieben eine eher gerade Linie.

»Vertrau mir«, sagte er. »Es ist eine Überraschung, die dir gefallen wird.«

»Wir haben uns ungefähr vor einer Minute verlobt. Sollten wir nicht darüber reden, was *wir* wollen, bevor wir zu irgendwelchen Locations fahren?«

»Es geht ganz schnell«, sagte John. »Und es macht auf jeden Fall Spaß.« Seine Augen verrieten ihn immer – und im Moment waren sie weit aufgerissen vor Aufregung. Was immer er geplant hatte, es verwandelte ihn in ein Kind am Weihnachtsmorgen. Oder eher in ein Elternteil, das mit genau dem richtigen Geschenk unter dem Baum auftrumpfen konnte.

»Okay«, sagte ich und ließ die übrigen Argumente, die ich mir zurechtgelegt hatte, ungenutzt.

Natürlich wäre auf der Fahrt zu dieser mysteriösen Location jede Menge Zeit gewesen, in Bezug auf die Sprachnachricht an den Juwelierladen Farbe zu bekennen, aber die Stimmung – vielleicht auch nur meine eigene – fühlte sich nicht richtig an.

Stattdessen erzählte ich John von meiner potenziellen Beförderung.

»Das ist fantastisch, Shea«, sagte er. »Du kannst wirklich stolz auf dich sein. Und wir sollten uns eine Wohnung kaufen …« Er unterbrach sich, weil er wusste, dass das ein heikles Thema war. Vielleicht haben mich Jacks berufliche Neuigkeiten deshalb irgendwie auf dem falschen Fuß erwischt, dachte ich, weil ich schon ahnte, dass John voll darauf anspringt? John war nicht der Typ, der sich Sorgen um Geld machte. Er war einigermaßen wohlhabend aufgewachsen, und seine Eltern hatten nie über ihre Finanzen geredet. Mein Dad hingegen hatte Mom am Frühstückstisch ihr wöchentliches Haushaltsgeld ausgezahlt und beim Abendessen dann kontrolliert, wofür sie es ausgegeben hatte. Es hatte ewig gedauert, bis ich John überhaupt erst erzählt hatte, wie viel ich verdiente. Und ich hatte erklärt, dass Verheiratete meiner Meinung nach getrennte Konten haben sollten. Vielleicht hatte ich nur Angst vor der Tatsache, dass wir unsere Leben auf diese Weise miteinander verflochten?

»Ich will nur keinen Stress wegen Geld haben, weil wir gerade auf eine Hochzeit sparen«, sagte ich.

John nickte; irgendetwas hielt er zurück. Ich warf ihm einen Blick zu, der ihm sagte, dass ich das durchaus bemerkte.

»Ich glaube, meine Eltern wollen die Hochzeit bezahlen«, gestand er. »Die gesamte Hochzeit.«

Kay und Bob Jacobs waren unglaublich großzügig, aber ich konnte mir vorstellen, wie das Gespräch mit John darüber abgelaufen war: *Wir würden gern eure Hochzeit bezahlen; deshalb plane sie jetzt bitte, sofort.* Seit mindestens einem Jahr drängten sie ihn dazu, sich endlich zu verloben. Kay ließ dauernd ganz »beiläufig« fallen, dass sie und Bob sich nach neun Monaten verlobt hatten und immer noch sehr glücklich verheiratet waren. Aber das waren gute Nachrichten. Ein riesiges Geschenk und eine Hilfe für unsere Zukunft. *Warum ist mein Mund dann so seltsam trocken?*

»Was genau haben deine Eltern denn gesagt?«, fragte ich, doch da bog John gerade in einen Parkplatz ein, der entweder tatsächlich zu unserer möglichen Hochzeits-Location gehörte oder aber ein ganz fieses Täuschungsmanöver darstellte. »Sind wir da? Deine Überraschung ist die Hollywood Bowl!?«, kreischte ich.

»Ja«, erwiderte John, während wir rechts vor der muschelförmigen Freilichtbühne parkten. »Die weltberühmte Hollywood Bowl, die Hüterin der jahrzehntealten Musikgeschichte L.A.s und damit auch ein wenig unserer eigenen.«

»Man kann hier auch heiraten?« Ich war immer noch völlig von den Socken.

»Kann man, wenn man eine Lehrerkollegin hat, deren Mann der Kongressabgeordnete dieses Bezirks ist. Aber nur die Zeremonie, und nicht an Abenden, an denen hier eine Veranstaltung stattfindet.« Ich ergriff Johns Hand und drückte sie so fest, dass ein Abdruck zurückblieb.

Auf unserem dritten Date war er mit mir zur Bowl gefahren, an einem warmen Abend im August, an dem es gerade windig genug war, dass meine neuen Stirnfransen verführerisch zerzaust wurden. Schon auf unserem ersten Date hatten wir herausgefunden, dass wir das berühmte Amphitheater beide liebten, und waren uns einig, dass die Bowl eine der wenigen touristischen Sehenswürdigkeiten war, die tatsächlich uns Einheimischen gehörten. An jenem Abend spielten Tom Petty and the Heartbreakers, ein weiterer gemeinsamer Favorit. Durch die Sitzreihen waberte der Duft nach Fleisch und Käse von den Picknickdecken, und die berühmte halbmondförmige Bühne war in einem Stahlblau beleuchtet, das sich vom lehmfarbenen Canyon dahinter abhob. Von da an war die Bowl etwas ganz Besonderes für uns. Und wie all ihre größten Fans wussten wir beide, dass es eigentlich ein öffentlicher Park war, in dem man tagsüber picknicken konnte, und damit der sparsamste Ort für ein Date mit erstklassiger Aussicht.

»Hast du dir je so etwas vorgestellt, als du dir unsere Hochzeit vorgestellt hast?«, fragte John; heute, drei Jahre später, war der Wind einfach nur warm.

»Nein, echt nicht«, sagte ich, während ich den Hügel hinauf auf den Eingang zusteuerte.

»Was hast du dir denn dann so vorgestellt?«

Ich spürte, wie meine Beine aufhörten, sich zu bewegen, und dann schoss mir ein beunruhigender Gedanke durch den Kopf: Ich hatte mir nie den Ort unserer oder irgendeiner anderen Hochzeit vorgestellt. Unsere Flitterwochen hingegen hatte ich mir oft ausgemalt – zwei Wochen kreuz und quer durch Italien, vom Absatz den ganzen Stiefelschaft nach oben. Ich hatte mir auch das Haus vorgestellt, das wir kaufen würden, sobald wir uns endlich eine Anzahlung leisten konnten – ein klassisches Craftsman-Haus mit großer Veranda und einer alten Holztür, die ich gelb anstreichen würde. Doch ich hatte mir nicht ausgemalt, wie, wo oder mit wem sich unsere Hochzeit abspielen würde. Nie? Ich zerbrach mir den Kopf, ob es irgendwelche Kindheitsvisionen gegeben hatte, aber es kamen mir nur Bilder aus Filmen oder von Hochzeiten von Freunden in den Sinn. *Meine Großmutter besaß einen Brautmodenladen! Wie konnte es sein, dass ich nie einen Gedanken daran verschwendet hatte, die Braut zu sein?*

»Das wäre wirklich etwas Besonderes«, sagte ich schließlich, was der Wahrheit entsprach, die Frage aber nicht beantwortete.

John und ich holten uns an jenem Abend auf dem Heimweg tatsächlich noch Ramen, aber den Plan, Nachforschungen wegen des Rings anzustellen, brachte ich nicht mehr auf. Noch länger über die Hochzeit zu reden, war mir zu viel. Ein Teil von mir fragte sich sogar, ob es nicht besser wäre, wenn sich *Hudson Vintage Collectors* gar nicht zurückmelden würden.

Am nächsten Tag ließ ich mein Handy zum Aufladen auf dem Schreibtisch im Büro liegen, während ich von einem Meeting zum nächsten eilte. Besser nicht davon abgelenkt werden, dachte ich mir. Als ich gegen Abend zurückkam, entdeckte ich drei Nachrichten von John und einen verpassten Anruf von einer Nummer aus dem New Yorker Umland.

8

Laut Simone, der Extrem-Gen-Z-Enkelin des Mannes, der John den Ring verkauft hatte, gab es nicht nur Informationen zu dem Ring, sondern sogar einen handgeschriebenen Zettel. Bevor sie mir allerdings Näheres erzählte, musste sie erst mal eine ostentative Tirade darüber loswerden, dass sie ihrem künftigen Gatten einen Heiratsantrag mit Erste-Klasse-Tickets nach Paris machen wollte. Aber was ich schließlich erfuhr, war des TED-Talks durchaus wert: Die Verkäuferin meines Verlobungsrings war eine Frau namens Carmela Costanza, die eine Nachricht auf Italienisch hinterlassen hatte. John war ja schon davon überzeugt, dass sein Kauf Schicksal gewesen war; das hier würde seine Vermutung besiegeln.

»Die Nachricht ist kurz«, sagte Simone. »Nur eine Zeile: *Per la prossima donna fortunata*. Ich habe es schnell durch Google Translate gejagt, und es bedeutet: ›Für die nächste glückliche Frau‹.«

Ich sprang vom Schreibtischstuhl auf und warf meinen Stift in die Luft. »Glückliche Frau! Ja! Glück ist gut! Und das macht mich zur nächsten glücklichen Frau, was *sehr* gut ist! Genau das wollte ich hören! Ich habe nur nach irgendeinem Zeichen gesucht, dass dieser Ring gute Vibes enthält und keine schlechten, damit ich ihn beruhigt tragen kann. Und hier ist es.« Zum ersten Mal seit zwei Wochen entspannte sich mein Körper.

»Ja?«, sagte Simone.

»Ja! Natürlich! Sie schreibt, dass dieser Ring ihr Glück gebracht hat! Sie überlässt ihn der nächsten glücklichen Frau! Mir! Das heißt, sie kann keine unglückliche, geschiedene Frau gewesen sein, deren episch traurige Liebesgeschichte zusammen mit allem möglichen miesen Ehe-Karma in meinen Ring eingeflossen ist. Die Energie *muss* gut sein. Simone, das ist eine lebensrettende Information! Gott, ich wünschte, ich könnte dieser Frau danken!« *Ich könnte dieser Frau danken,* wiederholte mein Gehirn. Dann ließ sich mein Körper zurück auf den Schreibtischstuhl fallen, als wollte er sagen: *Dafür setzt du dich jetzt lieber hin.* Mir war eine Idee durch den Kopf geschossen, die nicht mehr rückgängig gemacht werden konnte.

»Ich könnte versuchen, Carmela zu finden …«, hörte ich mich sagen.

»Ooohh«, sagte Simone. »Das klingt nach Spaß!«

»Nein … Moment. Das ist nicht nötig«, ruderte ich zurück. »Damit steche ich nur in ein Wespennest.«

»Mmmm. Du meinst, du öffnest die Büchse der Pandora …«

»Ja, genau. Die hält man besser geschlossen.«

»Das meinst *du,* weil du die Büchse der Pandora nicht verstehst«, sagte Simone in einem unverkennbar besserwisserischen Ton. »Das ist okay, neunundneunzig Komma neun Prozent der Menschen verstehen es nicht. Zum Glück gehöre ich zu den übrigen null Komma eins Prozent. Ich studiere *die Klassiker.*«

»Schön«, erwiderte ich. »Dann klär mich mal auf.«

»Lange Geschichte, aber was du wissen musst, ist, dass Prometheus – der Kerl, der am Ende aus Lehm einen Menschen erschuf – Zeus, den König der Götter und des Himmels, erzürnte. Die beiden diskutierten das aus, und Zeus schenkte Prometheus' Familie diese Frau, Pandora. Er sagte, das sei ein Friedensangebot, aber als Pandora dann ankam, stellte sie diesen Krug, den sie dauernd bei sich trug, auf den Boden und ließ ihn einfach dort stehen. Ja, es handelte sich um einen Krug, nicht um eine Büchse. Überraschende Wendung! Jedenfalls entfleuchen dem Krug Krankheit, Tod und tonnenweise weitere nicht näher bezeichnete Übel. Was von Pandoras Seite ein ziemlich cooler Move ist, wenn man mal bedenkt, dass sie wahrscheinlich total angepisst war, nur als Schachfigur im beschissenen Spiel eines dahergelaufenen männlichen Gottes zu fungieren. Aber immerhin – Zeus flippt aus, fliegt ein und befiehlt Pandora, den Krug zu schließen, und zwar *ASAP!* Und sie so: ›Ganz schlechte Idee, weil da noch eine Sache drin ist, und die ist ganz schön wichtig.‹ Und er so: ›Blödsinn! Alles Bisherige war schrecklich, und überhaupt traue ich Frauen nicht über den Weg.‹ Lange Rede, kurzer Sinn: Zeus gewinnt, der Krug wird geschlossen, und darin befindet sich noch eine letzte Sache. Und nun rate mal, was das war!«

»Oh, ähm, keine Ahnung. Hunger?«, riet ich. Ehrlich gesagt hatte ich irgendwann um Pandoras Ankunft herum den Faden verloren.

»Falsch. Es war etwas, von dem die *Klassik*gelehrten inzwischen glauben, dass man es als *Hoffnung* bezeichnen könnte. *Hoffnung!* Unglaublich, oder?!«

Ich entschied mich für Aufrichtigkeit: »Ich glaube, ich verstehe das nicht.« Ich hörte förmlich, wie sie angewidert in sich zusammensackte.

»Der Punkt ist, dass jeder, der Angst hat, die Büchse, Schrägstrich, den Krug zu öffnen, eigentlich etwas Mutiges tut, vorausgesetzt, derjenige hält es aus, das Gefäß lange genug offen zu lassen.«

Ich drehte eine volle Runde um den Block, ehe ich die Entscheidung traf, Carmela zu suchen. Ich wandte sogar Annies viel gepriesene Vier-Quadrat-Atmung an, um Stress abzubauen. Nichts davon half, weil ich gar nicht gestresst war, sondern aufgeregt. Geradezu *begeistert*. Es fühlte sich an, als hätte sich durch Carmelas Nachricht ein Portal aufgetan. Es nicht zu durchschreiten, würde sich anfühlen, als würde ich mein eigenes Schicksal ablehnen.

Ich begann mit einer einfachen Google-Suche: *Carmela Costanza + Hudson, New York*, weil ich davon ausging, dass sie in dem Städtchen, in dem sich das Juweliergeschäft befand, oder zumindest in der Nähe lebte. Eine Blumenboutique Costanza in Red Hook, New York, ploppte auf. Es war genau der Nachname, und Red Hook war auf der Karte nur wenige Kilometer von Hudson entfernt. Ich klickte auf die Website und fand heraus, dass der Blumenladen von einer Frau namens Helga geführt wurde, die ganz und gar nicht italienisch aussah.

Nächster Versuch: soziale Medien. Mitunter hatten Menschen in Carmelas Alter dort Accounts, auch wenn sie nicht besonders aktiv waren. Eine rasche Suche nach *Carmela Costanza* im gesamten Bundesstaat New York ergab neunundachtzig Treffer, woraus ich schlussfolgerte, dass der Name nicht selten war. Aber keiner von ihnen war so nah an Hudson. Entweder sie wohnte dort nicht mehr, oder sie war nicht online, oder sie war – wie mir plötzlich aufging – tot.

Als Nächstes tippte ich *Carmela Costanza + Nachruf + Hudson, New York* ein. Meinten Sie *Carmela Costanza Preston + Nachruf + Hudson, New York?*, verspottete mich die Navigationsleiste. Ich klickte mich zu sehr schlechten Neuigkeiten durch. Carmela Costanza war nicht nur tot, ihr Nachruf enthielt auch noch einen mysteriösen zusätzlichen Namen: Preston. *Warum hatte sie dann »Costanza« auf die Nachricht zu ihrem Ring geschrieben?* Ich klickte weiter, um den ganzen Nachruf zu lesen, doch stattdessen führte mich der Link zu einem körnigen Foto, auf dem eine ernste Frau mit dunklen Locken in einem großmütterlichen Blümchenkleid zu sehen war. Sie hätte irgendjemand aus meiner Verwandtschaft sein können. Darunter befand sich eine sehr verwirrende Bildunterschrift: *Carmela Costanza Preston hinterlässt ihre liebende Tochter mit Ehemann.* Sie war vor vier Monaten aus dem Leben geschieden, sodass ich keine Chance mehr hatte, sie zu fragen, warum um alles in der Welt sie den Ring verkauft und ihren Ehenamen weggelassen hatte.

Ich lehnte mich auf meinem Schreibtischstuhl zurück und ließ die Informationen sacken. Logisch betrachtet würde man den Nachnamen eines geliebten Ehemanns nicht weglassen, wenn man seinen Verlobungsring weggab. *Vielleicht hatte Carmela ihren Namen nie amtlich geändert?* Das wäre seltsam für jemanden aus ihrer Generation, aber nicht ausgeschlossen. Zum Glück hatte mich jahrelanges Stalking potenzieller Onlinedates auf diesen Moment vorbereitet. Ich konnte eine zweite Quelle für die Infos über Carmela finden.

Eine Stunde, drei Seiten Notizen und eine unbekannte Anzahl von Browser-Tabs später hatte ich einen neuen Namen, der mir dabei helfen würde, die Puzzleteilchen des Lebens dieser Fremden zusammenzusetzen: *Gianna Preston Miller,* die »liebende Tochter« aus Carmelas Nachruf.

Und es kam noch besser: Gianna schien alte Familienfotos auf die völlig veraltete Website der Hudson Garibaldi Society hochgeladen zu haben.

Ich hoffte auf ein gemeinsames Foto von Carmela und ihrem Mr. Preston, um einen visuellen Eindruck zu erhalten, ob sie glücklich verheiratet waren oder nicht, beziehungsweise ob sie überhaupt verheiratet gewesen waren. Drei Klicks weiter fand ich etwas, das mich noch viel mehr verwirrte. Ein Foto von einer sehr glücklichen Carmela, die neben einem älteren Herrn mit markantem Gesicht eine Torte anschnitt. An ihrem Finger prangte ein Diamantring, der absolut nichts gemein hatte mit dem, den ich an meiner Halskette trug. *Wenn das ihr Verlobungsring war, was ist dann mein Ring?*

Ich klickte durch alle Seiten mit Giannas Infos, bis ich endlich eine fand, auf der auch ihre E-Mail-Adresse stand. Carmela hat mir eine Nachricht hinterlassen, überlegte ich. Vielleicht hatte sie ja darauf gehofft, dass ich antworte?

»Hallo, Gianna«, tippte ich. »Vor Kurzem habe ich erfahren, dass mein Verlobter mir mit einem Ring aus dem Besitz Ihrer Mutter einen Heiratsantrag gemacht hat. Bitte entschuldigen Sie, falls ich aufdringlich bin, aber ich würde gern mehr über sie erfahren. Ich muss gestehen, dass ich wegen meiner italienischen Großmutter abergläubisch in Bezug auf Ringe bin, die aus einem Erbe oder einem Antikladen stammen. Womöglich können Sie das sogar nachvollziehen? Im Voraus vielen Dank für alles, was Sie bereit sind, mir zu erzählen. Herzliche Grüße, Shea Anderson.«

Zehn Entwürfe später drückte ich auf SENDEN, klappte den Laptop zu und atmete seit Stunden, wenn nicht seit Tagen, zum ersten Mal tief durch. Kurz darauf fiel mir wieder ein, dass ich in einer Woche nach New York fliegen würde. Das hieße, ich würde mich nur zwei Zugstunden südlich von dem Ort aufhalten, an dem Carmela gestorben war und Gianna immer noch lebte. Die Chance, die sich mir dadurch eröffnete, jagte mir einen Schauder über den Rücken. Welcher vernünftige Mensch könnte das für einen Zufall halten?, dachte ich, während ich meinen Schreibtisch verließ, um einen weiteren dringend benötigten Spaziergang um den Block zu machen.

9

Mein New-York-Trip begann mit zweiundsiebzig Stunden intensiver Filmfestival-Erkundung. Seit meiner Zeit hier, inzwischen fünf Jahre her, war das Event total explodiert, und es fühlte sich an, als hätte es dabei etwas verloren. Ich bemerkte mehr groß angelegte Aktivitäten – ein neues Straßenfest mit lokalen Geschäften und ein Lagerhaus, das in eine dieser Social-Media-basierten Kunstausstellungen umgewandelt worden war, in diesem Fall war die Ausstellung berühmten Filmmomenten gewidmet. Aber es gab immer weniger Gelegenheiten, mit echten Filmschaffenden in Kontakt zu kommen, und weit weniger kleine Filme im Programm. Tatsächlich war die ganze Kategorie der Mikro-Budget-Filme durch kommende Serien der Streaming-Dienste ersetzt worden. Ich notierte alles in meinem Notizbuch, das *Harriet, der kleinen Detektivin* würdig gewesen wäre, und war ganz erpicht darauf, meine Erkenntnisse in L. A. zu präsentieren.

Am Samstagnachmittag hatte ich offiziell Feierabend. Ich wollte auf der High Line an der Stelle vorbeispazieren, an der mir John den Antrag gemacht hatte, um den Moment noch einmal ohne den Stress zu durchleben, den ich an jenem Tag empfunden hatte. Aber die Zeit wurde zu knapp, sie reichte kaum, mich bei John zu melden, ehe ich in den Zug Richtung Norden stieg.

»Alles wird gut«, sagte er, ohne dass ich ihm dazu Anlass gegeben hätte. John konnte bereits an der Art, wie ich Hallo sagte, erkennen, wie unruhig ich war. Kurz bevor ich die Zugfahrt vergangene Woche gebucht hatte, hatte ich ihm endlich von Carmela erzählt und auch, dass ich noch einmal mit Simone gesprochen hatte, wir uns verabredet hatten und sie mir eine Unterkunft in Hudson organisiert hatte. Er sah die ganze Sache gelassen.

»Du hättest mit dem Plan nicht hinter dem Berg zu halten brauchen«, hatte er gesagt. »Ich wäre von Anfang an dafür gewesen und mache mir auch jetzt keine Sorgen.«

»Auch nicht wegen der Geschichte mit dem Nachnamen?«, fragte ich, ein wenig genervt von seiner Laisser-faire-Haltung. Aber womöglich war ich einfach nur neidisch darauf.

»Viele Lehrerinnen an meiner Schule haben ihren Mädchennamen behalten.«

Ich hatte nicht das Herz, ihm zu sagen, dass diese Lehrerinnen nicht aus derselben Generation waren wie die frühere Besitzerin meines Rings oder dass ich bis heute Morgen noch keine Antwort von Gianna erhalten hatte. Das war nun das Letzte, woran ich denken wollte, zwei Stunden südlich von dem Ort, an dem ich sie zu finden hoffte.

»Okay, dann lenk mich doch mit ein wenig Mittelschuldrama ab«, sagte ich zu John, während draußen vor dem Zugfenster Wohnblöcke zu Stadthäusern wurden.

»Nichts leichter als das«, erwiderte er. »Ich habe gerade eine E-Mail mit folgendem Betreff erhalten: *Bauchfreie Oberteile: Schule zutiefst besorgt.*«

Die AMTRAK-Fahrt nach Hudson war wie eine Tour durch einen Themenpark, gestaltet nach einem Landschaftsgemälde von New York in den Zwanzigerjahren: Dunstige sanfte Hügel flankierten den Hudson River; stattliche Villen reihten sich entlang der

Bahnschienen aneinander; gleich hinter jedem Bahnhof begannen malerische Städtchen mit von Laternen gesäumten Straßen. Egal, wie sehr ich gegen das Gefühl auch ankämpfte: Das alles erinnerte mich an Dad.

Die ersten fünfzehn Jahre meines Lebens hatte ich darum gebettelt, dass er mit mir die kalifornische Version dieser Strecke fuhr. In den meisten Wochen pendelte er von Montag bis Donnerstag mit dem Coast Starlight von unserem Zuhause in Santa Barbara runter nach Los Angeles. Das heißt, Mom war fünfundsiebzig Prozent der Zeit praktisch alleinerziehend, aber wir konnten uns dadurch einen Lebensstil leisten, der weit über das hinausging, was sie unter Nonnas und Pops Dach in El Segundo erlebt hatte. Annie und ich besuchten eine Privatschule in Montecito, unweit von Oprah Winfreys Anwesen. Ich wusste, dass wir reich waren. Ich wusste, dass es daran lag, dass Dad für einen der größten Importeure japanischen Whiskeys in den USA arbeitete. Aber ich hatte keine Ahnung, dass er sich fast seine ganze Berufslaufbahn auf sehr dünnem Eis bewegte, dass Mom irgendwie seine Arbeit erledigte, wenn er dafür zu betrunken war, und dass das meiste von unserem »Geld« Kreditkarten zu verdanken war. Aber irgendwann war ich alt genug, um zu merken, dass mein Vater nicht drei Tage pro Woche bewusstlos auf dem Sofa liegen und gleichzeitig an genau diesen Tagen bei seinem großen, wichtigen Job in L. A. sein konnte. Ironischerweise wurde es genau zu dieser Zeit zwischen Mom und mir hässlich. Ich ließ meine ganze Wut auf ihn an ihr aus. Und das hatte sie nicht verdient.

Das Tuten des Zugsignalhorns holte mich zurück in die Gegenwart. Ich konzentrierte mich auf den Hudson, der immer breiter wurde und vor dem Fenster glitzerte. Er war getupft von Booten, auf denen Menschen den Spätsommer genossen. Das war nicht der Coast Starlight. Weder Dad noch Mom waren hier. Und es hilft nichts, ihre Vergangenheit mit in meine Zukunft zu nehmen, dachte ich, während ich aufstand, um diese Gedanken im Speisewagen abzuschütteln.

10

Es war einer dieser klebrigen Spätsommernachmittage »auf dem Land«, als ich ankam – die Art von Witterung, bei der sich meine Haare so kräuselten, dass ein Heiligenschein von einem Zentimeter dazukam, und sich meine Haut anfühlte, als wäre ich vor fünf Minuten der Dusche entstiegen. Dennoch erschien es mir richtig, zu Fuß zu gehen. Ich wollte mich in Carmela hineinversetzen, während ich durch die Straßen schlenderte. War sie zusammen mit ihrem Mann zum Abendessen hierhergekommen? Oder ging sie hier allein auf Antiquitätenjagd und nahm dann ein beschauliches Mittagessen ein? Stammte sie ursprünglich aus der Großstadt? Oder war Mr. Prestons Familie von hier und hatte die beiden dazu ermutigt, in der Nähe zu leben?

Ich war schweißgebadet, als ich die von Löwen flankierte Tür von Warren House – mein Quartier für die Nacht – erreichte, das eine hervorragende Kulisse für ein Remake von *Alle Mörder sind schon da* abgegeben hätte. Ich benutzte den schlangenförmigen Türklopfer, um meine Ankunft kundzutun, und hörte einen Schrei, der klang, als wäre tatsächlich ein Mord geschehen. »Wen*deeeeellll!*« Die beiden Flügel der Tür wurden aufgerissen. Heraus trat eine winzige Frau mit violetten Haaren und einem violetten Samtjackett, die einen Hund mit einer violett karierten Fliege festhielt.

»Du bist Shea!«, kreischte sie. »Ich bin Winnie! Das ist Wally! Wendell ist *irgendwo* ... Ich zeige dir dein Zimmer, und dann trinken wir Kaffee und reden über diese ganze Ringsituation. Wegen Simone spricht schon die ganze Stadt davon! Jede Menge Ideen! Jede Menge Vermutungen! Wally, zeig Shea doch mal ihr Zimmer! Los, los, schnell, schnell! Ich koche den Kaffee.«

Und nach *alldem* führte mich ein vier Kilo schwerer Hund eine überwältigend herrschaftliche, mit violettem Teppich belegte Treppe hinauf zu meinem violett gestrichenen Zimmer.

»Wie lang lebt ihr beiden denn schon hier?«, fragte ich, als Winnie in meine mit Veilchen verzierte Kaffeetasse etwas einschenkte, das wie verflüssigter schwarzer Teer aussah. Endlich war auch Wendell aufgetaucht – ein zerzaustes Yin zum Yang seiner eleganten Frau. Wir saßen schon etliche Minuten am Tisch, und ich wusste immer noch nicht so recht, ob er sprechen konnte.

»Beim ersten Mal fünf Jahre und beim zweiten Mal nun schon fünfundzwanzig«, antwortete Winnie für sie beide.

»Und wo wart ihr in den Jahren dazwischen?«, fragte ich.

»Na, Wendell ging nach New Mexico, um an weiß Gott was zu arbeiten; das ist bis heute unter Verschluss. Und ich ging nach Acadia, Maine, um mit meiner Schwester ein B&B zu eröffnen.«

»Oh. Ihr wart an unterschiedlichen Orten?«

»Ja. Geschieden. Und beide neu verheiratet.« Wendell hatte noch immer nicht auf irgendeine dieser Informationen reagiert. Vielleicht war er eingeschlafen.

»Und nun seid ihr …?«

»Wieder verheiratet! Miteinander. Um das klarzustellen.«

»Wow«, sagte ich. »Und wenn es euch nichts ausmacht, dass ich das frage: *wie* und *warum?*« Winnie schüttete einen Esslöffel Zucker in ihren Kaffee, danach in meinen. Das erklärte ihre Energie.

»Na ja, das erste Mal war am Anfang richtig, und dann nicht mehr. Ich glaube, wir waren zu jung. Aber wir waren uns gegenseitig nicht böse. Wir blieben in Kontakt, und am Ende haben wir einander vermisst. Und beim zweiten Mal waren wir diejenigen, die wir schon beim ersten Mal hätten sein sollen, damit es funktioniert, deshalb hat es geklappt. So weit, so gut! Nicht wahr, Wen?« Wendell zuckte mit der Schulter.

»Das ist … Wow«, sagte ich. *Was würde ich vom Karma eines Rings halten, wenn er Wendells und Winnies Geschichte umfassen würde?*

»Aber um auf *dein* Problem zurückzukommen …«, fuhr Winnie unbeirrt fort. »Ich habe bei der zweiten Runde auf einen neuen Ring bestanden. Neuer Heiratsantrag. Neue Ehe. Neuer Ring!« Sie zeigte auf ein breites goldenes Band mit einer Reihe eingelassener Amethyste – natürlich – an ihrem linken Ringfinger. Dann sah sie sich den Diamanten an meinem Hals an. »Sehr clever, ihn dort aufzubewahren, bis die Nuss geknackt ist. Die Geschichte meine ich, nicht den Diamanten! Diamanten sind sehr hart. Aber das ist eher Wendells Terrain, nicht meins. Jedenfalls unterstützen wir dich, egal wie! Nicht wahr, Wen?«

Dann, endlich, öffnete Wendell den Mund, um uns alle mit drei Worten zu beehren, die all sein Schweigen wieder wettmachten.

»Metall leitet Energie«, krächzte er.

»Genau!«, rief Winnie. »Weißt du, einmal habe ich ein …«

»Moment mal. Was hast du eben gesagt?«, fragte ich an Wendell gewandt.

»Metall leitet Energie«, wiederholte er. »Und dein Ring besteht aus Metall.«

»Würde es dir was ausmachen, mir darüber einen kleinen Vortrag zu halten?«, fragte ich.

Vortrag war offenbar das Zauberwort. Wendell fuhr fort wie eine zum Leben erwachte Wikipedia-Seite – mit Betonung auf *zum Leben erwacht.*

»Beim Anlegen von elektrischer Spannung bewegen sich freie Elektronen durch das Metall wie Billardkugeln, die sich gegenseitig anstoßen. Während sie sich bewegen, geben sie die elektrische Spannung weiter. Die Übertragung von Energie ist am stärksten, wenn der Widerstand gering ist. Die wirkungsvollsten Leiter sind Metalle, die ein einziges Valenzelektron haben, das sich frei bewegt. Dies ist bei den leitfähigsten Metallen der Fall, zum Beispiel Silber, Kupfer und Gold, wie bei deinem Ring.«

»Und was genau wird da geleitet?«, fragte ich, in der Hoffnung, dass ich es verstanden hatte.

»Energie, Liebes«, sagte Winnie. Ich hatte das Gefühl, sie hatte Angst, ihr Mann würde bei dieser ganzen Konversation abschalten.

»Klar, aber was ist *Energie* eigentlich genau?« Ich richtete diese Frage an Wendell. Für mich würde es sich lohnen, selbst wenn meine Fragen ihn so erschöpften, dass er danach eine ganze Woche schlafen musste.

»Energie?«, wiederholte er, zum ersten Mal lebhaft, seit wir uns hingesetzt hatten. »Es ist das, woraus wir bestehen – wer wir sind. Energie ist alles. Und Metall hält sie fest und gibt sie dann ab.«

Wendells zusammengesackte Gestalt und seine geraden Lippen sagten, dass das alles *sehr einfach* war. Doch für mich war es eine alles erschütternde Bestätigung dessen, was ich schon immer geglaubt hatte. Das erste Stück Information, das mir Nonnas Warnung bestätigte, die ich schon seit Jahrzehnten mit mir herumtrug. Und es war eine wissenschaftliche Information! Fakten! Das war mir am liebsten.

»Ich danke euch beiden wirklich«, sagte ich, ehe mir Winnie noch eine Tasse Teer einschenkte. »Aber jetzt muss ich mich mit Simone treffen.«

»Stimmt! Um zwei in der Hudson Roastery!« Hier sprach sich auch wirklich alles herum. »Draußen im Fahrradständer ist ein Fahrrad, das du benutzen kannst. Das violette!«

Dank Wendells aufmunterndem Tutorium fühlte ich mich ganz leicht. So sehr, dass ich beschloss, noch ein einziges Mal auf meinem Handy nachzuschauen, ob eine Antwort von Gianna da war. Mein Puls beschleunigte sich, als ich die E-Mail-App öffnete: Ganz oben wurde eine neue Nachricht angezeigt. Daneben stand Giannas Name.

>Hi, Shea. Meine Gratulation zur Verlobung. Leider bin ich nicht in der Lage, Ihnen zu helfen. Das ist nicht der Ring, den mein Vater meiner Mutter geschenkt hat. Tatsächlich hat mir meine Mutter nie verraten, von wem sie den Ring bekommen hat. Es war ein Geheimnis, das sie mit ins Grab genommen hat. So schwer es mir auch gefallen ist, auf dieses Wissen zu verzichten, glaube ich dennoch, dass ich nun, da sie nicht mehr da ist, ihren Wunsch respektieren sollte. Es tut mir leid – aber trotzdem viel Glück.
Gianna Preston Miller

11

Ich hätte das »Fahrrad« von Wendell und Winnie am besten direkt stehen lassen sollen, als ich es an einem rostigen Stück Zaun lehnen sah. Nachdem ich Giannas Nachricht gelesen hatte, war ich schon niedergeschlagen genug, und auf einem violetten Schrotthaufen anderthalb Kilometer über holprige Wege zu fahren, machte es nicht besser. Schon nach fünf Minuten drang ein rasselndes Mahlgeräusch vom Hinterrad herauf, und ein frustriertes Stöhnen von meinem Körper.

»Mit deinem Rad stimmt was nicht«, hörte ich hinter mir jemanden sagen.

»Ach wirklich?«, antwortete ich. Am liebsten hätte ich mich umgedreht, um mit den Augen zu rollen, aber ich hatte zu große Angst, dass ich mich dann auf die Nase lege.

»Es liegt an der Kette.« Die Stimme des Bike-splainers war männlich und tief wie die von Adam Driver. Normalerweise fand ich das attraktiv, aber jetzt hätte ich am liebsten etwas in seine Richtung geworfen.

»Kann ich was tun, ohne von diesem Trauerspiel von Fahrrad herunterzufallen?«, rief ich.

»Nein«, war seine einsilbige Antwort. Daraufhin drehte ich mich um, um ihn anzufauchen, und fiel – *natürlich* – vom Fahrrad.

»O Mann ... Das hab ich kommen sehen. Alles okay?«, fragte Adam Driver und segelte in meine Richtung. Er war ungefähr so alt wie ich und etwas zerzaust, aber trotzdem uneingeschränkt gut aussehend – die Art von Typ, denen ich in meinen Dating-Tagen quer durch die Bar einen Blick zugeworfen hätte. Ich ertappte mich dabei, wie ich meine Augen davon abhielt, standardmäßig ihr altes Programm abzuspulen.

»Alles gut«, sagte ich, während ich mich wieder aufrappelte. Er machte einen verspäteten Versuch, mir dabei zu helfen, und packte mich dabei ungeschickt am Arm. Mein Körper flatterte bei seiner warmen Berührung, ein weiterer alter Reflex.

»Warum fährst du das überhaupt?«, fragte der Fremde.

»Das haben sie mir im Gasthaus weiter oben an der Straße gegeben«, sagte ich. Wenn er sich nicht vorstellte, tat ich es auch nicht.

»Ich dachte mir gleich, dass du das von vorhin am Bahnhof bist«, erwiderte er mit einem schüchternen Lächeln. »Wenn ich gewusst hätte, dass du ins Grey Gardens gehst, hätte ich dich vorgewarnt wegen des Fahrrads … und Winnies Kaffee.« *Dann war er wohl von hier?*

»Hm, meinst du, Winnie ist Big Edie und Wendell ist Little?« Ich bereute sofort, auf seine Anspielung auf *Grey Gardens* eingegangen zu sein, aber sie war einfach eine zu gute Vorlage.

»Nein, offensichtlich ist Winnie Big, und der Hund ist Little«, sagte er. Ich lachte laut und bereute auch das sofort. Er sah aus wie der Typ Mann, für den Frauen zum Lachen zu bringen ein Sport war.

»Könntest du mir vielleicht helfen, dieses Fahrradkettenproblem zu lösen?«, fragte ich.

»Nee, sorry. Das Ding ist jenseits aller Reparaturmöglichkeiten«, sagte er.

Dann sprang er wieder auf sein eigenes Rad und trat in die Pedale. Meine Ohren wurden heiß, aber ich zwang mich, nicht zu reagieren, denn ich nahm an, dass er genau das wollte.

»Cool! Dann gehe ich eben zu Fuß!«
»Viel Spaß!«, rief er von Weitem zurück. »Es ist ein wunderschöner Tag!« Dann tippte er sich auf total nervige Art an seinen imaginären Hut und flitzte davon. *Summend.*

Die nächsten zwanzig Minuten schleppte ich mich zum Café und versuchte mir dabei auszumalen, wie Nora Ephron diese Szene umgeschrieben hätte, um mir das letzte perfekte Wort zu geben.

12

Simone war genau, wie ich sie mir aufgrund unseres Telefonats vorgestellt hatte, die Bilderbuchausgabe von künstlerisch-provinziell: kurzes, schickes schwarzes Haar; taufrische Haut mit einem Hauch von Make-up; Leinenoverall – *natürlich* in Schwarz. Ich war so eingeschüchtert von ihr, dass ich die enttäuschende Info von Gianna erst mal für mich behielt.

»Also ... Erinnerst du dich noch, dass ich meinen Cousin Graham erwähnt habe? Der, der mir dabei hilft, Großvaters Akten im Juwelierladen zu sortieren?«

»Nein«, sagte ich.

»Hm, na gut. Ich habe da diesen Cousin, Graham, der fürs Feuilleton schreibt. Von ihm wurde schon jede Menge veröffentlicht, unter anderem im *New Yorker*«, berichtete sie sichtlich aufgeregt. »An den Wochenenden kommt er von Brooklyn hier rauf. Ich hab ihm deine Geschichte erzählt, und er war wirklich angetan davon, deshalb hat er ein paar Dinge veranlasst, um dir zu helfen.« Simone klang jetzt nicht mehr so übermäßig cool, sondern eher wie eine kleine Schwester, die ein schlechtes Gewissen hat. Das kannte ich nur zu gut.

»Was für Dinge?«, fragte ich.

»Ähm. Er kann das erklären ... Er kommt nämlich gleich. Achtung: Er ist irgendwie ... speziell.«

»Warte. Simone. Bevor er kommt, muss ich dir unbedingt etwas über Gianna erzählen …«, begann ich, doch da näherte sich auch schon eine Gestalt unserem Tisch.

»Du?«, fragte ich; plötzlich stand ich unter Strom.

»Du«, sagte er, als hätte er es von Anfang an gewusst. Simone schaute fragend von einem zum anderen.

»Wir kennen uns bereits. Sozusagen. Dein Cousin hat angehalten, um mich zu informieren, dass mein kaputtes Fahrrad kaputt ist, dann hat er sich aus dem Staub gemacht.«

»Hätte ich das Fahrrad und dich etwa auf meinen eigenen zwei Rädern transportieren sollen?« Er zog sich einen dritten Stuhl an unseren Tisch für zwei heran, schnappte sich ein Stück von Simones Croissant und ließ die Bombe platzen: »Jedenfalls habe ich Gianna Preston gefunden.«

»Ich sagte doch, er ist gut«, beharrte Simone.

Graham zog einen zerfledderten Notizblock heraus, der von hieroglyphischer Handschrift bedeckt war, während ich versuchte, mich zu entscheiden, ob ich fuchsteufelswild oder begeistert sein sollte.

»Die Adresse lautet 51 Outlook Lane, Red Hook, New York. Sie ist Italienischlehrerin an der dortigen Highschool. Heute gibt sie nach Schulschluss noch eine Nachhilfestunde, aber nach vier sollte sie zu Hause sein, deshalb werden wir um diese Uhrzeit hingehen.«

»Boah. Immer langsam. *Wir* gehen überhaupt nirgendwohin«, entgegnete ich. »Zumindest nicht, bevor ich weiß, wie du das gemacht hast.«

Graham aß Simones Croissant auf, ehe er antwortete. »Ich kenne einen Typen im Stadtarchiv. Und einen in der Schulleitung. Und eine Lehrerin an der Schule. Die Namen meiner Quellen darf ich natürlich nicht nennen.« Wenn ich nicht so verdammt beeindruckt gewesen wäre, hätte ich diesen Mann verabscheut.

»Das ist großartig!«, sagte Simone. »Ihr zwei könnt losziehen und mit Gianna über den Ring reden. Ich würde ja anbieten mitzukommen, aber die Leute sagen mir immer, ich würde polarisieren.«

Das Timing meiner Enthüllung, dass ich bereits mit Gianna »geredet« hatte, war nun alles andere als ideal.

»Ich habe heute Morgen von ihr gehört«, begann ich. »Sie will nicht über den Ring diskutieren, deshalb ist das Ganze schon gelaufen.«

Simone sah enttäuscht aus. Graham horchte auf.

»Lies mir die Nachricht vor«, verlangte er.

»Ich hab dir doch gerade gesagt, was drinsteht«, blaffte ich.

»Nein, du hast mir gesagt, was *du* meinst, was drinsteht. Ich will aber lesen, was *sie* meint.«

Graham schien nicht der Typ zu sein, der nachgab. Ich rief die Nachricht auf und reichte ihm mein Handy.

»Da steht nichts davon, dass du wegbleiben sollst. Da steht nicht, dass sie auf keinen Fall darüber reden will. Du hast immer noch jedes Recht auf ein Doorstep-Interview. Das würde jeder gute Journalist versuchen«, sagte er. »Sorry, *Doorstep* heißt …«

»Ich weiß, was es heißt«, erwiderte ich. »Ich habe *Spotlight* gesehen. Aber ich will nicht in ihre Privatsphäre eindringen. Das wäre unhöflich.«

»Hör mal«, fuhr er fort, »mach, was du willst, aber ich bin mir sicher, dass wir diese Frau knacken können.«

»Was springt für dich dabei raus?«, fiel mir endlich ein zu fragen.

Graham zögerte keine Sekunde. »Ein großer Artikel, hoffe ich.«

»Ich habe dir doch gesagt, dass du ihr das nicht verraten sollst …«, flüsterte Simone. Ich warf ihr einen tödlichen Große-Schwester-Blick zu, wurde aber davon abgelenkt, dass Graham weitere Hieroglyphen in sein kleines Notizbuch kritzelte. Schrieb er da etwa über mich?

»Sieh mal«, sagte Graham. »Ich habe gerade einen Reisebericht für die *Atlantic* fertiggestellt.« Bei seiner Betonung bekam ich Gänsehaut. »Aber ich will zurück zu persönlichen Geschichten, und ich glaube, du hast eine gute auf Lager.«

»Dann benutzt du mich und meine Geschichte also«, sagte ich.

»Und du benutzt mich und meine mehr als zehnjährige Erfahrung als Journalist«, hielt er dagegen.

Zögernd nippte ich an meinem Kaffee. Dann sah ich Graham an und versuchte, ein Gefühl dafür zu bekommen, ob er mir helfen oder mir wehtun wollte. In seinen Augen entdeckte ich eine Aufregung, die ich sofort als meine eigene wiedererkannte. Tatsächlich war Graham der erste Mensch, der ebenso erpicht darauf war, dieses Rätsel zu lösen, wie ich. Und ich war nicht gerade in einer Position, in der ich Hilfe ablehnen konnte.

Mit klopfendem Herzen beobachtete ich vom Beifahrersitz des klapprigen Volvos aus, den wir uns von Simone ausgeliehen hatten, wie Graham sein Versprechen einhielt. Er hatte vor, bei Gianna zu klingeln, sie einfach frech mit der Sache zu konfrontieren, sich dann bei mir zu entschuldigen, dass er mich in diese unangenehme Situation gebracht hatte, und zuletzt bei ihr um Gnade und Verständnis zu flehen. Was klappen könnte, denn selbst auf die Entfernung von sechs Metern war sein Charisma zu spüren. Doch er schien auf eine toughe Gegnerin gestoßen zu sein. Gianna war hochgewachsen, offenbar ein Erbe der Preston-Seite. Ich erinnerte mich an eines der Fotos im Internet von Carmelas Mann, der ihre zierliche Gestalt überragt hatte. Aber farblich sah sie exakt aus wie ihre Mutter – rabenschwarzes Haar, das jeden Lichtstrahl absorbierte, und dunkle Haut. Und Carmelas durchdringende Augen. Im Moment funkelten sie Graham böse an, aber ich beobachtete, wie ihr Blick sanfter wurde, während er sein Anliegen auf der Türschwelle vortrug. Fünf Minuten später kam er zum Wagen zurückgerannt.

»Es kann losgehen«, sagte er, während er sich auf den Fahrersitz gleiten ließ. »Allein wirst du mehr aus ihr rauskriegen – außerdem muss ich los. Ruf Winnie an, sie soll dich abholen, wenn du fertig bist, und schreib mir 'ne E-Mail, wie es gelaufen ist.« Er zog ein Stück Papier heraus, das er in der Brusttasche seines Hemdes abriss. Es wirkte wie ein verrückter Zaubertrick.

»Wow. Okay. Wie hast du ...«, begann ich, doch Grahams selbstgefällige Miene war mir Antwort genug und ließ mich daran zweifeln, ob ich ihm tatsächlich eine E-Mail schreiben sollte.

Fünf Minuten später saß ich mit Gianna beziehungsweise Gia, wie ich sie nennen sollte, am Küchentisch – was hoffentlich ein gutes Zeichen war. Das alte, gemütliche Farmhaus war voll gerahmter Fotos mit toskanischen Landschaften und dieser berühmten, mit Zitronen bedruckten Keramik aus Amalfi. Beides kannte ich, denn die Häuser meiner sämtlichen Cousinen und Cousins mütterlicherseits sahen genauso aus. Es entspannte mich, was hilfreich war, denn Gias ausdrucksloses Gesicht entspannte mich ganz und gar nicht.

»Aus welchem Teil Italiens kommt Ihre Familie?«, fragte sie, während sie aus einer alten Bialetti Espresso einschenkte. Es war meine vierte Tasse Kaffee an diesem Tag, aber seltsamerweise nahm mir das Koffein ein wenig die Aufregung.

»Campania«, sagte ich. »Salerno, um genau zu sein. Und Ihre?«

»Etwas nördlich von Florenz. Waren Sie mal dort?«

»Vor Jahren. Und Sie?«

»Wir fliegen jedes Jahr hin, aber das Städtchen, aus dem meine Mutter stammte, besuchen wir nicht.« Das ist merkwürdig, dachte ich und wünschte mir plötzlich, Graham wäre da und würde Notizen machen. »Tut mir leid, dass ich in meiner E-Mail so kurz angebunden war«, sagte Gia und setzte sich auf den Stuhl neben mir. »Vor allem, weil ich Sie verstehe. Wir Italiener lassen uns hin und wieder von unserem Aberglauben leiten. Meine Mutter hat mal darauf bestanden, dass wir auf ein großartiges Haus verzichten, das mein Mann und ich gefunden hatten, weil der Immobilienmakler während der Besichtigung einen Regenschirm aufgespannt hat.«

»Aber genau deshalb hatten Sie sie zur Besichtigung mitgenommen, nicht wahr?«, fragte ich.

»Natürlich«, sagte Gia, und ihr Lächeln wirkte zum ersten Mal wirklich echt.

»Meinen Sie, Ihre Mutter hat deshalb die Nachricht zu dem Ring geschrieben?«

»Ja, das glaube ich. Und vermutlich würde ihr gefallen, dass eine ähnlich abergläubische Frau ihn bekommen hat.« Ich spürte, wie sich ein Lächeln auf meinem Gesicht ausbreitete und sich mein ganzer Körper entspannte. *Vielleicht war es Schicksal, dass ich hier war.*

In den folgenden Minuten erzählte mir Gia mehr über Carmela Costanza Preston. Sie hatte einen grünen Daumen gehabt und ein hitziges Temperament, vor allem, wenn es darum ging, ihre einzige geliebte Tochter zu verteidigen. Sie kochte an jedem einzelnen Tag drei warme Mahlzeiten für ihre Familie und benutzte dafür niemals ein Rezept. Und soweit Gia wusste, war sie bis zu ihrem Tod glücklich mit dem einen Mann verheiratet, Gias Vater. Natürlich starb auch er zwei Monate später an gebrochenem Herzen. Carmela klang wie jemand, den ich gemocht hätte. Aber all das stellte auch eine tiefe Verbindung zu Gia her.

»Weißt du, ich habe meine Mutter auch verloren«, gestand ich und ging dabei unwillkürlich zum Du über. »Und auch sie hat ein paar Geheimnisse mit sich genommen.« Diese Gemeinsamkeit ging mir zu Herzen. Gia nickte, dann wanderte ihr Blick zu dem Ring an meiner Halskette. Dem Ring ihrer Mutter. Danach sah sie mich wieder an und nickte noch einmal, anscheinend bereit.

»Ich fand ihn in einem Kästchen hinten in der obersten Schublade von Moms Kommode. Da war ich ungefähr zehn. Zu jung, um zu wissen, dass man seine Mom nicht nach prachtvollen Verlobungsringen fragt, die sie versteckt, aber alt genug, um zu wissen, dass sie log, als sie sagte, er gehöre irgendeiner alten *zia* in Italien. Bei meiner Hochzeit bekam ich endlich das bisschen Information, das ich habe, aus ihr heraus. Ich glaube, Mom war sehr sentimental in Bezug auf ihre Vergangenheit. Vor meinem Dad hatte es einen anderen Mann gegeben. Sie lernten sich kennen, als sie noch sehr jung waren und in Italien lebten. Entweder hat er ihr mit diesem Ring einen Heiratsantrag gemacht oder ihn ihr einfach geschenkt, das weiß ich nicht genau. Sie sagte nur, dass er ihre erste Liebe war und der Grund, von zu Hause fortzugehen.«

»Aber es war nicht der Mann, den sie geheiratet hat …«, sagte ich, inzwischen war ich auf die Stuhlkante vorgerutscht.

Gia lehnte sich zurück, als würde sie zu alledem ein wenig Abstand brauchen. »Ich weiß. Es schwebt ein riesiges Fragezeichen über dem Menschen, von dem ich dachte, dass ich ihn von allen am besten kennen würde. Und ich glaube, das Ganze hängt damit zusammen, dass sie sich von ihrer Herkunftsfamilie entfremdet hatte.«

»Meinst du, deine Mutter hätte gewollt, dass du eine Beziehung zu ihnen aufbaust? Vor allem nun, da sie nicht mehr da ist?«

»Das weiß ich nicht, aber ich hätte gern eine. Sie hatte eine Schwester, meine *zia* Maria. Seit meine Mutter gestorben ist, denke ich so oft an sie. Ich habe das Gefühl, sie sollte Bescheid wissen, falls sie überhaupt noch am Leben ist.«

»Das können wir bestimmt herausfinden«, hörte ich mich sagen. Normalerweise stürzte ich mich nicht ohne nachzudenken in irgendetwas hinein, aber der Plan in meinem Kopf nahm so schnell Gestalt an, dass ich nicht mehr abwägen konnte, ob er nicht total irrsinnig war. »Wie wäre es, wenn ich zu deiner Tante, so wie zu dir, Kontakt aufnähme? Ich wäre einfach eine neugierige, frisch verlobte Frau, die einige Nachforschungen anstellt. Wir bräuchten ihr gar nicht zu sagen, dass wir beide uns getroffen haben, wenn du glaubst, es könnte sie aus der Fassung bringen.«

»Du hast mich tatsächlich irgendwie zum Reden gebracht …«, sagte Gia, in deren Gehirn sich offensichtlich auch gerade sämtliche Rädchen drehten.

»Vielleicht wäre sie ja dazu bereit, vor allem zu Ehren eines heiligen italienischen Aberglaubens«, schlug ich vor.

Gia blickte durch die Küche ins Wohnzimmer, wo über dem Kamin aus rotem Backstein ein Gemälde hing, auf dem die sanften Hügel rund um das Städtchen zu sehen waren, in dem ihre Mutter aufgewachsen war. »Wie hoch ist die Chance für all das …«, sagte sie wie zu sich selbst, und ein Blick absoluten Erstaunens zeichnete sich auf ihrem Gesicht ab.

13

»So real ist das für dich?«, fragte John. »Du würdest wegen dieses Aberglaubens um die halbe Welt fliegen, um eine vollkommen fremde Frau aufzusuchen?« Die Frage machte seine Haltung in dieser Sache unmissverständlich klar. Ebenso sein Tonfall.

Es war Montagmorgen nach meiner Rückkehr, und wir stiegen im Ernest E. Debs Park einen Pfad hinauf. Die Wanderung war eigentlich unser sonntagmorgendliches Ritual – unser »Gottesdienst« –, aber wir waren heute extra früh aufgestanden, damit sie noch vor unseren Arbeitstag passte. Die perfekte Gelegenheit, über alles zu reden, was ich erfahren hatte, hatte ich gedacht. Wie sich zeigte, führt man große Gespräche jedoch lieber im Flachland.

Eines der ersten Indizien dafür, wie sehr ich John liebte, war die Tatsache, dass ich mir nicht vorstellen konnte, ihm etwas zu verheimlichen. Alles, von »Ich hab den Rest der Lasagne aufgegessen« bis hin zu »Mir gefällt nicht, wie dein Freund Jim mit dir redet«, kam mir über die Lippen, ohne dass ich mir um die Auswirkungen Sorgen machen musste. Aber die Ehrlichkeit, auf die ich so gebaut hatte, war in Schräglage geraten, seit wir uns verlobt hatten. So hatte ich John gegenüber meine Bedenken, dass seine Eltern zu viel Einfluss auf unsere Hochzeit hätten, wenn sie die ganze Feier bezahlen würden, für mich behalten. Und ich hatte ihm noch immer nichts von meinem Albtraum im Brautmodenladen erzählt.

Die Frage, die nun auf dem Tisch lag, offen und ehrlich zu beantworten, fühlte sich wie ein Test für mich selbst an.

»Ja«, sagte ich. »So real ist mein Aberglaube. Das war schon immer so. Er ist ein bedeutender Teil von diesem nächsten Schritt, den wir zusammen gehen, John, und ich hoffe wirklich, dass du das verstehst.«

John verlangsamte seine Schritte, als wir den nächsten steilen Abschnitt des Pfades in Angriff nahmen. Ich beobachtete, wie seine Lippen zuckten, wie immer, wenn er intensiv überlegte. *Was denkt er gerade?*

Nur unser angestrengtes Atmen war zu hören, als wir um die Kurve bogen, nach der sich eine weite Aussicht über Downtown L. A. bot. John ließ sich als Erster auf die Holzbank oben an der Klippe plumpsen – die, in die die Namen vieler Paare, einschließlich unserer, eingeritzt waren.

»Ich habe noch nichts gesagt, weil ich nicht daran denken will«, begann er. »Aber dass du all diese Beweise brauchst, dass der Ring sicher ist, damit wir sicher sind ... Irgendwie kommt mir das bekannt vor ... weißt du?«

Ja, das wusste ich, und ich bekam sofort ein schlechtes Gewissen, weil ich bisher nicht eins und eins zusammengezählt hatte.

»Carrie«, sagte ich.

»Ja«, erwiderte John. »Ich weiß, dass das nicht dasselbe ist, aber ...« Dass er verstummte, sagte mir, dass es das in vielerlei Hinsicht eben doch war.

John und seine Ex-Freundin Carrie waren fast vier Jahre zusammen gewesen. Sie hatten sich getrennt, weil Carrie das Gefühl hatte, dass sie sich auseinanderlebten. Sie wollte gern eine Weile im Ausland leben; er strebte eine Festanstellung in seinem Schulbezirk an. John erzählte mir, das Schlimmste an dieser Trennung sei gewesen, dass er sich so dumm vorkam, weil er die Anzeichen dafür erst wahrgenommen hatte, als es zu spät war. Doch nach allem, was ich im Lauf der Jahre gehört hatte, hatte Carrie ihre Gedanken und Wünsche auch eher für sich behalten. Und genau das war die Geschichte, die ich nicht wiederholen wollte.

»Es tut mir leid«, sagte ich. Fast hätte ich »Kann ich verstehen« gesagt, aber das stimmte nicht. John war die erste echte Beziehung in meinem Leben. Ich hatte an der Highschool zweimal einen Freund, praktischerweise um die Abschlussballzeit, sowie eine dieser klassischen unerwiderten College-Lieben. Anfang zwanzig kam ich selten über ein drittes Date oder eine flüchtige Affäre hinaus. Ich hatte keine Ahnung, wie es war, wenn einem auf diese Weise das Herz gebrochen wurde.

Ich streckte die Hand über die Bank hinweg aus und verschränkte meine Finger mit Johns. Dann rückte ich näher zu ihm. Ich war besessen von metaphorischen Zeichen – Vögel, die in einem bedeutenden Moment aufflogen, oder symbolträchtige Songs, die genau im richtigen Moment im Radio liefen. John brauchte handfeste Beweise, Zeichen, die er in knallharte Fakten umwandeln konnte.

»Ich will mit dir zusammen sein, John«, sagte ich. »Aber ich habe das Gefühl, dass ich erst an eine Hochzeit denken kann, wenn ich all meine Ängste in Bezug auf den Ring aus dem Weg geräumt habe. Mehr ist es nicht: Ich muss meinen Aberglauben zerstreuen, damit wir weiterkommen.«

»Okay«, sagte er. »Das musste ich hören. Und sieh mal, ich will keinen Druck machen, wenn es dir zu schnell geht, aber könnten wir nicht einfach *heiraten* auf der Liste abhaken, damit wir mit der nächsten Phase unseres Lebens beginnen können?«

Irgendetwas störte mich daran, wie John das sah. Ich löste meine

Finger von seinen. »Meinst du, sie wird sich so sehr von dieser Phase unseres Lebens unterscheiden?«, fragte ich.

»Keine Ahnung. Vielleicht? Wir werden heiraten. Wir werden ein Haus kaufen. Wir werden so richtig damit anfangen, alles für unsere Zukunft zu organisieren, oder?«

»Stimmt«, sagte ich, aber nur aus Reflex. Ich hatte nie darüber nachgedacht, wie es uns verändern würde, wenn wir erst mal Mann und Frau waren – ob dieser Schritt eine so große Auswirkung hätte. War bei Annie und Mark irgendetwas anders geworden oder bei Rebecca und Teres? Was würden diese drei Frauen sagen, wenn ich sie fragte, wie es sich anfühlte, *Ehefrau* zu sein anstatt *Freundin*? Warum hatte ich ihnen diese Frage nie gestellt?

»Ich wollte uns nicht vom Thema abbringen«, sagte John und drückte mir die Hand. »Zurück zu Italien. Flieg hin, wenn du musst. Aber du hast gesagt, dass die Nachricht von Carmela positiv war. Sie lautete, dass du Glück hast. War das nicht alles, was du herausfinden wolltest?«

Die richtige Antwort lautete Ja, aber das kam mir nicht über die Lippen, als ich in Johns erwartungsvolle Augen blickte.

»Ich habe das Gefühl, mehr erfahren zu müssen«, erwiderte ich. »Und ich bitte dich darum, mir zu vertrauen.«

14

An jenem Abend driftete ich nach einer riesigen Tasse Kamillentee langsam in den Schlaf. Doch dann war ich wieder in einer Toilettenkabine, womöglich in der von unserer Verlobungsfeier in New York. Plötzlich ging die Tür auf.

»Annie?«, fragte ich und kniff die Augen zusammen, um die verschwommene Gestalt einer Frau zu erkennen.

»Nein, Shea«, erwiderte die Gestalt. Mom. Oder zumindest ihre Stimme. Ich konnte immer noch nicht mehr als die Umrisse ihres Körpers erkennen, nur einen halben Meter von meinem Gesicht entfernt. Es war, als würde ich durch ein schmutzverkrustetes Fenster blicken.

»Mom, hi! Warum kann ich dich nicht sehen?« Ich streckte die Hand aus, um ihre Haut zu berühren, doch der Abstand zwischen uns wurde plötzlich größer, und ein »Wage es nicht« hing in der Luft.

»Nimm das, Shea. Los!«, befahl Mom, während sie mir die Hand hinstreckte und die Finger öffnete. Dann gelang es mir plötzlich scharfzustellen, und ich sah, dass sie gar nichts in der Hand hatte.

»Was soll ich nehmen?«, fragte ich. »Da ist nichts.«

»Shea, stopp! Sofort!«, sagte Mom. »Nimm einfach und geh! BITTE!«

Ziemlich beeindruckend an unserer Mutter war, dass sie niemals geschrien hat, nicht mal, wenn Dad sie anbrüllte. Nicht mal, wenn er es bei Annie oder mir versuchte. Sie hielt ihre Stimme so ruhig und leise wie möglich, um sich zu wehren, was sich als wirkungsvoller erwies als jeder Wutausbruch. Etwas stimmte hier nicht. Wieder bewegte ich mich auf sie zu. Ihre schemenhafte Gestalt glitt aus der Kabine wie Rauch aus einem Kamin. Ich drängte mich durch die Tür, um ihr zu folgen. Nun saßen wir plötzlich wieder auf der Parkbank am Ende des Pfads, aber Mom war inzwischen noch schemenhafter geworden. Ein Geist.

»Ich will keinen Druck machen, wenn es dir zu schnell geht, aber willst du das nicht in Ordnung bringen?«, fragte sie. *Wovon redet sie? Und hat das nicht John gerade gesagt?* Mom öffnete wieder ihre Hand, aber noch immer war außer den tiefvioletten Adern ihrer Handfläche nichts zu sehen. »Nimm den Ring«, sagte sie. Mit einem Ruck zog ich die Hand weg, weil ich plötzlich genau verstand, was sie vorhatte.

»NEIN!«, brüllte ich. Mein langer, tiefer Schrei hing in der nebligen Luft zwischen uns, und meine Mutter verschwand.

Dieses Mal fror ich, als ich aufwachte. John hatte alle Decken an sich gerissen. Ich setzte mich auf, atmete langsam durch, um mein hämmerndes Herz zu beruhigen. Ich brauchte mich gar nicht umzuschauen, um zu wissen, dass das, was ich gerade gesehen hatte, nicht real gewesen war. Vielleicht weil dieser Albtraum mit etwas zusammenhing, das tatsächlich passiert war.

Beim Verlassen des Schlafzimmers schnappte ich mir meinen Morgenmantel. Ich wollte nicht, dass John aufwachte und wissen wollte, was los war. Ich wusste nicht mal, ob ich bereit war, diese Frage für mich selbst zu beantworten.

In der Küche spritzte ich mir an der Spüle warmes Wasser ins eiskalte Gesicht und zog mich dann aufs Sofa zurück. Die Beine übereinandergeschlagen aufs mittlere Polster gestreckt, schlossen sich meine Augen beinahe instinktiv. Ich spürte geradezu, wie ich mich wieder zurück in diesen Traum sehnte – als würde mich mein Gehirn dazu ermutigen, eine lang verschüttete Erinnerung wieder auszugraben, anstatt mich weiterhin davor zu beschützen. Vielleicht hatte es diesen ganzen Traum als Anstoß konstruiert, mich endlich damit auseinanderzusetzen.

Ich driftete zu genau dem Moment zurück, den ich schon seit Jahren mied: Mom und ich in der schäbigen Wohnung in Redondo Beach, wo sie bis zu ihrem Tod wohnte. In ihren letzten Wochen besuchte ich sie, sooft ich konnte. An jenem Nachmittag hörte ich sie in ihrem Schlafzimmer kramen und fand sie dort über ihre alte Rattankommode gebeugt vor. Sie hatte ungefähr ein Dutzend Schmuckstücke darauf ausgebreitet, wie auf einem Flohmarkt. Damals war sie schon langsam und ruhig. Der Krebs hatte inzwischen achtzig Prozent ihrer Blutgefäße übernommen, wodurch jede winzige Aufgabe zu einer Herkulesarbeit wurde. Sie lehnte sich an das graue Metall ihres Rollators, den sie brauchte, um im Haus umherzuschlurfen. Der in Regenbogenfarben gebatikte Jogginganzug, den ich ihr eine Woche zuvor gekauft hatte, verschlang ihren schwindenden Körper.

»Ich weiß, das wirkt ein wenig seltsam, aber ich wollte etwas Besonderes daraus machen«, sagte sie, als sie mir zeigte, was sie auf der Kommode ausgelegt hatte. »Du, Annie und ich haben keine Geheimnisse voreinander, aber das hier geht nur uns beide an, okay? Ich werde Annie ihre eigenen besonderen Stücke geben, die ihre eigene Geschichte haben.«

Mom liebte Zeremonien – verlieh wichtigen Momenten gern ein wenig Grandezza, damit sie einprägsamer wurden. Am Tag meiner ersten Periode hatte sie darauf bestanden, dass wir zum

Nachmittagstee ins Casa del Mar gingen. Als Annie zu Mark zog, bereitete sie den beiden eine Überraschung, indem sie das ganze Wohnzimmer mit Ballons füllte. Und in einem Jahr lernte sie zu Nonnas und Pops Hochzeitstag sogar deren Hochzeitslied – »As Time Goes By« – auf dem Klavier zu spielen und ließ Annie und mich dazu singen.

»Ich will, dass du die Geschichte hinter diesen Dingen kennst«, sagte sie. »Und ich will, dass du sie bei so vielen Abenteuern wie möglich trägst. Du hast noch dein ganzes Leben vor dir, Shea. Und du wirst immer die richtigen Entscheidungen treffen, weil du mutiger bist als ich.«

Moms Rede klang gestelzt, sie suchte in ihrem vernebelten Gehirn nach den richtigen Worten. Aber ich wusste, was sie mir sagen wollte. Und tief in meinem Inneren schätzte ich diesen Moment, den sie für uns schaffen wollte – ich konnte es nur nicht ertragen. Es bedeutete, dass Moms Zeit ablief, und ich weigerte mich, das zu akzeptieren.

»Mom, nein. Nicht jetzt. Wir sollten rausgehen! An den Strand! Oder – *oooh* – wir könnten ins Huckleberry und Grünes Ei mit Speck essen. Dein Lieblingsessen!«

»Oh, das klingt ziemlich unwiderstehlich ...«, erwiderte Mom. »Lass mich dir nur schnell ein paar Dinge über einige dieser Stücke erzählen, bevor ich ...«

»Später, Mom! Versprochen! Aber gerade ist der schönste Teil des Tages, und Dr. Charles hat gesagt, dass Vitamin D gerade echt gut für dich ist. Lass uns rausgehen und später über den Schmuck reden.«

Ich gewann. Wir gingen ins Huckleberry. Wir bestellten Grünes Ei mit Speck. Mom aß drei Bissen und war dann zu erschöpft, auch nur die Gabel zu halten. Nachdem wir zu Hause angekommen waren, war sie binnen Minuten in dem Pflegebett, das im Wohnzimmer stand, eingeschlafen. Und da kehrte ich schließlich zur Kommode zurück, um mir die Gegenstände darauf anzusehen, zu neugierig, um ernsthaft zu ignorieren, was sie mir zeigen wollte. Ein Funkeln in der Mitte der Auslage zog meinen Blick an, und mir wurde auf der Stelle heiß. In einem quadratischen weißen Kästchen war das Letzte, was ich sehen, geschweige denn erben wollte: der schmale goldene Ring mit quadratischem Diamantbesatz, der mir über die Jahre so verhasst geworden war – Moms Verlobungsring von Dad.

Wir hatten oft gestritten, weil sie darauf bestanden hatte, ihn, nachdem sie Dad endlich verlassen hatte, weiterhin zu tragen. Es ergab keinen Sinn für mich, dass sie immer noch an ihrer Beziehung festhielt, obwohl sie endlich vorbei war. Ich war Teenager und bewältigte das, indem ich so tat, als würde der Ring gar nicht existieren. Ich weigerte mich, ihn auch nur anzusehen. Und Mom wusste das. Warum um alles in der Welt glaubt sie, ich würde ihn in meinem Leben haben wollen?, hatte ich an diesem Tag gedacht.

Ich schlug die Augen auf, als ich merkte, dass mir dieser Gedanke auch jetzt kam, über ein Jahrzehnt später. Nun, da ich allmählich auf meine eigene Hochzeit zusteuerte, war er sogar noch stärker. *Ich würde niemals ... Wie konnte sie nur?* Meine Kehle zog sich zusammen, als die übrigen Details jenes Tages über mich hereinbrachen, ehe ich es verhindern konnte.

Ich hatte vorgehabt, Mom, sobald sie wieder wach wäre, zu fragen, was sie sich dabei gedacht hatte – und ihr ein unumstößliches »Nein danke« zu sagen. Danach wollte ich sie daran erinnern, dass sie keine Sekunde der kostbaren Zeit, die ihr noch blieb, mit Gedanken an diesen Mann verschwenden sollte. Doch das brachte ich nicht über mich, als sie schwach und erschöpft aufwachte.

Zwei Wochen später ging sie von uns. Der Ring wurde mit ihr begraben, ebenso jede Chance darauf, zu erfahren, wie sie auf die Frage nach dem Warum, die ich mich nie zu stellen getraut hatte, geantwortet hätte.

Heiße Tränen strömten mir übers Gesicht. Zum ersten Mal seit Moms Beerdigung hatte ich dieses sengende Gefühl von Reue über diesen Fehler zugelassen. Ich drückte mir das Kissen mit aller Kraft an die Brust in dem Versuch, sämtliche Gefühle, die mir immer noch so viel Pein verursachten, herauszupressen. Unter all dem Schmerz keimte aber auch ein Gedanke: Ich konnte die Zeit nicht zu jenem Nachmittag mit Mom zurückdrehen. Aber barg womöglich Johns Ring die Chance, ein kosmisches Ungleichgewicht zu korrigieren?

15

»Miss, kann ich Ihnen irgendetwas bringen? Einen heißen Tee zum Beispiel?«, fragte die Flugbegleiterin, während sie sich mit gefalteten Händen über mich beugte wie die gütigste aller Kindergartenerzieherinnen.

»Oh, tut mir leid. Habe ich Sie aus Versehen gerufen?« Rasch blickte ich auf die Tasten auf meiner Armlehne hinab.

»Nein, Sie sahen nur so … Nun ja … Ich wollte einfach nur mal nach Ihnen sehen. Es fällt einem nicht immer leicht einzuschlafen, aber manchmal hilft ein heißer Kräutertee.«

Ich sah mich um und merkte, dass ich als einzige Passagierin des Nachtflugs noch die Augen offen hatte. Dann fiel mein Blick auf meinen zuckenden Fuß, der in den Gang ragte.

»Ja«, sagte ich, »Tee wäre großartig, danke.«

Ich war auf dem Weg nach Italien. »Dem Ring sei Dank«, wie John bemerkt hatte, als er mich in L. A. zum Flughafen fuhr. »Das spricht für ihn.«

Seine Freundlichkeit brachte mich noch um den Verstand, denn er kam nicht mit. Wir hatten darüber diskutiert, ob ich bis zu Johns nächsten Ferien warten sollte, aber wir waren uns beide einig, dass meine Unruhe ins Unermessliche steigen würde, wenn ich noch über zwei Monate warten müsste. Mein Kompromiss sah vor, dass ich meinen Notgroschen dafür verwenden würde, nicht unsere gemeinsamen Ersparnisse für große Reisen, und dass ich nur eine Woche bleiben würde. Bei der Arbeit ging es gerade so ruhig zu, dass ich kurzfristig Urlaub nehmen konnte, und Jack Sachs gab mir sogar seinen väterlichen Segen. Möglicherweise hatte das damit zu tun, dass ich gesagt hatte, es handle sich um eine »dringende familiäre Angelegenheit«.

»Wir können immer noch in unseren Flitterwochen hinfliegen, oder?«, sagte John, als wir uns im Schneckentempo auf den internationalen Terminal zubewegten. »Ich hoffe ja immer noch auf eine Wiederholung unserer ersten Reise, allerdings ohne dass du dann wieder alles minutiös durchplanst.«

»Hey! Das kommt davon, wenn du meinen Urlaub kaperst«, entgegnete ich.

»Lustig. Ich habe das so in Erinnerung, dass du mich in volltrunkenem Zustand eingeladen hast mitzukommen, obwohl wir uns damals erst drei Wochen kannten.«

Ich lächelte bei dieser Erinnerung und dem Gedanken, wie es in Wahrheit dazu gekommen war. »Nun könnte ein guter Zeitpunkt sein, zu gestehen, dass ich ganz und gar nicht betrunken war. Ich wollte nur nicht, dass du glaubst, ich sei völlig irre, weil ich dich schon nach vier Dates auf eine Reise um die halbe Welt einlade.« Ich fügte nicht »als Test« hinzu.

Pop sagte immer, dass man etwas Langfristiges anstreben kann, wenn man es schafft, sich ohne einen großen Streit zwei Wochen lang gemeinsam in einem fremden Land aufzuhalten. Das hatte ich live miterlebt, als an Tag eins unserer Reise in die Heimat Nonnas Geldbeutel geklaut wurde. Dreihundert Dollar in Reiseschecks befanden sich darin, und Pop hatte eigentlich darauf bestanden, dass sie sie in einem Brustbeutel unter ihrem Pulli aufbewahrte. Sie war sehr beschämt darüber, aber er sagte kein einziges Mal: »Habe ich es dir nicht gesagt?« Stattdessen wartete er, bis sie nachmittags ein

Nickerchen machte, und ersetzte das Geld. Danach versuchte er, sie davon zu überzeugen, er hätte die Reiseschecks auf einer Parkbank »gefunden«.

»Ist es schräg, wenn unser siebzigjähriger Großvater für mich den idealen Mann darstellt?«, hatte ich Annie an diesem Tag gefragt.

»Nein, ich bin erleichtert, bei mir ist das nämlich genauso«, hatte sie geantwortet.

Ich hatte Angst davor, Pops Theorie in meiner neuen Beziehung mit John zu testen, und wir hatten einen holprigen Start, als ich feststellte, dass er Italienisch nicht nur mit *schrecklichem Akzent*, sondern auch *unheimlich laut* sprach und es wirklich *überall* einsetzte, aber gleichzeitig war er dabei auch total freundlich. Außerdem brachte John Reisefähigkeiten in Kategorien mit, die ich an mir schmerzlich vermisste, zum Beispiel wenn es um Karten vom U-Bahn-Netz oder das Berechnen von Wechselkursen ging. Gemeinsam schafften wir es zu jeder einzelnen Etappe meiner sehr detaillierten Reiseroute.

Doch es waren die Dinge, auf die ich bei meiner Planung nie gekommen wäre, die diese gemeinsame Zeit zu etwas ganz Besonderem machten. John fand eine Touren-App, die uns in Rom zu allen Orten führte, an denen berühmte Amerikaner einst gelebt hatten. Als ich ihm sagte, dass ich total auf die Hotelseife stand, fand er sie für mich in einem Kaufhaus in Florenz. Und er teilte meine Leidenschaft für gutes Essen; jedes Mal, wenn wir uns in ein bestimmtes Gericht verliebt hatten, fragte John nach, ob der Koch wohl bereit wäre, ihm das Rezept zu verraten. Auf dem Rückflug nach L. A., der dreizehn Stunden und zehn Minuten dauerte, war ich ziemlich überzeugt davon, dass er *der Richtige* für mich war. Italien wird ohne ihn nicht dasselbe sein, dachte ich, als ich nun meinem immer noch zappeligen Körper den heißen Tee einflößte.

»Wenn du noch einmal an meine Armlehne stößt, bring ich dich um«, bellte die Stimme neben mir. Und da wurde mir – wieder einmal – klar, dass die Reise *mit Annie* definitiv auch nicht dieselbe sein würde.

16

Ich hatte eigentlich erwartet, dass meine Schwester mir eine gehörige Standpauke halten und versuchen würde, mir diese Reise auszureden, deshalb hatte ich mir eine ganz spezielle, auf Annie zugeschnittene Argumentation zurechtgelegt, ehe ich ihr die Neuigkeiten bei einem Mittagessen außer der Reihe erzählte. Dabei sollten Worte fallen wie *unumgänglich* und *vom Schicksal bestimmt;* K.-o.-Argumente wie *einmalige Reise* und *Nonna würde darauf bestehen;* Antworten auf die Fragen, von denen ich wusste, dass sie sie stellen würde, wie *noch jede Menge Urlaubstage übrig* und *preisgünstige Hotels.* Das Einzige, was ich für mich behielt, waren die Einzelheiten meines letzten Traums und – noch wichtiger – die Erinnerungen, die er heraufbeschworen hatte. Ich hatte mein Versprechen Mom gegenüber gehalten und Annie nie erzählt, dass sie vorgehabt hatte, mir ihren Verlobungsring zu vererben. Was mich anging, bestand kein Anlass, es jetzt aufs Tapet zu bringen. Ausgerechnet jetzt.

Annie hatte sich die ganze Begründung für die Italienreise angehört und dann reagiert, als hätte ich ihr gerade gesagt, dass ich noch was einkaufen gehen müsse.

»Gut, aber ich komme mit.« Ihr Argument: »Du hast in den letzten paar Wochen jede Menge impulsiver Entscheidungen getroffen. Du brauchst eine Aufsichtsperson.« Bei ihrem großschwesterlichen Tonfall verdrehte ich sofort die Augen. Doch unser gemeinsamer Italienaufenthalt, damals, als wir noch Teenager waren, war reine Magie gewesen, und bei der Vorstellung, ein wenig Hilfe zu bekommen, konnte ich auch nicht Nein sagen.

Glücklicherweise bekamen wir einen kleinen Startvorteil. Die »große Nummer« von einem Journalisten, Graham, hatte uns mit einer Freundin in Kontakt gebracht, die in Rom für die *New York Times* arbeitete. Sie versuchte bereits, Personen mit dem Familiennamen Costanza zu identifizieren, die in dem Städtchen lebten, in dem laut Gias Vermutung ihre Mutter aufgewachsen war, dem kleinen Borgo San Lorenzo, nur etwa zwanzig Kilometer nördlich von Florenz. Dennoch würde das alles in einer Sprache, die keine von uns beherrschte, kompliziert werden. Außerdem würde ich mich mit Annie herumschlagen müssen, die sich auf Reisen stets in ihre ganz eigene Version von Mr. Hyde verwandelte.

Meine Schwester war eher eine Stubenhockerin als eine Weltreisende. Ihr ruhiges, rationales Wesen verpuffte in dem Moment, in dem sie einen Flughafen betrat. Außerdem wurde sie *extrem* reisekrank. Doch Annies Laune war, seit wir in L. A. losgeflogen waren, noch viel übler als sonst.

»Wenn ich nicht auf der Stelle etwas esse, wenn wir in die Stadt kommen, kippe ich um«, sagte sie, nachdem wir den Zoll hinter uns gebracht hatten.

»Sie haben uns im Flugzeug ungefähr sechs Mahlzeiten serviert. Warum hast du nichts davon gegessen? Wir müssen zum Bahnhof, um Fahrkarten nach Borgo zu kaufen«, erwiderte ich.

»Dann geh allein. Ich suche mir ein Café, und wir treffen uns danach im Hotel.« Mit der leckersten Flughafen-Pizza der Welt verschaffte ich uns mehr Zeit – es war der erste Typisch-Italien-Moment dieser Reise. Danach nahmen wir ein Taxi zur kleinen Piazza Santo Spirito, um eine richtige Mahlzeit zu uns zu nehmen.

Ich hatte recherchiert und uns ein Hotel abseits der ausgetretenen Touristenpfade gebucht. Trotz des langen Fluges, der übellaunigen Schwester und der sehr seltsamen Umstände dieser Reise war ich wieder an meinem Wohlfühlort. Meine Füße fanden ihren Weg über das heimtückische Kopfsteinpflaster der uralten Straßen, als wäre ich hier aufgewachsen. Der Duft nach starkem Kaffee und Weichkäse stieg mir in die Nase, ließ mir das Wasser im Mund zusammenlaufen. Von überallher ertönte die schwungvolle Melodie dieser herrlichen Sprache. Am meisten liebte ich Italien, weil es mich daran erinnerte, dass der Mensch fünf Sinne hat, die alle gleichzeitig stimuliert werden können.

»Bestell mir etwas«, bellte Annie, nachdem uns ein Cafétisch an der Piazza zugewiesen worden war. »Mark hat schon tausendmal versucht, mich anzurufen, ich muss mich unbedingt bei ihm melden.«

Offenbar gab es Stress an der heimischen Front, und zwar so viel, dass Annie während des Essens dauernd aufsprang, um Mark anzurufen. Einmal während der Antipasti – natürlich *prosciutto di Parma* und *calamari alla griglia*. Einmal während der *primi;* ich hatte auf *tortellini in brodo* bestanden, weil das in den Staaten kaum zu bekommen war. Und zweimal, als wir eigentlich *bistecca alla Fiorentina* essen wollten – ein Verbrechen in Anbetracht der Tatsache, dass es in der haargenau richtigen Temperatur serviert wurde und ein Vermögen kostete.

»Na schön. Jetzt reicht's«, sagte ich schließlich. »Was ist denn los mit euch beiden? Geht es um die Suche nach einem Haus? Oder stimmt irgendwas nicht?«

Annie riss ihre ohnehin schon riesigen Augen auf. Sie wirkte irgendwie ... ertappt?

»Nein, es geht nicht um die Haussache, und zwischen Mark und mir ist alles in Ordnung. Es ist nur …« Sie wurde leichenblass, dann graugrün, dann stand sie *schon wieder* auf. »Warte. Ich muss …« Ich sprang ebenfalls auf, um den Arm um ihren schwankenden Körper zu legen.

»Du musst dich hinsetzen, bevor du umkippst! Bist du krank?« Doch Annie hatte keine Gelegenheit mehr zu antworten, ehe sie sich auf die antiken Pflastersteine erbrach.

»Ich bin nicht krank«, sagte sie schließlich, inzwischen eher beschämt als übellaunig. »Ich bin *schwanger*.«

»Okay, wie lange weißt du das schon? Und wann kommt das Baby? Wird es ein Mädchen oder ein Junge? Und willst du lieber ein Mädchen oder lieber einen Jungen? Und – Moment mal – warum zum Teufel bist du ausgerechnet jetzt in *Italien* mit mir?! Das ist das Land des Weins, des Weichkäses und des starken Kaffees! Das ist der schlimmste Babymoon … und dein Mann ist auch nicht dabei.«

Wir hatten eilig im Hotel eingecheckt, um schnelleren Zugang zu einer Toilette zu haben. Annie war nun voll in der Waagerechten, ein heißes Handtuch auf dem Kopf. Ich lag neben ihr, auf den Ellbogen gestützt wie ein übereifriges Mädchen auf einer Pyjamaparty.

»Weißt du, Mark ist eher der Bier-am-Strand-Typ«, sagte sie. »Und ich weiß, dass du und ich theoretisch auch dann noch zusammen verreisen können, wenn wir Kinder haben, oder *ein Kind* in Anbetracht dessen, wie diese Schwangerschaft gerade verläuft. Aber es wird nicht dasselbe sein. Ich werde mir die ganze Zeit Sorgen um sie machen und stündlich Mark anrufen, um mir versichern zu lassen, dass er sie am Leben hält. Ich wollte mit dir durch

Italien streifen und fabelhafte Halstücher tragen, so wie damals auf unserer ersten Reise, als wir *Nur für Dich* nachspielten.«

»Oh«, sagte ich, »nun müssen wir uns den Film ansehen, während wir hier sind!«

Die sträflich unterschätzte romantische Komödie mit Marisa Tomei and Robert Downey Jr. wurde von uns wegen der Geschichte um die beiden Schwestern Faith und Kate heiß und innig geliebt.

»O Mann, weißt du noch, wie wütend diese alte Cousine von Nonna gewesen ist, als sie herausfand, dass wir all ihre Tücher für unseren Abstecher nach Sizilien ausgeliehen hatten?« Marisa und Bonnie hatten in jeder Szene ein anderes Tuch, deshalb brauchten wir das auch.

»Ja«, antwortete Annie, »aber ich kann gerade nicht darüber lachen, sonst muss ich kotzen.«

Wegen des Nachtflugs von L. A. war es in Florenz erst elf Uhr vormittags. Eigentlich hätten wir diese Zeit nutzen sollen, um uns für die bevorstehende Mission auszuruhen, aber nun hatte ich eine zweite, dringendere Aufgabe zu erfüllen: den perfekten Sistermoon in Florenz.

Annie und ich rannten die folgenden drei Stunden in der Stadt herum. Wir besichtigten die Uffizien und liefen ungefähr fünf Minuten lang um den David herum. Wir sahen Il Duomo und Il Ponte Vecchio. Wir schafften es in zwei Chef's-kiss-Eisdielen. Und danach drangen wir schnurstracks zur Quelle vor – Prada Firenze –, wo wir trotz Annies (schwachem) Protest Halstücher für uns beide kauften. »Manche Augenblicke sind es wert, dass man Geld verprasst«, sagte ich und drohte ihr, dafür zu sorgen, dass ihr Kind auch in diesem Glauben aufwuchs. Um vier triumphierte ich, weil ich den Weg hinauf zur Piazzale Michelangelo gefunden hatte und wir den Abendgesang der Mönche von San Miniato al Monte anhören konnten.

»Ich kann verstehen, dass eines Tages hier zu leben zu deinen vier Dingen gehört«, sagte Annie, während wir auf dem Weg zu unserem Hotel den Hügel wieder hinabschlenderten. »Bitte komm aber oft in die Staaten zurück, um deine Nichte beziehungsweise deinen Neffen zu besuchen.«

»Oh, ich weiß nicht, ob ich lange hier leben könnte, wenn erst mal eine Miniversion von dir in L. A. herumläuft«, erwiderte ich.

Annie entdeckte das Zeichen zuerst. Konkret und im übertragenen Sinne.

»Das glaub ich jetzt nicht!«, rief sie. Dann wirbelte sie mich herum, bis auch ich es sah: Bella Vita Brautmoden. Mir stockte das Herz in der Brust. »Wie hoch ist die Chance?«, fragte sie. »Da müssen wir rein! Du musst ein paar Kleider anprobieren!«

»Ja ... also ich weiß nicht so recht, ob das angesichts des Albtraums, von dem ich dir erzählt habe, so eine gute Idee ist ... Erinnerst du dich?«

»Natürlich erinnere ich mich. Genau deshalb müssen wir das jetzt machen. Die reale Erfahrung wird den Albtraum auslöschen.« Annie besiegelte ihre Aussage, indem sie sich auf ihre typische Art die Haare hinter das Ohr klemmte.

»Basierend auf deinem Abschluss in Psychologie oder auf deinen schwesterlichen Hoffnungen?«, fragte ich, wurde aber bereits durch die mit Spitzen behängte Tür geschoben.

Dieses Bella Vita war auf venezianische Spitze spezialisiert, sodass jedes Kleid aussah, als wäre es aus Schneeflocken gesponnen. Ich fasste ein paar davon an, genoss das Gewicht ihrer Lagen, testete aber in Wirklichkeit, ob sie sich in Luft auflösen würden. Annie und ich waren in Nonnas Laden immer in die Hochzeitskleider gestiegen und hatten sie an unsere kindlichen Körper gedrückt, aber nun wurde mir klar, dass ich noch nie vor einem Spiegel gestanden und mich als erwachsene Braut gesehen hatte. Zumindest nicht außerhalb dieses Traumes.

»Wie geht es dir damit?«, fragte Annie. »Irgendwelche Favoriten?«

Die ehrliche Antwort lautete: Nein. Einige gefielen mir zwar, aber eher als allgemeine Beispiele dafür, was eine Braut tragen würde oder tragen sollte, und nicht als Kleider, in denen ich mir mich selbst an meinem großen Tag vorstellen konnte. Ich wandte mich einem der klassischen dreiflügeligen Spiegel zu und musterte mich konzentriert. Was für eine Art von Braut war ich? Eine klassische Kimberly Williams aus *Vater der Braut*? Regency-Zeitalter-Gwyneth à la *Emma*? Eine der fünf Julia-Optionen aus *Die Braut, die sich nicht traut*? Oder eine der elf Versionen, die Jennifer Lopez uns auf der Leinwand und im echten Leben bot? Als Antwort darauf starrte mich mein Spiegelbild ausdruckslos an.

»Ich bin mir nicht sicher, ob sich hier irgendetwas nach mir anfühlt«, sagte ich zu Annie, in der Hoffnung, dieses Shopping-Experiment damit zu beenden. Dann wandte ich mich wieder mir selbst im Spiegel zu und war perplex. *Warum brauche ich denn eine Schauspielerin, um mich selbst zu sehen?*

Untergehakt wie all die italienischen Omas schlenderten Annie und ich zurück ins Hotel.

»Ich kann nicht fassen, dass Mom nie hierhergekommen ist«, sagte Annie. Nonna und Pop hatten uns damals allein mitgenommen, damit sich Mom auf das letzte Semester der Krankenpflegeschule konzentrieren konnte. Irgendwann um meinen zehnten

Geburtstag war sie ans College zurückgekehrt, als Dads Alkoholismus ihn wieder mal den Job gekostet hatte.

»Ich weiß«, stimmte ich zu. »Sie hätte uns verrückt gemacht, weil sie so viele Fotos geschossen hätte. Und weil sie bei jedem leckeren Essen das gesagt hätte, was sie immer sagte.« Annie ahmte sie nach: »*Unglaublich! Gütiger Himmel! Wie gut das ist! Könnt ihr das glauben, Mädels? Das ist* …«, den letzten Teil sagten wir wie aus einem Munde, »… *das Beste, was ich je in meinem Leben gegessen habe!!*«

»Wie oft Mom wohl das Beste bekam, was sie je in ihrem Leben gegessen hat?«, fragte ich lachend.

»Nicht oft genug«, erwiderte meine Schwester. Dann griff sie nach meiner Hand, damit wir diesen kummervollen Moment gemeinsam durchstehen konnten. »Shea, ich weiß, wir sind wegen deines Rings unterschiedlicher Meinung, aber für den Fall, dass du dir darüber den Kopf zerbrichst: Ich glaube, Mom würde sehr gefallen, was du da tust.«

»Echt? Wie kommst du darauf?«, fragte ich.

»Mom liebte es, wenn du einfach gemacht hast, was immer du wolltest. Nie zuvor hatte ich sie mit etwas so prahlen hören wie mit deinem Umzug nach New York. Das hat sie den Leuten dauernd unaufgefordert erzählt – ›Wissen Sie, meine Shea lebt nun in New York.‹«

Wieder musste ich lachen, weil ich mir vorstellte, wie sie das in der Reinigung oder im Supermarkt von sich gab. »Danke, dass du das sagst. Ich hatte immer Angst, sie könnte denken, ich würde vor ihr weglaufen. Ich konnte ihr gegenüber ja ziemlich … streitsüchtig sein.«

»Oh, ich weiß«, sagte Annie. »Aber ich glaube, sie wusste selbst das an dir zu schätzen.«

Bei ihren Worten dachte ich an meinen letzten Traum. Fast hätte ich ihr davon erzählt. Stattdessen steuerte ich auf die Eisdiele an der Ecke zu, ein letzter Zwischenstopp. Besser, ich bewahre uns beide vor der Angst, die es mit sich bringt, wenn man die Vergangenheit aufleben lässt, beschloss ich.

17

Als ich am nächsten Morgen aufwachte, hatte ich zwei Nachrichten von John: ein Foto der ersten offiziellen Zitrone an meinem geliebten Zitronenbaum auf der Terrasse sowie die Worte *Buon ciao!*
»Ich glaube, das heißt ›gutes Hallo‹«, sagte ich, sobald das Videobild unserer Handys funktionierte.
»Aha. Genau das wollte ich damit auch sagen«, erwiderte John.
»Wo steckt die künftige Mom?«
»Atmet unter der Dusche ihre Übelkeit weg.«
Ich hatte ihm Sekunden nach Annies Enthüllung die Neuigkeiten geschrieben, woraufhin er sofort mit einer Flasche Bourbon zu Mark hinübergefahren war, um die gute Nachricht ordentlich zu begießen. *Goldene Künftiger-Onkel-Flagge.*
John erzählte mir einmal, das Schlimmste am Dasein als Einzelkind sei die Tatsache gewesen, dass man auf seiner Familienseite niemals Onkel werden konnte. Er betrachtete es als die bestmögliche Position innerhalb einer Verwandtschaft, was womöglich daran lag, dass John Candys *Allein mit Onkel Buck* sein Lieblingsfilm war – etwas, was ich ihm auf einem unserer ersten Dates hatte durchgehen lassen. Teilweise unterrichtete John deshalb an der Mittelschule, weil er dachte, dass Kinder zu dieser Zeit aufhörten zu glauben, es sei cool, ein Kind zu sein, und die Aufgabe des lustigen Onkels darin bestand, sie davon zu überzeugen, dass sie sich irrten.
»Wie läuft es sonst so bei euch?«, fragte er.

»Wir sind noch nicht so richtig durchgestartet. Eigentlich wollte ich gestern ein wenig herumsuchen, aber dann haben Annie und ich stattdessen eine große Tour durch Florenz gemacht.«

»Na ja, ich vermisse dich. Aber dafür habe ich letzte Nacht diagonal im Bett geschlafen«, sagte John.

»Alle Achtung. Und ich vermisse dich auch.«

»Viel Glück heute. Wie sagt man das auf Italienisch?«

»Weiß nicht so recht. Meine Großeltern benutzten immer diesen seltsamen Ausdruck *in bocca al lupo,* was wörtlich übersetzt ›ins Maul des Wolfs gehen‹ bedeutet.«

»Komisch. Warum?«

»Es ist sozusagen ihre Version von Hals- und Beinbruch. Menschen begeben sich in das Maul einer Bestie, wenn sie vor einer Herausforderung stehen. Und das Schlechte – was immer bevorsteht – soll dann gefressen werden, während das Gute, also du selbst, überlebt.«

»Das ergibt doch keinen Sinn«, entgegnete John.

»Ja, es ist seltsam«, räumte ich ein. Aber ehrlich gesagt glaubte ich, die Wendung endlich verstanden zu haben.

Nachdem ich das Telefonat mit John beendet hatte, war ich an der Reihe, die riesige Hoteldusche aus Carrara-Marmor zu benutzen, ehe unser Zug nach Borgo fuhr. Wenn ich etwas in den Jahren präziser Reiseplanung gelernt hatte, dann, dass man nie zu knausrig für ein großes Hotelbadezimmer sein sollte.

»Hey!«, hörte ich Annie rufen, sobald ich den Freuden des heißen Wassers entstieg. »Du bist in den letzten fünf Minuten ungefähr ein Dutzend Mal von derselben New Yorker Nummer angerufen worden. Stimmt was nicht?«

Um genau zu sein, waren es achtzehn Anrufe, alle von Graham. Da schien irgendetwas ganz und gar nicht zu stimmen.

»Ich bin unten«, sagte er, sobald ich durchkam, so leichthin, als wäre es ein einfaches Hallo.

»Wie bitte, wo bist du?«, fragte ich.

»Unten. In deinem Hotel. Komm runter, dann erkläre ich es dir.«

Zehn Minuten später probierte er es immer noch – ohne Erfolg.

»Noch mal, du kannst mir nicht einfach um die halbe Welt folgen, ohne vorher zu fragen!«, sagte ich.

»Noch mal, zufällig bin ich an einen guten Flug gekommen, und wenn ich vorher angerufen hätte, hättest du Nein gesagt, aber jetzt bin ich hier, und du wirst mir noch dankbar dafür sein, dass ich gekommen bin.« Graham hatte dieses gewisse routinierte Selbstbewusstsein, das sich in Journalistenkreisen bestimmt sehr gut machte. Ich kannte diesen Typ aus meinen New Yorker Tagen: übermäßig ungezwungen und mit einer laxen Auffassung von Wahrheit. Der Typ, der sagt, er hätte *einfach nur ein paar Hemden in eine Reisetasche geworfen,* wobei die Hemden hundert Tacken pro Stück kosteten und in die Wäscherei gegeben wurden. Und selbst nach einem Transatlantikflug sah Graham aus wie ein zerzaustes J.Crew-Model aus den Neunzigern.

»Wann genau wird diese Dankbarkeit einsetzen? Denn bisher habe ich dir einen Cappuccino gekauft, und gleich verpasse ich deinetwegen noch einen Zug.«

»Du brauchst mich. Du hast es bisher nur noch nicht gemerkt«, sagte Graham, während er dem Barista das Zeichen gab, noch einen Kaffee zu machen.

»Ich bin mit meiner Schwester hergekommen. Und es ist eine sehr persönliche Reise. Was, wenn ich einfach nicht will, dass du dich uns anschließt?«

»Hör mal, bei allem Respekt, du hast keine Ahnung, was du tust, und du hast dir viel zu wenig Zeit dafür genommen. In fünf Tagen ist das ohne einen Profi unmöglich zu stemmen.«

»Du kennst meine Reiseroute? Wer bist du?«

»Ein sehr guter Journalist.«

Mein Gesichtsausdruck verwandelte sich von verärgert zu absolut beunruhigt.

»Entspann dich. Mir ist in Hudson zufällig Gia über den Weg gelaufen. *Sie* ist an *mich* herangetreten, weil sie wissen wollte, ob wir – und ich zitiere – den Namen des Restaurants, das der Familie ihrer Mutter gehörte, schon herausgefunden haben. Darum habe ich das erledigt. Caffè Degli Artisti.«

Mir fehlten die Worte. »Na schön, Klute …«, begann ich.

»Klute war ein Detektiv, kein Journalist«, unterbrach mich Graham.

»Das weiß ich!«, rief ich und sah über die beeindruckende Tatsache hinweg, dass er es auch wusste. »Warum zum Teufel ist dir das so wichtig? So ein Last-Minute-Flug nach Italien ist nicht gerade günstig, und, ja, du hast deine Bonusmeilen genutzt, aber das heißt, dass du sie für *das hier* genutzt hast!«

»Ich hab's dir doch schon in Hudson gesagt. Ich glaube, wir haben hier etwas, das einen echt interessanten Artikel ergibt. Das brauche ich. Du brauchst mich. Es ist nichts Persönliches, es geht nur ums Geschäft.«

»Komm mir jetzt nicht mit *Der Pate,* ausgerechnet in Italien«, sagte ich. Graham lächelte auf eine Art, die mir verriet, dass er dieses Tête-à-Tête ein wenig zu sehr genoss. »Na schön. Ich will eine Garantie von dir, dass du nichts ohne meine Einwilligung veröffentlichst.«

»Gut. Gib mir eine Verschwiegenheitserklärung, und ich werde sie unterschreiben.« Er bluffte, aber da bekam ich Verstärkung.

»Wird gemacht«, hörte ich Annie sagen. Ich wirbelte herum und sah, dass sie hinter uns stand und etwas tippte. »Ich habe Rebecca geschrieben. Ihr Anwaltsgehilfe wird in zehn Minuten eine schicken.«

»Und du bist wohl die Schwester«, sagte Graham.

»Jepp«, erwiderte Annie, inzwischen nur noch dreißig Zentimeter von seinem Gesicht entfernt. »Die große Schwester. Wenn du brav bist, bleibst du. Wenn nicht, verschwindest du.«

Graham zog eine Augenbraue nach oben – natürlich – und notierte sich dann etwas in seinen Notizblock, den er aus der Gesäßtasche gezogen hatte.

18

Es ist nicht gerade ideal, wenn man seinen frischgebackenen Verlobten verlässt, um durch Italien zu reisen und herauszufinden, ob der Ring, den er einem geschenkt hat, eines Tages die Ehe zerstören wird oder nicht. Aber in diesem Fall wurde es noch schlimmer dadurch, dass plötzlich ein wildfremder Mann mit von der Partie war. Sobald wir in den Zug gestiegen waren, rief ich John vom Speisewagen aus an. Leider ging nur die Mailbox dran.

»Hey, ich bin's. Ähm, hier ist alles gut. Ich rufe nicht aus einem italienischen Gefängnis an! Ruf mich einfach zurück, sobald du kannst«, war meine Wortwahl.

»Wie war ich?«, fragte ich Annie.

»Nicht gerade super beruhigend«, murmelte sie, den Kopf über ihr eigenes Handy gebeugt. Ich hatte sie darum gebeten, bei unserem Abstecher in den Speisewagen einige Artikel zu überfliegen, die Graham geschrieben hatte, um ihn zu überprüfen.

»Der Kerl schreibt gut. Er hat diesen wundervollen Artikel über eine Frau geschrieben, die, einige Tage nachdem sie ein mysteriöses Haus in British Columbia geerbt hatte, aus ihrer Familie verschwand. Und einen über einen Mann, der in den Zwanzigerjahren dauernd versucht hat, dem Gouverneur von New York eine alte Uhr zu klauen. Sein Ding sind wohl Familiengeheimnisse, bei denen sehr alte Sachen eine Rolle spielen?«

»Das ist merkwürdig. Aber vielleicht auch gut, oder?«

»Mach dir keine Sorgen, ich behalte ihn im Auge«, sagte Annie, als würde sie mich wieder am College besuchen, um meine Komplizin zu geben.

Das Städtchen Borgo San Lorenzo lag etwa zwanzig Kilometer nördlich von Florenz. Die Zugfahrt dorthin dauerte zwar nur dreißig Minuten, doch den Menschen, die dort wohnten, kam dies wie eine Entfernung von tausend Kilometern vor, hatte Gia erklärt. Das lag daran, dass sich der Ort in einer Region befand, in der sich Kunstschaffende niedergelassen hatten, die sich für seine – und ihre eigene – Unabhängigkeit einsetzten.

»Wie Greenwich Village?«, hatte ich sie damals in Hudson gefragt.

»Im Prinzip ja. Aber meine Mutter sagte immer, dass es dort eher wie in Napa Valley aussieht.«

Was damit gemeint war, verstand ich in dem Moment, in dem unser Zug langsamer wurde und in den terrakottafarbenen Bahnhof einfuhr. Wohin man schaute, erstreckten sich sanfte grüne Hügel, mit Reihen von spitzen Zypressen, Dutzenden blassrosa stuckverzierten Villen und Kirchtürmen, die einer Postkarte würdig gewesen wären.

»Wie konnte Carmela diesen Ort nur verlassen?«, fragte ich, als wir ausstiegen.

»Sie muss einen guten Grund dafür gehabt haben«, lautete Grahams Antwort, und dann notierte er sich schon wieder etwas.

Ich hatte Annie und Graham schon alles berichtet, was Gia mir in einem Telefonat kurz vor unserer Abreise erzählt hatte. Ihre Tante, Maria Costanza, war die jüngere Schwester von Carmela Costanza Preston. Sie war in diesem Städtchen geboren und aufgewachsen, genau wie ihre Eltern und die Eltern ihrer Eltern sowie sämtliche Generationen, die man zurückverfolgen konnte. Den Costanzas hatte das Caffè Degli Artisti gehört – was hoffentlich immer noch so war –, ein traditionelles italienisches Café, von dem wir nur dank der Recherchen wussten, die Graham vor der Reise durchgeführt hatte. Gia hatte sich nicht mehr an den Namen des Cafés erinnern können, wusste aber, dass Carmela und ihre Schwester Maria von klein auf dort gearbeitet hatten. Doch irgendetwas war innerhalb der Familie oder zwischen den Schwestern vorgefallen, ehe Carmela in die Staaten gezogen war, und sie hatten die folgenden über sechzig Jahre kaum mehr miteinander gesprochen. Zum letzten Mal hatten sich die beiden Schwestern auf der Beerdigung ihrer Mutter 1983 gesehen.

»Italiener lieben das Drama«, sagte Annie, als wir auf die Ortschaft zugingen. »Das weiß ich noch von Nonna und ihrer Schwester, Tante Lucy. Sie haben sich dauernd gestritten.«

»Aber sie waren auch loyal«, gab ich zurück. »Erinnerst du dich, wie Nonna Lucy am Ende bei sich aufgenommen hat, anstatt sie in ein Pflegeheim zu bringen?«

»Na ja, offenbar war bei Maria eine Grenze erreicht«, sagte Graham. Es klang ein wenig spitz, als würde sich die Bemerkung auf etwas ganz Bestimmtes beziehen, aber ich hatte weder die Gehirnkapazitäten noch die Expertise, um bei einem Journalisten die Journalistin zu spielen.

Eigentlich dachten wir, der erste Teil unserer Mission sei einfach: das Café finden. Wie viele Cafés, die Caffè Degli Artisti hießen, konnte es auf knapp acht Quadratkilometern schon geben? Die Antwort war: null. Wir fragten in einem kleinen Hotel neben dem Bahnhof. Wir erkundigten uns bei einem Mann hinter dem Tresen einer italienischen Weinbar. Wir gingen in ein schickes neues Café, weil wir glaubten, man würde dort bestimmt die Konkurrenz in der ganzen Stadt kennen. Schließlich fragten wir einfach irgendwelche Leute auf der Straße.

»*Scusami*, wo ist *il* Caffè Degli Artisti?«, rief ich allen zu, mit denen ich direkten Blickkontakt hatte, und sogar einigen, die ihn mieden.

»*Non esiste*«, brüllte eine Nonna-mäßige Frau endlich zurück.

»Wenn *esiste* ›existieren‹ heißt, sind wir am Arsch«, sagte Annie.

Graham sah uns an und schnaubte, dann versetzte er sich selbst in den Super-Charme-Modus und ging zu der Frau.

»*Ciao*. Wann hat dieses Café …« Und dann machte er das Handzeichen für ›enden‹.

»*Oh, non* …« Sie machte dasselbe Handzeichen. »*Nome cambiato.*«

Graham wandte sich an mich. »Okay, mach mal …«

Aber ich hatte Google schon geöffnet. »*Cambiato*! Der Name hat sich geändert!«, sagte ich.

»Wohin jetzt?«, fragte Graham unsere frischgebackene Reiseführerin und sah mit einem dramatischen Augenaufschlag in alle Richtungen.

»*Caffè Maria*!«, sagte sie lächelnd. »*Andiamo*!« Was offenbar so viel bedeutete wie: »Ich führe euch hin, aber nur weil einer von euch so süß ist.« Minuten später standen wir am Ortsrand vor einem Café, das die Größe einer Abstellkammer in Beverly Hills hatte. Seine Gemütlichkeit entstand eher durch Kitsch als durch Komfort.

»Warum braucht ein Restaurant *innerhalb* Italiens so viele Souvenirs *aus* Italien?«, fragte Annie.

Es gab Salz- und Pfefferstreuer aus Plastik, die die Form des Schiefen Turms von Pisa hatten; Platzsets, Servietten und Vorhänge waren in den Farben der italienischen Flagge gehalten; gondelförmige Schälchen enthielten geriebenen Parmesan, und jeder einzelne Tisch war mit einer Karte der ganzen Toskana bemalt. Doch das alles verblasste angesichts der lebenden Deko, bestehend aus einer knapp eins fünfzig großen Frau, die von Kopf bis Fuß in Rot, Weiß und Grün gekleidet war. Eine wandelnde italienische Flagge.

»*Gio! Mamma mia! Porta la pasta a tavolo tre! Fretta, fretta, fretta!*«, kreischte sie.

»Was hat sie?«, frage Annie.

»Ich glaube, Gio steckt womöglich in Schwierigkeiten«, erwiderte ich.

Ein magerer Junge mit gegelten Haaren eilte mit einer Schüssel Pasta an einen Tisch.

»Ich werde das Gefühl nicht los, dass es sich bei der schreienden Frau um deine Maria handelt«, sagte Graham.

Er hatte recht, wie wir erfuhren, nachdem die Frau ihn dabei erwischt hatte, wie er sie mit dem Handy fotografierte. Sie riss es ihm aus der Hand und warf es in den Blumenkübel. In der Tat, *meine* Maria.

19

Dreißig Minuten und ein Gespräch in gebrochenem Englisch mit Gio später erhielten Annie und ich – und zwar nur Annie und ich – die Erlaubnis, mit Maria zu reden.

»Ich mache die Notizen«, flüsterte Annie. »Ich habe nämlich viel zu viel Angst, mit ihr zu sprechen.«

Marias finsteres Gesicht rechtfertigte Annies Angst und machte mein Vorhaben, ihr zu erklären, wer um alles in der Welt wir waren und warum um alles in der Welt wir hergekommen waren, umso schwieriger. Die Idee dazu hatte Gia gehabt: Ich sollte Maria erzählen, dass Gia eine gute Freundin von mir sei, die darauf bestanden habe, dass ich die zauberhafte Stadt ihrer Vorfahren besuchte. Sie habe uns aufgetragen, das Familiencafé zu finden. Wir seien nur hergekommen, um Hallo zu sagen und kurz zu plaudern … Und irgendwie würde ich den Bogen schlagen zu ihrem Jahrzehnte anhaltenden Familiendrama. Was die Sache erschwerte, war, dass Maria Schmeicheleien auf Englisch nicht besonders gut verstand, deshalb wurde Gio dazu verdonnert, für uns zu dolmetschen.

»Wir sind hier, weil wir gute Freundinnen Ihrer Nichte Gianna sind«, sagte ich langsam. »Wir haben uns über eine Verbindung, zu der ich später mehr sagen kann, kennengelernt.« Annie warf mir einen Blick zu, den ich ignorierte; eine Reihenfolge musste festgelegt werden, und ich hatte beschlossen, dass das mit Carmelas Ring nicht als Erstes zur Sprache kommen sollte.

»Ich kenne meine Nichte kaum«, erklärte uns Maria über Gio.

»Das tut mir leid«, sagte ich. »Aber sie denkt oft an Sie. Und meine Schwester und ich wollten Italien besuchen, weil …« Ich wollte gerade die Schwangerschaftskarte spielen, eine Trumpfkarte bei Nonnas – doch Maria schnitt mir das Wort ab.

»Schwestern?«, fragte sie und zeigte zwischen Annie und mir hin und her.

»*Si*«, erwiderte ich. Maria antwortete mit einer Frage, die Gio rasch übersetzte.

»Sie will wissen, wo Sie und Ihre Schwester leben.«

»Oh, wir leben beide in Los Angeles. Aber unsere Großeltern stammen aus Campania. Ich weiß, dass das nicht in der Nähe ist, aber …«

Ehe ich den Satz zu Ende bringen konnte, küsste Maria – beinahe aggressiv – Annies und meine Hände. Und dann sprach sie plötzlich *ausgezeichnet* Englisch … Auch bei ihr hatten die Dinge eine bestimmte Reihenfolge.

»Seht ihr, ihr seid klug. Liebevoll. Ihr tut, was Gott von Schwestern verlangt!«, rief Maria. »Ich hatte eine Schwester – Carmela. Vielleicht kennt ihr sie? Sie war Giannas Mutter.« Ein sehnsüchtiger, wehmütiger Ausdruck huschte über Marias Gesicht, aber sie hatte sich sofort wieder im Griff. »Sie war nicht liebevoll. Sie war selbstsüchtig. Beziehungsweise ist selbstsüchtig geworden …«

Annie drückte mir unter der mit der Toskanakarte bemalten Tischplatte die Hand. Das war mein großer Moment.

»Ja … Gia hat es erwähnt«, sagte ich. »Es tut uns sehr leid, das zu hören. Entschuldigen Sie, wenn ich das frage, aber wodurch ist sie denn so selbstsüchtig geworden?«

»Wegen einem Mann natürlich«, blaffte Maria mich an. Annie drückte meine Hand noch viel stärker. Ja, es war möglich, dass genau dieser Mann Carmela den mysteriösen Ring – meinen Ring – geschenkt hatte, aber ich musste noch eine Weile länger hier herumeiern, um dies zu bestätigen.

»War dieser Mann Carmelas Freund?«, begann ich.

»Schlimmer«, sagte Maria. »Sie wollten heiraten. Aber dann – na ja – das ist eine lange Geschichte …« *Bingo.* Ein *Verlobter.* Dieses Mal drückte ich Annies Hand – so fest, dass sie zusammenzuckte.

»Wir haben alle Zeit der Welt«, sagte Annie viel zu laut.

»Und würden sie sehr gern hören«, fügte ich hinzu, während ich meine Hand in die meiner Schwester schob, um zu betonen, wie nah wir uns waren.

Maria lächelte, als sie das sah, dann gab sie Gio das Zeichen, uns eine weitere Runde Espresso zu bringen. Wir hatten es geschafft.

Bei dem Mann, der im Zentrum all dessen stand – lange Geschichte, wir waren ja gewarnt worden –, handelte es sich um einen Maler, der in das winzige Borgo San Lorenzo gekommen war, um an seinen Kunstwerken zu arbeiten. »Wie alle von ihnen«, sagte Maria finster. Natürlich hatte sie seine Bilder nie gesehen. Maria bezweifelte, dass er überhaupt Maler gewesen war, denn in den sechs Monaten seines Aufenthalts hier schien er einzig und allein um ihre kostbare Schwester geworben zu haben.

»Ich nannte ihn *il ladro*!«, sagte sie. »Den Dieb! Weil er Carmelas Herz gestohlen hat.«

»Hat sie ihn denn nicht geliebt?«, fragte ich.

»Wer weiß! Es passierte so schnell!«

»Erinnern Sie sich noch an seinen richtigen Namen?«, fragte Annie, die wie immer fokussiert blieb.

»*Aber natürlich!* Er hieß Gianluca Marzullo.«

Wir hatten nun offiziell einen Namen, den sich Annie sofort aufschrieb. Wenn Graham mich jetzt doch nur sehen könnte, dachte ich. Doch etwas sagte mir, dass er mich höchstwahrscheinlich tatsächlich sah. Ich drehte mich um und entdeckte ihn auf einer nahen Bank, von wo er uns beobachtete. Dieser Mann war wirklich engagiert.

Indessen kippte Maria einen *doppio espresso* hinunter und fuhr dann fort.

Carmela war ab dem Moment, in dem sich *il ladro* an den Tisch unter dem Olivenbaum setzte, in ihn verliebt, wie sie uns sagte. Der Tisch stand so weit oben am Hügelhang, dass man eine Aussicht über die Stadt hatte.

»Früher war das unser bester Platz, aber nachdem sie weggegangen waren, war er *maledetto*! Verflucht!«, rief sie.

Das war nicht das Wort, das ich hören wollte, aber wieder konzentrierte sich Annie auf die wichtigeren Details.

»Sie sind weggegangen?«, fragte sie.

»*Sì, il ladro* nahm meine Schwester mit nach Rom, und das war der Anfang vom Ende.«

Für amerikanische Ohren klang das nach einer ganz simplen Geschichte. Mädchen trifft Jungen. Mädchen verliebt sich in Jungen. Das Mädchen verlässt das winzige Städtchen und zieht mit dem Jungen in die große Stadt: die Handlung zu vieler Filme, um sie alle aufzuzählen. Für die Familie Costanza war das ein Sakrileg, und zwar ein so großes, dass sie sich weigerten, den Mann überhaupt kennenzulernen, vor allem die kleine Schwester Maria. Sie redete nicht mit ihm, wenn Carmela zu Hause anrief. Sie fragte nicht nach dem Status ihrer Beziehung, als sie zu Weihnachten nach Borgo San Lorenzo kamen. Sie wollte überhaupt nichts von Gianluca wissen, was für meine speziellen Ziele sehr ungünstig war. Ich brauchte Informationen, was bedeutete, dass wir uns zum Kern dieser Angelegenheit vorarbeiten mussten.

»Aber Carmela heiratete doch dann einen Charles Preston«, sagte ich. »Wann hat sie sich denn von Gianluca scheiden lassen?«

»Keine Scheidung«, sagte Maria. »Sie haben nie geheiratet. Zwei Jahre verlobt, dann war es vorbei. Weil ich recht hatte. *Verflucht!*«

»Aber sind Sie sich sicher, dass sie offiziell verlobt waren?«, hakte ich nach. Ihre wiederholte Verwendung des Wortes *verflucht* behagte mir ganz und gar nicht.

»Natürlich«, sagte Maria. »Carmela ist in der ganzen Stadt herumgerannt und hat jedem, der ihn sehen wollte oder nicht, diesen Diamantring gezeigt!«

Ich fasste an meine Halskette. Der Ring war unter meinem Pullover sicher verborgen, und nun dachte ich, dass er dort auch bleiben sollte, bis wir weit weg von Maria waren.

»Aber was ist passiert?«, fragte ich und kam damit wieder auf das Mysterium zurück. »Warum haben sie nicht geheiratet?«

»Das wusste ich nicht und habe auch nicht danach gefragt. Ich wollte seinen Namen lieber nicht aussprechen, damit das Schicksal ihn nicht hört! Doch es war zu spät. Er hat sie zerstört.«

Ein Jahr später verkündete Carmela, dass sie nach Amerika zöge. Sie hatte schon alles vorbereitet, um in den Staaten so etwas wie das Caffè Degli Artisti aufzumachen. Sie sagte, sie wolle das italienische Essen im Ausland bekannt machen, um ein großes Abenteuer jenseits der kleinen Welt hier zu erleben. Und sie machte den Fehler zu erklären, dass sie das alles klar vor sich sehe, seit Gianluca sie zum ersten Mal mit nach New York genommen hatte.

»Uff«, sagten meine Schwester und ich genau gleichzeitig. Annie war nicht begeistert gewesen, als ich Kalifornien verließ, um in Manhattan zu studieren, und dann fast zehn Jahre fortgeblieben war. Aber damals lagen wenigstens kein Ozean, keine Kultur und keine Sprache zwischen uns – und vor allem gab es damals schon FaceTime.

»Erinnern Sie sich vielleicht noch daran, wann all das passiert ist?«, fragte ich. »Zum Beispiel wie alt Carmela war, als Gianluca hierherkam? Es wäre hilfreich für uns zu wissen, in welchem Jahr das passiert ist, weil ...«

»Er kam in *marzo* 1968 hierher. Er nahm sie im *maggio* desselben Jahres mit nach Rom. 1969 haben sie sich verlobt und 1971 das Ganze aufgelöst.«

Offenbar hatten sich diese Ereignisse in Marias Gedächtnis eingeprägt.

»Das hat uns sehr weitergeholfen«, sagte ich. »*Grazie*, dass Sie sich so viel Zeit genommen haben, um mit uns zu reden.«

Die Sonne ging hinter dem Café unter, sodass unser Tisch inzwischen fast vollkommen im Schatten der Zypresse stand. Maria hatte uns bereits so viele Fragen beantwortet, doch als ich über meinen Pulli strich, um den Ring darunter zu spüren, wurde mir klar, dass immer noch zwei große Fragen unbeantwortet waren. Die erste lautete, ob dieser Ring tatsächlich von Gianluca stammte. Höchstwahrscheinlich hing die Geschichte mit dem, was Gia erzählt hatte, zusammen, aber ich brauchte Gewissheit, und nur Maria konnte sie mir geben. Die zweite Frage würde ich nur in Betracht ziehen, wenn die erste mit Ja beantwortet würde.

»Würdet ihr Gianna ausrichten, dass sie ihre alte *zia* besuchen kommen soll?«, fragte Maria.

»Ja, gern«, versprach ich lächelnd; ich war stolz darauf, in dieser Familienzusammenführung eine winzige Rolle zu spielen. »Aber eine Sache noch, bevor wir gehen.«

Ich sah Annie Hilfe suchend an, in der Hoffnung, dass sie meine auf den Ring gerichteten Gedanken lesen konnte. Ihr Blick sagte sowohl »Ja, tu es« als auch »Ich habe Schiss davor«.

»Tut mir leid, dass ich Ihnen das bisher noch nicht gesagt habe, Signora Costanza«, begann ich. »Aber ich glaube, ich habe Carmelas Ring, den sie von Gianluca erhalten hat.«

Marias Gesicht verdunkelte sich, als ich ihr den Diamanten hinhielt.

»Das ist er«, sagte sie. »*Mamma mia* ...«

Als dies bestätigt war, ging ich einen Schritt weiter.

»Was ich Sie noch fragen wollte: Glauben Sie, dass auch dieser Ring *maledetto* ist?«

Maria sah mich so ernst an, dass ich fast erschauert wäre, und dann sagte sie einen Satz, der den Sack zumachte: »Für diese Frage ist es nun ein wenig zu spät, nicht wahr?«

20

Ich übernahm die Schuld an allem, was zwischen der Wiedervereinigung mit Graham und dem Aufsuchen unseres »Hotels« zu tun hatte. Reiseplanung war eines meiner Spezialgebiete, aber wenn es um Übernachtungen ging, neigte ich zum Abseitigen. Und wer wollte nicht ein »malerisches ehemaliges Kloster inmitten sanfter toskanischer Hügel« erleben? Die Antwort lautete: Annie und Graham.

»›Klopfen Sie bei Ihrer Ankunft an die wunderschöne Holztür mit den Schnitzereien!‹«, las ich von der Website ab. Das war, nachdem wir bergauf und bergab über die besagten sanften Hügel gewandert waren, um das nicht gekennzeichnete Gebäude im Dunkeln zu finden. Wir klopften. Und klopften. Und klopften lauter. Und dann begann Graham, sich mit dem ganzen Körper gegen die zugegebenermaßen wunderschöne geschnitzte Tür zu werfen, während sich Annie schluchzend ins Gras sinken ließ. Ich überlegte wirklich, ob ich wieder zurück in den Ort laufen sollte, um Maria um Hilfe anzuflehen, doch da öffnete endlich ein sehr großer dünner Mann in türkisgrüner Robe – eindeutig kein Mönchsgewand, sondern ein Morgenmantel – die Tür.

»Benvenuti a Convento dei Cappuccini di San Carlo«, sagte er. »Unterkunft oder Beichte?«

»Beides«, sagte Annie, als sie sich hinter mir durch die Tür schob. »Ich wollte gerade meine Schwester umbringen.«

Wir bezogen unsere Zimmer, die ohnehin ungefähr die Größe von Beichtstühlen hatten. Sie waren mit Holzbetten, Schaumstoff-»Matratzen« und lebensgroßen Kruzifixen ausgestattet. Vielleicht war das mit dem »Gefühl klösterlichen Lebens« gemeint, von dem auf der Website die Rede war.

Annie war innerhalb von Minuten tief und fest eingeschlafen. Ich saß da, konnte nicht schlafen und hätte mich ohrfeigen können, weil ich *Sì* gesagt hatte, als Maria auf einen dritten Espresso bestanden hatte; ich spürte förmlich, wie mir das Herz in den Daumen hämmerte. Die Vorstellung, in einem stockdunklen italienischen Labyrinth herumzuirren, war nicht gerade verlockend, aber immer noch besser, als im Bett zu sitzen, während mir tausend Gedanken zu Carmelas gescheiterter Liebesgeschichte durch den Kopf schossen. Außerdem hatte ich mich immer noch nicht bei John gemeldet.

Es dauerte ewig, bis ich eine Stelle gefunden hatte, an der ich zwei zittrige Balken auf dem Handydisplay erhielt, und die befand sich ausgerechnet in einem Flur, in dem ein Dutzend Mönchsporträts vorwurfsvoll auf mich herabblickte.

»Hey! Da bist du ja! Wie läuft's? Wie geht es dir?«, fragte John.

»Es ist … viel, aber es geht mir gut«, sagte ich. »Ich sehe mir gerade ein wenig Kunst an.« Ich neigte das Handy zu einem Mann mit einer dieser Glatzen, umgeben von einem Heiligenschein aus Haaren.

»Tougher Look«, bemerkte John. »Dann habt ihr also die Tante kennengelernt?«

»Ja, haben wir, aber zuerst muss ich dir was sagen«, sagte ich, um es hinter mich zu bringen. »Dieser Cousin von Simone ist jetzt bei uns. Der Journalist, der mir in Hudson weitergeholfen hat.« Ich fragte mich, ob John sich überhaupt noch daran erinnerte, dass ich ihn erwähnt hatte.

»Graham? Er ist einfach so auch gerade in Italien?« Offenbar vergessen Männer die Namen von Männern, die plötzlich ihren Verlobten helfen, nicht.

»Nein«, sagte ich und schritt auf dem knappen Meter, auf dem ich Empfang hatte, hin und her. »Er ist gekommen, um uns zu helfen. Offenbar ist er einer dieser Menschen, die völlig besessen von einer Story sein können. Er glaubt, dass bei dieser ganzen Sache ein großer Artikel für ihn herausspringt, deshalb will er helfen. Er hat jede Menge Erfahrung und …« Ich unterbrach mich, ehe ich wirklich ins Labern kam.

»Gut«, sagte John und wandte nachdenklich den Blick ab. »Willst du ihn bei dir haben?«, fragte er schließlich.

»Als Mensch eigentlich nicht«, räumte ich ein. »Er ist ganz schön ungehobelt für meinen Geschmack. In dieser Hinsicht reicht mir schon Annie. Aber er hat sich schon jetzt ziemlich nützlich gemacht an der Recherchefront. Ich glaube nicht, dass wir ohne ihn so schnell so weit gekommen wären.«

»Nun, dieser Teil gefällt mir«, sagte John. »Aber – sorry – für mich ist das ein wenig seltsam. Warum mischt er sich so in dein Leben ein? Eigentlich *unser* Leben.«

»Ich weiß. Aber er hat dieses Dokument unterzeichnet, das Rebecca entworfen hat. Darin versichert er, dass er nichts ohne unsere Zustimmung veröffentlichen wird, deshalb habe ich das Gefühl, dass er ehrlich sein muss.«

Wieder schwieg John. Trotz der schlechten Verbindung erkannte ich die Falten auf seiner gerunzelten Stirn.

»Du solltest eigentlich hier sein, nicht er«, sagte ich.

»Ja, ich bin ziemlich eifersüchtig«, gestand er schließlich. »Aber wenn dich dieser Kerl schneller und mit guten Antworten nach Hause bringt, ist alles in Ordnung.«

»Ja«, sagte ich, erleichtert und dankbar, nicht mit einem besitzergreifenden Typen zusammen zu sein. »Das ist sein Plan.«

»Danke. Hey, tut mir leid, aber ich muss los. Heute Abend gibt es ein großes Basketballspiel gegen North.« John sprang manchmal als Trainerassistent ein, die Chance, seine eigenen glorreichen Tage noch mal zu durchleben. Oder war es wie beim Team für die Wissenschaftsolympiade und seinem Mittwochabend-Tutorium? Eine weitere außerplanmäßige Veranstaltung, die er übernommen hatte, um etwas dazuzuverdienen – womöglich für den wunderschönen Ring, für den ich in der Weltgeschichte herumreiste, um herauszufinden, ob er es wert war, dass ich ihn trug? Bei diesem Gedanken hätte ich mich am liebsten an der nächsten Steinmauer hinabgleiten lassen.

»Okay, ich vermisse dich, und ich liebe dich«, sagte ich.

»Ich liebe dich auch«, erwiderte John. »Und ich bin froh, dass es gut läuft. Hoffentlich bist du bald mit den Antworten, die du brauchst, wieder zu Hause.«

Ich legte auf, ging zur nächsten Wand und rutschte daran hinunter, bis ich wie eine kleine Kugel auf dem kalten Steinboden saß. Dann kniff ich die Augen zu, um zu verhindern, dass Johns letzte Worte sich wie eine Endlosschleife in meinem Kopf wiederholten. *Welche Antworten brauche ich wirklich?*

Ich wanderte im Schein der Taschenlampenfunktion meines Handys umher, bis ich den Altarraum des Klosters fand, der – wenig überraschend – ziemlich pittoresk war. Er war klein, etwa so groß wie eine Krankenhauskapelle, und frühherbstlich kalt. Die vier Wände bestanden wie bei den meisten sehr alten italienischen Kirchen aus grauem Stein, aber das obere Drittel war von wahrhaft atemberaubenden Fresken bedeckt, die die toskanische Landschaft der Umgebung abbildeten.

»Meinst du, Gianluca hat etwas davon gemalt?«, fragte eine Stimme.

Ich stieß einen gellenden Schrei aus, der unseren Robe tragenden Gastgeber ganz bestimmt aufweckte.

»HERRGOTT NOCH MAL, GRAHAM! Du kannst dich nicht überall an eine Frau ranschleichen, schon gar nicht mitten in der Nacht in einer uralten Kirche!«, zischte ich.

»Ich war zuerst da, eigentlich hast du dich an mich rangeschlichen«, widersprach er. »Aber das passt mir ganz gut, ich wollte dich ohnehin noch auf Band kriegen.«

»›Auf Band kriegen‹?«

»Ein Interview mit dir machen.«

»In dem Artikel darfst du nur *vielleicht* über mich schreiben.«

Graham nickte resigniert.

»Schön. Vielleicht hilft mir ja deine schräge Art von extremer Direktheit, einige Dinge herauszufinden«, erwiderte ich gnädig.

»Danke«, sagte er, während er sein Handy auf »Aufnahme« einstellte. »Nun erzähl mir doch mal, welche Gedanken dir nach deinem Gespräch mit Maria gekommen sind.«

»Ähm … ich glaube, ich fühlte mich zurückhaltend optimistisch?«

»O Mann«, sagte Graham. »Du gehörst wohl zu den Menschen, die immer *ja und nein* sagen, anstatt einfach mal die Frage zu beantworten, oder?«

»Hey! Sei netter, sonst sage ich gar nichts mehr. *Ja und nein* passt hier. Ja, ich mache mir Sorgen, dass der Ring im Prinzip der Grund war, weshalb sie ihre Schwester verstoßen hat, aber ich bin verhalten hoffnungsvoll, weil es so aussieht, als hätte der Ring ohnehin nur für eine kurze Verlobungszeit an Carmelas Finger gesteckt, nicht eine ganze unglückliche Ehe lang. Wir könnten aus dem Schneider sein, vor allem weil Maria nicht unbedingt die ganze Geschichte kennt.«

»Erzähl mir mehr über das, was Maria nicht weiß.« Dieses Mal war kein winziger Notizblock im Spiel. Graham sah mich geradewegs an. Sein Gesicht war weicher geworden, so wie vor ein paar Wochen, als er mit Gianna gesprochen hatte. Nun drehte er seinen Charme bei mir auf, wenn auch aus purem Eigennutz.

»Maria glaubt, dass Gianluca kein guter Kerl und sehr schlecht für Carmela war, aber das ist nur ihre Meinung. Eigentlich weiß ich nicht *wirklich*, weshalb Carmela Italien verlassen hat. Ich habe keine Ahnung, warum die beiden ihre Verlobung gelöst haben. Außerdem frage ich mich, ob der Ring ihre Liebe überhaupt in sich birgt in Anbetracht dessen, dass es nie offiziell zu einer Hochzeit kam. Aber wie auch immer, ich bemühe mich, optimistisch zu bleiben, und hoffe, dass Gianluca noch lebt … und dass wir ihn finden … in Italien … diese Woche.« Graham starrte mich ein, zwei Sekunden lang an. »Was?«, fragte ich, plötzlich unsicher geworden.

»Nichts«, sagte er endlich. »Ich versuche nur, dich voll und ganz zu durchschauen, aber es ist … kompliziert.«

»Autsch. Ich bin müde und ein wenig gestresst. Außerdem habe ich gerade meinem Verlobten erklärt, dass du mein neues fünftes Rad am Wagen bist. Deshalb bitte nur noch eine Frage heute Abend.«

Graham zog eine Augenbraue hoch. »Was hat er gesagt?«

»Er ist ein guter Kerl. Er hat die richtigen Dinge gesagt.« Ich würde diesem zweifelhaften Typen nicht die falsche Art von Informationen liefern, was immer er da für eine Geschichte ausbrütete.

»Gut, letzte Frage«, sagte er. »Bezieht sich dein Aberglaube auch noch auf etwas anderes als auf Ringe mit Vorbesitzern?«

»Klar. Es bringt Unglück, an dem gleichen Datum oder an dem gleichen Ort zu heiraten wie ein anderes Paar, das inzwischen geschieden ist. Natürlich darf man nie das Hochzeitskleid einer unglücklichen Ehefrau auftragen. Meine Nonna hatte noch andere Kleinigkeiten in Bezug auf den Schleier oder Perlen auf Lager. Oh, und es gibt Regeln, wenn es am Hochzeitstag regnet, aber eigentlich glaube ich, dass es Glück, kein Unglück bringt. Irgendwas mit Geld.«

»Dann drehen sich also all diese Dinge ums Heiraten?«

»Oh. Nein. Ich bin auch noch bei allen möglichen anderen Dingen abergläubisch.«

»Warum beziehst du dann nichts von alldem mit ein?«

Ich dachte einen Moment über seine Frage nach und beantwortete sie mit einem Schulterzucken. War das so etwas wie eine Falle?

»Okay, und nun die allerletzte Frage: Gibt es irgendeinen anderen Aberglauben, für den du zehntausend Kilometer fliegen würdest?«

»Nein«, sagte ich, überrascht, dass ich mir so schnell so sicher war. »Bin ich dadurch jetzt *komplizierter* geworden?«

»Ja und nein«, erwiderte Graham mit einem Grinsen, das mein Blut zum Brodeln brachte.

21

Ich hätte nicht gedacht, dass ich mal außerhalb eines Sofia-Coppola-Films mit der Frage konfrontiert würde, wie man eine fremde Person in einem fremden Land findet, ohne die Fremdsprache zu sprechen. Ich beobachtete, wie Graham auf der Zugfahrt von Borgo San Lorenzo zurück nach Florenz und weiter nach Rom seinen Laptop zu einer Kommandozentrale umbaute. Er telefonierte, chattete über Google und schrieb eine E-Mail – alles gleichzeitig. Annie trug ihren Teil bei, indem sie Stadtpläne studierte, damit alles schnell ging, wenn wir erst mal da waren. Und ich hatte meinen Firmen-Posteingang voll und ganz abgearbeitet und konnte nun noch mal all unsere gebuchten Hotelunterkünfte überprüfen, um einen weiteren »pittoresken« Aufenthalt abzuwenden. Binnen achtundvierzig Stunden hatten wir uns zu einem effizienten Trio gemausert, aber das war auch schon ein Drittel der Gesamtzeit, die uns zur Verfügung stand, um in einer Stadt mit zwei Komma acht Millionen Einwohnern einen Mann zu finden, natürlich vorausgesetzt, dass Gianluca noch immer in Rom lebte. Natürlich vorausgesetzt, er lebte überhaupt noch.

Wir erreichten ohne Probleme die Ewige Stadt und unsere Unterkunft – das opulente Hotel Scalinata di Spagna direkt an der Spanischen Treppe. Es hatte eine richtige Lobby, Zimmer mit Betten *und* Stühlen und einen Handyempfang mit fünf Balken. Aber das Wichtigste: Es bot eine Aussicht auf das Kultwahrzeichen der italienischen Hauptstadt, und das an einem so herrlichen Tag, dass sogar die Einheimischen Fotos machten. Ich sorgte dafür, dass Graham eins von Annie und mir mit unseren Prada-Tüchern knipste. Auf unserer Reise mit Nonna und Pop hatten wir es nicht nach Rom geschafft, obwohl es ein wichtiges Element unserer *Nur für Dich*-Fantasie darstellte.

»Wunderschönes Foto«, sagte ich, als Graham mir mein Handy wieder reichte. »Danke.« Dann streckte ich den Arm aus, um ein Selfie von ihm und mir zu machen. Graham stöhnte.

»Komm schon!«, sagte ich. »Ich traue dir zwar noch nicht so recht über den Weg, aber wir sollten ein Foto haben, falls es mal so weit kommt.« Graham riss mir das Handy wieder aus der Hand, streckte seinen sehr viel Selfie-geeigneteren Arm aus und machte noch eine Aufnahme.

Schließlich setzten wir uns in die Lobby und begannen bei einem dringend benötigten Espresso und *panini di buffalo mozzarella* für Annie – das einzige Nahrungsmittel, das sie bei ihrer nahezu ganztägigen Morgenübelkeit bei sich behalten konnte – mit der Planung.

»Dieses Kind hat sich das teuerste Sandwich ganz Italiens ausgesucht«, sagte sie mit halb vollem Mund.

»Gut.« Ich stibitzte ein winziges Stück Käse. »Das heißt, ich kann Essen auslassen, wenn die Zeit gekommen ist, ihm meine Weisheit zum Thema Qualität geht über Quantität zu vermitteln. Die Weisheit lautet: *Man braucht beides.*«

»Das Mittagessen geht heute auf mich«, mischte sich Graham in das Gespräch ein. »Ich habe gerade endlich vom Kumpel meines Kumpels bei Interpol gehört, deshalb habe ich gute Laune. Tatsächlich leben in der Stadt Rom derzeit fünfzehn Gianluca Marzullos.«

»Kann ich zwei Sandwichs bestellen, damit ich noch eins als Mitternachtssnack habe?«, fragte Annie.

»Nimm drei«, sagte Graham. »Vielleicht sind mir die Götter des Auffindens von italienischen Männern ob meiner Großzügigkeit dann gewogen.«

»Das wäre der heilige Antonius, der Schutzpatron der verlorenen Dinge«, belehrte ich ihn. »Aber ich bin mir nicht sicher, ob er auch Menschen findet. Meine Großmutter betete immer zu ihm, wenn es darum ging, verlegte Schlüssel und Brieftaschen zu finden.«

»Erinnere mich dran, dass ich meinen Eltern dafür danke, dass sie Atheisten sind«, entgegnete Graham.

Die folgenden zwanzig Minuten gingen wir die Liste der Gianlucas durch, wobei wir uns einstimmig auf das Alter als Ausgangspunkt einigten. Am Ende waren nur noch vier Männer zwischen sechzig und hundert übrig. Wo wir begannen, war dem Zufall überlassen, alles, was wir hatten, waren ihre Adressen.

»Ich bin dafür, dass wir bei allen vorbeigehen und dabei beim Jüngsten anfangen, so haben wir die größte Chance, einen anzutreffen, der noch am Leben ist«, sagte ich.

»Ich denke, wir sollten uns aufteilen und drei auf einmal erledigen«, schlug Annie vor.

»Und ich glaube, es ist der Typ, der in der Nähe der RUFA wohnt, der Rome University of Fine Arts«, warf Graham ein. »Deshalb können wir einfach alle zusammen gehen.«

Wir waren zu erschöpft, um seine Gewissheit infrage zu stellen, und hatten auch keinen Grund dazu. Er hatte in vierundzwanzig Stunden mehr erreicht, als wir in einem Monat geschafft hätten. Annie schob sich den Rest ihres *panini* in den *bocca*, und wir riefen uns ein Taxi. Ziel: Prati, Rom.

»Der Rest von Rom ist der Albtraum jedes Städteplaners – keine Ordnung, keine Struktur, keine Chance, sich nach *una bottiglia di vino rosso* zurechtzufinden«, las Reiseführerin Annie auf der Fahrt von einer Website vor, wobei sie achtgab, dass ihr nicht übel wurde. »Aber Prati wurde Ende des neunzehnten Jahrhunderts gebaut. Inzwischen kann es sich damit brüsten, zu den reichsten Vierteln mit der strukturiertesten Gestaltung und den berühmtesten Restaurants der Stadt zu gehören. Überragt vom herrlichen Petersdom, ist dieses Viertel auch berühmt für das Pizzarium Bonci, das man sich nicht entgehen lassen sollte, denn hier gibt es die derzeit beliebteste Pizza Roms.«

Alles passte zusammen. Gianluca war nun ein reicher Maler, der in Prati lebte. Er hatte Carmela verlassen, weil er wusste, dass er sic nicht mit jeder Faser seiner selbst lieben *und* zugleich sein Leben als Künstler führen konnte. Daher hatte er Carmela im Grunde *zu* sehr geliebt, um das mit der Heirat durchzuziehen. Ring: ungefährlich. Unglücklicherweise teilte ich meine Überlegungen den anderen mit.

»Entweder das, oder er hat Carmela wegen einer reichen Tochter aus Prati verlassen, damit deren Eltern seine Künstlerkarriere sponsern konnten«, sagte Graham, und daraufhin schwor ich mir, meine Theorien künftig für mich zu behalten.

Ob es nun das Resultat einer reichen Heirat mit einer anderen war oder nicht – dieser Gianluca war zweifellos wohlhabend. Sein Wohngebäude sah aus wie ein Seitenflügel des Buckingham Palace, von Rom umgestaltet. Der Lichthof umfasste einen Park mit Formschnittsträuchern. Sämtliche Schrauben, Nägel oder Knäufe, die in Sicht waren, waren golden. Die Namen der Bewohner – einschließlich eines Gianluca Marzullo – waren auf Marmorplatten gemeißelt. Natürlich machten all diese Freuden den Umstand nicht wett, dass der von Graham ausgewählte Gianluca nicht zu Hause war.

»Auch das habe ich vorausgesagt«, rief er uns ins Gedächtnis. »Wir lungern hier einfach eine Weile herum, für den Fall, dass uns ein Nachbar über den Weg läuft, den wir befragen können, dann hinterlassen wir eine Nachricht und verschwinden von hier.«

Dreißig Minuten später stritten wir immer noch darüber, was in der Nachricht stehen sollte. Graham war dafür, den Ring überhaupt nicht zu erwähnen. Annie fand, Carmelas Name solle darin fallen, um seinem Gedächtnis auf die Sprünge zu helfen. Und ich plädierte für die ganze Geschichte – Minimum eine Seite. Am Ende führte diese Verzögerung zu einer sehr wichtigen Entwicklung: Ein Nachbar kam durch den Garten des Gebäudes.

»*Salve, come posso aiutarla?*«, fragte der ältere Herr, der uns vor der Wand aus goldenen Briefkästen verdächtig zusammengedrängt vorfand. Dieser Nachbar war immer noch verheerend gut aussehend – ein gealterter Pierce Brosnan. »*Ciao. Stiamo guardando Gianluca Marzullo*«, sagte ich, in der Hoffnung, dass ich mir den einen Satz, den wir für alle Fälle vorbereitet hatten, richtig gemerkt hatte: *Wir suchen Gianluca Marzullo.*

Der Mann zögerte einen Moment, vermutlich übersetzte er sich gerade mein falsches Italienisch, und lächelte dann. »Ah«, sagte er. »Verstehe. Nun, er ist ein Mann, der schwer zu fassen ist.«

Das ließ Graham aufhorchen. »Dann kennen Sie ihn?«, fragte er.

Der Mann nickte, woraufhin ich noch mehr aufhorchte. »Das ist unglaublich! Würden Sie ihm diese Nachricht überbringen!?« Ich riss sie Annie aus der Hand.

»Eigentlich«, unterbrach mich Graham und riss sie nun mir aus der Hand, »sollten wir die Nachricht an seinen Briefkasten kleben, so wie immer. Dort wird er sie finden.«

»Oh, Sie kennen ihn auch?«, fragte der Nachbar.

»Ja, wir kennen ihn«, sagte Graham. »Danke für Ihre Hilfe. Ihnen noch einen schönen Tag.« Dann klaubte er eine Rolle Klebeband aus seiner Tasche, befestigte die Nachricht an dem Briefkasten und ging.

»Warte. Vielleicht kann uns dieser freundliche Herr mehr über unseren … Freund erzählen«, begann ich.

»Wir sind spät dran, Shea!«, rief Graham schon aus einigen Metern Entfernung.

»Sieht aus, als wüsste er, was er tut«, flüsterte Annie und folgte Graham aus dem Lichthof hinaus.

»Tut mir leid. Und *ciao* …«, sagte ich zu dem Nachbarn, aber er war schon in den Aufzug gestiegen.

»Was zum Teufel war denn das jetzt?!«, schrie ich, sobald wir außer Hörweite waren.

»Regel Nummer eins im Journalismus: Vertraue niemandem«, blaffte mich Graham an. »Du kennst diesen Typen nicht. Du hast keine Ahnung, ob er die Nachricht je an Gianluca weitergibt. Er könnte sie auf den Küchentisch legen und bis nächste Woche vergessen.«

»Aber wir kennen unseren Typen! Er ist praktisch zum Greifen nah!«, sagte ich. »Und außerdem heißt das, dass Gianluca noch am Leben ist!«

»Er kannte einen Typen, der einer von vier Typen ist, von denen vielleicht keiner unser Typ ist«, verbesserte mich Graham.

»Nicht in diesem Ton …«, mahnte Annie.

»Tut mir leid. Ich bleibe nur realistisch«, sagte Graham. »Das ist die einzige Möglichkeit, die Sache voranzutreiben.« Dann ging er voraus, um herauszufinden, wo die nächste Metrostation war. Annie drückte mir ermutigend den Arm.

»Alles okay«, sagte ich. »Ich bleibe optimistisch.«

»Gut, aber Shea, du weißt, dass die Möglichkeit besteht, dass wir diesen Mann nicht auf dieser Reise finden, oder?« Sie wollte nur nett sein, aber es kam mit dieser Art vernichtender Enttäuschung bei mir an, bei der ich mich immer wie ein kleines Mädchen fühlte.

»Ja, ich weiß«, sagte ich, was halb gelogen war.

»Deshalb könnte es vielleicht helfen, wenn du allmählich darüber nachdenkst, was du machen willst, falls wir ihn nicht finden. Nur, damit es dich nicht völlig kalt erwischt.«

»Ja.« Dann erlaubte ich mir anzuerkennen, was sie mir damit wahrscheinlich eher sagen wollte. »Es besteht wohl auch die Möglichkeit, dass ich ihn überhaupt nicht finde, was?«

Annie war eine zu gute Psychologin und Schwester, um diese Frage zu beantworten.

22

Den Rest des Nachmittags hatten wir auch nicht mehr Glück bei unserer Suche. Die drei übrigen Optionen auf der Liste waren 1) Gianluca Marzullo aus Monti, Rom, fünfundsechzig Jahre alt, was für Carmela zu jung war, aber nicht unmöglich in Anbetracht der Tatsache, dass Maria gesagt hatte, er sei als junger Künstler nach Borgo gekommen. Aber Graham hatte ein paar weitere Nachforschungen angestellt, die ergeben hatten, dass dieser Gianluca ein Herrenschneider im Ruhestand war, deshalb fühlte sich das Ganze falsch an. 2) Gianluca Marzullo aus Centocelle, Rom – einem Viertel, das sehr viel weiter von der Innenstadt entfernt war, aber bekannt für seine Multikulti-Restaurantszene. Dieser Gianluca war fünfundachtzig, also wahrscheinlich zu alt, aber er lebte in einem Viertel, das reich an Kultur war, was zu einem Künstler passen würde. Und schließlich 3) Gianluca Marzullo aus Pigneto, Rom – Alter unbekannt, aber seine Adresse schien eine Kirche zu sein, deshalb hatte er entweder Carmela verlassen und war Priester geworden, oder er war irgendein weltlicher Kirchenangestellter. Seltsamerweise war er unser bester Kandidat.

Nachdem wir eine Dreiviertelstunde versucht hatten, das genaue Gebäude ausfindig zu machen, beschlossen wir, mit Marzullo aus Monti weiterzumachen. Die Übelkeit unserer Kartenleserin beeinträchtigte offenbar ihre Navigationsfähigkeit. Aber auch das war am Ende Zeitverschwendung. Gianluca Nummer zwei war auch nicht zu Hause, aber schon beim ersten Klopfen öffnete eine Frau die Tür. Das war spannend, bis sich herausstellte, dass sie seine *moglie* – seine Ehefrau – war, und zwar schon seit vierzig Jahren. Mrs. Ana Marzullo kannte Carmela nicht, und *ihr* Gianluca war nie in Florenz gewesen, geschweige denn in Borgo San Lorenzo.

»Trotzdem machen wir Fortschritte, auch wenn wir nur Leute von der Liste streichen«, beharrte Graham.

»Seit wann bist du die Polyanna der Truppe?«, fragte ich.

»Du hast recht. Das ist unnatürlich, und ich hasse es, könntest du deshalb wieder den Cheerleader für uns machen?«

»Du weißt, dass Shea tatsächlich Cheerleader war«, warf Annie ein. »Highschool-Captain sogar.«

»Selbstverständlich«, sagte Graham, »weil ich erstens ihren Hintergrund gründlich recherchiert habe, und zweitens, weil ich sie kennengelernt habe.«

»Du hast mich gestalkt?«, fragte ich fassungslos, aber auch ein wenig geschmeichelt.

»Natürlich. Wer reist schon mit einer Wildfremden durch ein fremdes Land?«

Annie musste so lachen, dass sie sich fast wieder übergeben hätte.

»*Urkomisch*«, sagte ich. »Und auf meine Tätigkeit als Cheerleaderin lasse ich nichts kommen! Es ist eine vornehme Aufgabe, eine Menge zu mobilisieren. Obwohl du an der Highschool vermutlich kein einziges Football-Spiel gesehen hast, weil du so beschäftigt warst … Hm … Du warst bestimmt im Rede- oder Debattierclub oder beim Cross-Country?«

Graham stutzte, beeindruckt und nun womöglich selbst ein wenig geschmeichelt. »Beides«, sagte er. »Gute Arbeit.«

Es war fast zehn, als wir in unser Hotel zurückkamen, wo wir natürlich keine Nachricht von Gianluca Nummer eins vorfanden. Annie war erschöpft, und Graham hatte anderes zu tun, deshalb ging ich allein in die Patio-Bar und trank als Schlummertrunk einen Negroni – einen Cocktail, den ich auf meiner Reise mit John entdeckt hatte.

In L. A. wäre nun gerade die Schule aus, deshalb versuchte ich es auf seinem Handy, in der Hoffnung, dass er von seinem Lehrerpult auf meinem Display auftauchen würde, wo er sich den Stoff für den Unterricht am nächsten Tag ansehen würde. Er hätte sein definitiv kariertes Hemd endlich aus der Hose gezogen und die Schuhe aus.

Ich bekam genau das, was ich mir ersehnt hatte.

»Mann, ich wünschte, du wärst jetzt hier«, sagte ich.

»Harter Tag?«, fragte John. Ich konnte praktisch sehen, wie er auf der anderen Seite des Bildschirms seine mit Socken bekleideten Füße auf den Schreibtisch legte.

»Ja. Wir haben eine Liste mit Namen, bei denen es sich um Carmelas Typ handeln könnte, aber bisher war unser einziger Erfolg, dass wir einem von ihnen im Hausflur vor seiner Wohnung eine Nachricht hinterlassen haben.«

»Was steht in der Nachricht?«

»So gut wie nichts! Graham fand, wir sollten sie kurz halten, damit wir ihn nicht vergraulen.«

»Lustig ... Irgendwie erinnere ich mich daran, dass du mal mit einer sehr langen, sehr dramatischen Nachricht Erfolg hattest, die vermutlich einen Mann verscheuchen sollte ...«

Ich lächelte bei dieser Anspielung, ein dringend benötigter Stimmungsaufheller. »Es wäre vielleicht zu kompliziert gewesen, acht Seiten gefaltetes Papier auf einen Briefkasten zu kleben«, sagte ich.

»Außerdem glaube ich, dass es letztendlich die Tränenspuren waren, die dich rumgekriegt haben, oder?«

»Shea, das ist schon Jahre her. Es wird Zeit zuzugeben, dass es Eiscremeflecken waren«, erwiderte John.

Er sprach von dem Brief, den ich ihm nach unserem ersten richtigen Streit geschrieben hatte. Wir waren im Tat Pit gewesen – der dritten Station unserer spontanen Erstes-Date-Tour – und feierten unser einjähriges Jubiläum. John hatte sich die süße Mühe gemacht sicherzustellen, dass wir genau in der gleichen Nische im Schaufenster saßen. Ich erinnere mich noch daran, dass ich zutiefst froh und dankbar über diesen Abend war, als würde jedes Puzzleteil in meinem Leben endlich an den richtigen Platz fallen. John empfand offenbar nicht die gleiche Zufriedenheit.

»Ich habe nachgedacht …«, sagte er damals. »Vielleicht wäre es an der Zeit zusammenzuziehen? Miete zu sparen und mit etwas, das uns gehört, neu anzufangen?« Mein Gesicht reagierte, ehe mein Gehirn es verhindern konnte.

»Wow. Das ist echt mal ein *deutliches* Nein …«

»Tut mir leid. Nein. Kein deutliches Nein. Es ist nur …« Ich konnte nicht fassen, dass mir die Worte über die Lippen kamen, aber ich war außerstande, die volle Wahrheit zurückzuhalten. »Ich habe meine Wohnung gerade genau so, wie ich sie haben möchte. Mit dieser Tapete aus dem Restaurant in West-Hollywood, nach der ich all die Jahre gesucht habe. Jetzt ist es so perfekt. Und es ist der erste Ort, an dem ich je allein gelebt habe.«

»Du meinst also, dass du wegen einer tapezierten Wand nicht mit mir zusammenziehen willst?«

»Na ja, eigentlich sind es zwei Wände und …«

»*Autsch*, Shea. Aber gut zu wissen. Dann verlängere ich meinen Mietvertrag noch mal.« John war nicht so schnell eingeschnappt, aber wenn doch, dann kamen seine Worte scharf und voller Sarkasmus heraus, ein Ton, der mir absolut nicht gefiel.

»Hey. Du hast mich damit überfallen!«, sagte ich.

»Überfallen?! Shea, wir sind seit einem Jahr zusammen. Ich habe mich schon gewundert, weshalb du das Thema Zusammenziehen nicht schon längst aufgebracht hast.«

»Warum, weil ich die Frau bin? Tut mir leid, ich bin nicht der Typ, der in seinen Instagram-Feed weint, weil all seine Freundinnen heiraten und Kinder bekommen!« Ich flippte aus, und das wusste ich. Dieses Gespräch hatte etwas, das tief in mir begraben lag, getriggert.

»Weißt du was? Lass uns auf den Nachtisch verzichten. Ich habe keinen Hunger mehr.« Ich wollte nur verhindern, dass wir noch tiefer in diesem Loch herumstocherten, aber so kam das bei John nicht an.

»Unglaublich«, sagte er nur.

In schmerzlichem Schweigen fuhren wir zu meiner Wohnung zurück. Fünf Minuten später flüchtete ich mich zu Annie. Eine Stunde und eine ganze Schachtel Papiertaschentücher später schlug sie vor, dass ich John einen Brief schrieb, in dem ich meine echten Gedanken festhielt.

»Das ist kein Brief, den du ihm dann auch gibst«, sagte sie, »aber es klingt, als würdest du nicht so recht wissen, was du empfindest. Alles aufzuschreiben, könnte helfen.«

»Gibst du mir insgeheim den Ratschlag, den du auch für deine Kinder in der Schule parat hast?«, wollte ich wissen.

»Mein Zertifikat umfasst eigentlich Schülerinnen und Schüler der Mittelstufe, und genauso hast du dich bei deinem Abendessen mit John verhalten, deshalb ja.«

»Schön«, sagte ich schmollend. »Aber dann brauche ich einen Stift, Papier und ein paar Stunden für mich allein. Und noch mehr Vanilleeis.«

Ich setzte mich mit Stift und Papier hin, beruhigte meine sich überschlagenden Gedanken und lauschte meinem Herzen. Schließlich fand ich den Weg zu den Gefühlen hinter meiner überzogenen Reaktion. Ich schrieb, dass meine Wohnung diesen riesigen Moment der Unabhängigkeit für mich darstellte. Ich gestand, dass ich mit der Entscheidung, überhaupt nach L. A. zurückzukehren, gehadert hatte, deshalb war es eine große Leistung, an einem Ort mit so vielen Kindheitserinnerungen an meinen eigenen, neuen vier Wänden festzuhalten. Ich berichtete John sogar, dass in der Dynamik zwischen meinen Eltern mein Dad alle Wohnentscheidungen getroffen hatte, weil er ursprünglich derjenige gewesen war, der das Geld nach Hause gebracht hatte. Meinen eigenen Raum zu behalten, bedeutete, weiterhin die Kontrolle zu haben. Ich steckte die Blätter in einen Umschlag und klebte ihn zu. Dann beschloss ich, dass all das zu wichtig war, um es für mich zu behalten.

Ich fuhr zu Johns Wohnung hinüber und schob den Brief unter der Tür durch. Am nächsten Morgen schrieb er mir eine Nachricht, in der er mich fragte, ob wir einen Spaziergang machen könnten. Wir trafen uns an der Hollywood Bowl und streiften umher, bis wir uns alles von der Seele geredet hatten. Johns entscheidendes Geständnis bestand darin, dass ihn meine Unabhängigkeit manchmal verunsicherte. Meines, dass ich in meiner Kindheit bei meiner Mom das Gegenteil von Unabhängigkeit erlebt hatte, deshalb hielt ich manchmal zu sehr an meiner fest. Drei Monate später zog er zu mir, das war unser bequemer Kompromiss.

»Erzähl diesem Gianluca die Wahrheit«, hörte ich John am Telefon sagen, womit er mich aus meinen Erinnerungen riss. »Es ist romantisch. Und jeder Mann, der diesen perfekten Es-gibt-auf-der-ganzen-Welt-keinen-besseren-Ring ausgesucht hat, ist ein Romantiker.«

Die folgende Stunde verbrachte ich damit, einen Brief zu verfassen, mit dem ich einen Wildfremden davon überzeugen wollte, die tiefsten Geheimnisse einer längst vergangenen Liebesgeschichte preiszugeben. Dann bezahlte ich den Portier dafür, dass er den Brief ins Italienische übersetzte, und rief mir ein Taxi, um ihn zur Wohnung von Gianluca Nummer eins zu bringen.

23

Am folgenden Morgen trafen Annie und ich uns mit Graham in der Lobby, um die lange Wanderung in das Viertel Centocelle anzutreten: das Revier von Gianluca Nummer drei. Ich erzählte keinem von den beiden von der zweiten Nachricht an Gianluca Nummer eins. Mir gefiel der Gedanke, dass das Johns und mein kleines Geheimnis war.

»Bei diesem habe ich ein gutes Gefühl«, sagte Annie, als wir uns der Adresse näherten, die Graham uns gegeben hatte – ein rosa Wohngebäude mit Stuckverzierungen und fuchsiafarbenen Bougainvilleen, die an der Fassade hinaufwuchsen. Rom meets Los Angeles. *Womöglich ein Zeichen?*

»Ich auch«, sagte Graham.

»Echt? Warum?«, fragte ich.

Er wartete einen Moment zu lang mit der Antwort. »Na schön, ich nicht. Ich wollte nur nett sein.«

»Danke«, sagte ich, »aber eigentlich bevorzuge ich es, wenn du ehrlich bist.«

»Dann danke ich *dir*. Da bist du nämlich die Erste. Zumindest die erste Frau«, sagte Graham. Er drehte sich weg, ehe ich die Gelegenheit bekam, seinen Gesichtsausdruck zu deuten, doch meine Neugier war geweckt.

Die Suche nach Nummer drei begann mit einer überaus interessierten Nachbarin, die eine seltsame Obsession für Gianlucas ganze Lebensgeschichte hatte. Marta war eine italienische Gladys Kravitz. Sie verbrachte ihr Leben damit, in der Nachbarschaft umherzuschweifen und als Spionagetechnik die Straße zu kehren – was sicherlich ein Vorteil für uns war. Laut Marta war Gianluca ruhig und höflich, aber sehr geheimnisvoll. Er kam und ging zu seltsamen Stunden (»Manchmal verlässt er das Haus mitten in der Nacht vollständig angezogen!«). Er redete immer nur über das Reisen (»Wer verlässt so oft Italien!?«). Und er war nie mit einer Frau gesehen worden (»Das ergibt keinen Sinn! Er ist hochgewachsen und gut aussehend. Vielleicht zu hochgewachsen?«). Das klang sehr vielversprechend, angesichts dessen, dass wir wussten, wie Gianluca Carmelas Wanderlust inspiriert hatte, deshalb war es umso niederschmetternder zu hören, dass Gianluca kürzlich umgezogen war, näher ans Zentrum (»Ich habe die Adresse, weil ich mit diesem seltsamen Mann noch nicht fertig bin!«).

Bei Wohnung Nummer zwei trafen wir auf einen mürrischen, aber hilfsbereiten Hausmeister namens Lorenzo. Während er sich seinen uralten Werkzeuggürtel wie einen Kängurubeutel zurechtrückte, berichtete Lorenzo, dass Gianluca ein netter Mensch, aber »ziemlich nutzlos« sei, eine Formulierung, die ich mir von meiner frisch heruntergeladenen Übersetzungs-App bestätigen ließ.

»Wie kann ein Mann durchs Leben kommen, wenn er nicht mal eine Glühbirne einschrauben kann?«, fragte Lorenzo. »Und dieser Kerl soll eine Art Bildhauer gewesen sein? Lächerlich!«

Wir horchten alle drei auf: Gianluca drei war Künstler.

»Denkst du dasselbe wie ich?«, flüsterte Annie.

»Ja, aber du hast mir gesagt, ich solle nicht so viel über irgendetwas nachdenken, für den Fall, dass wir beide das Falsche denken«, gab ich zurück.

Es stellte sich heraus, dass dieser Gianluca auch an dieser Adresse nicht auffindbar war – er war nämlich *wieder* umgezogen. Das fand ich verdächtig. Meine Teamkollegen fanden es nervig. Lorenzo, der Hausmeister, kannte leider die neue Adresse nicht, erklärte sich aber bereit, bei allen Nachbarn des Gebäudes zu klopfen, um herauszufinden, ob jemand sie wusste. Das war, *nachdem* ich ihm gesagt hatte, er würde aussehen wie Al Pacino.

Fünfundvierzig Minuten und zwei eilige Toilettenbesuche von Annie später hatten wir die Antwort: Dieser Gianluca lebte nun in einem Viertel, das eine halbe Stunde entfernt lag, laut einer sehr alten Nachbarin, die immer auf seine Katzen aufgepasst hatte.

»Er ist also ein Katzentyp …«, murmelte ich, als wir die turmhohe Treppe des Gebäudes wieder hinabstiegen. »Das Zeichen gefällt mir nicht …«

»Beeindruckend«, sagte Graham, sobald wir wieder auf der Straße waren. »Okay, nun sind wir an einem Aufteilen-und-erobern-Moment angelangt. Das mit Nummer drei müssen wir noch durchziehen, aber da ist immer noch Nummer vier. Annie, kannst du dich vielleicht allein aufmachen und ihn checken?«

»Ich? Warum ich?«, fragte sie.

»Weil ich bei Shea bleiben und Notizen machen muss, falls wir auf irgendetwas stoßen.«

»Ich kann auch Notizen machen. Ich habe mir bereits Notizen gemacht.« Wenn Annie schwanger war, war sie offenbar noch feuriger als sonst.

»Hab ich hier irgendeine Chance?«, fragte Graham an mich gewandt.

»Nein«, erwiderte ich, »aber ich werde die Art und Weise vermissen, wie du ausschließlich mit Händen und Füßen Italienisch ›sprichst‹.«

Er bedankte sich mit einer Verneigung, während wir zwei Taxis heranwinkten.

Trotz der bislang vergeblichen Suche war ich gut gelaunt. Niemand hatte in Verbindung mit diesem Gianluca eine Ehefrau erwähnt, und er war auf jeden Fall Künstler, wenn auch Bildhauer und nicht Maler. Laut dem Barista im Café neben dem Gebäude hielt sich Gianluca derzeit in der Galleria Borghese auf, einer berühmten Kunstgalerie, wo er als Dozent arbeitete – wenn das nicht die perfekte Beschäftigung für einen alternden Künstler war!

Wieder hielten wir ein Taxi an, um zur Galerie zu fahren – zurück Richtung Zentrum. Dort ließ sich ein sehr verwirrter Rezeptionist unsere ganze Reise von mir erklären, ehe er mir einen vernichtenden Schlag verpasste: Gianluca, der Bildhauer, war derzeit in einer Rehaeinrichtung, wo er sich von einer schweren Herz-OP erholte.

»Ich muss gerade all meine innere Stärke aufbringen, um mitten in diesem stillen Raum voll Skulpturen keinen Tobsuchtsanfall zu bekommen«, sagte Annie flach atmend. »Was machen wir denn jetzt?«

»Wir schreiben Graham eine Nachricht«, erwiderte ich.

Er antwortete sofort und holte uns beide wieder ein wenig auf den Boden zurück. »Das ist gut«, schrieb er. »Nun wissen wir, wo er ist. Und er kann das Gebäude nicht verlassen.« Graham hatte bereits eine Nachricht unter der Tür von Gianluca Nummer vier durchgeschoben – offenbar war auch *er* nicht zu Hause –, deshalb sprang er sofort in ein Taxi.

Als Graham bei uns ankam, schwankte Annie bereits vor Erschöpfung, und in meinem Kopf hämmerte es dermaßen, dass ich es bis in die Zehen spüren konnte. Doch wir waren ganz nah dran – das könnte unser Mann sein. Alle Zeichen standen auf *Ja*.

»Hast du deine Fragen parat?«, fragte Graham, als wir auf dem Weg zur Rezeption der Rehaklinik waren.

»Natürlich nicht«, antwortete ich. »Ich war zu beschäftigt damit, diesen Geist zu finden.«

Er reichte mir drei Cocktailservietten, die über und über mit winzigem Gekritzel bedeckt waren. »Ich hab das für dich erledigt«, sagte er.

Ich war so gerührt von der Hilfe und registrierte deshalb gar nicht, dass ich mit einem einzigen Wort die ganze Mission mit einem Fluch belegt hatte: *Geist*.

»Tut mir leid«, sagte eine sehr nette Frau an der Rezeption, als wir uns nach unserem »lieben Freund« Gianluca Marzullo erkundigten. »*Signor Marzullo è … morto.*«

»Was hat sie gesagt?«, fragte Annie, doch der sehr traurige Gesichtsausdruck der Frau war für Graham und mich Übersetzung genug. Gianluca Nummer drei, der wahrscheinlichste Kandidat, war tot. Und morgen war unser letzter Tag hier.

24

Annie war so müde, dass sie komplett angezogen auf der Chaiselongue des Hotels einschlief. Ich versuchte, John von unseren Rückschlägen zu erzählen, musste aber am Ende wieder Geschwafel auf der Mailbox hinterlassen. Ich beschloss, dass ein schneller Negroni und eine heiße Dusche der beste Balsam für die Wunden dieses Tages wären. Graham fand das offenbar auch, einschließlich des Negronis.

»Ich will genau das, was er hat«, sagte ich zum Barkeeper, zu müde, um es auf Italienisch zu probieren.

»Nora Ephron«, sagte Graham.

»Funfact: Den Satz sagt Rob Reiners Mutter«, erwiderte ich. »Aber ich lasse es angesichts deines beeindruckenden Filmwissens mal durchgehen.«

»Mein Großvater. Nun ja, das alte Zeug kenne ich seinetwegen, er hat mich angefixt. Ich stand jeden Tag anderthalb Stunden vor der Schule auf, damit ich mir noch einen Film anschauen konnte. Ich habe darüber in meinem Matheheft Buch geführt.«

»Das zählt nur, wenn du das alles in eine Excel-Tabelle übertragen hast, sobald du aufs College gingst«, sagte ich. Diese Enthüllung brachte mir ein seltenes dröhnendes Lachen ein.

»Auf uns Nerds«, sagte Graham, als mein Cocktail kam, und hob sein Glas. »Und darauf, dass wir diesen Fall knacken. Mach dir nicht so viele Gedanken wegen heute. Ich habe bereits jemanden auf mehr Informationen über Gianluca Nummer vier angesetzt. Morgen wird es klappen.«

»Danke, aber wenn ich den Namen noch einmal höre, springe ich in irgendeinen römischen Brunnen.«

»Verständlich«, sagte Graham. »Ich würde dir gern weitere Fragen von meiner stetig wachsenden Liste stellen.«

»Ich finde, jetzt bin ich mal an der Reihe.« Ich nahm einen weiteren Schluck von dem grellorangen Wunder in meinem Glas. »Ich will wissen, wie du mit dem Schreiben angefangen hast. Was war der erste Auftrag, der dich wirklich gefesselt hat?«

Graham betrachtete mich einen Moment, als würde er erst jetzt entscheiden, dass wir Freunde waren.

»Es begann mit der beschissenen Ehe meiner Eltern«, gestand er. »Ich dachte, ich könnte sie wieder in Ordnung bringen, wenn ich herausfände, was zwischen ihnen los war. Es dauerte ein ganzes Jahr, aber fairerweise muss man sagen, dass das Internet damals noch nicht so verbreitet war. Ich habe sie buchstäblich auf meinem Huffy-Fahrrad verfolgt.« Plötzlich hatte ich das Bild eines ernst aussehenden kleinen Graham vor mir, der einen noch kleineren, verkrumpelten Notizblock in der Hand hielt, während er auf der traurigsten aller Missionen in der Stadt herumschlich. Am liebsten hätte ich die erwachsene Version von ihm umarmt und gesagt, dass ich das nachvollziehen kann.

»Das war alles ziemlich aufregend«, fuhr er fort. »Bis ich herausgefunden habe, dass meine Mutter meinen Vater schon seit Jahren betrog.«

»Arschloch«, sagte ich und fügte dann rasch hinzu: »O mein Gott, *entschuldige*. Ich wollte deine Mutter nicht Arschloch nennen!«

»Hast du aber«, sagte Graham, während er langsam einen Schluck aus seinem Glas nahm. »Und danke. Das war die ehrlichste Reaktion, die ich je darauf erhalten habe.«

»Na ja, ich hab das auch schon durchgemacht. *Mehrere* Affären meines Vaters, dazu tonnenweise Trinkerei und zum Spaß auch noch eine Prise Bankrott. Meine Mutter hat das *viele* Jahre lang ignoriert, und für mich bedeutete es, dass ich mich dauernd mit meinem Teddy Ruxpin unter dem Bett versteckt habe.«

»Hulk-Hogan-Kissen, gleicher Ort.«

»Warum haben wir uns unter dem Bett versteckt?«, fragte ich, erfreut über diese Verbindung. »Man konnte alles hören, und es ging höllisch schmutzig zur Sache! Der Schrank wäre viel klüger gewesen.«

»Keine Chance«, antwortete er schnell. »Es war gruselig da drin. Sogar mit den Deckensternen.«

»Ich hatte DIESELBEN STERNE!«, schrie ich.

»Ja, wie jedes Kind der Neunziger«, sagte ein amerikanischer Typ drei Barhocker weiter. Während der nächsten Negroni-Runde diskutierten Graham und ich etwas leiser über unsere Kindheit: über unsere Strategien zum Ausblenden von Lärm, wie wir unsere streitenden Eltern gegeneinander ausspielten, um Geschenke zu bekommen, und sogar darüber, wie es sich anfühlte, die Scheidung zu hassen, von der man jahrelang geträumt hatte. Wir beschworen ein paar Gefühle herauf, die ich längst vergessen hatte. Es überraschte mich, dass sie nun so leicht zu benennen waren. Meine Vergangenheit brachte normalerweise eine Scham mit sich, die mich zu diesem Thema schweigen ließ. Momentan erlebte ich … Erleichterung? Oder vielleicht spürte ich eine Verbindung.

»Sind Johns Eltern noch zusammen?«, fragte Graham. Wir hatten unsere Unterhaltung inzwischen hinausgetragen in die Straßen rund um das Hotel.

»So kann man auch klammheimlich auf die Liste der Fragen, die du an mich hast, zurückkommen«, sagte ich. »Ja. Sind sie. Total glücklich. Sie halten immer noch Händchen, wenn sie draußen herumlaufen. Das ist schön.« Graham zog die Augenbraue hoch. »Was ist los? Es *ist* schön.«

»Bei mir hat es nie mit einer geklappt, deren Eltern glücklich verheiratet waren«, sagte er.

»Das ist eine ziemlich große Kategorie von Menschen.«

»Beinahe fünfzig Prozent. Glaub mir, ich habe es versucht. Es ist, als würden wir nie dieselbe Sprache sprechen.«

»Ja, genau das ist der Punkt. Man könnte eine *viel* bessere Sprache lernen.« Graham zog wieder die Augenbraue hoch; diesen Satz nahm er mir nicht ab. Was wusste er schon über mich oder John? Dann fiel mir ein älteres und ein jüngeres Paar auf, die auf uns zukamen, alle vier hatten *gelato* in der Hand. Meine Gedanken wanderten zum allerersten Dinner mit den Jacobs. Es war ein herrliches Abendessen in einem Fischrestaurant in Long Beach gewesen, doch ich weiß noch, wie seltsam unangenehm es mir war, als Kay und Bob mich über meine Eltern ausfragten. Als würden sie mich auf die Probe stellen. Dies hatte auf der Heimfahrt einen kleinen Streit zwischen John und mir ausgelöst.

»Sie waren einfach nur neugierig«, sagte er. »Es macht ihnen nichts aus, dass deine Eltern geschieden sind, Shea. Und selbst wenn – *mir* macht es nichts aus.«

Ich konnte das Gefühl aber nicht abschütteln. Nachdem ich an jenem Abend zu Hause angekommen war, rief ich Annie an, um sie nach ihrer professionellen Meinung dazu zu fragen, ob

Scheidungskinder mehr emotionales Gepäck mit in eine Beziehung brachten als Leute, deren Eltern zusammengeblieben waren. Sie sagte mir etwas, von dem ich überzeugt war, dass es stimmte: Alle Menschen schleppen Gepäck mit sich herum. Dann erinnerte sie mich daran, dass wir mindestens genauso viel Zeit mit unseren glücklich verheirateten Großeltern – Nonna und Pop – verbracht hatten wie mit Mom und Dad. War ich dadurch vielleicht zweisprachig?

Graham und ich holten uns Eis – *cioccolato* für ihn, *vaniglia* für mich – und fanden eine freie Bank am Trevi-Brunnen. Das Becken unter den riesigen Meeresgestalten aus Stein war von innen angestrahlt, sodass es in der rabenschwarzen Nacht himmelblau leuchtete. Verkehrte Welt.

»Nun, nach allem, worüber wir geredet haben, verwirrt mich eine Sache ganz besonders«, fuhr Graham fort.

»Wow. Ich habe den Meisterdetektiv aus dem Konzept gebracht«, sagte ich mit einem Grinsen, das er ignorierte.

»Was hat dich bei dieser ganzen Scheidungsgeschichte deiner Eltern dazu gebracht, so besessen vom Heiraten zu sein?«

»Entschuldige mal, ich bin nicht *besessen* vom Heiraten«, schoss ich zurück.

»Worum geht es denn dann bei diesem ganzen Ring-Ding?«

»Darum, sicherzustellen, dass es unbedenklich ist, mit diesem Ring zu heiraten.«

»Damit deine Ehe perfekt wird.«

»Nicht *perfekt,* nur eine, die nicht *endet.* Bestimmt kannst du das respektieren.«

»Nein. Tut mir leid. Ich respektiere die Ehe überhaupt nicht.«

»Du *respektierst* die Ehe nicht?«, hakte ich nach. Ein Passant drehte sich um, weil ich offenbar die Stimme gehoben hatte. »Also, die Institution als solche?«

»Richtig«, sagte er. »Ich glaube nicht daran. Will sie nicht.«

»Moment mal, ist es *das*, worum es in dem Artikel, den du schreiben willst, eigentlich gehen soll?«

»Das hängt von dir ab, nicht von mir«, sagte Graham. Ich bekam auf der Stelle rote Ohren, ein verräterisches Zeichen, das zum Glück sehr selten vorkam. *Wurde ich etwa ausgenutzt?* Ich sog die Luft ein, bereit, ins Hotel zurückzustürmen. Allein.

»Ich denke, wir sind für heute Abend fertig …«, begann ich, doch Graham streckte die Hand aus, um mich aufzuhalten.

»Warte«, sagte er. »Es tut mir leid. Ich bin ein Volltrottel. Ich werde bei all dem einfach immer so, weil … Keine Ahnung.«

Bei seinem Tonfall drehte ich mich um und sah ihm in die Augen, in denen ich Aufrichtigkeit lesen konnte. Ich holte tief Luft. Dabei wurde mir klar, dass wir nicht nur zwei Erwachsene waren, die mitten in einer frustrierenden Mission steckten; wir waren das, was von zwei verletzten Teenagern übrig geblieben war, und einige unserer Wunden stimmten exakt überein.

»Friede?«, fragte Graham.

»Friede«, sagte ich. »Aber du spendierst die Münzen, die wir gleich in diesen Brunnen werfen.«

Ich gähnte so heftig, dass ich kaum noch geradeaus sehen konnte, als wir durch die Hauptlobby gingen.

»Oh, ich wollte noch an der Rezeption fragen, ob sie Briefmarken für Postkarten haben«, sagte ich zu Graham. »Und erinnere mich daran, dass ich morgen Postkarten kaufe, bevor es zu spät ist.«

»Dann treffen wir uns vielleicht besser um sieben, nicht um acht«, erwiderte er, während er sich in Richtung Aufzüge aufmachte. »Ich habe das Gefühl, dass du shoppst, wie du redest.«

»Und darauf bin ich stolz!«, rief ich ihm nach, als er im Flur verschwand. Dann ging ich auf die Rezeption zu. Als ich dort ankam, erwartete man mich schon.

»Sie sind Signora Anderson, richtig?«, fragte der Portier. »Ich habe hier eine Nachricht für Sie. Von einem Signor Gianluca Marzullo.«

25

Es war die ganze Zeit Gianluca Nummer eins gewesen. Ich hatte Annie aus dem Tiefschlaf gerissen und mir Graham geschnappt, um einen Schlachtplan zu entwerfen. »Ha! Wie heißt ›*Hab ich's dir nicht gesagt*‹ auf Italienisch?«, rief er triumphierend. Das schien mir der perfekte Zeitpunkt zu sein, ihnen zu eröffnen, dass mein heimlicher zweiter Brief letztendlich den Fall gelöst hatte.

»Willst du damit sagen, dass du um ein Uhr nachts in Italien allein mit dem Taxi gefahren bist?«, fragte Annie, die nun hellwach war.

Doch von Graham kam eine völlig andere Reaktion, wie ich sie bisher noch nicht an ihm erlebt hatte: Er war beeindruckt.

Am nächsten Morgen sprangen wir als Allererstes in ein Taxi, das uns zu der Adresse bringen sollte, die Gianluca in seiner Nachricht hinterlassen hatte. Seltsamerweise war es nicht der luxuriöse Gebäudekomplex, den wir zwei Tage zuvor besucht hatten, es war nicht mal in der Nähe. Der Wagen schlängelte sich durch einen winzigen Bereich der Stadt, direkt außerhalb des Vatikans – einen Ort, der noch mehr aus der Zeit gefallen schien wie das übrige Rom.

»Ich habe kein gutes Gefühl dabei, dass du allein reingehen willst, Shea«, sagte Annie, als wir uns dem Gebäude näherten.

»Ich hab dich lieb«, erwiderte ich, »aber du und deine morgendliche Übelkeit sind gerade nicht meine erste Wahl, wenn es um Unterstützung geht.«

»Du musst allein reingehen«, stimmte Graham zu. »Es ist das, was er erwartet. Aber wenn du es nicht so eilig gehabt hättest, hätte ich noch nach einer Möglichkeit gesucht, durch die wir mithören können.«

Ich erinnerte Annie daran, dass ich ein Profi im Kickboxen war, und Graham, dass in vier Stunden unser Zug zurück nach Florenz abfuhr.

Sie ließen mich im Portikus eines der ältesten Gebäude, die wir bisher gesehen hatten, zurück: eine alte Steinvilla mit bröckelnden Läden aus Holz. Ich krümmte die Finger um meinen Ring, schloss die Augen und sprach ein stilles Gebet, ehe ich auf die Klingel drückte: *Bitte, liebe Götter der Romantik, der Liebe und der Verlobungsringe, lasst diese Geschichte ein gutes Ende nehmen.*

Kurz darauf wurde ich von einem bekannten Gesicht begrüßt.

»Sie sind … der Nachbar«, stieß ich verwirrt und plötzlich besorgt hervor.

»Nein«, sagte der Mann, mit dem wir vor Gianlucas Wohnung geredet hatten. »Ich bin der Mann, nach dem Sie gesucht haben. Ich war mir nur nicht sicher, ob ich drei eifrigen amerikanischen Fremden über den Weg trauen konnte, vor allem, wenn einer von ihnen ein Notizbuch in der Gesäßtasche hat.«

Er war mir sofort sympathisch.

Gianluca führte mich durch einen schmalen Flur. Es war, als würde man durch eine winzige Tür Willy Wonkas Schokoladenfabrik betreten. Doch anstatt in einem Süßigkeitenparadies zu landen, führte der Flur in etwas, das wie ein Kunstmuseum wirkte.

Auf jedem Quadratzentimeter der cremefarbenen stuckverzierten Wände hingen Hunderte und Aberhunderte von Gemälden, weitere stapelten sich und fungierten dort, wo Platz war, als Couch- und Beistelltische. Und alle übrigen Quadratzentimeter des dunklen Holzbodens waren von Staffeleien bedeckt, auf denen Porträts standen: majestätische alte Männer; Frauen mit Babys; Familien, die vor dem Weihnachtsbaum posierten; und eine Frau, die eine Königin hätte sein können. Die Gemälde waren in vielerlei Hinsicht klassisch und präzise, aber mit so dicken Pinselstrichen, so starken Charakterzügen und so leuchtenden Hintergründen, wie ich es noch nie zuvor gesehen hatte – da Vinci meets van Gogh.

»*Mamma mia* ...«, sagte ich.

Gianluca lächelte dankbar. Das Licht, das durch die deckenhohen Fenster fiel, fing die noch immer markanten Umrisse seines starken Kiefers und der hohen Wangenknochen ein. An den dichten, grau melierten Haarschopf erinnerte ich mich noch von unserem Besuch in der Lobby des Wohngebäudes. Er war attraktiv; ich konnte mir ausmalen, wie er ausgesehen hatte, als Carmela ihn in ihrem winzigen Café kennenlernte.

»Kommen Sie, ich zeige Ihnen, wo alles angefangen hat«, sagte er, als er mich zu einem kleineren Gemälde führte, das auf der offensichtlich ältesten Staffelei stand.

»Carmela«, flüsterte ich.

»Ja. Das allererste Porträt, das ich je gemalt habe. Ich war ein aufgeblasener Student und imitierte Pop-Art, um Italiens Andy Warhol zu werden. Aber ich war gerade zum hundertsten Mal getadelt worden, weil meine Werke keine eigene Stimme hatten. Deshalb hatte ich mich nach Borgo San Lorenzo geflüchtet.«

»Und dort haben Sie Carmela kennengelernt«, beendete ich den Satz.

Er nickte. »Gleich an meinem ersten Morgen dort. Ich setzte mich hin und fertigte Skizzen von jedem einzelnen Gegenstand an, den ich in den folgenden fünf Stunden sah, während ich Espresso trank und die Zigaretten rauchte, die wir damals alle törichterweise pafften. Und das tat ich für die folgenden beiden Wochen an jedem einzelnen Tag.«

»Kein Wunder, dass Maria Sie nicht mochte«, warf ich ein.

»Ha! Deswegen und wegen der Tatsache, dass ich die einzige Kellnerin des Cafés den ganzen Tag ablenkte. Am Ende jeden Tages führte ich meinen Stapel Zeichnungen diesem Mädchen vom Land mit den rabenschwarzen Haaren und den überaus intensiven grünen Augen vor. Und jedes Mal sortierte sie die Landschaften und Stillleben aus und reichte mir den Stapel mit den Menschen zurück.«

»Sie hat Sie gesehen«, sagte ich leise. »Ich habe Carmela nie kennengelernt, aber ich weiß, dass sie auf diesem Gemälde hier genau richtig getroffen ist. Sie haben auch sie gesehen.«

Bewundernd und liebevoll blickte Gianluca die Leinwand an. *Was war passiert?*

»Es ist ... Ich weiß nicht, wo ich anfangen soll«, sagte Gianluca. Sein Blick schweifte suchend durch den Raum, er schien sich zu fragen, wo wir uns zum Reden hinsetzen könnten, oder vielleicht auch, ob wir das überhaupt tun sollten. »Vielleicht mit dem Ring?«, schlug er vor. »Darf ich ihn mal sehen?«

»Natürlich«, erwiderte ich und zog ihn aus meiner Bluse.

Gianluca schien bei seinem Anblick zum Leben zu erwachen. »*Mio dio ...*«, flüsterte er. »Jemand liebt Sie sehr. Er heißt John?«

»Ja, John Hayden Jacobs.«

»Ah, ein sehr starker amerikanischer Name.«

»Waren Sie in Amerika?«, fragte ich.

»Viele Male. Vor allem in New York.«

»Wo Carmela lebte …«

Gianluca wandte den Blick ab und sah durch die leichten Vorhänge am offenen Fenster hindurch.

Mein Traum dieser Reise war wahr geworden, aber nun steckte ich irgendwie fest. Ich wusste nicht, wie ich an diesen Mann herankommen sollte. Plötzlich wanderten meine Gedanken zu Mom: Ich sah sie vor mir, wie sie mit einem Patienten, der Gianluca ähnelte, in dem Pflegeheim saß, in dem sie in den letzten Jahren ihres Lebens gearbeitet hatte.

Suzanne Anderson, staatlich geprüfte Krankenschwester, hatte die Berufsschule als Beste ihres Jahrgangs abgeschlossen. Sie war zwanzig Jahre älter als ihre Mitschülerinnen und Mitschüler, und mindestens tausendmal beschäftigter, und dennoch war sie jedes Semester unter den Besten. Später erfuhr ich, dass dies der erste Schritt auf ihrer Reise war, sich ein Leben ohne Dad aufzubauen. Als wir noch in der Nähe von Santa Barbara lebten, hatte sie damit begonnen, Abendkurse zu belegen, wahrscheinlich hatte sie schon damals geahnt, was die Stunde geschlagen hatte in Bezug auf die Stabilität von Dads Job – und seine Stabilität im Allgemeinen. Beinahe ein Jahrzehnt lang hatte sie auf diesen Abschluss hingearbeitet, aber dann schenkte ihr das Universum in einer grausamen Wendung des Schicksals nur noch vier Jahre, etwas damit anzufangen.

Ich hatte im Laufe der Jahre, in denen ich ehrenamtlich im Pflegeheim geholfen hatte, viele Male beobachtet, wie Mom Patientinnen und Patienten durch schwierige Momente begleitet hatte. Sie näherte sich ihnen immer auf die gleiche Weise, mit deutlicher und klar vorhandener Geduld. Diese Stärke gehörte zu den Dingen, die Mom und Nonna gemeinsam gehabt hatten. Und das war genau das, was ich jetzt brauchte.

»Es besteht kein Anlass zur Eile. Vielleicht sollten wir uns erst mal ein wenig kennenlernen? Sie können mich alles fragen, was Sie wissen wollen.«

Gianluca nickte vor sich hin, dann lächelte er mich an. »Danke«, sagte er. »Wann haben Sie diesen Ring denn erhalten?«

»Erst im Juli. John hat ihn bei einem Juwelier in Hudson, New York, gekauft. Sieht aus, als hätte Carmela ihn dort erst Wochen, bevor sie …« Ich stockte, weil ich Angst hatte, ihm mit dieser niederschmetternden Nachricht wehzutun.

»Ich weiß, dass sie von uns gegangen ist«, sagte Gianluca. Es dauerte einen Moment, bis mein Gehirn diese Information ins übrige Bild eingebaut hatte. »Wenn Sie das wissen, dann … haben Sie all die Jahre ihr Leben verfolgt?«, fragte ich.

»Nein«, sagte er. »Ich bin all die Jahre in ihrem Leben gewesen.«

Ich schnappte regelrecht nach Luft.

»Setzen wir uns doch hin«, sagte Gianluca und deutete auf das ramponierte Sofa, das etwas verborgen in der Ecke stand.

»Ich will, dass Sie wissen, dass ich das für Gianna tue«, begann Gianluca. »In Ihrer Nachricht erwähnten Sie, dass sie durch das hier ihre Mutter nie wirklich kannte, und das bricht mir das Herz.«

Plötzlich fiel bei mir der Groschen. »Gianna«, sagte ich. »Sie wurde nach Ihnen benannt, nicht wahr?«

»*Sì*. Und deshalb kann ich den Gedanken nicht ertragen, dass sie glaubt, das Leben ihrer Mutter berge irgendein schreckliches Geheimnis. Carmela hat nichts getan, außer mich zu beschützen.«

Ein Schauder überlief mich. *Ihn wovor zu beschützen?*

»Sie wissen, dass Carmela und ich nach den zwei Jahren, in denen wir hier in Rom zusammengelebt hatten, unsere Verlobung auflösten. In dieser Zeit reiste ich wegen einer Lehrerstelle nach

Manhattan. Sie begleitete mich und verliebte sich in die Stadt und die USA. Wir träumten davon, uns dort ein Leben aufzubauen, sobald meine Karriere Fahrt aufnähme. Als es zwischen uns aus war, sagte ich zu ihr, sie solle den Ring verkaufen, damit sie ein neues Leben in den Staaten anfangen könne. Doch sie hat einen Weg gefunden, das zu schaffen *und* diesen Teil von uns zu behalten.«

»Dann haben Sie sie also gefunden, nachdem sie sich in New York niedergelassen hatte?«

»Nein, sie hat mich gefunden. Denn wir waren Seelenverwandte, wie sie mir in einem Brief schrieb, der genauso schön war wie Ihrer.«

Ich bemühte mich, geduldig zu sein, aber der Teufel auf meiner Schulter erwies sich irgendwann als stärker. »Aber warum um alles in der Welt haben Sie sich denn dann voneinander getrennt?«, fragte ich.

Die Worte schossen mir viel zu schnell durch den Kopf und dann über die Lippen und kamen leider ziemlich unhöflich heraus. Gianluca schloss die Augen und holte tief Luft. Jetzt habe ich alles kaputt gemacht, dachte ich. Doch kurz darauf sagte der Mann etwas, das er, seinem Gesicht nach zu urteilen, wohl noch nicht oft in seinem Leben ausgesprochen hatte.

»Weil ich, kurz bevor Carmela und ich geplant hatten zu heiraten, feststellte, dass ich sie nie auf die Art und Weise lieben konnte, wie sie es verdient hatte. Als ich versuchte, mich ihr ganz hinzugeben, erkannte ich die Wahrheit: Ich bin schwul.«

Meine Hand flog zu meinem Herzen, das mir laut in der Brust hämmerte. »Oh!«, sagte ich. »Wow …« Das war eine dämliche Reaktion, aber zumindest eine ehrliche.

»Ich weiß, dass man das heutzutage nicht mehr verbergen muss, schon gar nicht in Amerika, aber Italien ist zutiefst katholisch, und ich stamme aus einer sehr religiösen Familie. Wenn es damals irgendjemand herausgefunden hätte, wäre ich für meine Familie gestorben gewesen. Außerdem bestritt ich meinen Lebensunterhalt als Porträtmaler in besseren Kreisen; in den Siebzigerjahren hätten sie niemals einen Schwulen in ihre Häuser gelassen. Deshalb waren diejenigen, die davon wussten, zu Verschwiegenheit verpflichtet, und damit auch Carmela.«

»Was hat sie empfunden, als sie es herausfand?«, fragte ich.

Gianlucas Gesicht fiel bei der Erinnerung in sich zusammen. »Sie war verletzt, verwirrt. Wütend zuerst. Jahre später sagte sie mir, sie hätte sich ein-, zweimal gewundert, aber Sie müssen bedenken, dass es damals so wenige Männer gab, die sich zu ihrer Homosexualität bekannten. Mir war es zuerst ja selbst nicht bewusst, bis ich jemanden kennenlernte, einen Künstlerkollegen.«

»Sind Sie mit ihm zusammengeblieben?«

»Nein«, erwiderte Gianluca. »Zu riskant, beschloss ich. Ich habe den Großteil meines Lebens allein verbracht, weil das leichter war, als meine Familie zu verlieren. Natürlich erscheint das nun, da ich alt bin, töricht. Sie akzeptieren mich auch so nicht, weil ich ihrer Ansicht nach ein ›Junggeselle ohne Liebe‹ bin. Ich müsste verheiratet sein, um als Mann zu gelten.«

Seine Worte gingen mir durch und durch. Ehe ich John kennengelernt hatte, war ich unzählige Male gefragt worden, ob ich nicht allmählich nervös würde, weil ich noch nicht »den Richtigen gefunden« hatte, um mich »niederzulassen«. Eine Ehe war der akzeptierte, normale Weg, erwachsen, stabil und verantwortungsbewusst zu sein, auch heute noch.

»Das tut mir so leid«, sagte ich. »Nichts davon kann einfach gewesen sein. Und wahrscheinlich hat Carmela deshalb Ihr Geheimnis gewahrt?«

»Ja. Sie kam heimlich runter nach Manhattan, um mich zu sehen, wann immer ich in den Staaten war. Ansonsten kommunizierten wir über lange Briefe. Ich habe sie noch alle, und ich würde sie sehr gern an Gia weitergeben.«

»Ich verstehe«, sagte ich.

Doch in Gedanken war ich noch immer bei Carmela, die sein Geheimnis gehütet hatte, die diesem Mann zuliebe ihre Familie angelogen hatte. Sie musste ihn wirklich sehr geliebt haben, wenn sie trotz ihres eigenen tiefen Liebeskummers so mitfühlend hatte handeln können. Bei diesem Gedanken fiel die ganze Last, die ich seit dem Moment, in dem John das schwarze Ringkästchen geöffnet hatte, mit mir herumschleppte, von meinen Schultern.

»Der Ring ist ungefährlich«, flüsterte ich und musste Tränen zurückhalten.

»Was ist?«, fragte Gianluca.

»Tut mir leid«, sagte ich, »ich bin einfach erleichtert. Ihre Geschichte ist ein so wunderschönes Beispiel für Liebe und Loyalität, für eine wahre Verbindung, auch wenn sie nicht in einer Hochzeit gipfelte. Ich kann diesen Ring tragen, weil ich weiß, dass er diese glückliche, reine Energie enthält. Das ist alles, was ich brauchte, Gianluca, *grazie*.«

»Okay«, sagte er und wirkte plötzlich besorgt. »Das haben Sie in Ihrem Brief erwähnt. Aber Shea, ich kann Ihnen diese Garantie nicht geben.«

»Wie meinen Sie das? Das haben Sie doch gerade getan.« Ich richtete mich an der Lehne der alten Couch auf.

»Nur was meine Geschichte angeht. Ich weiß nicht, was mit der Frau passiert ist, die den Ring getragen hat, ehe ich ihn Carmela schenkte.«

All die Last kam wieder zurück und drückte mich nieder. Es gab noch eine andere Besitzerin. Eine andere Beziehung. Ein weiteres Rätsel, das gelöst werden musste – also alles zurück auf Start. Mein Magen zog sich zusammen.

»Es tut mir so leid, aber ich kann Ihnen helfen. Ich kenne den Namen der Frau, von der der Ring kommt. Sie hieß Bette Silva«, sagte Gianluca. »Sie können sie also als Nächstes suchen.«

26

Wir riskierten, den Zug von Rom nach Florenz zu verpassen, mit dem Annie und ich unseren Flug zurück nach L.A. erreichen würden. Und ich konnte mich nicht entscheiden, ob ich mir zwei Stunden mehr wünschte, damit Gianluca mir alles über diese zweite – beziehungsweise eigentlich erste – Ringbesitzerin erzählen konnte, oder ob ich mir wünschte, die Uhr zurückzudrehen zu der Zeit, in der ich noch nichts von dieser unerwarteten Wendung gewusst hatte.

»Ich werde Ihnen alles, woran ich mich erinnere, in einer E-Mail schreiben«, bot er an, weil er die Furcht in meinen Augen erkannte. »Dann können Sie in Ruhe darüber nachdenken.«

»*Grazie* noch mal«, sagte ich. »Das war jetzt so viel mehr, als ich mir erhofft hatte. Wie kann ich Ihnen danken?«

Gianluca lächelte, als wäre er auf diese Frage vorbereitet gewesen, womöglich war es der einzige Grund, weshalb er mich eingeladen hatte. »Es würde mir die Welt bedeuten, wenn Sie mich mit Gia in Kontakt bringen könnten«, sagte er.

»Natürlich«, versprach ich. »Ich glaube, das würde ihr gefallen.«

Ich fühlte mich wie ein Kind, das gegen ein gefährliches Zuckerhoch kämpfte, als ich die Steintreppe des Wohnhauses hinunterrannte, um Annie und Graham zu finden. Mein Gehirn wusste gar nicht, worauf es sich zuerst, als Nächstes oder überhaupt konzentrieren sollte. Dann beschloss das Universum, mich noch einen Tick weiter zu pushen: John rief an.

»Ich könnte diesem alten Italiener den Hals umdrehen«, schimpfte er, als ich ihm rasch die letzte Stunde zusammengefasst hatte. »Du warst *glücklich*. Das Rätsel um den Ring war *gelöst*. Warum konnte er es nicht dabei belassen?«

Ich war insgeheim dankbar, dass John mich dieses Mal ohne Video angerufen hatte. Aber er hatte recht; was das Karma anging, war die gescheiterte Verlobung eine Formalie. Die Liebe, die ihr zu Grunde gelegen hatte, hatte bis zu dem Tag, an dem Carmela starb, überdauert.

»Hör mal, ich hasse das genauso wie du«, sagte ich, »aber das liegt nicht in unserer Hand.«

Ich hielt mich im Portikus von Gianlucas Gebäude versteckt und fragte mich gerade, wie viel Zeit noch blieb, bis jemand kommen und mich Richtung Bahnhof schleifen würde. Gleichzeitig versuchte ich, mir nicht auszumalen, was die beiden sagen würden, wenn sie hörten, was ich erfahren hatte.

»Okay, neuer Ansatz«, sagte John. »Würde die letzte Besitzerin, basierend auf deinem Aberglauben, nicht die Energie der Person, die ihn davor trug, ausradieren? Gianlucas und Carmelas Geschichte löscht also alles, was diese erste Frau erlebt haben mag. Ergo kannst du beschließen, dass du damit fertig bist.«

Er unternahm einen wackeren Versuch, dem Ganzen eine Logik zu geben, scheiterte jedoch, denn ich hatte meine eigene.

»Stell dir vor, du findest heraus, dass in dem Haus, das du kaufen willst, ein schrecklicher Mord begangen wurde«, sagte ich. »So schlimm wie die Morde des Golden State Killers. Dies ist nicht dem letzten Besitzer zugestoßen, sondern dem direkt davor. Würdest du trotzdem dort wohnen wollen?«

John schwieg am anderen Ende. Ich stellte mir vor, wie er auf dem Sofa in unserem Wohnzimmer saß und die Hände so in die Sofakissen krallte, dass sie nie wieder dieselben sein würden.

»Dann ist das also noch nicht vorbei …« In seiner Stimme lag eine Verunsicherung, die so selten bei ihm vorkam, dass sie wie ein falscher Ton an mein Ohr drang.

»Ich denke schon, dass es vorbei sein könnte«, begann ich. »Weil ich nicht will, dass du dich aufregst und …« Ich unterbrach mich, da plötzlich die Stimme meiner Mutter in meiner eigenen mitschwang. Wie sie ihre eigenen Bedürfnisse um Dads willen ignorierte. Wie sie ihre Gefühle beiseiteschob, damit er sich wohlfühlte. Wie sie das war, was sie für eine gute Ehefrau hielt. »Lass es mich noch mal probieren«, begann ich entschlossen. »Ich weiß, dass das eine unerwartete Wendung der Ereignisse darstellt, aber es ist immer noch der Plan, den wir diskutiert haben. Ich gehe der Geschichte des Rings nach.«

John antwortete nicht sofort, doch als er es dann tat, wünschte ich, er hätte länger damit gewartet. »Vielleicht wäre es ein besserer Plan, wenn ich dir einfach einen neuen Ring besorgen würde.«

Wie aufs Stichwort tauchte Annie auf. Sie wirkte erleichtert, mich lebend vorzufinden, merkte dann aber sofort, dass etwas nicht stimmte. Ich hob den Finger, um ihr zu bedeuten, dass ich noch eine Minute brauchte. Sie tippte sich aufs Handgelenk, um mir zu signalisieren, dass nicht so viel Zeit war.

»Ähm … Wow … Okay«, sagte ich zögernd. Ich spürte, wie mein Körper diese Idee ablehnte. Ein *Nein* in mein Gehirn hinaufstieß. *Warum? Das würde alles lösen.* »Lass mich darüber nachdenken«, schloss ich. »Eigentlich sind wir total spät dran für unseren Zug zurück, deshalb …«

»Ich meine es ernst, Shea«, sagte John. »Warum das Ganze nicht einfach sofort beenden?«

»Ich werde darüber nachdenken«, wiederholte ich, dann sagte ich ihm, wie sehr ich ihn liebte, und beendete das Gespräch.

27

Drei Minuten bevor der Zug losfuhr, stiegen wir ein. Auf der Taxifahrt zum Bahnhof hatte ich Annie und Graham Gianlucas ganze Geschichte erzählt, einschließlich des verrückten Endes. Mein Telefonat mit John ließ ich aus, nicht mal Annie erzählte ich davon.

»Sobald ich Internet habe, mache ich mich an diesen Namen, Bette Silva«, sagte Graham.

»Und sobald ich ein *panino* gefunden habe, werde ich versuchen, dir auszureden, tatsächlich nach ihr zu suchen«, fügte Annie hinzu.

Ich ließ mich auf meinen Sitz plumpsen und war froh, nicht mehr im ruhigen Taxi zu sein, ein bisschen Ablenkung tat not. Zum Glück waren nur ein paar Sitze hinter uns zwei Französinnen – offenbar Mutter und Tochter – in Streit geraten. Die Frau versuchte vergeblich, ihr Kind mit gesenkter Stimme anzuflehen, irgendetwas zu tun. *Zuhören? Verstehen?* Ich drehte mich um in der Hoffnung, die Gesichter zu den Stimmen zu sehen, und stellte fest, dass ich mich getäuscht hatte. Es war die Tochter – mit ihrem Dutzend Piercings in den Ohren und ihren rosa Strähnchen –, die ihre Mutter, eine Pariser Erscheinung, von Kopf bis Fuß cremefarben gekleidet, anflehte. Selbst mit null Sprachkenntnissen war mir klar, dass das Mädchen leidenschaftlich um etwas bat, das seine Mutter nicht verstehen konnte oder wollte. Diese Szene – die Mutter, die ruhig ihre Argumente vorbrachte, und die Tochter, die mit den

Armen ruderte – versetzte mich auf der Stelle in die Vergangenheit zurück.

Ich war wohl um die siebzehn, Annie stand kurz vor ihrem College-Abschluss. Es war ungefähr ein Jahr, nachdem wir Nonna verloren hatten, und sechs Monate, nachdem Mom und Dad sich endlich hatten scheiden lassen. Nach all den Jahren, in denen ich die Scheidung herbeigesehnt hatte, hätte das eigentlich meine Stimmung heben sollen, aber ich war zornig. Trauerte ich immer noch um meine Großmutter? War ich wütend auf meine Eltern, weil sie mal wieder das, worauf es meiner Ansicht nach wirklich ankam, aus dem Fokus verdrängt hatten? Der Streit, der Dad letztlich dazu veranlasste wegzugehen, fand nur ein paar Monate nach Nonnas Tod statt, damals zeichnete sich auch bei Pop schon der Beginn seiner Krankheit ab. Wir mussten als Familie zusammenhalten, uns gegenseitig stützen in dieser schweren Zeit, fand ich. Vielleicht wollte ich aber auch tief in meinem Inneren gar nicht, dass sie sich trennten, sondern vielmehr, dass sie besser miteinander funktionierten.

Mom war an jenem Abend auf dem Weg zu ihrem ersten Date mit einem neuen Mann, einem netten Kerl namens Tim, den sie bei der Arbeit im Pflegeheim kennengelernt hatte. Auch er hatte wohl kurz zuvor seine Mutter verloren. Ich weiß noch, wie ich im Türrahmen des Badezimmers stand, während sie sich schminkte. Mom war eine natürliche Schönheit, die höchstens mal ein wenig Wimperntusche auflegte, was ihre Mutter immer in den Wahnsinn trieb. Nonna ging nicht mal zum Mülleimer, ohne zuvor ihre vierteilige Beauty-Checkliste abgearbeitet zu haben: rubinrote Lippen, ein Hauch von Rosa auf den Wangen, makellose Porzellanhaut und dicke schwarze Wimpern. Aber an diesem Abend probierte Mom einen fast ebenso grellroten Lippenstift aus, der ganz hervorragend zu ihrem scharlachroten Pulloverkleid passte. Sie war umwerfend. Aufgeregt. Sie merkte erst, dass ich sie beobachtete, als ich mein großes Mundwerk aufriss und sie auf das einzige Detail aufmerksam machte, das fehl am Platz schien.

»Mom«, sagte ich, »du trägst immer noch deinen Verlobungsring.«

Sie zuckte zusammen, als sie meine Stimme hörte, und blickte dann auf ihre Finger hinunter. »Ich werde ihn anlassen«, sagte sie. »Tim weiß ohnehin, dass ich geschieden bin.«

»Wie bitte?«, rief ich. »Warum?«

»Ich mag diesen Ring«, erwiderte sie schlicht.

»Du *magst* ihn? Mom, das ist verrückt! Der Ring stammt von einem Mann, der dir das Leben zur Hölle gemacht hat! Du bist endlich frei! Nimm ihn ab!«

»Liebes, ich will jetzt nicht mit dir streiten. Ich bin spät dran. Wir reden später darüber.«

»So ein Blödsinn, erklär es mir sofort!«

»Shea«, sagte Mom, »ich verstehe es ja selbst noch nicht voll und ganz. Bitte, lass es dabei bewenden. Ich will mich jetzt nicht streiten.«

Ich fügte mich, indem ich die Badezimmertür zuknallte und ihr damit sagte: *Du hast gewonnen. Ich werde nie wieder etwas zu diesem Ring sagen.* Ein Versprechen, das ich hielt. Selbst an jenem Tag, kurz bevor sie starb, als sie in ihrem Schlafzimmer auf der Kommode ihren Schmuck aufgereiht hatte, um mit mir darüber zu reden.

Das Summen meines Handys riss mich aus meinen Erinnerungen. Gianlucas E-Mail, die alles enthielt, was er über die frühere Besitzerin des Rings wusste. Ich leitete sie an Graham weiter, dann stand ich auf und setzte mich zu ihm, um mit ihm darüber zu diskutieren, doch bevor es dazu kam, entdeckte ich Annie, die mit zwei *panini* zurückkam und aussah, als müsste sie augenblicklich reden.

»Erklär mir das, warum kannst du nicht einfach den neuen Ring nehmen und damit abschließen? John hat dir angeboten, was du willst! Kein Vintage«, rief Annie.

»Das war, bevor ich angefangen habe, mich mit *diesem* Secondhandstück zu befassen«, erwiderte ich. »Ich fühle mich ihm verbunden. Aber wieso weißt du überhaupt davon?«

»Ich hab eben mit Mark telefoniert, John hat ihm von eurem Gespräch und seinem Angebot erzählt. Aber lenk nicht ab. Fühlst du dich dem Ring verbundener als deinem Verlobten? Shea, es wird Zeit, darüber nachzudenken, welche langfristigen Auswirkungen dieses lustige Detektivspiel auf *eure Ehe* haben könnte.«

Ich hasste es, wie sie *eure Ehe* sagte, als wäre sie irgendeine dritte, von John und mir getrennte Partei, ein zerbrechliches, aber auch wankelmütiges Ding, das man um keinen Preis der Welt aus dem Gleichgewicht bringen durfte.

»Noch bin ich nicht verheiratet!«, rief ich zurück. Boten wir nun der französischen Mutter und ihrer Tochter ein unterhaltsames Schauspiel? »Und wie könnte sich Johns Entscheidung auf *unsere Ehe* auswirken? Er hat schließlich nicht auf mich gehört, als er diesen Ring gekauft hat. Was ist das für eine Grundlage für eine Partnerschaft?«

»Darum geht es also? Dass John irgendwie *gewinnt*? Und du keine Kontrolle mehr hast?«, fragte Annie, ihre Stimme klang plötzlich eher besorgt als wütend.

»Keine Ahnung! Sag du es mir. Nichts von alldem habe ich vorher schon mal gemacht!«

»Vielleicht würde es helfen, wenn du dich endlich mal in John hineinversetzt«, schlug sie vor, mit Betonung auf *endlich*.

»Vielleicht könntest du mal versuchen, dich in mich hineinzuversetzen!«, schrie ich zurück. Daraufhin tauchte Grahams Kopf über seiner Sitzlehne auf, sein Blick sagte: *Leiser, bitte,* möglicherweise aber auch: *Ich hab das alles mitgeschrieben.*

»Tut mir leid«, sagte Annie. »Lass uns mal durchatmen und nach Hause kommen. Ich glaube, alles wird klarer, wenn wir weg sind von diesem ganzen Stress. Vielleicht solltest du Graham die Recherche sogar allein zu Ende bringen lassen.« Sie warf einen kritischen Blick in seine Richtung.

»Stimmt was nicht mit Graham?«, flüsterte ich.

»Mir ist aufgefallen, dass er dich in letzter Zeit ein bisschen zu lang anstarrt ... *Glaub mir.*«

»Oh, du schreckst auch vor nichts zurück, um mich davon abzubringen!«, sagte ich. »Warum kannst du nicht einfach mal auf meiner Seite sein?«

»Verdammt noch mal, Shea.« Annie sah unserer Mom so ähnlich, wenn sie sauer war. Das war irgendwie ein Trost, aber gleichzeitig triggerte es mich kolossal. »Ich wollte das eigentlich gar nicht sagen, aber im Endeffekt läuft es auf Folgendes hinaus: Ich kenne dich und deine abergläubischen Ansichten, und ich befürchte, du wirst es für ein Zeichen halten, dass du John gar nicht heiraten solltest, falls diesem Ring auch nur der geringste Makel anhaftet.« Und dann holte sie zum entscheidenden Schlag aus. »Das erinnert mich alles zu sehr daran, wie du dich wegen Moms Verlobungsring angestellt hast. Du hast dich so darin verbissen und wolltest einfach nicht loslassen.«

Ich fragte mich, ob Annie merkte, dass sich mir sämtliche Haare sträubten. *Sag es ihr nicht,* flüsterte mir eine innere Stimme zu.

Doch eine andere sagte: Mom ist tot. Und auch, als sie noch am Leben war, hat sie in Bezug auf ihren Ring nicht gerade kluge Entscheidungen getroffen.

Was also, wenn es nicht richtig war, es vor Annie geheim zu halten? Was, wenn Annie mir helfen könnte, wenn sie wüsste, dass Mom ihn mir schenken wollte?

»Ich muss dir etwas gestehen«, hörte ich mich sagen. Mein Mund war plötzlich trocken.

»O Gott«, erwiderte Annie. »Dein Blick gefällt mir ganz und gar nicht.«

Das musste schnell über die Bühne gebracht werden, es ging nicht anders.

»Mom hat versucht, mir ihren Verlobungsring zu schenken, bevor sie starb, und sie hat mich darum gebeten, es dir nicht zu sagen.« Süße Erleichterung breitete sich in mir aus; das Geheimnis hatte meinen Körper endlich verlassen. Doch im selben Augenblick erkannte ich die Kehrseite der Medaille: Nun war es im Körper meiner Schwester.

»Wann war das?«, war alles, was sie herausbrachte. Sie hatte sich abgewandt und starrte aus dem Zugfenster. Die hügelige italienische Bilderbuchlandschaft zog draußen vorbei und verstärkte noch das Gefühl, als wäre die Zeit hier drin stehen geblieben.

»Zwei Wochen vor ihrem Tod«, sagte ich. »Weißt du noch, wie beschissen alles war in diesen letzten Tagen? Ich habe es ehrlich gesagt vergessen. Und als es mir wieder einfiel, keine Ahnung, da wollte ich nur noch Moms Wünsche respektieren, weil ich das Gefühl hatte, es sei das Einzige, was ich noch für sie tun kann. Es tut mir leid, Annie.«

»Aber Moment mal, du hast den Ring doch gar nicht. Mom trug ihn, als wir sie beerdigt haben.« Annie kam nun zu etwas, das möglicherweise das Niederschmetterndste von allem war. Es war Zeit für mich, reinen Tisch zu machen.

»Ich habe den Ring nicht angenommen. Und ich habe ihr nie die Gelegenheit gegeben zu erklären, warum sie ihn mir überhaupt geben wollte.«

Annie wandte sich von mir ab. Sie sah aus, als wäre sie total außer sich. »Shea, *warum* erzählst du mir das jetzt?«

»Weil ich dauernd daran denken muss – all diese seltsamen, miteinander verbundenen Erinnerungen. Vor ein paar Wochen tauchte es sogar in einem Albtraum auf, und du musst mir wirklich dabei helfen herauszufinden, was das alles bedeutet.«

Da explodierte Annie. »*Gott*, bist du selbstsüchtig! Das warst du *schon immer*. Und wirst es offenbar immer bleiben. Mom wollte dir etwas sagen – aus Gründen, die wir nun nie erfahren werden –, und du hast dich geweigert, weil es dir nicht gefallen hat? Weil du dir sicher warst zu wissen, was sie sagen würde? Oh, warte, das liegt daran, dass du schon immer die Expertin für ihre und Dads Ehe gewesen bist und *keine Sekunde* daran gedacht hast, was diese Information für mich bedeuten könnte! Ich hatte denselben Anspruch auf den Ring wie du, aber nun hat ihn keine von uns!«

Annies Worte trafen mich, aber bei dem Vorwurf, ich hätte mich immer schon für die Expertin in Sachen Ehe unserer Eltern gehalten, verwandelten sich meine Schuldgefühle in Abwehrhaltung. Jahrelang hatte ich Annie angefleht zu verstehen, wie schlimm es um die beiden stand und weshalb wir versuchen sollten, Mom zu überzeugen, dass sie Dad verlässt. Sie sagte damals, ich solle mich raushalten. Und ich solle aufhören, so selbstsüchtig zu sein. Dann war sie wieder in ihr eigenes Leben zurückgekehrt, weit weg von alldem. Zuerst an die Highschool, wo sie ein halbes Dutzend

Clubs leitete. Dann ans College in Sacramento, so weit im Norden, dass sie nur zu den Feiertagen nach Hause kam.

»Ich glaube, das war's jetzt«, sagte ich. »Du bist offenbar nicht der Mensch, der mir durch all das hindurchhelfen kann.« Ich wusste, das war ein Dolchstoß für ihr Glucken-Herz.

»Lass uns am Flughafen weiterreden.« Annie klemmte sich eine Haarsträhne hinters Ohr. Eine Durchsage kündigte unsere Ankunft in Florenz an. »Erst mal müssen wir raus aus diesem Zug und ein wenig Dampf ablassen.«

»Ich weiß nicht, ob ich im Moment weiter darüber reden will«, sagte ich, wobei ich mich in ihrem Beisein so stark fühlte wie seit Jahren nicht mehr. »Und ich hab nichts davon gesagt, dass ich zum Flughafen will.«

28

Ich beobachtete, wie Graham Annie in ein Taxi half, unser Streit ging mir wieder und wieder durch den Kopf wie der schlechteste Ohrwurm der Welt. Annie sah sich zu mir um, ehe sie die Wagentür zuschlug. Ihr Blick sagte das, was ich am meisten fürchtete: *Du irrst dich.* Um den Hals trug sie den Prada-Schal, den ich ihr an unserem ersten Tag hier gekauft hatte, ein besonderes Geschenk, um den Zauber zu würdigen, wieder gemeinsam hier zu sein. Nun würde unsere zweite Italienreise für immer überschattet sein von diesem Moment und der Frage, ob das alles meine Schuld war.

»Alles okay?«, fragte Graham, als er zurück zu dem Tisch kam, an dem ich mich auf der anderen Seite der *piazza* »versteckt« hatte.

»Eigentlich nicht«, erwiderte ich.

»Wenn es dir hilft, können wir darüber reden. Off the record sozusagen, also vertraulich.«

Ein Kellner brachte den Cappuccino, an dessen Bestellung ich mich gar nicht mehr erinnerte, wodurch ich einen Moment darüber nachdenken konnte. »Später vielleicht«, sagte ich schließlich. »Ich muss gerade über so viel anderes nachdenken.« Das meinte ich aufrichtig, nicht um ihn abzuwimmeln. Inzwischen wusste ich wirklich zu schätzen, wie Graham dachte, auch wenn ich nicht immer damit einverstanden war. »Können wir mal Gianlucas E-Mail durchgehen?«, fragte ich. »Das wäre wahrscheinlich der sinnvollste nächste Schritt.«

»Klar«, sagte Graham und klappte den Laptop auf, der auf dem Tisch schon parat lag, wahrscheinlich hatte er mit meinem Anliegen gerechnet.

Die meisten Leute glauben mir diese Geschichte nicht, begann Gianluca. *Aber ich schwöre, dass sie wahr ist.* Er und Carmela hielten sich auf Einladung einer Kunstgalerie, die seine neuesten Porträts ausstellte, in Portugal auf. An dem Abend, an dem sie in Lissabon ankamen, wurde im Teatro Nacional de São Carlos Puccinis *Madame Butterfly* im italienischen Original aufgeführt. *Carmela betrachtete das mit dem Italienischen als ein Zeichen,* schrieb Gianluca. Sie gönnten sich die Eintrittskarten und sparten sich dafür das Abendessen, genehmigten sich stattdessen nur ein Glas Wein und etwas Ceviche in einer Bar um die Ecke. Eine geheimnisvolle Schönheit in einem smaragdgrünen Kleid saß links von ihnen auf einem Barhocker, Bette Silva. Carmela und Bette verbündeten sich über der Tatsache, dass sie beide einen Rüffel bekamen, weil sie in einer portugiesischen Bar italienischen Rotwein bestellt hatten, und dann kamen sie alle drei ins Gespräch über ihre gemeinsame Liebe zur Oper. Aus einem Glas Wein wurden mehrere für die frischgebackenen Freunde, was sich leider nicht positiv auf Gianlucas Erinnerungsvermögen auswirkte.

Ihre schönen lockigen roten Haare stehen mir noch klar vor Augen, schrieb er. *Und ich weiß noch, dass ihr Italienisch so perfekt war, als wäre es ihre Muttersprache, aber ich glaube, wir haben an jenem Abend nur wenig über sie erfahren. Nur dass sie mit dem berühmten Puccini-Klassiker auf Tournee war, den wir am Abend gesehen hatten, womöglich spielte sie eine der Hauptrollen. Es ist schwer, sich daran zu erinnern, weil Bette dauernd Fragen stellte und Carmela über unseren Drinks das Reden übernahm und ihr alles über unsere Pläne, nach New York zu ziehen, erzählte, wo ich meiner Kunst nachgehen und*

Carmela ihr Café eröffnen wollte. Eine der wenigen Fragen, die Carmela an Bette richtete, bezog sich auf den Ring, den die Frau an ihrer Halskette trug.

Meine Hand wanderte sofort zu dem Ring auf meiner Brust, nachdem Graham diese Zeile vorgelesen hatte. Sein Blick verriet mir, dass auch ihm dieser Umstand aufgefallen war. Ein gutes Detail, das sofort notiert werden musste.

Carmela sagte zu Bette, dass sie ihren Ring bewunderte, hieß es weiter in der Nachricht. Gianluca war dankbar für den Hinweis, denn er hatte bereits vor, einen Verlobungsring zu kaufen. Kurz nach diesem Wortwechsel entschuldigte sich Carmela und ging auf die Toilette. Bette nahm sofort den Ring von der Kette, ergriff Gianlucas Hand und legte das Schmuckstück hinein.

Und sie sagte nur: Bezahle, was immer du kannst. Das spielt keine Rolle, denn dieser Ring gehört bereits euch, hieß es in der E-Mail weiter.

Natürlich protestierte Gianluca dagegen. Er und Carmela waren Fremde für Bette, und dieser Ring war eine Kostbarkeit, etwas, das in Bettes eigener Familie weitervererbt werden sollte. Aber sie sagte nur, sie wisse, dass der Ring ihnen gehören sollte.

Vielleicht lag es an der Gewissheit in ihren Augen oder an der Tatsache, dass ich in einer Familie groß geworden bin, die so abergläubisch ist wie Ihre, Shea, fügte Gianluca hinzu. *Aber ich glaubte ihr.*

Mehrere Monate später versuchten er und Carmela, Bette zu finden, um ihr mitzuteilen, dass sie sich nun offiziell verlobt hatten, doch sie ging unter der Telefonnummer, die sie ihnen an jenem Tag gegeben hatte, nie dran. Und so endete das Ganze dann. Eine Zufallsbegegnung. Eine unglaubliche Geschichte. Oder, wie Gianluca am Ende seiner Nachricht schrieb: *Schicksal?*

»Das liest sich wie eine Oper«, sagte Graham, sobald wir alle Details durchgegangen waren.

»Sag so was nicht. Fast alle Opern enden tragisch«, erwiderte ich. Graham nickte und versuchte das, was an diesem Cafétisch unausgesprochen blieb, zu meiden. Ich wusste diese für ihn untypische Geste zu schätzen.

»Heraus damit«, sagte ich. »Was soll ich als Nächstes tun?«

»Du solltest nach Portugal fliegen. Ich habe bereits ein paar Leute auf Bette und dieses Opernhaus, in dem sie aufgetreten ist, angesetzt. Du bist nur drei Flugstunden davon entfernt.«

Das hatte ich erwartet, abgesehen von einer Sache: »Warum *du*?«, fragte ich. »Kommst du nicht mit?«

Graham rutschte auf seinem Platz herum. »Ich bin vor langer Zeit in Portugal gewesen«, sagte er. »Wegen eines Auftrags, könnte man wohl sagen. Er lief nicht besonders gut, deshalb bin ich nicht erpicht darauf, dorthin zurückzukehren.«

Ich bemühte mich, ein Grinsen zu unterdrücken, und scheiterte.

»Dann ... willst du damit also sagen, dass dieses Land eine Art *Karma* hat, das du nicht in dein Leben bringen willst?«

Grahams Augenbrauen schossen so weit nach oben, wie ich es noch nie gesehen hatte. *Touché*.

»Hör mal«, fuhr ich fort. »Ich will dich nicht zu etwas drängen, womit du dich nicht wohlfühlst, auch wenn du das im Grunde mit mir gemacht hast, als du auf unserer Reise dazugekommen bist.«

»Okay«, sagte Graham.

»Aber im Moment brauche ich wirklich deine Hilfe. Und es wäre mir eine Ehre, dein Portugal-Karma durch mein Ring-Karma ganz neu zu definieren.«

»Danke«, sagte Graham. »Das ist womöglich das freundlichste Angebot, das ich je bekommen habe, auch wenn ich kein einziges Wort davon glaube.«

Eine Stunde später steckte ich im überfüllten Wartebereich des Amerigo Vespucci Airport und hinterließ auf Johns Handy eine Sprachnachricht, die vermutlich viel länger hätte sein sollen. In Los Angeles war es mitten in der Nacht. Ich hatte überlegt, ob ich eine E-Mail schicken sollte oder eine SMS, aber ich hatte das Gefühl, es sei besser, dass er meine Stimme hörte und dabei die Gefühle mitbekam, die darin mitschwangen: Entschlossenheit, aber wenig Begeisterung.

»Ich muss nach Portugal, um diese ganze Mission hoffentlich abzuschließen«, sagte ich. Dann, nachdem ich rasch Luft geholt hatte, fügte ich den heikleren Teil hinzu: »Annie ist auf dem Rückflug nach L. A., aber Graham bleibt hier, um mir zu helfen.«

29

Wir waren davon ausgegangen, dass unsere Suche nach Bette Silva leichter sein würde, hatten wir doch ihren Namen plus all die zusätzlichen Informationen von Gianluca. Doch Graham machte sich schon bald Sorgen, dass einiges davon – oder alles – gelogen sein könnte. Dank Flugzeug-WLAN hatten wir bereits herausgefunden, dass die Frau in der Opernwelt keine bekannte Größe gewesen war. Graham konnte ihren Namen weder in der Pressemeldung irgendeiner Aufführung finden, die neu genug war, um online erwähnt zu werden, noch in irgendwelchen Nachrichtenarchiven.

»Ich denke, Bette hat einen Künstlernamen benutzt, den Gianluca nicht kannte«, sagte er, als er schon das dritte Ginger Ale dieses Flugs hinunterkippte. »Vielleicht taucht sie deshalb in keiner auf Oper bezogenen Suche auf.«

»Und wie finden wir dann diesen Namen?«

»Ich habe keine Ahnung«, sagte er und war darüber wohl am meisten schockiert, wie es schien.

»Trinkst du deshalb ein Ginger Ale nach dem anderen?«

Daraufhin drückte Graham auf die Ruftaste, um bei der Flugbegleiterin gleich noch eins zu bestellen. Offenbar gestaltete sich unser Vorhaben deutlich schwieriger, als einer Fremden in einer portugiesischen Weinbar einen Verlobungsring abzukaufen.

»Ob es wohl Zeitverschwendung ist, nach Portugal zu fliegen?«, fragte ich, während ich mir überlegte, ob ich auch ein Ginger Ale ordern sollte.

»Nein«, antwortete Graham. »Es ist jetzt sogar noch wichtiger, dass wir vor Ort recherchieren. Ich bin mir sicher, dass Bette mit jeder Menge Menschen in Kontakt gekommen ist, als sie auftrat. Wir fangen morgen erst mal in der Oper an, schnüffeln dort herum und finden heraus, ob irgendjemand etwas über sie weiß. Dann fragen wir nach, was über alte Aufführungen im Archiv ist. Das wird zumindest bestätigen, dass es sie gibt, und vielleicht erhalten wir auch ein paar biografische Angaben.«

Grahams Ansatz war jetzt nicht ganz bombensicher – aber er war bereit, sich hineinzustürzen und dann, falls notwendig, rasch zu improvisieren. Das war seine ureigene Art von Zuversicht.

»Du bist echt gut in dem, was du tust«, sagte ich. Die Wölbungen von Grahams hohen Wangenknochen färbten sich rosa, was mich schockierte. »Hat dir das noch nie jemand gesagt?«

»Nein«, erwiderte er, ohne eine Miene zu verziehen. »Noch nie. Danke.«

»Was war damals los in Portugal?«, fragte ich. Es fühlte sich an, als wäre eine Tür zwischen uns gerade einen Spalt aufgegangen. Graham war nicht überrascht von meiner Frage, vielleicht aber ein wenig beeindruckt, dass ich ausgerechnet diesen Moment dafür nutzte.

»Ich habe dir doch erzählt, dass meine Mutter eine Affäre hatte, weshalb sich meine Eltern ja auch haben scheiden lassen. Aber ich war derjenige, der sie dabei erwischt hat.«

»Uff, das tut mir leid. Und wir müssen nicht weiter darüber reden, wenn du nicht willst.«

»Nein, das ist gut«, sagte er und nickte, als müsste er sich selbst davon überzeugen. »Ich rede nie darüber, und das ist ungesund, zumindest laut meinen beiden Ex-Freundinnen.«

»Du kannst nicht diese Art von Bombe platzen lassen und dann erwarten, dass ich dir nicht tausend Folgefragen stelle ...«

Graham lachte, dann änderte er seine Bestellung von einem weiteren Ginger Ale in Kaffee um.

In der nächsten Stunde erfuhr ich endlich, wie mein Reisebegleiter so tickte. Seine Mutter war eine erfolgreiche Dokumentarfilmerin, die beruflich die ganze Welt bereiste. Sie war stark und überzeugend, niemand, den irgendjemand infrage stellen würde. Aber Graham war anders als alle anderen.

»Ich saß auf ihrem Bett, während sie für eine bevorstehende Reise packte. Es fing an, als ich noch klein war, aber es blieb unser Ding – unsere Zeit zu reden«, erklärte er. »Ich war wohl ungefähr zwölf, vielleicht auch dreizehn, als mir auffiel, dass sie noch andere Sachen als ihre übliche Arbeitskleidung einpackte. Hübschere Kleider, jede Menge Spitze. Die Filmemacherin hat ein Kind aufgezogen, das den Details Aufmerksamkeit schenkt.«

Das hatte ich auch erlebt. Ein ungewohnter, blumiger Duft auf Dads Hemd; eine schicke Geschenkbox, die meine Mom nie bekam; Streichholzbriefchen von Hotels, was selbst einem Kind seltsam vorkam. Am liebsten hätte ich Graham von alldem erzählt, doch stattdessen überließ ich ihm das Wort.

»Als ich sechzehn war, begann sie, sehr viel öfter zu verreisen und länger wegzubleiben. Da fing ich an, mir Notizen zu machen, Buch zu führen über ihre Reiserouten und sie mit dem zu vergleichen, was sie erzählte, wenn sie nach Hause kam. Der Name Emilio fiel immer öfter, offenbar einer ihrer neuen Produktionspartner ... wohnhaft in Portugal.«

Unwillkürlich wollte ich ihn am Unterarm berühren, ihn auf diese Weise bestärken – wie meine Nonna es in solchen Fällen immer getan hatte –, hielt aber inne und zog die Hand zurück, ehe er es merkte.

»Bei meinem Highschool-Abschluss bat ich meine Eltern um Geld für eine Rucksackreise«, fuhr Graham fort. »Und ich benutzte dieses Geld, um Emilio zu suchen. Ich hatte inzwischen genug herausgefunden, um ihn bis zu der Universität vor den Toren Lissabons zurückzuverfolgen, an der er arbeitete. Doch ein sehr großes Puzzlestück hatte ich dabei nicht in Betracht gezogen: dass meine Mutter bei ihm sein könnte.«

»O mein Gott«, sagte ich. »Du hast sie zusammen gesehen.«

»Und das Schlimmste daran ist, dass mein armer Dad praktisch dafür bezahlt hat, dass das passiert.«

»Vielleicht hast du ihm damit geholfen.«

»Na ja, da war er eindeutig anderer Meinung.« Graham kniff sich in die Nasenwurzel, als müsste er sich bemühen, den Kopf freizubekommen. Dadurch wurde mir klar, wie schmerzhaft das selbst nach über fünfzehn Jahren noch immer für ihn war.

»Es tut mir so leid, dass ich dich überredet habe, mich zu begleiten«, sagte ich. »Ich komme mir so selbstsüchtig vor.« Annies Vorwurf schoss mir wieder durch den Kopf.

»Nein«, sagte Graham. »Das war meine eigene Entscheidung. Vielleicht werde ich meine Geschichte mit unserer Geschichte überdecken und so zum Verschwinden bringen.«

Nun streckte ich doch meine Hand aus und drückte Graham den Arm, wie um zu sagen: *Das verstehe ich.*

Schon bald waren wir auf den Straßen Lissabons unterwegs, und ich hörte gerade die Sprachnachricht ab, die John mir als Antwort geschickt hatte – die Augen geschlossen, um mich voll und ganz auf den Klang seiner Stimme zu konzentrieren.

»Tu, was du tun musst, Shea«, sagte er, dann seufzte er, als wollte er wegatmen, was er am liebsten als Nächstes sagen würde. »Ruf mich, sobald du kannst, an, und ich liebe dich«, sagte er stattdessen. Johns Stimme war irgendwie flach. Ich wusste nicht so recht, ob sie wütend oder verletzt klang, aufrichtig oder ängstlich. Ich wusste nicht, ob er gerade in unserem Schlafzimmer umherstapfte, Schubladen aufriss und wieder schloss, so wie er es getan hatte, als die Dodgers verloren hatten. Oder ob er sich in seiner Lieblingsecke unserer Couchgarnitur mit meiner Decke zusammengerollt hatte. Und was schlimmer war: Noch weniger wusste ich, wie ich mich selbst fühlte. *Ängstlich? Entschlossen? Besessen ...?*

Ich wusste nur, dass ich John nicht so bald zurückrufen würde – erst, wenn ich auch wirklich wusste, was ich zu sagen hatte.

30

Schon vor Sonnenaufgang war ich wach, auf der Suche nach einem starken Kaffee und einem Moment als Touristin, ehe die Detektivarbeit begann. Lissabon war schon immer ein Traumreiseziel für mich gewesen, aber keine Reise-Website, die ich bisher besucht hatte, konnte seine Magie tatsächlich einfangen. Es war hügelig wie San Francisco, auf diese bestimmte Art, bei der man den Eindruck hatte, die Sonne würde hinter den Gebäuden Verstecken spielen. Die Stadt schmiegte sich halbmondförmig an den Fluss, sodass man von jedem Punkt aus glitzerndes Wasser sehen konnte. Und so weit das Auge reichte, ein Meer aus handbemalten Kacheln – typisch für Portugal. In herrlichen Gelb-, Rot- und Blautönen gehalten, zeichneten sich darauf zarte Muster aus Rosetten und Rauten ab. Unterwegs zu einem Café blieb ich wohl ein Dutzend Mal stehen, um zu fotografieren, dann dachte ich ernstlich darüber nach, so viele Kacheln zu kaufen, dass wir unser ganzes Badezimmer in L. A. damit fliesen könnten. Doch all diese Schönheit verblasste angesichts der berühmten *pastéis de nata*. Ein Vanillecreme-Gebäck, weich wie ein Daunenkissen, das schmeckte wie das Innere eines Boston-Cream-Donuts, nur noch himmlischer. Ich aß zwei und kaufte sechs weitere, um sie später mit Graham zu teilen.

Um neun standen wir vor dem Teatro Nacional de São Carlos, um an einer von einer Dozentin geleiteten Führung teilzunehmen.

Es war ein stattliches Gebäude, das mit seiner prächtigen dottergelben Fassade und den kunstvollen Steinreliefs eher nach London als nach Lissabon aussah. Und es hatte eine ebenso würdige Truppe angelockt: ein spießiges amerikanisches Paar Mitte sechzig, das aus Nordkalifornien stammte und insgesamt schon fünfzig berühmte Opernhäuser besichtigt hatte – eine Information, um die niemand gebeten hatte; ein unglaublich schickes französisches Paar, das die beiden Amerikaner nicht ausstehen konnte und diesen Umstand vor allem durch Augenverdrehen kommunizierte; zwei Schwestern aus Schweden, die zwar über achtzig waren, aber trotzdem wie Teenager kicherten; und ein todernster Mann, möglicherweise Russe, der kein einziges Wort von sich gab. Graham und ich waren die beiden, die nicht so recht ins Bild passten. So wenig, dass unser Tourguide – Beatriz – unsere Eintrittskarten zweimal überprüfte. Sie sah aus wie neunzig, bewegte sich, als wäre sie vierzig, und redete wie eine Angeberin vom College, weil sie derart schnell Fakten ausspuckte, dass sie sich selten mit vollständigen Sätzen aufhielt. *Siebzehnhundertdreiundneunzig: Eröffnung des Gebäudes. Neoklassizistischer Architekturstil. Königin Maria von Portugal trug die Kosten; das Design von der Mailänder Scala inspiriert.* Meine Geduld erlangte die Talsohle, als sie begann, detailliert das Leben jedes einzelnen portugiesischen Geschäftsmanns zu beschreiben, der in den Bau investiert hatte.

»Wie lange soll das dauern?«, flüsterte ich Graham zu.

»Zwei Stunden«, sagte er und mied meinen entgeisterten Blick.

»Okay, zusammen!«, krächzte Beatriz. »Nun wenden wir uns dem Gebäude an sich zu, seiner Architektur, seinen Restaurierungen und seinen Myriaden bedeutender Einzelheiten. Bitte bewahren Sie sich Ihre Fragen bis zum Ende auf – Sie können sie unterwegs in Ihren Reiseführer notieren.«

»Eine Frage, bevor Fragen verboten sind«, hörte ich Graham sagen. »Gibt es in diesem Gebäude ein Archiv? Ein Register vielleicht, in dem historische Dokumente aufbewahrt werden?«

»Keines, das Sie auf dieser Tour sehen werden«, beschied sie uns. »Und nun folgen Sie mir bitte durch den Haupteingang – die Türen sind nicht original, sondern 1822 aus Sicherheitsgründen ersetzt worden, weil es zu einer Reihe von Verbrechen gekommen war, über die ich berichten werde, sobald wir drinnen sind.«

Graham zog mich zur Seite, in seinen Augen blitzte der Schalk.

»Wie hoch ist deine Toleranz, was Einbrüche angeht?«, fragte er.

»Kommt drauf an. Ist Portugal eher *Brokedown Palace* oder … Mir fällt gerade kein Film ein, in dem jemand ein internationales Verbrechen begeht und einfach damit durchkommt.«

»Ich wollte nur vorschlagen, dass wir ein wenig herumschnüffeln und versuchen, den Keller zu finden.«

»Oh, *herumschnüffeln* ist okay, niedlich sogar.« Ich sagte nicht dazu, dass ich auch mit ihm gegangen wäre, wenn er Schlimmeres im Schilde hätte führen wollen. Graham schien der Typ zu sein, der die Regeln so weit biegen konnte, bis er kurz davor war, sie zu brechen – und jedes Mal davonkam.

Wir warteten ab, bis Beatriz sich umdrehte und sich eine von Hunderten identischen Gedenktafeln im Foyer herauspickte, dann schlüpften wir rasch wieder zur Tür hinaus und suchten nach anderen, die sich möglicherweise öffnen ließen. Wir zählten insgesamt sechzehn Türen, die nach draußen führten, und jede einzelne davon war abgeschlossen.

»Wir können uns drinnen nicht umsehen, solange sie noch die Führung macht«, sagte Graham, »deshalb müssen wir wohl warten und …« Er wurde von Lärm unterbrochen, der klang, als würde er von einer Lokomotive stammen, die sich allerdings als Müllauto entpuppte, das auf das Gebäude zufuhr. »Folge dem Müllauto!«, schrie Graham, ehe er losrannte und um die Ecke des Gebäudes herum links abbog.

»Was? Warum?«, rief ich und versuchte, mit seinen Riesenschritten mitzuhalten.

»Weil er zu einer Art Rampe fahren könnte, über die man Zugang zum Gebäude bekommt!«

Und genau das passierte. Das Müllauto fuhr hinten an der Oper eine Auffahrt hinauf. Neben einem offenen Tor stand ein älterer Herr im Blaumann, der völlig unbeeindruckt davon war, dass zwei Touristen hinter dem Müllauto herrannten.

»Super!«, rief Graham und hob dann die Hand zu einem High Five. Das schockierte mich so sehr, dass ich mich umdrehte, um zu sehen, ob er jemandem winkte.

»Sorry, ich hätte dich gar nicht für den High-Five-Typ gehalten.«

»War ich bisher auch nicht«, erwiderte er, während er gegen meine Hand klatschte, um es zu Ende zu bringen. »Ich hatte noch nie eine solche Partnerin.«

»Wow, willst du damit sagen, dass ich die Erste bin, der du nach Europa gefolgt bist, um ihre Lebensgeschichte für einen Artikel zu klauen? Was für eine Ehre.«

»Ich will damit nur sagen, dass wir ein echt gutes Team sind«, sagte Graham.

Ich wurde so kalt erwischt von seiner Aufrichtigkeit, dass ich immer noch auf eine spitze Bemerkung im Nachgang wartete, doch Graham eilte schon zu dem Mann neben dem Garagentor hinüber.

Tomas, so erfuhren wir, war im Teatro Nacional der Leiter der Gebäudewartung, er erklärte sich freundlicherweise bereit, all unsere Fragen zu beantworten, sobald der Müll abgeholt war. Die gute Nachricht zuerst: Im Keller des Gebäudes gab es tatsächlich einen Raum, der mit Kartons vollgestellt war, eine Tatsache, die wir dank raffinierter Google-Übersetzungen und mehrerer Pantomime-Versuche für Wörter wie *Karton* und *Keller* herausfanden. Dann kam die schlechte Nachricht: Alle Dokumente aus der Zeit vor 1980 waren der Biblioteca Palácio Galveias für ihr städtisches Archiv geschenkt worden.

»Weiß nicht, was noch da«, erklärte uns Tomas mit seiner tiefen, volltönenden Stimme.

Er erinnerte mich an meinen Pop, der um die Mitte herum breit war, aber die schlanken Beine und die muskulösen Arme eines Mannes hatte, der Tag für Tag damit arbeitete. *Popeye* nannte ihn Nonna auch gerne, und Annie und ich sangen dann die Titelmelodie.

»Sie waren uns eine riesengroße Hilfe«, sagte Graham und schüttelte dem Mann die Hand.

»*Sim*«, antwortete er, »sehr gern. Ihr hübsches Paar. Wie Erinnerung an mein Frau und ich.«

Ich weiß nicht, weshalb mich das so schockierte. Graham und ich waren ein Mann und eine Frau, ungefähr gleich alt, und rannten zusammen in einem fremden Land herum. Nüchtern betrachtet passten wir zusammen – Graham in seiner Uniform aus locker sitzender Khakihose und blauem Hemd, ich in irgendeinem fließenden Rock und einem Leinentop, die ich an diesem Tag zusammengewürfelt hatte. Auch ohne zu wissen, dass es bei unserer Reise um einen Verlobungsring ging, hätte man meinen können, wir seien zusammen. Aber Tomas war der Erste, der Notiz davon nahm.

»*Obrigado*«, hörte ich Graham sagen, der wohl beschlossen hatte, Tomas' Vermutung in Bezug auf unseren Status nicht zu korrigieren.

Unser neuer Freund lächelte und wünschte uns »*Boa sorte*« – viel Glück.

Ich schwieg auf dem Weg zur Bibliothek, aber Graham las meine Gedanken.

»Das war leichter, als zu versuchen, ihm zu erklären, was wir hier machen«, sagte er. »Und dass wir nicht zusammen sind.«

Da hatte er natürlich recht. Und vielleicht war sein journalistischer Instinkt – diese Fähigkeit, zu sagen, was notwendig war, um dem Gespräch die gewünschte Richtung zu geben – schneller als seine anderen Reflexe. Aber als die eine Hälfte dieses mutmaßlichen Paares hätte ich auch leicht einspringen können, um Tomas zu korrigieren. Warum hatte ich es unterlassen?

Fünfzehn Minuten und zwei weitere *pastéis de nata* später erreichten wir die Bibliothek. Wir hofften darauf, im Archiv Programmhefte von *Madame Butterfly* von den Fünfzigern bis in die späten Achtzigerjahre zu finden, denn das waren die Aufführungen, in denen laut Gianluca Bette am häufigsten aufgetreten war. Danach wollten wir nach einem Künstlernamen suchen, der eine Verbindung zu *Bette* oder *Silva* aufwies, in der Hoffnung, dass sie einen gewählt hatte, der nicht komplett anders war als ihr wahrer Name, wie Michael Keaton, der eigentlich Michael Douglas hieß, und nicht wie Reginald Dwight, aka Elton John. Falls wir eine solche Verbindung herstellen konnten und falls Opernprogramme Broadway-Programmen ähnelten, konnten wir womöglich etwas über das geheimnisvolle Leben dieser mysteriösen Frau herausfinden, das uns einen weiteren Anhaltspunkt lieferte. Auf gut Glück machten wir uns ans Werk, und es dauerte mindestens fünfzehn weitere Minuten, bis wir einer Gruppe sehr geduldiger Bibliothekarinnen und Bibliothekare unseren Plan erklärt hatten. Glücklicherweise bescherten sie uns den ersten Erfolg in einem Prozess aus vielen Einzelschritten: Die Bibliothek hatte tatsächlich Ausgaben sämtlicher Programme des Teatros, und man rollte auf dem bestimmt ältesten Bücherwagen der Welt mehrere auseinanderfallende Kartons zu uns herein.

»Bitte, sag mir, dass sie chronologisch geordnet sind«, flehte ich. Graham antwortete nicht; er wusste bereits, dass sie es nicht waren.

Wir machten uns daran, jeden einzelnen zu öffnen und jedes einzelne Stück gedruckter Theatergeschichte darin zu untersuchen, bis wir das Ganze eingegrenzt hatten auf fünfzehn Aufführungen von *Madame Butterfly* in einem Zeitraum von etwas mehr als zwanzig Jahren. Eigentlich war das ein Fortschritt, aber es fühlte sich nicht so an. Nach ungefähr zwei Stunden rannte ich hinaus, um noch mehr Kaffee und *pastéis* zu holen. Nach vier Stunden setzte der Staub Graham so zu, dass er die Ärmel der Strickjacke, die ich dabeihatte, um sein Gesicht wickeln musste. Wäre er nicht so fix und fertig gewesen, hätte ich gelacht, so urkomisch sah das aus. Schließlich sprang Graham mit einem Fetzen Papier mit vergilbten Rändern auf und brüllte »YES!«. Alle um uns herum zuckten zusammen und ermahnten ihn, leise zu sein.

Am zweiten April 1970 hatte eine Lisbeth Park die berühmte Arie »Un Bel Dì, Vedremo« aus Puccinis *Madame Butterfly* gesungen. Im Programmheft für diesen Abend war neben ihrem Namen ein Foto von einer jungen Frau mit heller Haut, lockigem rotem Haar und freundlichen Augen zu sehen, genau wie Gianluca sie beschrieben hatte.

»Das muss sie sein, oder?«, sagte ich.

»Näher kommen wir an die Sache nicht ran, bevor ich an einem Asthmaanfall sterbe«, erwiderte Graham. Dann las er die Worte unter dem Foto vor, und ich ließ von Google übersetzen. *Lisbeth*

Park é um meio-soprano que já fez turnê internacional – Lisbeth Park ist eine Mezzosopranistin, die international auf Tour war. Graham bekam einen Hustenanfall.

»Also«, sagte er, die Rädchen in seinem Gehirn ratterten auf Hochtouren, »wir haben jetzt ihren Künstlernamen und ein Foto von ihr. Und in diesem Programmheft stehen die Namen derer, die mit Bette oder Lisbeth auf der Bühne standen. Wir können versuchen, eine oder mehrere davon zu finden, um weitere Informationen zu erhalten.«

»Noch *mehr* Leute suchen? Was, wenn sie gar nicht mehr am Leben sind? Wir wissen immer noch nicht, ob *sie* überhaupt noch lebt.«

»Wenn sie tot wäre, gäbe es irgendwo einen Nachruf.«

»Nicht, wenn sie zurückgezogen gelebt hat, einsam in irgendeiner Villa in der Toskana verstorben ist und nie gefunden wurde!«

Graham würdigte meine Thesen keiner Antwort, zückte sein Handy, um das Programm abzufotografieren, und rannte dann damit sicherheitshalber noch hinüber zum ältesten Kopierer der Welt, damit wir dieses Gebäude endlich verlassen konnten.

Der nächste Schritt unserer Mission bestand darin, die Liste der auftretenden Künstler durchzugehen, um zum dritten Mal innerhalb von sechs Tagen eine neue Suche zu starten. Bei den insgesamt achtzehn Künstlerinnen und Künstlern konzentrierten wir uns zunächst auf die traditionell portugiesischen Namen, in der Hoffnung, mit jemandem Kontakt aufnehmen zu können, solange wir hier waren. Von der Hotellobby aus schickten wir die Liste per E-Mail an Grahams Recherchekontakte. Der Plan war, dass sie die Namen durch ihre Datenbanken jagten und dabei auf Adressen, Telefonnummern oder – hoffentlich nicht – auf einen Nachruf stießen. Danach gingen wir endlich auf unsere Zimmer, um uns ein wenig frisch zu machen für ein Abendessen, das *nicht* aus Vanillecreme und Teig bestand.

Allein in meinem Zimmer, erwog ich, John anzurufen. Ich klappte meinen Laptop auf und fragte mich, ob Annies Rat, einen Brief zu schreiben, um all meine wirren Gefühle auszudrücken, auch dieses Mal helfen würde. Und dann fand ich eine neue E-Mail von Jack Sachs.

Ich rechnete mit dem Schlimmsten, damit, dass er meiner Bitte, noch ein paar Tage freizubekommen, um diese »Familienangelegenheit« zu regeln, nicht stattgeben würde. Aber ganz im Gegenteil: Er bot mir offiziell die Beförderung zum »Director« an. Ich starrte die Worte auf dem Bildschirm an. Warum machte mich das nicht glücklich? Warum verspürte ich nicht den Hauch von Stolz? Ich empfand die gleiche seltsame Leere wie vor ein paar Wochen, als mir Jack zum ersten Mal von diesem Job erzählt hatte. *Wollte ich diese Stelle gar nicht?* Plötzlich übernahm eine alte Gewohnheit das Ruder – ich schnappte mir mein Handy und rief John an.

»Hey«, sagte er. »Da bist du ja endlich.« Was zwischen den Zeilen stand, war klar.

»Ja«, sagte ich. »Tut mir leid. Das war ein verrückter Tag, aber wir kommen voran. Aber eigentlich rufe ich an, weil es eine gute Nachricht gibt. Ich wurde befördert.«

»Shea! Das ist unglaublich! Gratuliere!«, sagte John. Da waren sie, die Emotionen, die ich vermisst hatte. »Wow. Allmählich fügt sich in unserem Leben alles zusammen, was? Hochzeit. Dicke Beförderung. Und bald werden wir auch endlich ein gemeinsames Haus haben.«

»Ja«, sagte ich. Die Erleichterung in seiner Stimme hätte eigentlich ansteckend sein sollen. Warum war sie es nicht?

»Warum kommt es mir so vor, als würdest du das nicht so meinen?«, fragte John, der mich nach nur einem einzigen Wort durchschaute. Ich setzte mich auf das Hotelbett, suchte nach einer Antwort. Stattdessen schlug John mir eine vor. »Hey. Vielleicht ist das ein Zeichen«, begann er. »Die Neuigkeiten von der Arbeit schreien geradezu danach, dass du heimkommst. Lass uns feiern. Und dann werden wir dir einen neuen Ring kaufen. In jeder Hinsicht vorankommen.«

»Ja«, sagte ich und hatte das Gefühl, von einem Minenfeld ins nächste geschlittert zu sein. »Ich denke weiterhin über den neuen Ring nach. Versprochen. Aber jetzt brauche ich erst mal was zu essen, sonst kippe ich noch um.«

»Okay«, sagte John. »Schreib mir, bevor du schlafen gehst. Ich liebe dich.«

»Mach ich. Ich liebe dich auch«, antwortete ich, und dann legten wir auf.

Ich war auf dem Weg zu Graham schon halb durch den Flur, als mir auffiel, dass ich John geradewegs angelogen hatte, womöglich zum ersten Mal in unserer ganzen Beziehung. Ich hatte keine Sekunde über sein Angebot nachgedacht, einen neuen Ring zu kaufen.

31

Graham saß neben der blau gefliesten Wand des Hotel-Patios, als ich ihn fand, vor ihm auf dem Tisch standen zwei Negronis.

»Es hat drei Kellner gebraucht, bis ich einen gefunden habe, der diesen Drink kannte.« Dann fügte er sofort hinzu: »Was ist los?«

Ich setzte mich und trank einen so großen Schluck, dass mein Glas halb leer war. »Ich bin gerade befördert worden. Was eigentlich eine gute Nachricht ist, aber ich ... Keine Ahnung. Und sorry, es geht nicht um Ring-Gate, deshalb brauchen wir das nicht zu vertiefen.«

»Hey, komm schon, habe ich nicht bewiesen, dass ich internationaler Meister darin bin, Rätsel zu lösen?«

»Das hast du ...«

»Und schuldest du mir nicht noch was, nachdem ich dir ausgiebig von meinem Familiendrama erzählt habe?«

»Ja ...« Wir kippten unsere Drinks hinunter und zogen dann zum Abendessen in ein winziges Restaurant um die Ecke um, in dem Teller *arroz com mariscos,* die so groß waren wie der Tisch, serviert wurden. Das Restaurant war so schmal, dass alle Sitzplätze an die Bar gequetscht waren, die zur Küche hin offen war. Der ganze Laden hatte die wilde Energie eines Delis in New York City und war eingehüllt in den Duft frischer Meeresfrüchte und scharfer Gewürze.

»Na gut«, sagte Graham, sobald wir bestellt hatten. »Erzähl mir, was zu dieser Beförderung geführt hat.«

»Die Frau, die die Stelle vor mir hatte, hat gekündigt, und mein Boss hat mich für den Job vorgeschlagen«, sagte ich.

»Nein, nein. Du musst weiter vorne anfangen. Erst mal will ich wissen, wie du bei einem Filmfestival im Marketing gelandet bist.«

»Du willst die ganze Geschichte? Warum?«

Graham legte den Kopf schief.

»Also gut«, sagte ich. »Touché.«

Ich erzählte ihm, wie meine Liebe zum Film mit der täglichen Dosis Shirley Temple vor dem riesigen Schwarz-Weiß-Fernseher meiner Großeltern begann und freitagabends mit Blockbustern im Kino weiterging, wobei ich mit Annie stritt, weil sie immer nur Disney wollte. Der Vater meines ersten großen Schwarms war in der Filmindustrie, und ich betete ihn noch mehr an als seinen Sohn. Er war der Erste, der mir von der Film School der New York University erzählte. Ich wollte mehr Struktur im Leben, als ein Künstlerdasein normalerweise bot, deshalb bewarb ich mich und wurde in ihr Business-Programm aufgenommen. Nach ein paar erbärmlichen Praktika in der Filmproduktion entdeckte ich die sehr viel künstlerfreundlichere Welt der Filmfestivals. Die Marketingabteilung stillte am Ende meinen kreativen Durst und das Verlangen, mehr Filme vor ein größeres Publikum zu bringen. Ich war direkt in meiner Traumwelt gelandet, erzählte ich Graham, hatte aber dennoch die Art von Stabilität, mit der ich mich wohlfühlte. Dann schloss ich mit einer sehr umfassenden Liste der Vorteile, die diese große Beförderung mit sich brachte.

Graham hatte, ohne mich zu unterbrechen, zugehört und genickt, als würde er das alles verstehen. Aber nun, da ich fertig war, schwieg er immer noch. Ich beobachtete, wie er jedem von uns ein

Glas blutroten Wein aus der Karaffe einschenkte, die während meines langen Karriereabrisses serviert worden war. Langsam nahm er einen Schluck davon, wappnete sich offenbar für die Frage: »Was hält John von alldem?«

»Was kümmert dich das?«, fragte ich.

»Weil es dich offensichtlich kümmert. Hast du dir bei deiner Vorteilsliste mal selbst zugehört? *John will ein Haus kaufen, und mein höheres Einkommen würde da wirklich helfen. John überlegt, seinen PhD zu machen, da wäre diese Stabilität wirklich gut. John hat mir immer schon prophezeit, dass ich die Abteilung eines Tages leiten würde.*«

»Nun ja, er wird mein Mann werden. Wir bauen uns zusammen ein Leben auf. Darum geht es doch eigentlich.«

»Tatsächlich?«, hakte Graham nach. Unser Essen kam, ehe ich dem etwas entgegensetzen konnte. Wir schaufelten uns ein paar Bissen davon hinein, um wieder zu Kräften zu kommen. Dann setzte Graham seine Fragerei fort. »Beantworte mir Folgendes: Ist es dein Traum, dein eigener Chef zu sein?«

Die Antwort darauf zuckte so schnell durch mich hindurch, dass ich buchstäblich blinzeln musste. »Nein«, sagte ich und fügte dann sofort hinzu: »Warum habe ich gerade Nein gesagt?«

»Okay ...«, erwiderte Graham. Offenbar kamen wir gerade irgendetwas auf die Spur. »Warum nicht?«

Ich schloss die Augen, versuchte, mir mich selbst in zehn Jahren vorzustellen. Stück für Stück setzte sich eine Vision zusammen – ich stand am Eröffnungsabend eines sehr besonderen Filmfestivals auf der Bühne. Ein Filmfestival, das ich leitete. Dann entlarvte ich diesen Tagtraum als Erinnerung. Ich hatte nach dem College als Freiwillige auf dem winzigen Cape Cod International Film Festival ausgeholfen. Es wurde von einer exzentrischen Frau geleitet, die stets schwarz gekleidet war, aber zu jedem einzelnen Event eine andere Brille trug: Misty Ellinger. Sie hatte Karriere gemacht und war nun selbst Filmemacherin und gestaltete Filmfestivals. *Sie* wollte ich werden, nicht Jack Sachs.

»Vielleicht will ich gar nicht im Marketing bleiben«, sagte ich schließlich und öffnete die Augen.

»Schön«, erwiderte Graham. »Aber was würde John davon halten?« Mich ärgerte, dass er immer wieder auf John zurückkam. Wie Annie, die dauernd darauf herumritt, dass sich jede Entscheidung, die ich traf, auf meine Ehe auswirken würde.

»Hey. Ich enthülle hier gerade einige wichtige Dinge des Lebens. Warum kommst du dauernd *darauf* zurück?«

»Ich bin froh, dass du das fragst«, war Grahams einzige Antwort.

Ich trank einen Schluck Wein, vor allem, weil ich dann über den Rand des Glases hinweg theatralischer die Augen verdrehen konnte. »Glaubst du wirklich, ich werde zu den Ehefrauen gehören, die sich einfach den Bedürfnissen ihres Mannes beugen?«

»Ich versuche immer noch herauszufinden, weshalb du überhaupt eine Ehefrau werden willst!«, sagte Graham. Die Kellnerin, die auf dem Weg zu uns war, machte sofort kehrt.

»Ruf sie wieder her, ich will sofort zahlen«, sagte ich.

»Komm schon«, erwiderte Graham. »Gib mir Argumente. Es geht hier immerhin um die wichtigste Entscheidung deines Lebens. Solltest du nicht eine Antwort auf diese Frage haben? Warum solltest du, Shea Anderson, das von Aberglauben geprägte Kind aus einer zerrütteten Ehe, heiraten wollen?«

Das war ein guter Einwand, aber die Antwort darauf kam mir rasch. »Okay, dann mal los: Ich will John heiraten, weil es von Anfang an kein Drama mit ihm gab, keine Spielchen, keine Hinhaltetaktik. John war von Beginn an ehrlich, klar und direkt.« Die

Worte kamen mir schneller über die Lippen bei der Erinnerung daran, wie ich mich verliebt hatte. »Ich musste mich am Anfang unserer Beziehung nicht einmal fragen, was er für mich empfindet. Er ... Er liebte mich einfach, auf Anhieb und seitdem. Das wusste ich, und ich spürte es. Und tue das auch heute noch. John weiß, wenn ich ein wichtiges Kunden-Meeting bei der Arbeit habe, und schreibt mir vorher eine aufmunternde Nachricht. Wenn ich fernsehe, deckt er mich mit einer Decke zu, sobald ich aussehe, als wäre mir kalt. Es war seine Idee, dass wir jeden zweiten Mittwoch ausgehen und abwechselnd den jeweils anderen mit einem Plan überraschen. Und er sagt aus dem Blauen heraus Dinge wie ›Ich liebe dich gerade so sehr‹, was ich eigentlich total peinlich finde, aber es kommt so aufrichtig, dass ich es erwidere.«

»Du meinst damit also, dass du John heiraten willst, weil er dich wirklich liebt?«, fragte Graham rundheraus.

»Ja, aber auch, weil unsere ganze Dynamik irgendwie, keine Ahnung, *behaglich* ist. Meine Freundin Rebecca sagte immer, ich hätte eine Bindungsphobie, aber John hat mir jeden Grund gegeben, ihm zu vertrauen. Und außerdem – das klingt jetzt simpel, aber ich liebe es einfach, Zeit mit ihm zu verbringen. Irgendwie macht er jeden Raum, den er betritt, sofort zu einem besseren Ort.«

»Also wusstest du, dass John der Richtige ist, weil er dich liebt *und* es behaglich ist.« Das schienen mir gute Gründe zu sein, doch Grahams Gesicht und sein Tonfall sagten etwas anderes.

»Du glaubst mir wohl nicht.«

»Oh, doch, ich glaube dir«, sagte er, plötzlich selbstgefällig. »Ich stimme dir nur nicht zu. Wenn du *behaglich* und *ruhig* sagst, höre ich *langweilig* und *nicht herausfordernd*.«

»Du, als Kind einer schlimmen Scheidung, glaubst, dass Liebe herausfordernd sein sollte?«

»Absolut. Die Ehe meiner Eltern war schwierig, ja, aber bei mir soll das Pendel nicht komplett in die andere Richtung auf *leicht* ausschlagen. Was hat es für einen Sinn, dein ganzes Leben mit jemandem zu verbringen, der dich nicht zum Äußersten deiner selbst treibt?«

»Ähm, wie wäre es mit Freude? *Glücklichsein?* Vielleicht nicht getrieben zu werden, schon gar nicht zu, was immer du mit *dem Äußersten deiner selbst* meinst?«

»Sorry, für mich fühlt sich das nicht nach genug an«, hielt Graham dagegen.

»Das ist auch nicht nötig! Ich bin schließlich diejenige, die an den Bund fürs Leben glaubt.«

»Okay«, sagte Graham. »Dann bleiben wir einmal dabei: Warum? Was ist der wahre Wert dieses ›*Bis dass der Tod uns scheidet*‹?«

Bei seiner Frage ploppte ein Bild von Nonnas und Pops fünfzigstem Hochzeitstag in meinem Kopf auf. Ich sah vor mir, wie sie den Kuchen anschnitten, umgeben von Generationen von Verwandten und Freunden. Im Hintergrund flackerte eine dieser Fotomontagen über einen tragbaren Bildschirm. Ich war damals zwölf, vielleicht auch dreizehn. Ich weiß noch, wie die Fotos einen Schnelldurchlauf durch ihr Leben zeigten – die Flitterwochen am Grand Canyon, wie sie vor ihrem ersten Haus standen und stolz das *Verkauft*-Schild in Händen hielten, Moms Geburt und ihre erste große Reise zurück nach Italien, wie Pop seine Werkstatt und Nonna das Bella Vita eröffnete und so weiter und so fort, und immer standen die beiden im Mittelpunkt. Gemeinsam. Das war das, was ich schon immer gewollt hatte. Oder?

»Schön. Du hast gewonnen. Ich kann es nicht erklären«, sagte ich. »Es scheint mir nur der beste Lebensentwurf zu sein.«

Ich beobachtete, wie Graham nickte, dann beugte er sich vor, als wollte er mir ein Geheimnis verraten.

»Warum könnte dann etwas so Kleines wie ein Verlobungsring das alles vermasseln?«, fragte er.

Ich bin keine Schachspielerin, aber ungefähr so musste es sich wohl anfühlen, wenn der Gegner *schachmatt* sagt.

32

»Wie stehst du zu Cabrios?«, fragte Graham, als wir uns am nächsten Morgen mit der Metro auf den Weg zu einer Autovermietung machten.

»Ich stamme aus Kalifornien«, war meine Antwort.

»Gut. Ich spendiere uns eins. Hab beschlossen, dass es wohl die beste Art und Weise ist, meine letzte Reise hier wieder geradezurücken, auf der ich fünf Stunden wütend in einem sehr alten Reisebus saß.«

»Dann brauche ich wohl eine Grace-Kelly-Sonnenbrille, und zwar sofort«, sagte ich.

»Kein Hepburn-Fan?«

»Audrey wegen der Filme, Grace wegen des Looks.«

Dreißig Minuten später waren wir unterwegs: ich mit meiner brandneuen schwarzen Katzenaugenbrille von Estilo Armazenar – was übersetzt »Stil-Lager« heißt – und er mit einem billigen Fedora aus Stroh; ich war schockiert und fühlte mich geehrt, weil er ihn nicht sofort in den Müll warf. Wir fuhren los, die Sonne schien durch die Art von Wolkenstreifen, die wie gemalt aussahen. Es war die Kulisse für die Neuorientierung, die ich brauchte. Keine Ablenkungen mehr durch die Arbeit. Keine bohrenden Fragen mehr. Nur ein Tag mit einer Mission, um Klarheit zu gewinnen.

Grahams Kollege in New York hatte nur eine Künstlerkollegin von Bette Silva identifiziert, die immer noch in der Nähe von

Lissabon lebte, sie hieß Carla Cardoso. Ihre Adresse war in einer Kleinstadt an der Algarve, südlich der Landeshauptstadt, gelistet. Die raue, zerklüftete Küste hätte als Schauplatz sämtlicher Filme herhalten können, die an den klassischen Stränden Italiens oder in den Jachthäfen der Französischen Riviera gedreht wurden. Die Klippen türmten sich über Stränden auf, die so abgeschieden waren, dass sie nicht einmal Namen hatten. Und so weit das Auge reichte, blühte der Lavendel. Der süße Blumenduft vermischte sich auf eine Art und Weise mit der Seeluft, dass ich ihn am liebsten in ein Fläschchen abgefüllt um den Hals getragen hätte.

Unser Ziel hieß Vilamoura – ein Fischerdorf nur wenige Autostunden von Lissabon entfernt. Eine Autobahn durch das Hinterland hätte uns in weniger als drei Stunden dorthin gebracht, doch ich bestand darauf, dass wir die gewundene Landstraße nahmen, die an den Pacific Coast Highway erinnerte.

»Dadurch verlieren wir Zeit, die wir für die Suche nach Carla brauchen könnten«, protestierte Graham.

»Ich glaube kaum, dass du ein Cabrio gemietet hast, nur um auf dem Gegenstück des New York State Thruway zu fahren«, entgegnete ich.

Er grinste und stimmte zu, indem er den Motor unseres roten, von mir ausgesuchten Mini-Cooper-Cabrios aufheulen ließ, während wir von der Hauptstraße abbogen und einen nur teilweise asphaltierten Weg Richtung Wasser hinunterfuhren. Ich ließ Graham nicht weniger als zehnmal anhalten, um Fotos zu schießen, und überredete ihn schließlich dazu, drei wackelige Holztreppen zu einem richtigen Strand hinunterzuschlendern: Praia de Dona Ana. Unsere Belohnung bestand aus elfenbeinfarbenem Sand, haufenweise exotischen Muscheln und einem Ozean wie Badewasser.

Ein Mann mit olivfarbener Haut saß allein mit einer Flasche *vinho* da und las Zeitung, neben ihm lag zusätzlich noch ein Stapel Bücher. Ein junges Paar rannte ins Wasser und wieder heraus, ehe sich die beiden auf einem alten geblümten Bettlaken niederließen und gegenseitig Wörter auf den Rücken schrieben.

»Dreißig Minuten«, sagte ich als Feststellung, nicht als Frage.

»Zwanzig«, sagte Graham im genau gleichen Tonfall.

Wir verschmolzen mit dem warmen Sand. Mein Körper entspannte sich allmählich, als ich das Gesicht der Sonne zuwandte. Graham rollte die Hosenbeine seiner weiten Khaki hoch und ging aufs Wasser zu. Ich beobachtete, wie er ein paar Steine aufhob, sich an den Rand stellte und sich anschickte, sie über das ruhige Meer hüpfen zu lassen. Der erste versank mit einem Platschen. Der zweite fing vielversprechend an, verlief sich aber rasch.

»Aller guten Dinge sind drei!«, rief ich von meinem Platz am Ufer. Graham blies auf den Stein, um ihm Glück zu bringen, und schleuderte ihn dann aufs Meer hinaus. Er hüpfte ein-, zwei-, dreimal – perfekt. Ich jubelte ihm von der Seitenlinie mit einem Stadiongebrüll zu. Er feierte, indem er sich in die Wellen stürzte wie ein Kind, das soeben im Football den entscheidenden Touchdown gelandet hatte. Dann fiel ihm wieder ein, dass er schon erwachsen war und seine einzige saubere Hose jetzt klitschnass. Sein schockierter Blick brachte mich so sehr zum Lachen, dass ich rückwärts in den Sand fiel. *Das ist Glückseligkeit,* dachte ich, während ich eine Handvoll Sandkörner aufhob und durch die Finger rieseln ließ. Doch mit diesem Gedanken kam noch ein anderer: *Wann habe ich mich zum letzten Mal so gefühlt?*

Mein Gedächtnis forschte nach diesem Moment und landete an der offensichtlichen Stelle: bei dem Nachmittag, an dem John mir einen Heiratsantrag gemacht hatte. Ich hatte sein nervöses Lächeln vor Augen, wie er sich so schnell aufs Knie hinabgelassen hatte, dass er fast hingefallen wäre. Ich spulte zu dem Zeitpunkt zurück, an dem das Ringkästchen noch geschlossen war, und mein Herz zog sich vor Vorfreude zusammen, genau wie in jenem Moment. Ich hatte gewusst, dass der Antrag kommen würde, und war trotzdem in dem Augenblick, in dem es dann passierte, total beklommen. Bei dieser Erkenntnis wurde mir ganz kalt.

Warum? Warum war ein Heiratsantrag von der Liebe meines Lebens nicht vollkommene Glückseligkeit? Wir waren schon seit Jahren zusammen. Alle unsere Freunde waren schon verheiratet. Es war an der Zeit. *Aber wie konnten sich dann fünf Minuten an einem Strand, Welten entfernt, besser anfühlen?*

»Alles okay?«, fragte Graham. Er stand inzwischen vor mir, seine hochgewachsene Gestalt warf einen Schatten.

»Ja, ich denke nur nach«, sagte ich, absolut nicht bereit für eine seiner viel zu effektiven Befragungen.

»Ich auch«, sagte er und setzte sich neben mich. »Jahrelang habe ich mich dafür verflucht, hierhergekommen zu sein. Aber vielleicht war die Reise damals der Beginn, mich selbst zu finden. Vielleicht bin ich wegen dieser schrecklichen Reise zu dem geworden, der ich bin.«

»Ich denke, das stimmt«, sagte ich.

»Gut, womöglich empfindest du das irgendwann in der Zukunft genauso.«

Es war die Art von Bestätigung, von der ich gar nicht wusste, wie sehr ich sie gebraucht hatte – kein Ratschlag, was ich als Nächstes tun sollte, so wie Annie mir einen gegeben hätte, oder die Dosis fröhlicher Gewissheit, die John für mich auf Lager gehabt hätte. Das hier war ein aufrichtiges Mach-weiter-so.

Die nächsten zehn Minuten saßen Graham und ich nebeneinander und starrten in vollkommenem Schweigen auf die verschwommene Linie zwischen Himmel und Meer.

33

Nachdem wir in Vilamoura angekommen waren, dauerte es noch eine ganze Stunde, bis wir Carlas stuckverziertes Cottage fanden. Das wurde allmählich zu einem unglückseligen Muster dieser ganzen Reise. Straßenschilder und präzise Karten waren nicht gerade eine Stärke der ländlichen Gegenden Europas. Und noch etwas stellte sich als wiederkehrendes Muster heraus: Carla war nicht zu Hause. Laut einer sehr misstrauischen Nachbarin besuchte sie samstags immer eine noch viel ältere Schwester im nächsten Dorf. Leider blieb uns deshalb nichts anderes übrig, als vor Carlas Haus zu warten, bis sie zwei Stunden später zurückkam. Allerdings jagte uns die schockierend hochgewachsene, beeindruckend rüstige über Neunzigjährige daraufhin geradewegs von ihrem Grundstück. Der Polizist, den sie rief – der stattliche Wachtmeister Pires mit Schnurrbart –, entpuppte sich als Lichtblick, weil er sich bereit erklärte zu bleiben, um zu dolmetschen.

Sobald Carla sich gesetzt hatte und die *bicas* – Kaffee – serviert worden waren, begannen wir mit unserem Gespräch.

»Wir sind hergekommen, um nach einer Sängerkollegin zu fragen, mit der Sie vor Jahren aufgetreten sind: Laut diesem Programmheft hieß sie Lisbeth Park«, sagte Graham und hielt eine Kopie davon hoch.

Carla nahm das Blatt Papier und hielt es sich mit einem Zentimeter Abstand vor die Augen. »Ich kenne sie«, ließ Carla über Wachtmeister Pires ausrichten. »Sie hieß Bette Silva.«

Obwohl ich das ja wusste, war ich im Moment so überrascht, den Namen aus ihrem Mund zu hören, dass ich beinahe meine Kaffeetasse auf der weißen Spitzentischdecke umwarf. Wie eine Art Ninja fing Graham sie auf, ehe sie umkippte.

»Ich werde diese Frau niemals vergessen«, fuhr Carla fort. »Sie war ein solches *mistério*. Als würde sie etwas verbergen.«

Graham schlug seinen Notizblock auf. Ich versuchte, die Unruhe zu zügeln, die Wörter wie *mistério* und *verbergen* bei mir auslösten.

Im Lauf der nächsten Stunde – in der Carla hauptsächlich ihre eigene illustre Opernkarriere schilderte – erhielten wir drei wichtige Hinweise in Bezug auf Bette Silva. Der erste bestand darin, dass Bette Anfang dreißig war, als sie an der Lissabonner Oper mit Carla gesungen hatte. Wenn sich unsere Gastgeberin richtig erinnerte, musste dies Mitte der Sechzigerjahre gewesen sein, was bedeutete, dass Bette jünger gewesen war, als Gianluca geglaubt hatte, was die Wahrscheinlichkeit erhöhte, dass sie noch lebte. Und wenn Bette meinen Ring getragen hatte, dann höchstwahrscheinlich in der Zeit, in der sie und Carla zusammen gesungen hatten. Frauen jener Generation heirateten damals zwischen Anfang und Mitte zwanzig.

Der zweite wichtige Hinweis besagte, dass Bette Amerikanerin war. Carla hatte keine Ahnung, aus welcher Stadt oder welchem Bundesstaat, sie wusste auch nicht, wie lange oder wann sie dort gelebt hatte, aber das bedeutete, dass Graham sich bei seiner Suche nach Lisbeth Silva auf ein einziges Land konzentrieren konnte und nicht auf die ganze Welt. Das war ein Durchbruch.

Doch das dritte Detail, das uns Carla lieferte, löste eine Kettenreaktion aus Schlussfolgerungen bei mir aus. Bette hatte das Angebot erhalten, in einer Aufführung von Puccinis *Madame Butterfly* an der Wiener Staatsoper – der besten Oper der Welt – im Chor zu singen, doch sie schlug diese Einladung aus.

»Wegen ihres *Gatten*«, erzählte uns Carla. Also gab es tatsächlich einen Mann …

»Erlaubte er es ihr nicht?«, fragte ich.

»Keine Ahnung«, sagte Carla. »Sie weigerte sich, darüber zu reden. Sie war der reservierteste Mensch, der mir je begegnet ist.«

Graham warf mir einen Entspann-dich-mal-Blick zu. Er konnte sich schon denken, was ich mir gerade zusammenspann: Ein eifersüchtiger, kontrollsüchtiger Ehemann zerstörte den Traum der Opernsängerin, ein legendäres Werk an einem legendären Ort mitaufzuführen.

»Haben Sie Bettes Mann je kennengelernt?«, fragte Graham.

»Nein«, erwiderte sie. »Ich habe ja *sie* kaum kennengelernt! Wir haben eine Woche zusammen verbracht. Sie hat über nichts und wieder nichts geredet und blieb für sich allein.«

»Haben Sie beide sich eine Garderobe geteilt?«, fuhr Graham fort.

»Ja, warum?«

Das fragte ich mich auch.

»Künstler stecken sich normalerweise Fotos von ihren Lieben an ihren Garderobenspiegel. Wissen Sie noch, ob Bette dort irgendwelche Fotos hängen hatte?« Wachtmeister Pires und ich horchten auf, beeindruckt von Grahams Verhörtechnik.

»Was wissen Sie schon von Künstlergarderoben?«, sagte Carla und glich damit die Machtverhältnisse wieder aus. »Ich sage Ihnen doch, Sie können von Glück sagen, dass ich mich überhaupt an diese Frau erinnere! Das tue ich nur, weil der Regisseur kein Ende fand, wenn es um ihre zauberhafte Stimme ging, aber ich fand ja nicht, dass sie etwas Besonderes war.«

Carlas neidischer Tonfall führte meine Gedanken in eine ganz neue Richtung. Ich griff nach dem Ring an meiner Halskette.

»Wissen Sie noch, ob Bette diesen Ring trug, als Sie sie kannten?« Ich rückte näher an sie heran, damit sie den Ring richtig in Augenschein nehmen konnte, doch das stellte sich als unnötig heraus. Der Ring fing den Sonnenstrahl auf, der durch die gehäkelten Vorhänge fiel, und warf glitzernde Lichtpunkte an die Wand. Er wirkte wie lebendig.

»Nein«, sagte Carla, »absolut nicht. Diesen Ring hätte ich niemals vergessen, wenn ich ihn am Finger dieser Frau gesehen hätte.«

Meine Detektivarbeit brachte mir ein anerkennendes Nicken von Graham ein. Leider wurden dadurch die drängenderen Fragen nicht beantwortet: *Falls Bette zu dieser Zeit verheiratet war, warum trug sie dann diesen Ring nicht? Hatte es mit der Weigerung des Ehemanns zu tun, sie nach Wien gehen zu lassen? Oder war Bette Silva gar nicht die Besitzerin des Rings gewesen?*

Ich blickte hinaus und sah, wie die Sonne hinter den Klippen hinter Carlas Cottage unterging. Es wurde spät, und uns fielen keine neuen Blickwinkel mehr ein.

»Danke, dass Sie sich heute für uns Zeit genommen haben«, sagte Graham, der entweder meine Gefühle erahnte oder dasselbe empfand. »Gibt es eine Telefonnummer, unter der wir Sie erreichen können, falls wir noch Fragen haben?«

Mit Carlas Nummer auf der Rückseite eines alten Einkaufszettels und einer Empfehlung für das *restaurante excelente* gleich die Straße runter verabschiedeten wir uns.

»Das sind keine offiziell schlechten Nachrichten«, sagte Graham, während wir wieder auf die Hauptverkehrsstraße einbogen.

»Nein«, sagte ich. »Noch schlimmer: verwirrende Nachrichten. Was, wenn wir dieser Bette folgen, und sie ist gar nicht die Richtige? Gianluca ist ihr *einmal* begegnet. Was, wenn er ihren Namen total falsch verstanden hat und wir einer Person auf der Spur sind, die mit diesem Ring nie in Berührung gekommen ist? Was, wenn wir buchstäblich nirgendwohin gekommen sind?«

Graham hielt am Straßenrand an. »Ich würde ja jetzt sagen, dass du rückwärts von zehn nach eins zählen solltest, aber ich glaube nicht an diesen Quatsch, deshalb hör mir jetzt einfach zu«, sagte er. »Wir sind nicht nirgendwohin gekommen. Ich helfe dir, und wir schaffen das schon. Vielleicht braucht es einfach noch ein wenig Zeit.« Dann schockierte er mich, indem er meine Hand drückte. Instinktiv, aber auch, weil mich seine Berührung beruhigte, erwiderte ich den Druck. Als er sie wegzog, spürte ich noch immer die Wärme seiner Haut.

»Lass uns ins Hotel fahren und einen neuen Plan schmieden«, schlug Graham vor, wieder ganz geschäftsmäßig.

»Klingt gut«, sagte ich und schüttelte diesen Moment ab. Dann schnappte ich mir mein Handy, um mich zu orientieren. »Wir fahren ins 2HB nach Faro. Das ist nicht mehr weit, das Hotel, das ich gebucht habe, sieht *fabelhaft* aus. Supermodern.«

»*Nein*«, sagte Graham. Seine Reaktion fiel so scharf aus, dass ich mich ehrlich fragte, ob er mich damit meinte, aber dann sagte er: »Tut mir leid, wir können nicht nach Faro.«

»Warum nicht?«

»Es geht einfach nicht.« Er klang plötzlich verärgert.

»Ich habe für uns Zimmer gebucht, die ich nicht stornieren kann, wenn du also etwas dagegen hast, will ich schon einen Grund dafür hören.«

»Ich werde sie bezahlen. Und Zimmer in einem anderen Hotel«, sagte Graham und zog sein Handy aus der Tasche. »Ich suche eins.«

Nun war ich besorgt. »Meine Güte, was ist denn los?«

Grahams Miene verwandelte sich von übellaunig zu schuldbewusst und dann zu etwas, was ich noch nie an ihm gesehen hatte: traurig.

»Wir können nicht nach Faro, weil meine Mutter dort lebt.«

34

Endlich fanden wir an diesem verschlafenen Küstenabschnitt ein Restaurant, das noch nicht geschlossen hatte, ein altes, von Bougainvilleen überwuchertes Gebäude mit türkisgrüner Tür. Es erinnerte mich an die kleinen Cafés an der Ocean Avenue in Santa Monica. Vor allem an das Blue Plate Oysterette, wohin Jack am letzten Abend des Filmfestivals das Team stets zu einem Hummeressen einlud – als krönenden Abschluss.

Graham wollte beim Essen ein neues Hotel für uns suchen. Und ich wollte alle Kniffe, die ich von ihm gelernt hatte, dazu einsetzen, ihm diesen Plan elegant auszureden.

»Na gut, hier in der Gegend gibt es haufenweise Unterkunftsmöglichkeiten«, sagte er. »Obendrein zu vernünftigen Preisen. Und wie versprochen werde ich sowohl für die Zimmer in Faro als auch für diese aufkommen.«

»Danke, das ist okay, aber können wir erst mal über all das reden? Als wir über deine Mutter und deinen Besuch in Portugal gesprochen haben, hast du Faro gar nicht erwähnt.«

Graham wich meinem Blick aus. »Ich hab mir gedacht, du würdest wollen, dass ich sie besuche«, räumte er ein.

»Dann weißt du also, wo sie wohnt?«

»Ja«, gestand er, den Blick immer noch gesenkt. »Gut kombiniert.«

»Meinst du, sie würde dich gern sehen?«, bohrte ich weiter.

»O ja. Obwohl ich gehört habe, dass es inzwischen auch Telefone gibt, die eine Verbindung zwischen Portugal und New York herstellen können. Wenn sie also ernsthaft eine Beziehung zu mir pflegen wollte, gäbe es einfachere Mittel und Wege«, sagte er sarkastisch und gleichzeitig frustriert.

»Es holpert also zwischen euch. Willst du wirklich, dass das so bleibt?«

»Fragt die Frau, die seit Jahren nicht mehr mit ihrem Vater gesprochen hat ...«

Da hatte er einen Punkt.

»Du hast recht«, gab ich zu. »Ich habe keinen Kontakt zu meinem Vater, und nur so funktioniert das für mich. Wenn du es auch so haben willst, verstehe ich das.«

»Ich glaube, es geht gar nicht darum, was ich will«, sagte Graham. »Sie lebt in ihrer eigenen Welt. Jedes zweite Thanksgiving gewährt sie mir einen Blick darauf. Wir treffen uns in irgendeinem Hotel in der Stadt, und sie hört gar nicht mehr auf, darüber zu reden, wie sehr sie das *amerikanische* Thanksgiving vermisst, als wäre sie gar keine Amerikanerin mehr.«

»Als würde sie nicht auch *dich* vermissen«, sagte ich. Graham warf mir einen Blick zu – er wirkte überrascht, nicht sauer. Es war, als hätte ich etwas ausgesprochen, was er sich nie zu denken erlaubt hätte. »Hör mal, wenn es mehr wehtut als hilft, deine Mutter zu sehen, ist das erledigt. Wir buchen das neue Hotel und tun so, als würde sie – oh, keine Ahnung – in Florida leben.«

»Oh, Nina Shani würde *niemals* in Florida leben. Als ich acht war, plante sie eine Reise nach Disney World. Als wir aus dem Flugzeug stiegen, warf sie einen Blick auf die Menschenmenge, die auf dem Weg zu unserem Shuttlebus war, und buchte unseren Flug um auf Santa Fe.«

»Ein ziemlich unglaublicher Move«, sagte ich und musste ein wenig grinsen.

»Sie ist eine ziemlich unglaubliche Frau.« Auch Graham gestattete sich ein winziges Lächeln, das jedoch sofort wieder verschwand. »Das war sie zumindest. Ich habe das Gefühl, sie ist mir ganz fremd geworden.«

Ich kannte *wütend,* kannte *fertig mit etwas.* Graham aber strahlte keins von beidem aus. Und nach allem, was er für mich getan hatte, schuldete ich es ihm, ihm dabei zu helfen, dies zu erkennen.

»Ich mache dir einen Vorschlag«, sagte ich. »Buch die Zimmer noch nicht, warte damit bis nach dem Essen. Wenn du nachher noch immer nicht in ihre Nähe kommen willst, hast du meine volle Unterstützung.«

»Was genau sollte denn zwischen jetzt und gleich passieren?«, fragte Graham.

»Na ja, ich werde dich über deine Mutter ausquetschen, bis du mir sagst, dass ich damit aufhören soll. Ich hoffe, dass du dich dann fragst, ob es dir besser gehen würde, wenn du sie siehst, wenigstens ein winziges bisschen. Denn es klingt nicht so, als würdest du dich besonders gut fühlen, sie *nicht* zu sehen.«

Graham schüttelte den Kopf und sah verblüfft aus. »John hat wirklich Glück«, sagte er nach einer langen Pause.

»Wow, wie kommst du jetzt darauf?«, fragte ich.

»Durch das hier – durch dich. Wenn du so fürsorglich zu jemandem bist, den du kaum kennst, kann ich mir nicht vorstellen, wie es ist, der Mensch zu sein, mit dem du den Rest deines Lebens verbringen willst.«

Mir schoss durch den Kopf, dass John und ich in den letzten achtundvierzig Stunden nicht viel mehr als ein paar Textnachrichten gewechselt hatten. Ich hatte mir nicht die Zeit genommen, mich tatsächlich mal hinzusetzen und mit ihm zu reden. Seit Tagen hatte ich ihn nicht gefragt, wie seine Woche lief. Normalerweise bildete ich mir etwas darauf ein, ein Mensch zu sein, der anderen vermittelte, was sie ihm bedeuteten, und unwillkürlich gefiel mir, dass Graham das erkannt hatte. Warum war ich bei John nicht diese Version meiner selbst?

»Ja, nun ...«, sagte ich. »Ich weiß nicht, ob da was dran ist.« Was für eine Ehefrau in spe reiste mit einem anderen Mann quer durch Europa? Ich konnte mir lebhaft ausmalen, wie Kay Jacobs die ganze Sache mit meiner Reise ihren Buchclub-Freundinnen erklärte: *Na ja, wisst ihr, Shea muss sich zuallererst um Shea kümmern, dann erst um meinen Sohn.* Stünde es ihr zu, mich zu verurteilen?

»Danke«, erwiderte ich schließlich, »das bedeutet mir viel. Aber du bist niemand mehr, den ich ›kaum kenne‹. Du bist jemand, der mir etwas bedeutet, deshalb helfe ich dir nun durch diese Sache mit deiner Mutter.«

»Das hast du bereits«, sagte Graham. »Ich gehe morgen Vormittag bei ihr vorbei. Kann ich dich dazu überreden mitzukommen?«

»Kannst du«, sagte ich. »Musst du aber nicht. Ich bin dabei.«

35

Nina Shani war die Art von Frau, an die sich die meisten anderen Frauen für den Rest ihres Lebens erinnern würden. Sie hatte Michelle-Pfeiffer-Augen, die einen sofort durchschauten, einen silbernen Bob wie die besten Meryl-Streep-Charaktere und eine Stimme wie aus einem Billy-Wilder-Streifen: rauchig, tief, und sie drang direkt ans Ohr, als würde sie mit allem, was sie sagte, ein Geheimnis verraten. Sie war ihrem Sohn sehr ähnlich mit ihrer olivfarbenen Haut, dem langen, schlanken Körper und ihrer ungefilterten Meinungsäußerung.

»Du bist aus L. A.«, waren ihre ersten Worte an mich, noch bevor sie uns hineinbat. »Das sehe ich sofort.« Dann nahm sie sich Graham vor: »Und du bekommst nicht genug Schlaf. Was beunruhigt dich? Geld? Du weißt, dass ich dir schicke, was immer du brauchst.«

Graham holte tief Luft, bevor er zum ersten Mal in seinem Leben das Haus seiner Mutter betrat. Es war ein sonnendurchflutetes Meisterstück mit portugiesischen Kacheln, das mich erst neidisch machte, dann zutiefst traurig. Dieses Haus repräsentierte das Leben, das Nina dem vorgezogen hatte, das ihren Sohn einbezog. Und dazu gehörte ein Mann, der oben ohne auf der hinteren Veranda lag und schlief, auf seiner Brust eine aufgeschlagene französische Ausgabe von Michael Crichtons *Jurassic Park*. Emilio. Graham warf nur einen einzigen Blick in seine Richtung und mied dann diesen Bereich des Hauses vollständig.

»Wir lernen gerade Französisch«, erklärte Nina, »für eine Reise, die wir demnächst machen wollen. Zwei Monate! Das wird einfach *parfait*.« Sie schloss den Satz, indem sie die Fingerspitzen zusammenlegte wie ein italienischer Koch. Ich nahm ihr übel, dass sie diese Geste vereinnahmte, fühlte mich aber trotzdem von ihr angezogen. Dies war eindeutig eine Frau, die tat, was immer ihr verdammt noch mal gefiel.

»Wir haben nicht viel Zeit«, sagte Graham und verschränkte die Arme, als Nina getrocknete Früchte und perlenden Wein auf den türkis gefliesten Küchentisch stellte.

»Okay«, sagte sie, »wegen dieser *Mission,* auf der ihr zwei euch befindet. Das klingt unglaublich romantisch.« Sie zog einen Stuhl für Graham unter dem Tisch hervor. Er tat, als hätte er es nicht bemerkt.

»Ich sagte doch schon, dass es um Sheas Ring geht. Ich helfe ihr nur, weil ich sie überreden will, mich einen Artikel darüber schreiben zu lassen.«

»Mmhmm, das hast du gesagt«, murmelte sie. »Dann sag mir doch auch noch, wie lange ich euch hier haben darf.«

»Oh, wir müssen heute Abend nach Lissabon zurück«, sagte ich. Ich war nur stehen geblieben, weil auch Graham immer noch stand. Fast hätte ich auch die Arme vor der Brust verschränkt. »Wir haben Opernkarten, zu Recherchezwecken. Um acht Uhr.« Meine Lüge war schlecht gewählt.

»Oper … noch romantischer«, sagte Nina. »Und gut, Lissabon ist nur zweieinhalb Stunden von hier entfernt, und jetzt ist es erst zehn. Wir haben also Zeit für eine Bootsfahrt zu den Höhlen. Das dürft ihr euch nicht entgehen lassen, das schwöre ich euch, und ich hab schon einiges von der Welt gesehen.«

»Es geht nicht, Mom.«

»Warum nicht?«, schoss sie zurück.

»Ich muss dafür keinen Grund angeben«, erwiderte er gereizt. Ninas Gesicht wurde weicher, und sie rutschte von ihrem Stuhl auf den, der direkt neben ihrem Sohn stand. Dann ergriff sie zärtlich seine Hände.

»Mein Lieber«, sagte sie, »ich freue mich wirklich aufrichtig, dich zu sehen. Und ich würde heute wirklich gern so viel Zeit wie möglich mit dir verbringen. Ob ich das verdient habe oder nicht.«

Graham hob den Blick, er war ehrlich überrascht.

Wir verbrachten den Nachmittag mit Captain Nina an Bord der *Eve* – ein kompaktes Schnellboot für vier Passagiere, das Emilio ihr geschenkt hatte, als sie sechzig geworden war.

»Ich habe sie nach der ersten Frau benannt«, sagte Nina.

»War ja klar«, erwiderte Graham. Doch seine Mutter lächelte ihn an, glücklich, überhaupt eine Reaktion von ihm zu erhalten.

Die Südküste Portugals war schon vom Land aus bezaubernd, doch vom Wasser aus schienen ihre zerklüfteten Klippen wie aus einer anderen Welt. Das azurblaue Meer glitzerte, als wäre es mit Diamanten besetzt. Nina steuerte uns durch die für diese Region charakteristischen Höhlen, während wir herrlich kühlen Weißwein nippten. Die Tour führte uns durch eine Reihe ballsaalgroßer Felsaussparungen mit smaragdgrünem Wasser. Eine davon hatte ein natürliches Oberlicht in Form eines Herzens; eine andere war so riesig, dass sich darin sogar ein Strand gebildet hatte. Und in meiner Lieblingshöhle hatten die Felsen eine zweistöckige Sprungplattform gebildet.

»Ich werde hier ankern, damit wir schwimmen können«, sagte Nina. »Sich weigern ist keine Option. Wir gehen alle.«

»Aber wir haben keine Badesachen dabei«, wandte ich ein.

»Was ist der Unterschied zwischen Unterwäsche und einem Badeanzug?«, fragte sie, wohl eher rhetorisch. Nina stellte den Motor ab. Graham warf den Anker aus.

Ich spürte, wie sich mein Puls beschleunigte, mich vor ihm auszuziehen, machte mich nervös.

»Du brauchst das nicht zu machen, Shea«, sagte er, während er bereits sein Oberteil abstreifte. Ich wandte mich ab wie ein prüder Teenager, der gerade beim heimlichen Hinschauen erwischt worden war. Graham war weit muskulöser, als seine weiten Hemden vermuten ließen, er hatte kräftige Arme und eine breite Brust. Und es fehlte ihm nicht an Selbstbewusstsein. Das war ansteckend. Aufgedreht von dem Wein und dem einzigartigen Gefühl des Ganzen, beeilte ich mich, mein Oberteil und meinen Rock auszuziehen, dann trat ich auf die Leiter am Boot zu. Beobachtet mich Graham gerade?, fragte ich mich. Will ich, dass er mich beobachtet?

Wir planschten ins Wasser, das so warm wie die Luft war. Kletterten über die felsigen Pfade. Gingen wieder an Bord, um noch mehr *vinho verde* zu trinken. Und schließlich schwammen wir hinaus zu der Miniklippe, von der wir abwechselnd ins Meer sprangen. Graham und Nina kletterten zuerst hinauf, der Sohn half seiner Mom über die Felsstufen. Von unten beobachtete ich, wie sie zusammen herunterzählten – drei, zwei, eins – und dann Hand in Hand sprangen, auf beiden Gesichtern kindliche Freude. Ich jubelte ihnen zu und stockte dann: Als Graham wieder aus dem Wasser auftauchte, lächelte er so breit, dass er wie ein ganz anderer Mensch wirkte.

»Das hat unglaublich ausgesehen!«, sagte ich, als er auf mich zuschwamm. »Wie war es?«

Plötzlich kam die Bugwelle eines Bootes bei uns an, die so heftig war, dass es mir schwerfiel, Wasser zu treten. Graham bot mir seinen Arm an, um mir Halt zu geben.

»Danke«, sagte ich und klammerte mich daran fest.

»Nein, ich danke dir. Das war … Diese ganze Zeit war …« Er konnte den Satz nicht beenden, entweder war er außer Atem, oder ihm fehlten die Worte. Unwillkürlich streckte ich meinen freien Arm aus, und Graham tat dasselbe, deshalb hielten wir uns plötzlich im Wasser in einer Umarmung. So verweilten wir einen, vielleicht zwei Herzschläge lang, bis eine weitere Welle angerollt kam und uns trennte.

»Sorry«, sagte ich. »Ich glaube, Wein plus Meer ist ein bisschen …« *Warum entschuldige ich mich? Das war nur eine Umarmung.*

»Nein, nein, schon gut. Du bist jetzt dran mit Springen.« Dann schob er mich in Richtung Felsen, ehe ich versuchen konnte, seinen Gesichtsausdruck zu entschlüsseln.

Zum Mittagessen brachte uns Nina zurück zum Haus. Von einem Fischer, der seinen Fang direkt vom Boot in dem kleinen Hafen verkaufte, hatten wir Garnelen mitgenommen. Graham hatte einige E-Mails erhalten, deshalb bot ich Hilfe in der Küche an.

»Dein Leben ist wirklich unglaublich«, sagte ich, während ich die Petersilie schnitt, die Nina von ihrem üppigen Balkonkräutergarten geholt hatte. Zum ersten Mal waren wir allein.

»Ja. Der da passt wirklich zu mir«, sagte sie mit einem Blick Richtung Emilio, der hinter den französischen Türen seines Büros arbeitete.

»Der andere hat nicht gepasst?« Ich hatte das Gefühl, dass Nina ein offener und womöglich weiser Mensch war, von dem man etwas fürs Leben lernen konnte, in Anbetracht dessen, wie heiter sie wirkte.

»In meinen Zwanzigern und Dreißigern habe ich nicht *wirklich* gewusst, wer ich war, deshalb ahnte ich auch nicht, wie falsch meine Entscheidung für meinen ersten Mann war. Ich glaube, viele Frauen leiden auf diese Weise, weil so ein bedeutender Fokus darauf liegt, sich zu binden, ehe es zu spät ist.« Bei den letzten Worten malte sie Anführungszeichen in die Luft.

Meine Gedanken wanderten zu den Berechnungen rund um die Ehe, die meine Freundinnen anstellten, als wir alle fünfundzwanzig wurden. *Wenn wir uns jetzt kennenlernen, dann drei Jahre lang daten, dann ein Jahr verlobt sind, dann noch zwei Jahre warten, bis wir Kinder bekommen, dann ...*

»Dann hattest du also das Gefühl, dass du nicht dein wahres *Ich* warst, als du Grahams Vater geheiratet hast?«, fragte ich.

»Ja, so ungefähr.« Nina nahm mir die schlecht gehackten Kräuter ab, um das Ganze selbst zu Ende zu bringen. »Ich sah einen Weg, der vertraut wirkte – einen Weg, den jede Frau in meinem Leben gewählt hat –, und schlug ihn ein. Grahams Vater war wundervoll, doch sobald ich in mein Inneres blickte, wurde mir klar, dass ich ein anderes Leben, eine andere Partnerschaft wollte. Und er empfand das nicht so.«

»Er war nicht bereit, deinen Weg in Betracht zu ziehen?« Ich fragte mich, ob sie wohl merkte, dass meine Fragen auf eine bestimmte Richtung abzielten.

»Das weiß ich nicht. Bevor ich das herausfinden konnte, hatte ich mich in einen anderen verliebt, der besser zu mir passte. Und das bedauere ich *wirklich*, denn ich habe dadurch Menschen verletzt, aber ich konnte mein Leben nicht für sie leben. Emilio ist derjenige, der für mich bestimmt ist. Das Timing war unglücklich, aber dadurch wird das Ganze nicht falsch. Das Universum hält sich nicht an unsere Zeitpläne, Shea.« Nina drückte sanft meine Hand, dann sah sie mich eindringlich an. »Aber das weißt du selbst.«

Beunruhigt zog ich die Hand weg.

»Oh, jetzt habe ich etwas Falsches gesagt«, meinte Nina. »Tut mir leid.«

»Nein, hast du nicht. Ich muss nur über vieles nachdenken.«

In Wahrheit hatte Grahams Mutter eine Frage heraufbeschworen, über die ich nie nachgedacht hatte: Woher weiß man, dass man in der richtigen Version seiner selbst steckt? Und woher sollte ich es wissen, wenn es nicht so war?

36

Nina bestand nach dem Mittagessen auf einer kurzen *sesta* für uns alle. Die Kombination aus Wein, Sonne und Meer machte es unmöglich, Nein zu sagen. Ich schloss die Tür ihrer gemütlichen Gäste-Suite hinter mir und rollte mich auf dem Bett zusammen, wobei ich immer noch das Schwanken des Bootes spürte, als ich in den Schlaf driftete.

Ich schlug die Augen auf und fand mich an einem unbekannten Ort wieder. Cremefarbener Teppichboden. Makellose weiße Wände. Glänzend schwarze Tische, die zu einem riesigen U aufgestellt waren. Kristallkronleuchter beleuchteten diesen Ort, Licht wurde von Vitrinen reflektiert. Meine Augen passten sich an und nahmen den ganzen Raum in sich auf. Ich befand mich in einem Juwelierladen. Hinter jedem der gläsernen Kästen stand Verkaufspersonal, alle schick in Schwarz gekleidet, aufgereiht wie Kellner auf einer Hochzeit. Sanfte Gitarrenmusik erklang, wie die, die überall in Portugal zu hören war.

»Was ist das?«, fragte ich – zumindest glaubte ich das, aber die Stimme eines Mannes antwortete mir von oben.

»Such dir aus, was du willst«, sagte die Stimme. »Sie sind alle brandneu.«

Mein erstes Gefühl war Erleichterung. Freude sogar. Es war wie in einem dieser Filmmomente, von denen ich nicht zu träumen gewagt hätte. Eine Hand lag auf meinem unteren Rücken. »Bereit?«, sagte die Stimme. Ich fuhr herum, wusste aber bereits, wen ich sehen würde: Graham.

Ich starrte ihn mit einem breiten, aufgeregten Lächeln an, dann ergriff ich seine Hand. Wir glitten über den Boden, schwebten geradezu von Schaukasten zu Schaukasten, als wären wir Ginger und Fred. Die Musik schwoll an. Ein Ring nach dem anderen stach mir ins Auge, während mich Graham im Raum herumwirbelte. Jeder von ihnen leuchtete auf, als ich mich ihm zuwandte. Graham strahlte an meiner Seite, stolz darauf, dass ihm die perfekte Überraschung gelungen war.

»Gefällt dir irgendeiner?«, fragte er.

Die Musik wurde plötzlich leiser. Ich peilte den Tisch ganz hinten im Raum an. Er leuchtete heller als die anderen, als wären die Kleinode darin am kostbarsten. Dorthin zog es meinen Körper, meine Augen waren auf das helle Licht geheftet. Erst als ich nur noch Zentimeter von dem Tisch entfernt war, blickte ich auf und entdeckte den Verkäufer dahinter. *John.*

Abrupt schreckte ich hoch. Meine Haut war schweißnass. Ein Sonnenstrahl versuchte, mich dazu zu zwingen, die Augen wieder zu schließen, doch ich wandte mich vom Fenster ab.

Am Waschbecken des Gästebads spritzte ich mir kaltes Wasser ins Gesicht, dann starrte ich mich im Spiegel an. Alles, was ich sah, war eine Frau, die auf der Suche war. Ich atmete tief durch die Nase ein und ließ die Luft dann durch meinen Mund wieder herausströmen. Der Atemzug linderte die Anspannung in meiner Brust, sodass ich wieder klarer denken konnte, doch dann spürte ich einen Knoten in der Magengrube: *In diesem Traum mit Graham zusammen zu sein, fühlte sich so natürlich an.* So richtig. Seit John und ich ein Paar waren, hatte ich immer wieder solche Träume gehabt. In einem davon war ich in der siebten Klasse und sollte gleich gezwungenermaßen mit Chip Clem, meinem Mittelstufen-Schwarm, Seven Minutes in Heaven spielen. Doch dieses Traum-Ich hatte von John gewusst, und es wurde ihm beinahe übel bei dem Gedanken, in diesem Keller einen Fehler zu begehen. Im Traum war ich einfach weggegangen, John war der Schock, weshalb es sich nicht richtig angefühlt hatte. Warum hatte mein Unterbewusstsein das Drehbuch abgeändert? Was wollte es mir damit sagen?

Ein Klopfen an der Tür ersparte mir eine weitere Suche nach der Antwort.

»Ich bin's«, hörte ich Graham sagen. Mein Körper verkrampfte sich beim Klang seiner Stimme. »Tomas hat sich gerade gemeldet. Er hat in der Oper etwas für uns.«

»Komme gleich«, erwiderte ich und spritzte mir noch mal händeweise kaltes Wasser ins Gesicht. Genug, um mich aus dieser Traumwelt wieder in die Realität zu bringen.

37

Graham war auf der Rückfahrt voll und ganz auf die Sache mit Bette konzentriert – eine Erleichterung. Was immer in Faro passiert war, war das Ergebnis eines Sonnentages weit weg von der realen Welt.

Unsere Suche hatte offenbar so sehr Tomas' Interesse geweckt, dass er sich hinunter in die staubigsten Ecken des Opernhauskellers begeben hatte. Dort hatte er Kisten gefunden, die es nie in die Bibliothek geschafft hatten, darunter auch einen Karton mit Papieren und Fotos aus der Zeit um 1970. Tomas wusste nicht, wie Bette Silva aussah, sagte aber, dass wir gerne vorbeikommen könnten, um uns das alles selbst anzuschauen. Der Haken daran war, dass er uns erst nach der Opernaufführung am Abend treffen konnte. Das bedeutete, dass wir bis mindestens elf Uhr warten mussten, es sei denn, wir besuchten die Vorstellung, sagte er. Was ursprünglich als Ausrede gedacht war, um wieder früh abfahren zu können, war also wahr geworden, und zwar mit einem Extradetail, das zu bedeutungsvoll schien, um es zu ignorieren: Bei der Oper heute Abend handelte es sich um *Madame Butterfly*.

»Wahnsinn«, sagte ich zu Graham. »Ich denke, da sollten wir hingehen.«

»Morgen fliegen wir nach Hause«, rief er mir ins Gedächtnis. »Wenn es also noch etwas gibt, das wir in Portugal erledigen können, haben wir noch etwa zwölf Stunden Zeit dafür.«

Ich nickte. Er hatte recht, aber das bedeutete auch, dass dies nach mehr als acht zermürbenden Tagen und sechs Städten mein letzter Abend in Europa war. Ich war nicht hergekommen, um in einem Opernabend zu schwelgen, auch wenn dies ein traumhaftes Ende für diese wilde Reise gewesen wäre. »Geh du hin«, hörte ich Graham sagen. Wieder hatte er meine Gedanken gelesen. »Die Wahrheit ist, dass wir kaum etwas tun können, ehe wir uns nicht mit dem Namen Lisbeth Park befasst haben, und ich bin dir eine größere Hilfe, wenn ich weiterrecherchiere, als wenn ich dein Date spiele.«

»Nein«, sagte ich und ignorierte, dass er »Date« gesagt hatte. »Ich helfe dir. Wir sind ein Team.«

»Klar. Und du hast dir einen Opernabend verdient, nachdem du es heute mit meiner Mutter ausgehalten hast«, sagte Graham. »Ich kriege das schon hin.«

Endlich begriff ich; zu recherchieren war Grahams Art, Danke zu sagen.

In den Straßen Lissabons pulsierte eine Energie wie in New York City, als ich mich aufmachte, eine Opernkarte für mich zu besorgen. Roller mit Männern im Anzug flitzten vorbei. Teenager gingen lautstark von der Schule nach Hause. Und die Touristen waren in den Startlöchern für die Happy Hour, auch wenn es in diesem Land, in dem die Leute vom Brunch bis tief in die Nacht Wein tranken, so etwas gar nicht gab.

Die Abendkasse öffnete erst kurz vor der Aufführung, deshalb ging ich in eine Bäckerei und kaufte wieder *pastéis de nata,* dazu ein *sanduíche* mit Fleisch und Käse. Neben der Bäckerei befand sich eine winzige Boutique mit golden umrandeten Schaufenstern, in denen drei Vintage-Schaufensterpuppen standen. Jede von ihnen hatte die umwerfende Version eines theatervorhangroten Kleides an. Das Kleid in der Mitte lockte mich durch die Ladentür. Ein Audrey-meets-Grace-Kracher. Es hatte eine Taille wie aus den Fünfzigern, einen Sechzigerjahre-Faltenrock und einen allerliebsten U-Boot-Ausschnitt, der sich um die Schultern schmiegte und hinten tief ausgeschnitten war. Es war die Art von Kleid, die man an einem Abend in einem prunkvollen Opernhaus in einer europäischen Metropole tragen sollte. Ich rannte in die Umkleide, um es anzuprobieren, ehe ich es mir selbst ausreden konnte; das Kleid saß wie ein Opernhandschuh. *Genau meine Art von Zeichen.*

In meinem neuen Look spazierte ich über die gelben Steinplatten der *plaça* und fühlte mich dabei so selbstbewusst wie noch nie. Ein alter Mann mit einem schicken blauen Fedora spielte Akkordeon für eine Gruppe tanzender kleiner Mädchen. Ich wirbelte im Vorbeigehen kurz mit ihnen herum, stellte mir vor, ich wäre Bette Silva, die sich von ihrem Lampenfieber vor dem Auftritt ablenkte. Ob sie wohl mal genau an dieser Stelle gestanden hatte? Ob sie dabei wohl den Ring getragen hatte? Ob sie wohl neben dem Mann hergegangen war, der ihn ihr geschenkt hatte? Ich nahm mein Handy und schoss rasch ein Selfie mit Blick auf den Fluss. Die Sonnenstrahlen der magischen Stunde verfingen sich in meinen Locken, sodass sie aussahen, wie ich es mir immer gewünscht hatte. Ich habe das Foto gemacht, um es John zu schicken, merkte ich, während ich es anstarrte. Er sagte immer, dass ich in Rot umwerfend aussah. Ihm gefiel sogar der scharlachrote Lippenstift, der rosa Abdrücke auf seiner Haut hinterließ, wenn ich ihn küsste. Ich versuchte dann immer, mich auf einen flüchtigen Kuss zu beschränken, damit sich die Farbe nicht komplett übertrug, doch John zog mich dann immer zu einem vollen Lippenknutscher an sich.

Ich rief unseren Chat auf und begann zu tippen, dabei fiel mein Blick auf unsere letzten Nachrichten. Ein schlichtes *Alles okay?* von ihm und ein *Ja, alles gut, es geht voran* von mir. Das war vor beinahe achtundvierzig Stunden gewesen. Ich versuchte, mir vorzustellen, John wäre hier bei mir auf der *plaça*. Versuchte, das Prickeln zu spüren, das ich stets empfand, wenn ich von einer Reise heimkehrte. Doch ehe ich mich dem Moment hingeben konnte, vibrierte mein Handy. Auf dem Display leuchtete eine neue Nachricht auf: *Genug gearbeitet. Kann ich heute Abend immer noch dein Opern-Date sein?*

38

Fast wäre ich an ihm vorbeigelaufen. An der Hotelbar saß nicht der stoppelbärtige Journalist aus Brooklyn, mit dem ich schon die ganze Woche auf Reisen war. Graham hatte sich verwandelt. Er trug einen eng anliegenden marineblauen Anzug über einem weißen Hemd. Die Schuhe musste er wohl in Italien gekauft haben. Die Haare hatte er sich hinter die Ohren zurückgelegt wie ein Filmstar in Cannes. Ein so heftiges Flattern überkam mich, dass ich zögerte, ehe ich auf ihn zuging. Als er mich entdeckte, war es immer noch nicht ganz verflogen.

»Wow«, sagte er. »Neues Kleid?«

»Ja, danke. Du siehst aber auch umwerfend aus. Warst du shoppen, um dir einen Anzug zu besorgen, statt all diese E-Mails zu schreiben?«

»Den hatte ich dabei. In meiner Branche weiß man nie, wo man landet.«

Ich lachte laut, merkte aber, dass Graham das vollkommen ernst meinte. In diesem Moment fand ich diese Tatsache – und ehrlich gesagt alles an ihm – unglaublich charmant.

Auf unserer abgekürzten Führung durch das Teatro Nacional waren wir ja nicht weit gekommen, deshalb haute mich seine absolute Pracht ziemlich um, als wir den Opernsaal betraten. Kunstvolle Reliefs von Göttinnen und Göttern lugten aus allen Ecken. Die halbkreisförmigen Sitzreihen erstreckten sich über vier

Ebenen, wie das Innere eines vergoldeten Kolosseums. Und der weiche bernsteinfarbene Schein antiker Glühbirnen brachte die Haut aller zum Schimmern.

Die Last-Minute-Tickets, die wir ergatterten, waren für eine dieser begehrten Logen, die über dem Parkett schwebten. In meinem roten Kleid fühlte ich mich geradezu königlich, als wir die goldenen Samtvorhänge aufzogen, um unsere Plätze einzunehmen. Der altweltliche Zauber Europas schlug mich sofort in seinen Bann.

Eigentlich kannte ich von Puccinis größter Oper nur die fesselnde Handlung – die junge Japanerin Cio-Cio-San verliebt sich in den amerikanischen Marineoffizier Pinkerton, was für beide schlimm endet. Aber es war die Kraft der Musik, die mich schier überwältigte. Atemlos lauschte ich »Un bel dì, vedremo«, und am Ende des Duetts »Vogliatemi bene« stand ich von meinem Sitz auf und klatschte, als würden die Darsteller zu meiner Familie gehören. Graham nahm die Aufführung still und vollkommen fasziniert in sich auf. Als nach dem letzten Vorhang die Lichter angingen, sah ich auf seinen Wangen etwas, das verdächtig nach getrockneten Tränen aussah.

»Ich bin echt froh, dass ich gekommen bin«, sagte er, als wir das Theater verließen, um Tomas zu treffen. Er drückte mir dankbar die Hand und hielt sie länger als je zuvor, wodurch mein Herz völlig außer Kontrolle geriet. Was passiert da gerade?, dachte ich, als wir auf Tomas zugingen, der in der Lobby auf uns wartete, in den Händen eine ziemlich lädierte braune Pappschachtel.

»Oper gut?«, fragte er.

»Die Oper war perfekt«, erwiderte Graham. »Sie hat uns sehr gefallen.« Dieses *uns* erinnerte mich daran, dass der Mann davon ausging, wir seien ein Paar, das die Geschichte eines Rings erforschte, den Graham mir geschenkt hatte. Tomas wusste überhaupt nichts von Johns Existenz. Und heute Abend trug ich die Kette mit meinem Verlobungsring gut sichtbar.

»Heute Abend durchsehen«, sagte er, während er Graham die Schachtel reichte. »Du kannst morgen zurückbringen.« Wir bedankten uns bei ihm und machten uns dann auf den langen Fußweg ins Hotel. Auf die Idee, ein Taxi zu nehmen, kamen wir beide nicht.

»Sollen wir das in meinem Zimmer durchgehen, wenn wir im Hotel sind?«, fragte Graham und hob dabei nachdrücklich die Schachtel, während wir über die *plaça* vor der Oper und durch die mondbeschienenen Straßen der Stadt gingen. Seine Frage brachte mich ins Stolpern. War das eine Einladung?

»Vielleicht«, sagte ich, den Blick geradeaus gerichtet, zu nervös, um Graham anzusehen, auch wenn ich mir das sehnlich wünschte.

»Oh, ich kann das auch allein machen«, fügte er rasch hinzu, »falls das besser ist …« Er verstummte, ließ seine Worte nachklingen.

Vielleicht lag es an der Dramatik der Oper oder an dem überwältigenden Tag, der hinter uns lag, oder einfach nur an der temporeichen Mission mit ihren zahllosen emotionalen Schichten, aber nun … brach es einfach nur aus mir heraus.

»Ich weiß es nicht!«, sagte ich, wobei ich mitten auf dem schmalen Gehweg stehen blieb. »Ich bin so … verwirrt. Und unsere Zeit mir deiner Mutter war so … Und dann – dann, Graham, hatte ich diesen Traum, in dem du vorkamst, in dem …«

Ich ging weiter, war aber so konzentriert darauf, die richtigen Worte zu finden, dass ich nicht mitbekam, wie die Spitze meines Absatzes in einer Fuge des Kopfsteinpflasters hängen blieb. Stattdessen sah ich nur die Panik in Grahams Gesicht, als ich nach hinten fiel, fast direkt auf die Straße vor ein herannahendes Auto.

Mit einer einzigen fließenden Bewegung ließ er die Schachtel fallen und stürzte vor, um mich so kräftig am Arm zu packen, dass wir beide an das Gebäude hinter uns taumelten. Das Auto raste zornig hupend an uns vorbei, doch ich hörte es kaum, weil ich einfach versuchte zu atmen. Es war alles gut gegangen, und doch rührte sich keiner von uns. Ich spürte Grahams Atem auf meinen Wangen und meine Hand um sein Handgelenk. Und ich hörte mein Herz so laut schlagen, dass er es ganz bestimmt auch hörte.

Grahams Lippen pressten sich zuerst auf meine, dann wanderte seine Hand in meinen Nacken, und er zog mich noch näher an sich. Ein weiterer Augenblick verstrich, und ich begann zu schweben, beobachtete irgendwie von oben, wie ich einen Mann küsste, der nicht John war. Ich zuckte zurück, riss mich von Graham los.

»Was ist?«, sagte er. Die Überraschung in seiner Stimme haute mich um.

»Warum ist das gerade passiert?« Ich wich noch einen weiteren Schritt zurück. »Warum hast du …?«

Graham machte ein langes Gesicht, er öffnete den Mund, als wollte er etwas sagen, hielt aber inne und blickte mich wütend an.

»Weil ich dachte, es sei *ganz* eindeutig, dass du das willst, Shea«, sagte er schließlich. Ich fühlte mich in die Ecke gedrängt. Angeklagt. Vielleicht sogar unter Druck gesetzt? Ich war mir nicht sicher, aber etwas in Grahams Stimme machte mich rasend.

»Sprich nicht so mit mir«, sagte ich.

»Ich kann nicht fassen, dass du dich jetzt so verhältst!« Graham wandte sich ab, um die Schachtel mit den Dokumenten aufzuheben. »Das – was immer es ist – hat sich doch seit Tagen angekündigt!«

Mein ganzer Körper schaltete einen Gang hoch – das Blut pulsierte, die Finger prickelten. Hatte er recht? »Es ist nicht an dir zu entscheiden, was ich will«, hörte ich mich sagen. Es war, als würde mein Gehirn einem anderen Drehbuch folgen als mein Körper, vielleicht zu ängstlich, in Betracht zu ziehen, dass Graham recht haben könnte.

»Vielleicht schaust du dir mal an, wie du dich in den letzten vierundzwanzig Stunden benommen hast«, blaffte Graham zurück. »Ich finde, du sendest ganz andere Signale, als du offensichtlich meinst.«

Ein Teil von mir wollte nachgeben. Zustimmen. Mir erlauben zuzulassen, was ich in den letzten paar Tagen versucht hatte zu verdrängen. Aber ein anderer Teil konnte seine überhebliche Art nicht ertragen, mir zu sagen, was ich empfand, ehe ich selbst voll und ganz dahintergekommen war. Warum fühle ich mich dann so lebendig?, fragte ich mich. Warum will ich weiterstreiten? Näherten wir uns mit diesem ganzen Hin und Her womöglich der Wahrheit?

»Trotzdem hattest du kein Recht, das zu tun.« Regeln boten Sicherheit.

»Gut. Vergiss, was passiert ist.« Graham lief los, beendete das Ganze.

»Und wenn ich das nicht kann?«, sagte ich und weigerte mich, ihm zu folgen. »Was dann?«

»Dann endet unsere Reise wohl an dieser Stelle. Oder meine zumindest.« Für diesen Schlag drehte er sich nicht einmal um.

»Ich hätte dich nicht für den Typ gehalten, der einfach abhaut!«, rief ich wutentbrannt. »Scheidungskind-Gewohnheiten sind wohl nicht totzukriegen.« Ich wusste, dass das wehtat, aber ich wollte, dass er zurückkam.

Graham drehte sich um, inzwischen war er schon mindestens zehn Schritte weiter. »Nun, dann haben wir uns wohl beide im anderen getäuscht«, sagte er.

Die Scheinwerfer eines sich nähernden Taxis beleuchteten plötzlich die Straße und damit auch uns. Graham trat rasch an die Bordsteinkante und hob die Hand. Mit quietschenden Bremsen hielt es vor ihm an. Graham öffnete die Tür, bedeutete mir einzusteigen und ging dann in der dunklen Lissabonner Nacht davon.

39

Ich kauerte zusammengerollt auf dem lavendelfarbenen Blümchensessel am Fenster meines Hotelzimmers. Er erinnerte mich an Wendells und Winnies Haus, meine erste Station auf dieser sinnlosen Suche. Einerseits hätte ich gern noch mal ganz von vorne angefangen, um unterwegs andere Entscheidungen zu treffen. Andererseits fragte ich mich, ob ich nicht so oder so an genau diesem Punkt angelangt wäre.

Draußen flackerten die Glühbirnen der schwarzen schmiedeeisernen Straßenlaternen. Auf der anderen Seite der Gasse schlenderte ein untergehaktes junges Paar vorbei, vertieft in mitternächtliches Geflüster. Ich konnte gerade noch so hören, wie der Tejo an die Steinmauern schwappte, die die halbmondförmige Stadt umgaben. Das half mir schließlich, zur Ruhe zu kommen und den Raum zu finden, den ich zum Nachdenken brauchte.

Wenn ich an Grahams Kuss, seine Umarmung dachte, zuckte es um meine Mundwinkel. *Warum habe ich ihn nicht schneller gestoppt?* Mein Verstand antwortete sofort. *Weil es sich richtig angefühlt hat.* Es war unbestreitbar, dass es zwischen uns knisterte. Am Anfang hatte ich mich über seine Schroffheit geärgert und seinem Charme nicht getraut, aber inzwischen bewunderte ich, wie sein Verstand arbeitete. Seine Entschlossenheit. Seine Strahlkraft. Graham setzte mir zu, ja, aber er brachte mich auch weiter, zwang mich, mich mit Dingen zu konfrontieren, die ich verdrängt oder nicht mal bemerkt hatte. Unsere Unterschiedlichkeit fühlte sich nicht wie Reibung an; eher wie Funken, wie ein Tête-à-Tête zwischen Elizabeth und Darcy. Mir hatte *Stolz und Vorurteil* nie etwas bedeutet, was jede Frau, die ich kannte, vor den Kopf stieß. Aber vielleicht lag das daran, dass ich dieses Gefühl nie erlebt hatte. Mein Körper spannte sich an, als mich Angst übermannte. Hatte ich nur kalte Füße bekommen? Oder war es ganz normal, dass man vor der Hochzeit Gefühle für andere Menschen entwickelte? Vielleicht war Graham nur ein Trugbild, das genaue Gegenteil von John, um meine Gefühle zu testen?

Ich war immer noch hellwach, als ein Umschlag unter der Tür meines Hotelzimmers durchgeschoben wurde.

Ich schlurfte hinüber, um ihn aufzuheben, bestimmt waren es die Check-out-Unterlagen. Stattdessen fand ich darin ein kleines, an den Rändern abgegriffenes Foto und einen Zettel.

»O mein Gott, das ist sie«, sagte ich laut. Bette Silva, die stolz vor einem alten Backsteinhaus posierte, in den Händen einen riesigen Blumenstrauß, im Hintergrund eine Straßenlaterne. Ich klappte das gefaltete Hotelbriefpapier auf und wusste bereits, dass ich Grahams krakelige Handschrift darauf finden würde.

Das war in der Schachtel von Tomas. Sie enthält wohl eine Sammlung von Gegenständen, die die Künstler in ihren Garderoben liegen gelassen haben, was bedeutet ...

»Dass dieses Foto so wichtig war, dass Bette es mit in ihre Garderobe genommen hatte«, sagte ich und erriet damit fast exakt Grahams folgende Worte.

Sieh dir das Bild mal ganz genau an, ging seine Nachricht weiter. Dann weißt du, wohin du als Nächstes gehen solltest. Ganz offensichtlich ist deine Besessenheit von Zeichen ziemlich clever. Ich hielt inne und sah das Foto noch mal an, entdeckte aber nichts, was für mich einen Sinn ergab. Was meinte er damit? Die Nachricht endete mit einigen kurzen Zeilen: *Ich glaube, es ist am besten, wenn ich es dabei bewenden lasse. Viel Glück, Shea. Und vielen Dank.*

Das war der richtige Schritt. Aber es fühlte sich an, als hätte das Ganze nun keinen Abschluss. Und diese kryptische Nachricht half mir auch nicht weiter. Wieder sah ich das Foto an, ließ den Blick langsam über jedes einzelne Detail wandern. Bette stand vor einem Haus, einem Backsteinbau. Da. Oben rechts in der Ecke war ein winziges, knapp zwei Zentimeter großes, viereckiges Maklerschild. »Downtown Boston Realty« konnte ich entziffern, wenn ich die Augen zusammenkniff. Hatte Bette das Haus gekauft? Ein Zeichen. Meine Mundwinkel hoben sich, weil ich den Trick in Grahams Nachricht durchschaut hatte. Ich begriff, dass er damit versucht hatte, es weniger schwierig zwischen uns enden zu lassen.

Boston, sagte ich zu mir selbst, während ich der sehr jungen Bette in die Augen sah und sie anflehte, mir zu raten, was ich als Nächstes tun sollte. Richtig wäre nun, den Flug von Lissabon nach Los Angeles anzutreten. Nach Hause zu gehen zu meinem Verlobten. Meine Schwester anzurufen, unseren Streit beizulegen und sie darum zu bitten, mir zu helfen, das übrige Durcheinander, das ich angerichtet hatte, wieder in Ordnung zu bringen. Stattdessen griff ich nach meinem Laptop und fing an, Flüge nach Massachusetts zu suchen.

Als ich gebucht hatte, war in Los Angeles gerade die Schule aus. John würde nun im Klassenzimmer seinen Kram zusammenpacken, um seine nachmittägliche Busaufsicht anzutreten. Ich konnte versuchen, ihn telefonisch zu erreichen, aber er hätte nur zwei Minuten Zeit zum Reden. Eine E-Mail erschien mir albern formell, auch wenn ich dadurch Zeit hätte, mir zu überlegen, wie ich meinen nächsten Schritt rechtfertigen sollte. Außerdem musste ich noch viel mehr erklären. Ich würde John erzählen, was mit Graham passiert war, würde mich nicht wie mein Vater verhalten. Aber diese Beichte konnte ich nur persönlich ablegen, und je eher ich Bettes Teil am Ringpuzzle fände, desto schneller konnte ich nach Hause.

Ich nahm mein Handy und tippte eine Nachricht. Mache Fortschritte, muss aber einen kurzen Zwischenstopp in Boston einlegen, bevor ich nach Hause komme. Ich rufe dich an, wenn ich gelandet bin. Ich liebe dich.

Wenn ich meine Mission an diesem Punkt abbräche, hätte ich nichts gewonnen. So durcheinander, verwirrend und schmerzhaft die Dinge auch waren, war ich ebenso überzeugt wie damals bei Gia in Hudson, dass es richtig gewesen war, hierherzukommen. Das Warum war nicht so mächtig wie der klare und anhaltende innere Drang. Ich muss es bis zum Schluss durchziehen, dachte ich. Dann legte ich mein Handy weg und fing an zu packen.

40

Rebecca nahm mich auf dem Logan Airport mit einem riesigen Dunkin French Vanilla, einem altmodischen glasierten Donut und einer ihrer alten L.L.Bean-Daunenwesten in Empfang. Ich hatte ihr in einer Nachricht gerade so viel Information geliefert, um sie in ihre ängstliche Mutter zu verwandeln.

»Die wirst du bei Sonnenuntergang brauchen. Und pass auf, der Kaffee ist heiß. Und, Shea, ich will dich nicht dazu drängen, mir alles sofort zu erzählen, aber weißt du, irgendwie will ich das doch, weil ich mir ziemliche Sorgen um dich mache«, sagte sie, während sie sich durch die Straßen der Bostoner City schlängelte und Eistee schlürfte.

»Können wir vielleicht irgendwo zum Frühstücken anhalten?«, fragte ich. »Ich werde dir alles erzählen, und dann schmieden wir einen Plan.«

»Na gut«, sagte Rebecca. »Um eine vermutlich bereits verstorbene Frau auf der Basis eines jahrzehntealten Maklerschildes in einer Stadt mit sechshundertfünfundsiebzigtausend Einwohnern zu finden. Ja, ich habe dieses Zahl recherchiert. Volkszählungsdaten von 2020, aber immerhin.«

»Ehrlich gesagt«, erwiderte ich, »habe ich schon mit weniger Information Größeres hingekriegt.«

Wir fuhren in Rebeccas Viertel, um ihre Lieblingsnervennahrung zu uns zu nehmen: Hühnersuppe mit Reis in Zaftigs Delicatessen. Dort erzählte ich ihr in groben Zügen, was in Italien und Portugal vorgefallen war: das Treffen mit Maria und die Jagd auf Gianluca, die Enthüllung von Carmelas und Gianlucas modernem Märchen und der Schock darüber, dass der Ring zuvor Bette Silva gehört hatte. Ich gestand ihr sogar, dass Annie uns verlassen hatte und dass es Spannungen mit John gab. Aber ich erwähnte nicht, was am Abend zuvor geschehen war. Ich war mir noch nicht sicher, wie ich diesen Teil erklären konnte. Rebeccas Reaktion auf all das war simpel, aber genau das, was ich hören musste. »Ich bin nur froh, dass dich diese ganze Sache zu mir geführt hat«, sagte sie.

Ich fühlte mich erfrischt genug, um mich erneut in die Arbeit zu stürzen. Ich ließ zum letzten Mal meinen Kaffee auffüllen und bezahlte dann unsere Rechnung, während Bec auf der Toilette war. Und da schrieb John endlich zurück. Ich hörte, wie mein Handy pling machte, und wusste, dass er das war. Meine Gedanken überschlugen sich – warum hatte er seit fast zwölf Stunden nicht geantwortet? –, dann las ich seine Worte auf dem Display: Ich will dir vertrauen, Shea, aber allmählich fällt mir das schwer. Selbst bei mir gibt es Grenzen. Ruf mich an, okay. Ich liebe dich. Meine Hände wurden eisig. Fast hätte ich das Handy fallen lassen. Das war nicht mein John. Aber hatte er recht?

Als ich die Nachricht gerade zum sechsten Mal las, kam Rebecca zurück an den Tisch.

»Alles okay?«, wollte sie wissen.

»Ja«, log ich und schüttelte das Ganze ab, während ich mein Handy in die Jackentasche steckte und aufstand. Je eher ich das zu Ende brachte, umso früher konnte ich mich mit allem anderen befassen.

»Also gut, los geht's«, sagte Rebecca, als wir auf dem Weg zurück zu ihrem Wagen waren. »Wir haben ein Haus und das Schild einer Maklerfirma, mit dem wir arbeiten können. Ich sehe zwei Wege vor mir.« Wegen dieser Art von Führungsstärke war sie schon immer der Mensch gewesen, den ich auf eine einsame Insel mitnehmen würde. Man gebe Rebecca fünf Minuten und zwei Holzstöcke, und sie würde es schaffen, ein riesiges Feuer zu entfachen. »Alte Backsteinreihenhäuser wie dieses gibt es nicht in jedem Viertel der Stadt. Wir könnten mit den naheliegendsten Orten anfangen – Back Bay, South End, Beacon Hill, Charlestown – und dort herumfahren, bis wir es hoffentlich entdecken.«

»Was ist der zweite Weg?«, fragte ich.

»Wir rufen die Immobilienfirma an und fragen, ob sie eine Bette Silva in ihrem System haben ... von irgendwann vor fünfzig Jahren oder so, dem Kleid auf diesem Foto nach zu urteilen ...«

Damit war mehr zu erreichen, beschlossen wir. Bec spielte die Chauffeurin und Späherin, während ich versuchte, die Situation einem sehr verwirrten Telefonisten bei Downtown Boston Realty zu erklären. Es stellte sich heraus, dass es sich um eine völlig andere Firma handelte, die völlig anderen Leuten gehörte als noch vor zwanzig Jahren. Plan A stellte sich ebenfalls als Flop heraus. Das Haus befand sich weder in Back Bay noch im South End noch im North End, noch in Charlestown oder einem der anderen beiden Viertel, die wir unterwegs der Liste hinzugefügt hatten. Es stellte sich heraus, dass der *Backsteinreihenhaus*-Look eigentlich in der ganzen Metropole vorherrschte.

Wir stärkten uns im Little Crêpe Café, das sich im nächsten Viertel unserer Liste befand: Cambridge. Die frühherbstliche Sonne stand bereits so tief am Himmel, dass die Straßenlaternen entlang der historischen Garfield Street allmählich nacheinander angingen, obwohl es noch nicht mal richtig Abend war.

»Bloß keine Panik«, sagte Rebecca. »Die Stadt ist nur zweihundertzweiunddreißig Komma eins sechs Quadratkilometer groß – ja, das habe ich gerade recherchiert. In ein paar Tagen haben wir das geschafft. Teres kann uns dabei helfen.« Ich hätte sie küssen können, weil sie sich so für meine Sache engagierte, aber ich war zu sehr damit beschäftigt, einen neuen Plan zu entwerfen. Ich holte das Foto von Bette aus meiner Handtasche und starrte noch mal alle Details an. Auf dem Gehweg vor dem Haus stand eine Straßenlaterne. Sie war mir schon aufgefallen, als ich mir das Foto zum ersten Mal angesehen hatte, aber ich hatte nicht weiter darüber nachgedacht, bis gerade eben die Laternen angegangen waren. Die meisten Laternen bestanden aus einem einzelnen Pfahl mit einer einzelnen Lampe. Die vor Bettes Haus hatte oben drei Lampen, die eine Art Krone bildeten.

»Diese Laternen stehen doch bestimmt nicht überall in Boston, oder?«, fragte ich und hielt das Foto hoch.

»Das bezweifle ich«, sagte sie und schnitt dann eine nachdenkliche Grimasse. »Wir brauchen irgendein altes Buch über Bostoner Stadtplanung oder so. Etwas mit Archivfotos, mit denen wir es abgleichen können.« Wie aufs Stichwort blickten wir beide aus dem Fenster des Cafés und entdeckten gleich zwei Buchhandlungen in diesem einen Block. Becca wandte sich mir mit einem selbstgefälligen Lächeln zu. »Beschwer dich nie wieder darüber, dass meine Stadt zu nerdig ist.«

Laut mehreren Fotos in *Planning the City upon a Hill* waren das North End, das wir schon abgegrast hatten, und Brighton, nur einen knappen Kilometer von Rebeccas Wohnung entfernt, die Lösung. Wir fuhren sofort hin und schalteten die Scheinwerfer ein, um das Haus hinter jeder dreiflammigen Laterne zu prüfen. Für einen direkten Vergleich hielt ich das Foto zwischen uns hoch. Rebecca stellte einen Klassiksender ein, damit wir die Ruhe bewahrten. Nachdem wir zehn Minuten umhergefahren waren, trat Bec an einer Stelle, die etwa fünf Minuten von dem Lokal entfernt war, in dem wir die Hühnersuppe gegessen hatten, auf die Bremse und kreischte.

»DA!« Sie zeigte mit dem Finger darauf.

»JA! Wir haben es gefunden! O mein Gott, wir haben es gefunden!!«, schrie ich.

»Ich weiß! Das ist verrückt!!«, schrie Becca zurück.

»ICH WEISS! Warum schreien sie eigentlich nie in diesen Detektivfilmen?«

»Gute Frage!«, antwortete Bec. »Was machen wir jetzt?«

Mein Hochgefühl verpuffte, und ich landete hart auf dem Boden der Tatsachen. »Ich klopfe wohl mal an die Tür, oder? Um zu sehen, ob die Leute, die da wohnen, irgendeine Ahnung haben, wer Bette Silva ist?«

»Es sei denn, sie ist da ...« Rebecca sprach bereitwillig aus, was ich nicht mal zu denken wagte.

Sicherheitshalber gingen wir gemeinsam zur Haustür. Ich presste die Zähne zusammen, damit sie nicht vor Nervosität klapperten. Das Haus war ein absoluter Klassiker, es hatte die Art von Fassade aus rotem Backstein, wie sie auf glamourösen Aufnahmen aus dem alten Neuengland zu sehen waren. Mit seinen smaragdgrünen Fensterläden und der gelbgrünen Tür wirkte es wie eine Filmkulisse aus *Oz*. Ich wiederholte noch mal meinen Eröffnungssatz im Kopf und klingelte an der Tür. Dann standen wir ein paar Augenblicke lang nur da.

»Ähm ... wie lange sollen wir warten?«, murmelte Rebecca.

»Äh … noch drei bis fünf Minuten?«, schlug ich vor.

Doch da ging knarrend die Haustür auf. Und auf der anderen Seite stand eine dünne alte Frau mit kastanienbraunen Strähnen im silbernen Haar: Bette Silva.

Ich war so verdutzt, dass mein brillanter Eröffnungssatz am Ende aus »Oh!« bestand.

»Oh, *was,* Liebes?«, fragte sie.

»Oh, hallo.« Ich erholte mich allmählich. »Mein Name ist Shea Anderson. Ich habe Sie dank eines Fotos aus der Lissabonner Oper gefunden und würde Ihnen sehr gerne ein paar Fragen über etwas stellen, das wir gemeinsam haben. Es hat sich nämlich gezeigt, dass ich die neueste Besitzerin Ihres Verlobungsrings bin.«

Rebecca stieß mich ein wenig in die Seite, was so viel wie *gut gemacht* heißen sollte. Doch Bettes Augen füllten sich rasch mit Tränen.

»Sieht so aus, als hätte er mich wiedergefunden«, sagte sie mit einem wissenden Lächeln.

41

Bette Silva verzauberte mich von dem Moment an, in dem sie mich durch einen langen Flur geleitete, der vom Vorraum in einen der hinteren Räume führte, dessen Fenster vom Boden bis zur Decke reichten, und der Pflanzen enthielt, die von der Decke bis zum Boden hingen. Das *Solarium,* erklärte sie mir. Ich mochte, wie sie sich den linken Arm hinter den Rücken legte, wenn sie sich bewegte, als würde sie jeden Schritt auf einer Bühne aufführen. Ich beneidete sie um den lockeren Dutt, der oben auf ihrem Scheitel saß. Und ich betete sie dafür an, dass sie *Liebes* zu mir sagte, als wäre sie meine lang verloren geglaubte Urgroßmutter. All meine Sorgen fühlten sich plötzlich leichter an in diesem perfekten Zimmer, in der Geborgenheit und Wärme ihres uralten grünen Samtsofas.

»Ich weiß, dass Sie sehr zurückgezogen leben«, sagte ich nach einer kurzen Erklärung, wie es kam, dass ich hier war, und wer Rebecca war, die nun im Auto wartete, »deshalb beantworten Sie bitte keine Fragen, mit denen Sie sich nicht wohlfühlen. Bestimmt kommt Ihnen das alles ziemlich merkwürdig vor.«

»Überraschend, ja«, erwiderte Bette. »Aber nicht merkwürdig. Dieser Ring war jahrelang mein Fixstern. Es war klar, dass er irgendwann jemanden zu mir führen würde.«

Ich wusste nicht, was Bette damit meinte, aber ich konnte nicht verbergen, was ihre Worte in mir auslösten: Heiße Tränen schossen mir in die Augen und liefen mir über das Gesicht.

»Tut mir leid«, sagte ich halb schluchzend. »Es ist nur so, dass bisher sonst niemand ... Und es war so ... Und ich bin nur ...«
Bette rückte ihren Sessel näher an mich heran. Sie ergriff meine rechte Hand, legte sie auf mein Herz und atmete dabei lange und gemächlich ein. Das wirkte so beruhigend, dass ich es ihr nachtat. Die Tränen versiegten.

»Na bitte, Liebes«, sagte sie. »Kleine Tricks aus meinen Bühnentagen, um sich von heftigen Szenen zu erholen. Und nun lassen Sie mich Ihnen von meinem Leben und unserem Ring erzählen.«

Bette Silvas Leben war ein unwahrscheinlicher Triumphzug gewesen. Sie wuchs in einem winzigen Städtchen im nordöstlichen Pennsylvania auf, ihre Mutter war Irin, ihr Vater Portugiese. Schon bald erkannten sie ihr Talent und kratzten all ihr Geld zusammen, damit sie Gesangsstunden nehmen konnte. Ihre Haltung und ihr Stimmumfang prädestinierten sie für die ganz großen Arien. Gegen Ende der Highschool trat sie in der renommierten Oper von Pittsburgh auf. So lernte sie ihre erste große Liebe kennen – einen jungen Bühnenarbeiter namens Nathaniel Park.

»Deshalb traten Sie unter dem Namen Lisbeth Park auf!«, rief ich, nachdem ich eins und eins zusammengezählt hatte.

»Genau. Lisbeth war der Name meiner Großmutter. Park steht für Nathaniel.« Ich fragte mich, weshalb sie Park nicht als ihren Ehenamen bezeichnete, ließ sie jedoch einfach fortfahren.

Nathaniel war auch sofort verliebt, erklärte sie, doch er hätte nie damit gerechnet, dass dieser angehende Star sich je mit ihm abgeben würde, deshalb hinterließ er Briefe in Bettes Garderobe, die sie nach jedem Auftritt fand. Jeden davon unterschrieb er mit einem anderen Namen, damit Bette glauben würde, sie hätte Dutzende Fans.

»Er wollte damit um mich werben, aber letztendlich veränderte er damit mein Leben. Seine Briefe verliehen mir das Selbstbewusstsein, das ich benötigte, um hier in Boston am Konservatorium zu studieren, damit ich mich Vollzeit der Oper widmen konnte«, sagte sie.

Nachdem sie zwei Jahre gedatet hatten, machte Nathaniel ihr einen Heiratsantrag, und der Ring war – natürlich – atemberaubend.

»Er schwor Stein und Bein, dass ihm der Mann, der ihn ihm in Pittsburgh verkauft hatte, versichert hatte, es sei ein Harry Winston direkt aus New York, doch Nathaniel hätte sich das niemals leisten können. Ich denke, wir wussten beide, dass es eine Lügengeschichte war. Als Witz nannten wir den Ring deshalb ›meinen Larry Winston‹.«

Graham wird die Augen verdrehen über dieses Detail, dachte ich, während ich auf mein Handy hinabblickte, um sicherzugehen, dass es noch aufnahm. Dann wandte ich mich wieder Bette zu und bemühte mich zu ignorieren, dass ich Aufzeichnungen für jemanden machte, den ich vermutlich nie wiedersehen sollte.

»Wir planten unsere Hochzeit, und ich kaufte ein kleines weißes Kleid, so eins, wie es meiner Meinung nach Grace Kelly getragen hätte«, sagte sie. Ich lächelte vor mich hin, weil wir eine gemeinsame Stil-Ikone hatten. »Dann buchten wir eine Hochzeitsreise nach Portugal, von wo die Familie meines Vaters in den Zwanzigerjahren eingewandert war. Doch fünf Tage bevor wir in dem Theater, in dem wir uns kennengelernt hatten, heiraten wollten, wurde Nathaniel von einer Hornisse gestochen und starb.«

Entsetzt griff ich mir an die Brust. »*My Girl*«, flüsterte ich. »Das tut mir so leid.«

»Es hat uns alle schockiert«, sagte Bette, die die Anspielung nicht verstand. »Wie Sie sich vorstellen können. Sie haben ja selbst einen Verlobten.«

Vor meinem geistigen Auge zog ein Bild von John vorbei. Wegen einer alten Schulterverletzung hatte er sich vor einem Jahr einer Operation unterziehen müssen und länger als normal gebraucht, um aus der Narkose wieder aufzuwachen. Jeder Krankenpfleger hatte mir versichert, dass ich mir keine Sorgen zu machen brauche, aber diese zusätzlichen Stunden an seinem Bett, bis er aufwachte, waren die reinste Folter für mich gewesen. Mir schmerzte das Herz bei der Vorstellung, John so früh in unserem gemeinsamen Leben zu verlieren. Wir hatten so viele Pläne für die Zukunft: vom Vorhaben, die Campingtour in Cambria vom letzten Jahr zu einem jährlichen Event zu machen, bis hin zu dem Wunsch, eines Tages eine Wohnung in meinem alten New Yorker Stadtviertel zu besitzen. Wir hatten sogar eine Liste mit Namen für Hunde und Kinder, einige davon austauschbar, je nachdem, was das Leben so mit sich brachte – Johns Idee. Hatte ich das alles aufs Spiel gesetzt?

»Am Tag nach Nathaniels Beerdigung habe ich unseren Ring abgenommen und in ein Kästchen gelegt.« Bettes Stimme holte mich wieder in ihre Geschichte zurück. »Ich habe ihn nicht mal mehr angeschaut bis zu dem Datum, an dem unser erster Hochzeitstag gewesen wäre. Und da fühlte es sich richtig an, ihn zu Ehren meiner großen Liebe noch einmal zu tragen.« Später an jenem Nachmittag brachte ein Kurier die Tickets für ihre Hochzeitsreise nach Portugal vorbei. Bette hatte nicht daran gedacht, sie zu stornieren, und das Reisebüro hatte sich offenbar um ein ganzes Jahr im Datum vertan.

»Ich betrachtete es als Zeichen«, sagte Bette. »Deshalb machte ich mich mit dem Ring auf den Weg.«

In Lissabon lernte Bette einen charmanten Barkeeper kennen, ein Bild von einem Mann mit langen Haaren und Drahtgestellbrille – Vincenzo. Im Laufe des einwöchigen Aufenthalts erfuhr sie, dass er Opernfan war und schon immer davon geträumt hatte, ein hübsches amerikanisches Mädchen zu heiraten. Drei Jahre später trat genau das ein, und zwar gleich zweimal.

»Eine Feier in meiner Kirchengemeinde in den USA und eine weitere in Lissabon in der Bar, in der wir uns kennengelernt hatten«, sagte Bette.

»Ich war gerade dort«, berichtete ich. »In der Hoffnung, etwas über Sie herauszufinden. Ob ich wohl genau an dieser Bar vorbeigekommen bin?«

»Bestimmt«, sagte Bette. »Das ist die Macht des Rings. Deshalb habe ich ihn auch in meine Ehe mit Vin mitgenommen.«

Ich sträubte mich gegen dieses Detail, weil ich sofort an Mom denken musste. Aber Bette hatte schon wieder die mysteriöse Kraft des Rings erwähnt. Was hatte das zu bedeuten?

»Waren Sie und Vin sehr lang verheiratet?«, fragte ich, weil ich »Waren Sie glücklich verheiratet?« für zu direkt hielt.

»Nicht lange genug«, sagte Bette. »Vin starb zehn Jahre später an Komplikationen nach einer Routine-OP am Rücken. Die Ärzte sagten, dass ein Risiko von eins zu zehntausend bestanden hätte, dass so etwas passiert. Eine ähnliche Wahrscheinlichkeit hatten sie nach Nathaniels Tod auch angegeben. Das war der Zeitpunkt, an dem ich unseren Ring infrage stellte.«

Bette war wieder auf den Ring zurückgekommen, aber ich hätte mir fast zum zweiten Mal die Hand vor den Mund geschlagen. Diese arme, liebenswürdige Frau hatte nicht nur eine, sondern zwei große Lieben verloren. Und das innerhalb von nicht viel mehr als einem Jahrzehnt. Wie konnte ein Mensch das überleben, ganz zu schweigen davon, hier zu sitzen und mir in aller Ruhe von diesen Schicksalsschlägen zu erzählen? Nun verstand ich, woher die innere Stärke kam, die sie zu einer so großartigen Darstellerin machte. Doch während ich mir Bette auf der Bühne vorstellte, wanderten meine Gedanken zu etwas ganz anderem: Ihre Geschichte war voll opernhafter Tragik. Eine Tragödie, die eindeutig meine größte Angst bestätigte: *sehr schlechtes Karma.*

»Wie haben Sie das alles überlebt?«, fragte ich, um mich auf ihre Geschichte zu konzentrieren und mich von meinen wachsenden Ängsten abzulenken.

»Ich kehrte zur Bühne zurück. Ich dachte, ich könnte mein gebrochenes Herz durch die Charaktere, die ich spielte, heilen.«

Damals lernte sie in Lissabon Carla kennen, doch nach nur vier Auftritten merkte sie, dass ihr eher ein ruhiges Leben guttat.

Darum ging Bette auch nicht nach Wien. Sie kehrte nach Boston zurück, und unser Ring lag in der obersten Schublade ihrer Kommode, bis sich schließlich eine weitere Gelegenheit auftat, ihn zu tragen und – wie sie erklärte – »meine Annahme bezüglich seiner Kräfte zu testen«.

Dies geschah Jahre später, auf einer Reise nach Pittsburgh, wo die Pensionierung einer geliebten Gesangslehrerin gefeiert wurde. Bette steckte sich den Ring für ihren Auftritt beim Gottesdienst wieder an.

»Ich wollte Nathaniel und Vin mit auf der Bühne haben«, erklärte sie.

An diesem Abend wurde sie dem Nachfolger der Musiklehrerin vorgestellt – Charlie Grant. Sofort knisterte es zwischen ihnen.

»Und da hatte ich dann Gewissheit«, sagte sie. »Ich hatte eine neue Liebe gefunden, weil ich den Ring trug.«

Es dauerte eine Sekunde, bis mir klar wurde, was sie damit sagen wollte.

»Sie glauben also, der Ring hätte die Macht, Männer in Ihr Leben zu bringen?«, fragte ich und hoffte, dabei möglichst neutral zu klingen.

»Absolut«, sagte Bette. »An dem Abend, an dem ich den Ring endlich wieder trug, spürte ich das Gleiche wie damals, als ich Nathaniel beziehungsweise Vin kennenlernte.«

Ich war fasziniert, aber auch verwirrt. Bette teilte einige meiner Annahmen – dass dieser Ring Energie enthielt, vielleicht sogar Geister beherbergte –, aber für sie kam diese Macht nicht vom Karma, sondern vom eigentlichen Ring. Sie glaubte, dass er die volle Kontrolle hatte, und fürchtete sich nicht davor; sie beugte sich seiner Magie.

»Genug ist genug, sagte ich mir an diesem Punkt«, fuhr Bette fort. »Ich nahm den Ring ab und verabschiedete mich noch am selben Abend von Charlie. Ich persönlich hatte keine Angst vor Verlust – sollte dies das Muster sein –, aber es wirkte sich allmählich auch auf andere geliebte Menschen aus. Ich beschloss, dass es an der Zeit für mich war, diese Art von Abenteuern zu unterbinden.« Erst für ihre letzte Reise nach Europa – nach Lissabon, natürlich – holte sie den Ring noch mal aus seiner sicheren Verwahrung in der Kommodenschublade.

»Ich konnte mir nicht vorstellen, diese heilige Stadt ohne ihn zu besuchen.« Da war es ihrer Ansicht nach nur natürlich, dass der Ring sie auf dieser Reise zu seinen auserkorenen neuen Besitzern führte – einem attraktiven Mann namens Gianluca und seiner hübschen Freundin Carmela.

»Und ich wusste es einfach. Ich war mir absolut sicher, dass der Ring für die beiden bestimmt war«, sagte Bette.

Ich runzelte die Stirn, während ich die Puzzleteilchen zusammenfügte. »Aber warum haben Sie ihnen den Ring gegeben?«, fragte ich. »Er hat Ihnen so viel Herzenskummer eingebracht.«

»Nun, die Entscheidung lag nicht bei mir. Der Ring wusste, was er wollte. Er zwang mich dazu.«

»Hatten Sie kein schlechtes Gewissen, dieses Unglück weiterzugeben?«, fragte ich. Ich befürchtete, damit zu weit gegangen zu sein, doch Bette reagierte absolut nicht negativ darauf.

»Nein, Sie sehen nur die halbe Wahrheit. Der Ring brachte mir ebenso viel Freude wie Kummer«, sagte sie. »Wenn nicht noch mehr.«

Ich weiß nicht, ob es an der zauberhaften Umgebung ihres mit Pflanzen angefüllten Zimmers lag, an Bettes leiser, flüsternder Stimme oder an der Tatsache, dass ich unbedingt an die Klarheit von jemand anderem glauben wollte, aber ich spürte, dass ich dem nachgeben wollte. Ihre Überzeugung ging nur einen Schritt über meinen bestehenden Aberglauben hinaus. Der Ring enthielt Energie, und diese Energie verpflichtete seine Trägerin. War das wirklich so unmöglich? Vor allem, wenn man mal betrachtete, dass Gianluca und Carmela eine schöne lebenslange Beziehung zueinander gepflegt hatten?

»Ich merke, was Sie bei dem, was ich sage, empfinden«, sagte Bette. »Vielleicht hat der Ring Sie bereits in die Pflicht genommen.«

»Ich … Ich weiß nicht.« Plötzlich überschlugen sich meine Gedanken. »Das ist es, was ich gerade herausfinden möchte. Denn da ist einerseits John, mein Verlobter, aber andererseits habe ich wegen dieses Rings jemanden kennengelernt, und er hat mich geküsst, und, o Gott, das habe ich bisher noch nie ausgesprochen und …«

Bette streckte die Hand aus und legte sie auf mein Herz. »Atmen Sie, Liebes«, sagte sie. »Atmen und lauschen Sie, dann wird sich alles von ganz allein ergeben.«

Dann tippte sie mir mit der Handfläche gegen die Brust, genau dort, wo mein Herz schlug. Das beruhigte mich sofort, wie durch einen *Zauber.* So sehr, dass es einen Moment dauerte, bis ich die Verbindung zu meiner Nonna zog: *Lausche. Ascolta.*

»Danke«, erwiderte ich. »Darf ich Ihnen noch eine einzige Frage stellen?«

»Gewiss«, sagte Bette. »Fragen Sie ruhig.«

»Haben Sie sich je gewünscht, Sie hätten niemals einen Heiratsantrag mit diesem Ring bekommen?«

Bettes Mund verzog sich zu einem unerwarteten Lächeln. »Nein«, sagte sie. »Ich hatte zwei wunderbare Beziehungen und dazwischen mein eigenes reiches, volles Leben. So wenig liegt in unserer Macht, Liebes. Alles, was man tun kann, ist, das Leben durch einen wirken zu lassen und darauf zu achten, dass man stark genug ist, um für alles, was es mit sich bringt, gewappnet zu sein. Ich bin glücklich, dass mich dieser Ring das gelehrt hat.«

42

»Bist du eher in der Stimmung für was Starkes, oder willst du lieber einen Kräutertee?«, fragte Teres, sobald Bec und ich endlich wieder in ihrer Wohnung waren.

»Ich habe echt keine Ahnung«, sagte ich, deshalb machte sie mir einen Hot Toddy.

Ich trank die ganze Tasse aus, dann ging ich ins Gästezimmer, um John endlich anzurufen. Anscheinend hatte Bette mir die Zuversicht geschenkt, ihm zu sagen, dass ich morgen nach Hause käme, auch wenn das alles war, was ich bereit war, ihm mitzuteilen. Das Telefon klingelte ungefähr eine Million Mal, dann schaltete es auf die Mailbox um. Dieses Mal entschied ich mich gegen eine peinliche Sprachnachricht.

Zurück im Wohnzimmer entdeckte ich, dass Rebecca und Teres ein stärkendes Büfett aus chinesischem Essen auf dem Couchtisch angerichtet hatten, genau das Festmahl, das mich durch die sehr lange Geschichte begleiten konnte, die ich ihnen zu erzählen hatte.

Zwischen den einzelnen Bissen Lo Mein schilderte ich ihnen jedes Detail von Bettes Biografie. Mein gebanntes Publikum – besonders Labradoodle-Mischling Louie – war verzaubert von den dramatischen Wendungen der Geschichte, doch die menschlichen Zuhörerinnen waren äußerst skeptisch gegenüber der Erzählerin.

»Bette klingt zwar echt süß, aber ... aber nicht ganz bei Trost«, fand Rebecca.

»Verstehe«, sagte ich. »Vielleicht geht es etwas zu weit, aber sie war sich so sicher. Ich könnte ihre Geschichte natürlich überprüfen, aber ich kann mir absolut nicht vorstellen, dass sie lügt.«

»Aber vielleicht ist sie wahnhaft?«

»Ich interessiere mich weniger für Bette als für Shea«, warf Teres ein. »Du bist eine Patientin mit zu vielen Symptomen. Was ist hier das drängendste Problem? Denn darauf müssen wir unsere Bemühungen richten.«

Teres war Spezialistin für Infektionskrankheiten mit einem Harvard-Abschluss und einer Leidenschaft für Crime-Podcasts. Ich hätte sie mit nach Italien nehmen sollen anstatt Annie, dachte ich, während sie sich offenbar auf der Suche nach Stift und Papier auf der Küchentheke umsah.

»Okay«, sagte ich und nahm einen Glückskeks, entschied mich dann aber rasch dagegen. »Die drängendste Frage … ist, glaube ich, dass ich komplett irre bin, weil ich Bette zustimme, wenn sie sagt, dass dieser Ring Macht über mein Leben hat, oder?«

»Ja«, bestätigte Rebecca und fügte rasch hinzu: »Tut mir leid, ich meine, nein. Ich meine, das ist nicht die richtige drängendste Frage. Die drängendste Frage ist, weshalb hast du dir nach alldem nicht einfach einen neuen Ring von John kaufen lassen? Er hat es angeboten! Und du hast dir diesen Ring ja noch gar nicht an den Finger gesteckt, falls das deine Sorge ist.« Da fiel mir wieder ein, weshalb Rebecca und ich uns so schnell angefreundet hatten: Sie erinnerte mich an meine Schwester. Und deshalb hatte ich gerade auch Angst davor, ihr ehrlich zu antworten, angesichts meines letzten Versuchs, brutal ehrlich zu Annie zu sein.

»Ich weiß nicht, ob ein neuer Ring etwas ändert«, gestand ich. »Magische Kräfte hin oder her – dieser hat mich bereits von John weggeführt.«

»Nun kommen wir der Sache näher ...«, erwiderte Teres.

»Graham und ich ... haben uns geküsst ... in Lissabon«, sagte ich.

Das betroffene Schweigen lastete einen Moment zu lang auf uns. Am liebsten wäre ich weggelaufen.

»Definiere *geküsst*«, sagte Teres, doch Rebeccas starrer Blick ließ keinen Zweifel daran, dass dies nicht der Teil war, der eine Rolle spielte.

»Oh, Shea«, sagte sie schließlich mit einer niederschmetternden Mischung aus Wut und Trauer in der Stimme. Sie klang so, wie ich mich fühlte.

»Ich weiß. Aber es ist noch schlimmer, falls das überhaupt möglich ist. Ich kann nicht aufhören, an ihn zu denken! Ich habe mein ganzes Gespräch mit Bette aufgezeichnet und will es ihm schicken, um zu wissen, was er davon hält, auch wenn wir uns in Lissabon heftig gestritten haben!«

Rebecca richtete sich auf dem Sofa auf. Mich beschlich das beängstigende Gefühl, dass sie gerade in den Gerichtsmodus umschaltete. »Willst du damit sagen, du meinst, dass diese ... diese Sache mit Graham etwas Ernstes ist?«, fragte sie. »Du hast ihn doch eben erst kennengelernt!«

Rebecca war Johns größter Fan. Als er in mein Leben getreten war, hatte sie sich in eine totale Klatschtante verwandelt. *Wann macht er dir einen Antrag? Worauf wartet er noch? Soll ich mal mit ihm reden? Ich werde auf jeden Fall mit ihm reden.* Ihre Zuneigung hatte von Anfang an dazu beigetragen, dass ich unserer Beziehung vertrauen konnte. Doch momentan warf mich ihre Gewissheit eher noch mehr aus der Bahn.

»Ich weiß es nicht!«, rief ich. »Und ich weiß auch nicht, wie ich das herausfinden soll! Aber ist nicht die Tatsache, dass ich das getan habe, Beweis genug, dass ich nicht bereit bin, John zu heiraten? Spielt das nicht eine viel größere Rolle?«

»Ich glaube, es ist noch zu früh, um das zu wissen«, sagte Teres rasch, ihr Tonfall verwirrte mich.

»Wie meinst du das? Ist die Entscheidung, sich von einem anderen küssen zu lassen, nicht alles, was man wissen muss?«

Teres' Blick wanderte zu Rebecca, es sah fast so aus, als würde sie um Erlaubnis bitten. Bec nickte.

»Ich habe Rebecca betrogen, bevor wir geheiratet haben«, gestand Teres.

Ich hoffte, dass man meinem Gesicht in diesem Moment nicht ansehen konnte, was ich dachte. »Echt jetzt? Bec, warum hast du mir das nicht erzählt!«

»Es war kompliziert«, sagte Rebecca. »Und ich hatte Angst, als die Feministin dazustehen, die eine Betrügerin wieder an sich ranlässt.« Meine schockierte Reaktion gab ihr vermutlich recht.

»Was ist passiert?«, wollte ich wissen.

Teres griff nach ihrem Cocktail und überlegte es sich dann anders. »Ich war am Ende«, begann sie. »Ein paar Monate vorher war meine Mom gestorben, und Bec und ich waren erst kurz zuvor zusammengezogen, wozu ich offenbar noch nicht bereit gewesen war. Ich fühlte mich einfach … verloren. Das ist keine Entschuldigung, aber ich geriet auf einen schlechten Weg. Ich trank viel zu viel, betäubte mich. Ging viel aus, um mich abzulenken. Es ist ein einziges Mal passiert, an einem Abend, an den ich mich kaum noch erinnere, mit jemandem aus meinem Wohnheim.«

»O mein Gott, und ich wusste *nichts* davon«, sagte ich. »Weiß es sonst jemand?«

»Nein«, sagte Rebecca. »Wir hatten zu große Angst vor ungebetenen Ratschlägen. Jeder prangert Betrug an. Es tut weh. Es ist ein großer Vertrauensbruch. Aber es lohnt sich auf jeden Fall, mal innezuhalten und sich zu fragen, ob man in der richtigen Beziehung ist. Und als wir das taten, merkte ich letztendlich, dass ich in der richtigen Beziehung war, dass ich Teres heiraten und nicht zulassen wollte, dass dieser Fehltritt unsere Zukunft ruinierte.«

»Wow«, sagte ich. »Tut mir leid, aber wie geht das?« Aus mir sprach der Teenager, der ich mal gewesen war. Der, der seinem Vater nicht mehr in die Augen sehen konnte, nachdem klar geworden war, wie viele Male er seine Mutter betrogen hatte.

»Ich habe eine Therapie gemacht«, sagte Teres. »Ich habe gelernt, dass das, was passiert ist, etwas Wichtiges darüber aussagt, wie mein Körper auf Stress und meinen Mangel an Bewältigungsstrategien reagiert, und nicht darüber, wie sehr ich Bec liebe.«

»Und ich habe fünfundsiebzigtausend Bücher über Vergebung gelesen, denn Anwältinnen studieren, anstatt sich in Therapie zu begeben. Auch lesbische Anwältinnen«, sagte Rebecca. Darüber lachten wir alle, *endlich*. »Aber letztlich war unser Traum von einer Ehe größer als unsere Probleme. Das war dieses große politische Statement für uns. Unser Weg, Sicherheit zu erlangen. Und Kinder. Und dieses Recht gab es damals noch nicht lange. Weißt du noch, Teres, wie du diese Passage aus *Obergefell vs. Hodges* bei unserer Feier vorgelesen hast?«

Ich dachte an ihre Hochzeit am Strand von Cape Cod zurück, die inzwischen fünf Jahre zurücklag, und erinnerte mich noch daran, wie verblüfft ich gewesen war, als ich einen Auszug dieses Urteils des Obersten Gerichts hörte. Alle weinten, einschließlich mir.

»Hör mal, unsere Situation war besonders«, sagte Bec, »aber ich will damit nur sagen, dass ein einziger Fehler nicht das Ende bedeuten muss.« Dann beugte sie sich vor und drückte mich an sich. »Außerdem hab ich dich lieb, und es tut mir leid, dass du das durchmachen musst.«

»Danke.« Ich drückte sie heftig. »Tut mir leid, dass du das auch durchmachen musstest.«

»Okay! Ich denke, das ist vorerst mal genug Drama«, sagte Teres. »Sollen wir eine Pause einlegen und die größten Eisbecher unseres Lebens essen?«

Ich hatte keine Ahnung, ob ich bereit war, alles, was wir gerade zutage gefördert hatten, einfach hinter uns zu lassen. »Habt ihr was dagegen, wenn ich ein wenig an die frische Luft gehe, bevor wir Nachtisch essen?«

»Natürlich nicht«, sagte Rebecca. »Magst du vielleicht mit Louie um den Block gehen? Dann liebt er dich noch mehr.« Wie aufs Stichwort tauchte ihr brauner Labradoodle mit hängender Zunge neben mir auf.

Louie führte mich links aus dem Wohnblock, dann die Straße entlang zu einem kleinen Park an der Ecke. Ich war froh, dass er die Führung übernahm. Die Nachtluft war kühl, wie Bec mich gewarnt hatte, aber mir war immer noch ganz heiß vor lauter Stress. Es fühlte sich gut an, einen Fuß vor den anderen zu setzen. Wir erreichten den Park und nahmen dann den gepflasterten Weg. Beim Laufen versuchte ich, meine Gefühle für Graham zu ergründen, doch meine Gedanken kehrten immer wieder zu Rebecca und Teres zurück.

Sie waren nicht perfekt, aber ihre Beziehung war trotzdem das, wovon ich immer geträumt hatte, eine moderne Version von Nonna und Pop. Einander verbunden. Einander ergänzend. Und sie hatten Spaß zusammen. Sie hatten es geschafft. Waren die Bindung eingegangen. Aber ich konnte mir nicht vorstellen, was sie auf dem Weg dorthin durchgemacht hatten. Vergiss das mit dem Aberglauben, sagte ich mir, Teres hatte Rebecca einen echten Grund gegeben, ihr nicht zu vertrauen. Wie konnte sie über die Angst hinwegkommen, dass das nicht noch mal passiert? War das nicht der wichtigste Teil einer Ehe? Sich seiner Liebe für immer sicher zu sein? *Hatten John und ich das, ehe all das passiert ist?* Ich blieb stehen, weil mir klar wurde, dass ich mich etwas ganz anderes hätte fragen sollen: *Was hatte ich dem Vertrauen angetan, das früher zwischen John und mir geherrscht hatte?*

Louie zerrte an der Leine, erpicht darauf, einem vorwitzigen Eichhörnchen nachzujagen, das in einem Baum in der Nähe herumkletterte. Ich bückte mich zu ihm hinunter und schmiegte mein Gesicht in sein seidiges Fell.

»Sag mir, was ich tun soll, Lou…«, seufzte ich, während ich mich umdrehte, um den Heimweg anzutreten.

Wir waren noch fünf oder sechs Gebäude entfernt, als ich sah, wie ein Taxi vor Rebeccas Haus vorfuhr. Ich blieb stehen. Mein Puls beschleunigte sich. Dann hatte mein Gehirn plötzlich eine Antwort parat: *Graham.* Natürlich, ihn würde diese Geschichte nicht loslassen. Er hatte Rebeccas Adresse herausgefunden. Er war gekommen, um alles genau zu besprechen.

Ich eilte mit Louie auf das Haus zu, als eine männliche Gestalt aus dem Taxi stieg. Ich bewegte mich noch schneller, machte mir Hoffnungen, ohne zu hinterfragen. Er schloss die Wagentür hinter sich und drehte sich dann zu mir um. Die Zeit blieb stehen, als unsere Blicke sich trafen.

»Hi, Shea«, sagte John.

43

»Hi«, erwiderte ich. Es dauerte eine Sekunde, bis ich tat, was eigentlich meine spontane Reaktion hätte sein sollen: zu ihm rennen und ihn umarmen. Die Atmosphäre zwischen uns war steif, fast ein wenig verkrampft. »Was machst du denn hier?«

Johns Gesicht spannte sich an. »Klingt, als wünschtest du, es wäre nicht so«, sagte er.

Die Haustür wurde geöffnet, was mir eine Antwort ersparte. Dann sah ich Rebecca herauskommen. Sie musste uns wohl vom Fenster aus gesehen haben.

»Hi, John«, sagte sie, als sie mir Louies Leine aus der Hand nahm. »Kommt rein, wenn ihr fertig seid.«

»Hat sie gewusst, dass du kommst?« Inzwischen fragte ich mich, ob das Ganze ein abgekartetes Spiel war.

»Nein«, erwiderte er. »Komm, setzen wir uns. Du siehst … Setzen wir uns einfach.«

Es war ein niederschmetterndes Déjà-vu jenes Moments, kurz nachdem John mir den Heiratsantrag gemacht hatte. Einerseits freute ich mich, ihn zu sehen, so als würde man nach einer langen Abwesenheit wieder nach Hause kommen. Andererseits fürchtete ich mich vor dem, was uns bevorstand. Meinetwegen. Das musste wohl für John an meinem Gesicht ablesbar sein.

Ich bedeutete ihm, sich auf die Treppe vor der Tür zu setzen. John gehorchte und rückte sich dabei die schwarzgerahmte Brille zurecht. Er sieht damit noch attraktiver aus als mit seinen Kontaktlinsen, dachte ich. *Er trägt sie jetzt nur, weil er quer durchs Land geflogen ist, um dich zu sehen.* Ich merkte, dass er sich gerade überlegte, was er als Nächstes sagen sollte. John dachte immer nach, ehe er den Mund aufmachte.

»Ich bin gekommen, weil du mich wahnsinnig gemacht hast, Shea. Du fliegst von Italien nach Portugal, und dann bist du plötzlich auf dem Weg nach Boston. Was läuft hier eigentlich?«

»Ich weiß ... Das ist ganz schön viel. Aber ich bin so nah dran, es zu Ende zu bringen. Und ich musste einfach wirklich ...«

»Ja«, unterbrach mich John mit scharfer Stimme. »Das sagtest du bereits in deiner Nachricht. Hast du meine letzte Nachricht überhaupt gelesen? Um die Wahrheit zu sagen, war ich ziemlich schockiert, dass danach Funkstille herrschte. Ehrlich gesagt bin ich deshalb auch ins Flugzeug gestiegen.« Inzwischen war seine Stimme kaum wiederzuerkennen.

»Tut mir leid«, sagte ich. Ich überlegte, ob ich nach seiner Hand greifen sollte, doch es fühlte sich falsch an. »Ich war so konzentriert. Und ... es ist eine ganze Menge passiert.« Ich konnte nicht fassen, wie vage und ungeschickt ich mich ausdrückte – ich behandelte John wie irgendeinen alten Freund vom College, dem ich aus dem Weg gehen wollte.

John wandte den Blick ab, wog seine Worte einen Moment länger als sonst.

»Ist mit Graham etwas vorgefallen?«, fragte er schließlich. »Ist er auch hier?«

Ich hatte mich oft gefragt, wie sich der exakte Moment anfühlt, in dem man entscheiden muss, ob man die Wahrheit verbirgt oder jemandem wehtut, den man liebt. Ich hatte mir vorgestellt, wie mein Dad dies all die Jahre geschafft hatte, wie es sich angefühlt hatte, vor meiner Mom zu stehen, ihr geradewegs in die Augen zu sehen und sich für die Lüge zu entscheiden. An Tagen, an denen ich Mitleid für ihn empfand, malte ich mir aus, er täte das, um ihre Gefühle nicht zu verletzen, weil er sie wirklich liebte und nur einen weiteren Fehler gemacht hatte. Und weil er wirklich daran glaubte, dass es besser für sie beide wäre, wenn sie keine Ahnung von seiner letzten Affäre oder seiner letzten fehlgeschlagenen Geschäftsidee hatte. Doch als ich in Johns forschende Augen starrte, wusste ich, dass das alles falsch war. Durch eine Lüge schont man nicht denjenigen, den man vor sich hat, sondern nur sich selbst.

»Er ist nicht hier«, hörte ich mich mit heiserer Stimme sagen.

»Aber ja. Er hat mich geküsst. Es ging ganz schnell, und ich habe ihn gestoppt, und mehr ist nicht passiert – das schwöre ich. Danach habe ich Lissabon verlassen. Allein.«

Mein Herz klopfte wie verrückt. Durch Tränen hindurch beobachtete ich, wie John die Augen zupresste, dann auf eine Art und Weise nickte, mit der ich nicht gerechnet hatte. Die Geste fragte nicht nach dem *Was*, nicht mal nach dem *Wie*.

»Ich wusste es«, sagte er.

Der Schmerz hinter seinen Worten ging mir durch und durch. Mir wurde elend. Bring das in Ordnung, brüllte mein Gehirn. Ich verlagerte mein Gewicht und erwog aufzustehen, um den Schmerz besser zu verteilen, bis ich wusste, was ich als Nächstes sagen sollte.

»Das ist nichts, was sich im Laufe der Zeit aufgebaut hat. Und ich habe mich auch nicht auf diese Reise begeben, weil ich irgendetwas anderes suchte als die Geschichte des Rings. Es ist nur … Ich kam ganz durcheinander. John, ich bin verwirrt.«

»Das ist nicht, was ich meinte«, erwiderte er, seine Stimme war jetzt viel leiser. »Ich hätte das mit dem Secondhandring nie tun sollen. Damals erschien es mir so richtig, und da war dieses Zeichen –

diese Verbindung zu unserer Geschichte, von der ich dachte, dass du sie lieben würdest –, aber es war der falsche Schritt. Ich habe nur …« Plötzlich unterbrach er sich mitten im Satz, dann legte er sich die Hand an die Stirn. »Ich wollte einfach nur, dass du mir den Vorrang gibst vor einem verdammten Stück Metall.«

Das war der Schlag, der mich in Tränen ausbrechen ließ. Ich wusste genau, wie unglaublich weh es tat, wenn jemand irgendetwas anderes, für wie wichtig er es auch immer halten mochte, einem vorzog. Ich wusste, dass man sich davon nur schwer erholte.

John stand abrupt auf, angetrieben von einem Zorn, der völlig untypisch für ihn war.

»Kurz und gut, Shea, plötzlich hieß es, ich – nein, *wir* – und alles, was wir uns über Jahre gemeinsam aufgebaut hatten, gegen einen Aberglauben! Und du hast dich nicht für mich entschieden! Du konntest es nicht! Deshalb hatte womöglich diese winzige Stimme in meinem Hinterkopf recht, als ich den Ring ausgesucht habe.«

»Was hat sie gesagt?«, fragte ich. Ich wollte, dass nun alles Schmerzhafte aufs Tapet gebracht wurde.

»*Wenn du diesen Ring auswählst, wirst du wissen, ob sie wirklich bereit ist, dich zu heiraten.*«

Plötzlich erstarrte ich. Meine Tränen versiegten. Was John sagte, hätte eigentlich niederschmetternd sein müssen, doch es hallte nur in meinem Kopf, nicht in meinem Herzen nach.

»Du hast mir eine Falle gestellt.«

Bei meinem veränderten Tonfall zog er die Augenbraue nach oben. »Nein, es war keine bewusste Entscheidung, es war einfach nur … ich nehme an, ein Teil dessen, was ich empfand, bevor ich dir den Antrag gemacht habe.«

»Warum hast du nicht über diese Gefühle mit mir gesprochen?« Nun stand ich ebenfalls auf, Johns Blick wurde unruhig.

»Ich … Keine Ahnung«, sagte er. »Wahrscheinlich wollte ich dir keine Angst einjagen.«

»Womit? Damit, dass du unsicher warst, ob du heiraten willst oder nicht? Das klingt, als hättest du mich angelogen und nicht beschützt!« Ich hasste diese Hitze, die in mir aufstieg und mich gegen John in Wallung brachte. So waren wir eigentlich nicht.

»Nein, Shea«, sagte er etwas ruhiger. »Ich war mir deiner sicher. Ich hatte nur Angst, dass du mir gegenüber nicht das Gleiche empfinden könntest.«

»Okay«, sagte ich und zählte eins und eins zusammen. »Klingt, als wäre keiner von uns bereit dazu.«

Nun quollen auch John Tränen aus den Augen, ein noch seltenerer Anblick als sein Zorn. Ich hakte mich bei ihm ein und zog ihn an mich. John legte meinen Kopf an seinen Hals, sodass meine Nase die Stelle berührte, an die ich mich morgens immer schmiegte, um ihn aufzuwecken. Unser beider Zorn war verflogen, stattdessen brach es uns das Herz.

»Vielleicht hattest du recht, was den Ring angeht«, flüsterte ich. »Vielleicht war es die richtige Wahl, weil wir an diesen Punkt kommen mussten.«

Eng umschlungen blieben wir einen Moment stehen, erstarrt angesichts des Unbekannten, das auf uns zukäme, sobald wir losließen. John löste sich als Erster, dann küsste er mich so zärtlich wie immer, ehe er sich umdrehte und davonging.

44

»Was kann ich tun?«, fragte Rebecca, als ich zur Haustür hereinkam.

»Morgen«, war alles, was ich sagen konnte, während ich mich auf den Weg zu dem Schlafsofa in ihrem Arbeitszimmer machte. Ich zog mich nicht mal vollständig aus, ehe ich mich hinlegte und zu einer so festen Kugel zusammenrollte, dass ich fast keine Luft mehr bekam. Ich dachte, durch diesen Schmerz würde vielleicht alles andere weniger wehtun. Aber ich irrte mich.

Ich musste wohl eingeschlafen sein, denn plötzlich stand ich auf den Betonstufen vor Rebeccas Wohnhaus. Meine Füße steckten – seltsamerweise – in weißen Satin-Sneakers. Ich blickte auf und erwartete, die Gebäude auf der anderen Straßenseite zu sehen, doch stattdessen hatte sich dort eine Menschenmenge versammelt. Fünfzig, vielleicht sogar hundert Leute in Anzügen und Kleidern.

Ich versuchte, die Füße zu bewegen, um zu ihnen hinüberzugehen, sie zu fragen, was los war, doch meine Beine fingen an zu zucken und brachten mich aus dem Gleichgewicht. Da erklang »Pink Moon« von Nick Drake. Ich drehte mich zu der Musik um und entdeckte ein Orchester auf einer schwebenden Bühne. *Ist das meine Hochzeit?*

Auf einmal stand Annie neben mir. »Du siehst bezaubernd aus«, sagte sie mit einem Mom-Lächeln. »Bist du bereit?«

Meine Beine zitterten heftig. Mehr als schnelle Atemzüge brachte ich nicht zustande. John ist gerade weggegangen!, dachte ich. *Das kann jetzt nicht sein.*

»Ist das echt?«, fragte ich Annie.

Sie lachte, als hätte ich etwas Süßes, aber völlig Unerwartetes gesagt. »Es ist ein großartiges Gefühl, oder?«

Ich blickte an mir hinab, um zu sehen, was ich auf dem Körper trug – in der Hoffnung, etwas würde diesem Chaos ein Ende setzen –, doch ich erblickte stattdessen etwas total Fremdes an meinem linken Ringfinger: ein schmales goldenes Band mit einem einzelnen rundgeschliffenen Diamanten.

»Ist das mein Ring?«, fragte ich Annie.

Sie sah mich an, als wäre ich irre. »Ja. Komm schon, gleich kommt unser Einsatz.«

Ich hörte, wie die Musik zu einem Crescendo anschwoll.

»Heirate ich John?«, hörte ich mich fragen. »Und da war kein Secondhandring?«

»Ja, richtig. Du heiratest John«, sagte Annie, ihre Stimme klang zunehmend besorgt. »Was für ein Secondhandring?«

»Und kein Italien und kein Portugal und kein Graham?«

»Wovon redest du, Shea? Du machst mir Angst! Gehen wir!«

Sie umklammerte meinen Arm nun fester, versuchte, mich vorwärtszuschieben. Ich spürte, wie meine Beine stärker wurden. Das Zittern hatte aufgehört. Ich blickte auf die Menge hinaus, die nun voller vertrauter Gesichter war. Prüfend machte ich einen Schritt nach vorne. Ich schaffte das. Es ging mir gut. Alles war wieder normal. Dann drehte ich mich in die entgegengesetzte Richtung und rannte.

Trotz Annies Rufen blieb ich nicht stehen. Plötzlich wurde der Beton unter meinen Füßen zu Sand. *Bin ich etwa wieder in*

Portugal? Nein ... Ich entdeckte Dünen. Und Autos auf einem Parkplatz. Das war Kalifornien. Das war der Emma Wood State Beach. Moms Lieblingsstrand. Der Ort, an den sie mit Annie und mir fuhr, wenn sie mal rausmusste.

Ich rannte auf den Hügel hinauf, auf dem wir uns immer zu einem Picknick aus getrockneten Meeresfrüchten niedergelassen hatten, durch das hohe Gras, in dem Annie und ich uns versteckt hatten, und hinunter zum Strand, bis meine Füße das eiskalte Wasser erreichten. Erst da konnte ich endlich wieder atmen. Und aus meinem Traum aufwachen.

Sämtliche Decken waren vom Bett geworfen, mein Herz hämmerte, als wäre ich tatsächlich gerade die ganze Strecke gerannt. Die Morgensonne flutete durch das Fenster herein. Ich hatte die ganze Nacht durchgeschlafen.

Ich griff nach meinem Handy, das auf dem Nachttisch lag, in der Hoffnung, eine Nachricht von John erhalten zu haben, in der er mir wenigstens mitteilte, dass er in irgendeinem Hotel untergekommen war. Stattdessen hatte ich eine von Graham bekommen: Ruf mich sobald wie möglich an. Ich hab die echte erste Besitzerin des Rings gefunden.

45

»Dass Bette Harry Winston erwähnt hat, ist irgendwie bei mir hängen geblieben und ließ mir keine Ruhe«, sagte Graham. Das war sein Versuch, mich nach dem Schwall aus Schimpfworten, die ich gerade gebrüllt hatte, zu beruhigen. Ich war noch im Bett. Immer noch außer Atem von meinem Albtraum. Noch immer völlig aus der Bahn geworfen vom Abend vorher. Nun war meine Suche nach der vollständigen Geschichte des Rings *wieder* total offen. Und Graham war wieder da. Oder?

»Es hat sich herausgestellt, dass jemand bei Harry Winston mit der Geschichte vertraut ist«, fuhr er fort.

»Moment mal, der Ring ist tatsächlich ein Harry Winston?«, fragte ich, der Charme dieses Details überlagerte vorübergehend meine Verwirrung darüber, weshalb Graham dieser Tatsache nachgegangen war.

»Hundert Prozent sicher bin ich mir nicht. Irgendwas ist seltsam an der ganzen Sache, aber ich habe in dieser Firma einen Typen gefunden, der bereit ist zu helfen. Er ist in New York. Falls du hingehen willst. Beziehungsweise herkommen willst, sollte ich wohl eher sagen.«

»Allein?«, fragte ich.

»Nur wenn du das willst«, lautete seine Antwort. Ein Rückzieher.

»Warum bist du der Sache nachgegangen, Graham?«, fragte ich.

»Was machst du da gerade?«

Ich hörte, wie er bebend einatmete – völlig untypisch für ihn. »Vielleicht suche ich eine Art Abschluss.«

»Für den Ring oder für uns?« Ich war nicht in der Laune für Doppeldeutigkeiten.

»Womöglich beides?« An der Art und Weise, wie Graham fragte und nicht alles sagte, merkte ich, wie ernst es ihm war.

Nachdem ich das Gespräch beendet hatte, tigerte ich im Zimmer herum. Ihn zu treffen, stellte ein Risiko dar. War es vielleicht sogar falsch? Doch sosehr ich auch fürchtete, Öl ins Feuer zu gießen, sehnte ich mich danach, dass jedes einzelne Detail dieses Rätsels gelöst wurde, einschließlich dessen, ob die Sache mit Graham das, was mit John passiert war, wert war. Wenn Bette recht hatte, dann war es ohnehin bereits zu spät, den Zug aufzuhalten, in dem ich saß. Wenn ich diese – so Gott will, letzte – offene Tür ignorierte, würde sich irgendwo anders einfach eine neue auftun. Außerdem, flüsterte etwas in mir, bist du nicht bereits viel zu weit gegangen, um so kurz vor dem Ende aufzuhören? Oder, in diesem Fall, kurz vor dem Beginn.

Ich schlich mich hinaus, um etwas zu finden, womit ich meinen flauen Magen füllen konnte. Rebecca saß im Morgenmantel am Tisch, in der Hand eine Tasse Kaffee.

»Du musst nach New York fliegen«, sagte sie. »Tut mir leid, aber ich habe alles mitgehört. Ja, weil ich an deiner Tür gelauscht habe, aber trotzdem.«

»Meinst du?«, fragte ich und ließ mich auf den Stuhl neben ihr plumpsen. »Auch wenn Graham darin verwickelt ist?«

»Erst recht deswegen«, erwiderte Rebecca. »Shea, es tut mir sehr leid, aber ich muss dir sagen, dass dieser Spruch hundertprozentig zutrifft: Um da wieder rauszukommen, musst du leider mitten hindurch.«

Ich dachte über ihre Worte nach, dankbar für die Bestätigung, aber nicht weniger panisch. Und dann tauchte plötzlich die ersehnte Nachricht von John auf meinem Handy auf.

Bin auf dem Weg zurück nach L. A., schrieb er. Lass uns reden, wenn du wieder da bist.

Okay, antwortete ich. Guten Flug. Ich liebe dich.

Erst Stunden später fiel es mir auf, als ich aus einem weiteren Zugfenster starrte, während eine weitere Kulisse aus Gebäuden und Bäumen verschwommen draußen vorbeizog. Wieder und wieder hatte ich meine letzten Momente mit John durchgespielt, doch bisher war ich noch nicht bis zu unserem Austausch von SMS heute Morgen gekommen. *John hatte nicht »Ich liebe dich« geschrieben.* Und das vielleicht zum allerersten Mal, seit wir uns damals unsere Liebe gestanden hatten. Diese Erkenntnis warf mich total aus der Spur. Seit dem Moment, in dem wir uns verlobt hatten, hatte ich die Zügel in der Hand gehabt – besessen von dem, was meiner Meinung nach helfen würde, unsere Beziehung zu schützen. Doch nach allem, was ich getan hatte, lag unsere Zukunft dann nun eigentlich in Johns Händen?

46

Spät am Nachmittag traf ich Graham vor dem sehr einschüchternden Portal von Harry Winston.

»Hi, wie war deine Zugfahrt?«, fragte er. Seine Stimme dröhnte nicht wie üblich vor Selbstbewusstsein.

»Ganz okay«, erwiderte ich und beließ es dann verlegen dabei. Wir hatten beide unsere Probleme damit, wie wir mit diesem Wiedersehen umgehen sollten.

»Dann lass uns mal sehen, was wir hier finden«, sagte Graham, »danach gehen wir abendessen ... und besprechen alles.« Ich nickte, dankbar für die kleinen Schritte, während wir uns auf den Weg in einen der berühmtesten Schmucktempel der Welt machten.

Bettes Erwähnung von Harry Winston hatte Grahams Interesse geweckt, denn damals, als Nathaniel Park den Ring angeblich für sie gekauft hatte, war die Marke außerhalb bestimmter Kreise nicht annähernd so bekannt. Er hatte das bei Antikschmuckhändlern in der Umgebung von Pittsburgh gegengecheckt, und nur einer von ihnen hatte ein einziges Stück von dieser Marke, selbst heute. Graham hatte sich gefragt, ob an der Geschichte überhaupt was dran sein könnte, und deshalb ein Foto des Rings an das PR-Team geschickt, das für das Unternehmen Harry Winston arbeitete. Sie hatten nichts in ihrem Designarchiv, was meinem Ring genau entsprach, aber einige alte Stücke waren so nah dran, dass ein neugieriger junger Angestellter einen inoffiziellen Historiker im Gebäude hinzuzog: einen Mr. Nolan Jones III. Er hatte einen Blick auf die Bilder geworfen, die Graham geschickt hatte, und, laut dem PR-Kontakt, einen unglaublich spannenden Kommentar abgegeben: »Ich würde den Ring schon persönlich sehen müssen.« Und nun waren wir auf dem Weg, um den Mann höchstpersönlich zu treffen.

Ich war nicht darauf vorbereitet, wie opulent das Harry-Winston-Flaggschiff am Standort Manhattan war. Wenig überraschend hatte sich meine Zeit hier als Filmfestivalassistentin nicht besonders zum Diamanten-Shoppen angeboten. Verschnörkelte schwarze Eisentüren am Eingang. Schwarz-weiße Marmorfliesen ließen die Fußböden aussehen, als würden sie Smoking tragen. Der Hauptverkaufsraum war ausgestattet wie ein Salon in Versailles. Angesichts dieser Vollkommenheit fragte ich mich, ob diese letzte Etappe all unsere anderen Entscheidungen irgendwie wettmachen sollte.

»Wir sollen runter in Nolan Jones' Kellerbüro«, sagte Graham.

»Keller?«, fragte ich.

»Nolan Jones ist offenbar der Security-Chef«, erwiderte Graham.

»Was soll er dann von einem einzelnen jahrzehntealten Ring wissen?«

Graham zuckte die Schultern; ich sank in mich zusammen.

Im Laufe unserer Nachforschungen hatten wir das Glück gehabt, mit allen möglichen Leuten zu sprechen, aber niemand war vergleichbar mit dem großartigen Nolan T. Jones III. Er trug einen dreiteiligen Anzug und richtete sich an seinem Mahagonischreibtisch mit Schnitzereien hoch auf, als wir sein – wie es sich herausstellte – Mini-Kellerapartment betraten. Der Mann verbrachte eindeutig viel Zeit in diesem Gebäude und liebte es offensichtlich sehr.

»Willkommen bei Harry Winston South. Kaffee?«, fragte Nolan. Seine Stimme dröhnte wie die von James Earl Jones als der Löwe Mufasa. Sein weißes Haar und sein weißer Bart bildeten einen leuchtenden Kontrast zu seiner dunklen Haut. Er musste wohl fast zwei Meter groß sein. Ich fragte mich, ob man ihm je vorgeschlagen hatte zu schauspielern.

»Ja, bitte«, erwiderte Graham für uns beide, als er eine kleine Espressomaschine auf einem Vintage-Barwagen bemerkte. Neben dem Gerät stand ein gerahmtes Foto von Nolan III. und zwei weiteren Menschen, bei denen es sich um Nolan II. und Nolan I. handeln musste, sie alle vor eben diesem Gebäude stehend. Ich besaß ein ähnliches Foto von Nonna, Mom, Annie und mir vor dem Bella Vita. Wie selten es vorkam, dass drei Generationen einen gemeinsamen besonderen Ort hatten.

Wir erhielten einen kurzen Abriss von Nolans beruflicher Laufbahn in diesem Unternehmen, aber es war klar, dass eigentlich sein Großvater, Nolan I., im Mittelpunkt der Geschichte stand. Er hatte 1946 mit nur achtzehn Jahren als Wachmann bei Harry Winston angefangen.

»Mein Großvater war einer der ersten Schwarzen, die hier eingestellt wurden«, sagte Nolan. »Und zwar von Mr. Harry Winston persönlich. Er prahlte gern mit seinem brillanten Boss, dem ›König der Diamanten‹.«

Letztendlich war es der erste und einzige Job seines gesamten Arbeitslebens, und er hatte ihn sehr ernst genommen. Nolan I. arbeitete als Wachmann, schrieb es sich jedoch auf die Fahnen, die Marke zu studieren, und gab die Liebe zu deren Geschichte auch an seinen Sohn und seinen Enkel weiter.

»Deshalb sind Sie also mit diesen Ringen so vertraut?«, hakte Graham nach, um das Gespräch voranzubringen.

»Ja. Darf ich Ihren mal sehen?«, fragte er.

Wie so oft in den vergangenen Wochen griff ich im Ausschnitt meines Oberteils danach, nahm die Kette ab und reichte sie ihm. Nolans schneeweiße Augenbrauen schossen aufgeregt nach oben. »Sehen Sie die Baguettes an den Seiten, die den zentralen Stein säumen?«, ging er gleich in die Vollen. »Die einzelnen Krallen der Fassung sind dicker als alles, was wir je herausgegeben haben. Ich dachte mir schon, dass das der Fall sein könnte, als ich die ersten Fotos gesehen habe, die Sie geschickt haben. Und daran hat man bestimmt erstmals die Fälschungen erkannt.«

»Fälschungen?«, sagten Graham und ich gleichzeitig – er neugierig, ich panisch.

Es stellte sich heraus, dass Bettes Nathaniel über teilweise korrekte Informationen verfügt hatte. Der Ring war kein original Harry Winston, aber er war so hergestellt, dass er als solcher durchgehen konnte, und zwar von einem Mann, dem nachgesagt wurde, dass er Kopien anfertigte. Der mutmaßliche Fälscher hatte Zugriff auf die Designs, die er dank eines Wachmanns namens Chet Hastings kopieren konnte.

»Damals wurde das alles nur hinter vorgehaltener Hand gesagt. Niemand hier wollte, dass herauskäme, dass in der Stadt, wenn nicht gar in der Welt, gefälschte Harry-Winston-Ringe im Umlauf waren«, erklärte Nolan. »Ich weiß noch, wie mir mein Großvater erzählte, man habe die Zeitungen dafür bezahlt, dass sie nicht über diese Sache berichteten.«

Graham machte ein langes Gesicht. »Wollen Sie damit sagen, dass wir keinerlei Möglichkeit haben, dies zu beweisen?«, fragte er.

»Nicht unbedingt«, erwiderte Nolan mit einem kleinen Funkeln in den Augen. Ich hatte das Gefühl, dass er insgesamt begeistert von der Gelegenheit war, seinen geliebten Arbeitgeber verteidigen zu können. »Dieser Wachmann, Chet, stammte aus dem früheren Viertel meiner Familie in Staten Island – so erfuhr mein Großvater überhaupt erst von dem Job hier. Für unseren kleinen Teil der Stadt stellte das Ganze natürlich ein großes Ding dar, und es gab auch eine kleine Zeitung, die wahrscheinlich zu unbedeutend war, um ein Schmiergeld zu erhalten. Ich gehe davon aus, dass in der *Staten Island Advance* etwas darüber stand, vor allem, weil Chet sich aus dem Staub gemacht hat und Frau und Kinder zurückließ. Vielleicht können Sie etwas im Archiv der Zeitung finden und eine Verbindung zwischen dieser Geschichte und Ihrem Ring herstellen?«

Womöglich hatte ich gerade hörbar gestöhnt.

»*Falls* wir diesen Artikel finden, *könnte* er eine Verbindung zu meinem Ring darstellen, sodass wir *womöglich* herausfinden, wem er zuerst gehört hat?«, fragte ich. Ich spürte Grahams Hand auf meinem Unterarm. Das war eine liebe Geste, um mich zu beruhigen, doch durch seine Haut auf meiner fühlte ich mich nur noch unbehaglicher.

»Hört sich an, als wären Sie da schon eine ganze Weile dran«, sagte Nolan. »Tut mir leid, mehr kann ich Ihnen nicht helfen.«

»Danke«, sagte ich. »Und Sie waren uns wirklich eine große Hilfe.«

»Wir finden es heraus«, fügte Graham hinzu.

»Ich wünsche Ihnen beiden viel Glück. Kein leichter Start in Ihre Verlobung, nehme ich an.«

Da war es wieder.

»Nein«, sagte Graham und überraschte mich damit. »Es ist Sheas Ring. Ich bin nur ein Journalist, der dieser Geschichte nachgeht.«

Das war die Wahrheit und das, was er damals in Lissabon auch zu Tomas hätte sagen sollen. Und doch versetzte es mir nun einen seltsamen Stich. *Warum? Will ich, dass er mich weiterhin begehrt?*

»Nun denn«, sagte Mr. Jones, während er von Graham zu mir sah und dann wieder zu Graham, »wie es aussieht, ist der Ring immer noch in ziemlich interessante Geschichten verwickelt.«

47

Graham und ich standen in der Schlange vor der Informationstheke der New York Public Library, unsere zweite Bibliothek in unserem zweiten Land auf unserem zweiten Kontinent innerhalb einer Woche. Und wieder hielt mich kriminell starker Kaffee auf den Beinen.

»Die gute Nachricht ist, dass alle fünf Bezirke ihre Zeitungen irgendwann in den Achtzigerjahren digitalisiert haben, deshalb müssen wir nicht tatsächlich nach Staten Island fahren«, sagte Graham.

»Ich glaube, die wirklich gute Nachricht ist, dass du das weißt, denn sonst würde ich jetzt an der Fähre Schlange stehen.«

Graham lächelte, dann machte er eine kleine *Stets-zu-Diensten*-Verbeugung. Wir hatten unseren üblichen Schlagabtausch geradewegs wieder aufgenommen.

Zehn Minuten später war uns im berühmten holzgetäfelten Rose Main Reading Room ein Computer zugewiesen worden. Dann, nach nur dreiminütiger Suche, spuckte das Universum – als würde es uns endlich die Pause gönnen, die wir so dringend brauchten – genau das aus, was laut Nolan möglicherweise existierte: ein Artikel der *Staten Island Advance* über Mr. Chet Hastings.

Einheimischer Chet Hastings in Harry-Winston-Skandal gefeuert

14. November 1946 – Staten Island, NY

Chet Hastings aus Spring Lake ist mit einem gewissen Harry Winston aneinandergeraten. Der frühere Wachmann wurde von dem berühmten, in Manhattan ansässigen Juwelier gefeuert wegen seiner mutmaßlichen Verbindung zu einem gewissen Frederick Jonathan Quinn aus Newark, New Jersey – einem Mann, dem vorgeworfen wird, Ring-Entwürfe zu stehlen, damit sie von einem Fälscher im Diamond District kopiert werden können.

Quinns Verbrechen wurde erstmals von der Haushälterin seiner Familie, Jane Caldwell, gemeldet, die Einzelheiten zu den Schwarzmarktgeschäften ihres Arbeitgebers in dessen Arbeitszimmer fand. Laut einer weiteren Quelle innerhalb des Haushalts wollte Caldwell diese Information nutzen, um eine Gehaltserhöhung zu erpressen. Die Behörden konnten die Vorwürfe rasch bestätigen und verhafteten Quinn wegen Fälscherei, was in New York als Schwerverbrechen gilt. Derzeit wartet er auf Rikers Island auf seinen Prozess.

Es ist nicht bekannt, wie viele der gefälschten Ringe hergestellt wurden und wo sie sich befinden. Quinn bestätigte lediglich, dass er den einen, der sich noch in seinem Besitz befunden hatte – nämlich den seiner eigenen Frau, Celia Quinn –, an ein Pfandhaus in der Nähe seines Elternhauses in Pittsburgh, Pennsylvania, verkauft habe.

»Wow. Da ist es«, sagte Graham.

Wir hatten dieselben bestätigenden Details gelesen. Ein gefälschter Ring war in Pittsburgh verkauft worden – genau dort, wo Nathaniel ihn für Bette erstanden hatte, wo man ihm weisgemacht hatte, es sei ein Harry Winston. Fall erledigt. Bei diesem Ring handelte es sich um meinen. Und damit wusste ich jetzt, dass dieser Ring vor Johns Heiratsantrag von genau drei Frauen getragen worden war – zuerst von dieser Celia Quinn, dann von Bette Silva und schließlich von Carmela Costanza. Drei Leben. Drei Beziehungen. Drei Karmas. Ich atmete tief ein, sog den muffigen Geruch eingelagerter Geschichte in die Lunge.

»Was denkst du?«, fragte Graham.

»Ich weiß noch nicht«, erwiderte ich. »Ich bin wohl einfach nur erleichtert, dass die Geschichte aufgeht.«

»Ja, stimmt. Wir haben es geschafft. Was ziemlich unglaublich ist, oder?«

Er bejubelte unsere Anstrengungen. Ich dachte inzwischen weiter und fragte mich, was das nun bedeutete. Ich blickte auf den Ring hinab – *meinen* Ring inzwischen. Ich hatte mich mittlerweile an sein atemberaubendes Funkeln gewöhnt, wenn die Diamanten das Licht reflektierten – trotz meiner Ängste vor dem Unbekannten ein wundervoller Anblick. Warum wirkte sein Leuchten nun irgendwie gedämpfter?

»Ich habe meine Antwort«, sagte ich mehr zu mir selbst. Dieser Ring war voller schlechter Energie und war es schon immer gewesen. Er begann als Fälschung von einem Hochstapler und wurde als Lüge seiner Frau gegeben. Selbst wenn ich Annie ihren früheren Vorschlag abkaufte, dass jede neue Besitzerin die Vorgeschichte irgendwie auslöschte, fühlten sich der tragische Tod Bettes zweier großer Lieben und Carmelas und Gianlucas hingebungsvolle, aber unerfüllte Liebe nicht so an, als könnten sie dieser Aufgabe gerecht werden. Graham musste die Verzweiflung in meinen Augen gesehen haben.

»Hey«, sagte er. »Warum kannst du den Ring nicht einfach als den Gegenstand betrachten, der diesen Quinn am Ende zu Fall gebracht hat? Er ist – keine Ahnung – eine Art Omen für die Wahrheit? Für Gianluca war er das auch. Vielleicht ist das seine Superkraft?«

»Was heißt das dann für Bette?«

»Ähm, okay ... dass Bette zwei wahre Lieben gefunden hat?«

»Und dann hat der Ring beide umgebracht?«

»Okay, das ist *eine* Art, es zu betrachten, aber ...«

»Tut mir leid«, sagte ich. »Ich weiß deine Bemühungen zu schätzen. Lass uns einfach den Artikel zu Ende lesen, und dann nichts wie raus hier.«

Graham nickte, dann klickte er zum letzten Absatz des Artikels.

Weder Frederick Quinn noch Chet Hastings standen bis zum Zeitpunkt der Veröffentlichung dieses Berichts für Kommentare zur Verfügung, doch Celia Quinn konnte in ihrem Haus in Bronxville, New York, angetroffen werden. Auf die Frage nach ihrer Reaktion auf den Skandal antwortete Quinn folgendermaßen: »Mr. Quinn ist mein Ehemann. Wir haben uns einen heiligen Eid geschworen. Und wir werden das, was passiert ist, unter uns besprechen. Was meinen Verlobungsring angeht, so bedauere ich zutiefst, dass er nicht mehr in der Familie ist. Ich hätte ihn eines Tages gern meinem Sohn für seine künftige Frau geschenkt.«

Graham gluckste. »Klingt ganz so, als wäre Celia Quinn ein feuerspeiender Drache gewesen.«

Er versuchte, witzig zu sein, um die Stimmung aufzuhellen, hatte aber noch nicht gemerkt, was ich in Celias Zitat hineinlas. Es kam mir vor, als hätte mir das Schicksal soeben eine schallende Ohrfeige verpasst. Ich stand von meinem Stuhl auf, erpicht darauf, dem Dämmerlicht der gelb leuchtenden Kronleuchter der Bibliothek zu entkommen.

»Was? Was ist los?«, fragte Graham.

»Sie ist mit ihm verheiratet geblieben«, sagte ich, während ich meine Sachen einsammelte. »Und, als wäre das nicht schon schlimm genug, sie wollte das Symbol all seiner Lügen an ihren Sohn und irgendeine ahnungslose Frau weitergeben.«

»Richtig ... aber ...«, begann Graham.

»Kein *aber*. Er war ein schlechter Mensch, aber sie ist wegen ihres *heiligen Eids* bei ihm geblieben und dachte irgendwie trotzdem noch, der Ring wäre es wert, dass sie ihn ihrer künftigen Schwiegertochter anbietet!« Und dann flippte ich wirklich aus. »Ich kann es nicht fassen! Von all den Geschichten um seine Herkunft! Von all den möglichen Anfängen, die dieser verdammte Ring hätte haben können! *Warum, warum, warum* begann alles mit einer Frau, die genau denselben idiotischen Fehler begangen hat wie meine Mutter? Zeichen sind schön und gut, aber das geht *wirklich* zu weit!« Inzwischen sahen mich alle im Raum an und warfen mir tödliche Blicke zu.

»Ich bin mir sicher, da steckt mehr dahinter«, flüsterte Graham. »Wir sollten diese Mrs. Quinn recherchieren. Versuchen, jemanden zu finden, der ihre Situation aus erster Hand kannte.«

»Nein!«, sagte ich und machte mich auf den Weg nach draußen. Graham folgte mir rasch. »Ich habe ein gleißend rotes Stroboskop von einem Zeichen erhalten, dass ich in die andere Richtung rennen sollte als dieser Ring, wenn es nicht schon zu spät ist! Außer, dass es natürlich schon zu spät ist, weil ich meinen Verlobten praktisch betrogen habe und er davon weiß!« Zum Glück waren wir schon im Flur, als ich diese Bombe platzen ließ.

»John weiß es?«, fragte Graham.

»Ja ...«, sagte ich und hätte mich ohrfeigen können, weil ich auf diese Art und Weise mit diesem Thema herausgeplatzt war. »Er ist nach Boston gekommen. Ich habe es ihm dort gesagt.«

»Nun, ich glaube, wir sollten jetzt unbedingt irgendwohin gehen und dieses Gespräch führen«, sagte Graham.

48

Wir fanden im nahe gelegenen Bryant Park ein abgeschiedenes Plätzchen. Auf dem Rasen lümmelten Paare auf Decken, schoben noch ein letztes Picknickdinner im Freien ein, ehe endgültig der Herbst kam. Wir setzten uns etwas abseits auf eine Bank, zwischen uns eine Brezel.

Ich erzählte Graham die Kurzversion dessen, was mit John in Boston passiert war. Er hörte kommentarlos zu, stellte nicht einmal eine seiner Folgefragen.

»Das tut mir leid, Shea«, war alles, was er sagte, als ich geendet hatte.

»Es ist nicht deine Schuld.« Das war eine Wahrheit, mit der ich im Zug von Boston nach New York gerungen hatte, als ich mir überlegte, wie es sich wohl anfühlen würde, Graham zu sehen. »Ich habe mich dafür entschieden. Für all das.«

»Was meinst du damit?«, fragte Graham.

Ich sprach aus, was mir durch den Kopf ging, ließ zu, dass meine Worte ungeordnet herauskamen. Und fragte mich, ob Graham mir helfen würde, sie zu verstehen. »John lag nicht von Anfang an falsch. Wäre ich mir unserer Beziehung wirklich sicher gewesen, hätte ich nicht so darauf bestanden, das Karma des Rings zu erforschen. Du hast das ja auch gesagt. Ich hätte den Aberglauben einfach dem viel Wichtigeren untergeordnet. Deshalb ... Ich weiß nicht ... Ich liebe John, aber etwas von mir kann vielleicht nicht darauf vertrauen. Das will etwas heißen, oder? Ich meine, die Tatsache, dass ich zugelassen habe, dass du ...« Ich unterbrach mich, unsicher, ob es sich lohnte, auf diesen Teil noch mal zurückzukommen. Graham blickte auf seine Hände hinunter, dann sah er mich an. Es schien, als hätte sich in seinen Gedanken irgendetwas zusammengefügt.

»Shea, ich glaube buchstäblich an fast nichts. Und ganz bestimmt glaube ich nicht daran, dass Ringe magische Energie in sich tragen. Ich bin ein Fakten-Typ. Ich recherchiere, ich zähle eins und eins zusammen. Und auf diese Art habe ich das auch mit dir gemacht, seit wir uns damals in Hudson kennengelernt haben. Du hast von Anfang an meine Neugier geweckt, und das ist bis heute der Fall. Sie wurde noch größer, als wir festgestellt hatten, wie viel wir gemeinsam haben. Und dann – keine Ahnung – machte es einfach klick zwischen uns, und seitdem will ich noch weitere tausend Abenteuer mit dir erleben. Tut mir leid, dass ich in Lissabon gesagt habe, du würdest mir etwas vormachen. Das war falsch. Unreif. Ich habe wohl einfach nur ... versucht, dieses Gefühl der Panik – woher immer es rührt – zu meiden. Ich glaube, das versuche ich schon mein Leben lang. Aber ich denke, wir machen momentan etwas Ähnliches durch. Denn ich denke dauernd darüber nach, dass die Tatsache, dass ich dich nicht gehen lassen will, auch etwas zu bedeuten hat.«

Ich war zu durcheinander, um etwas anderes zu tun, als einfach nur dazusitzen und ihn anzustarren. Das war ein anderer Graham. Der Gedanke, dass er sich meinetwegen verändert hatte, war schmeichelhaft. Es befriedigte einen Teil von mir, der immer gehofft hatte, die Menschen würden sich aus Liebe weiterentwickeln.

»Soll das heißen, dass du mit mir zusammen sein willst?«, fragte ich, abrupt auf dem Boden der Tatsachen zurück.

Graham nahm meine beiden Hände in seine. Die Wärme seiner Haut sickerte in meine ein. Ich spürte seinen Herzschlag in seinen Handflächen und war mir sicher, er spürte, dass mein Herz im selben Rhythmus schlug.

»Bisher will ich damit nur sagen, dass ich absolut nie daran geglaubt habe, dass es *die eine* gibt, aber du erweckst in mir den Wunsch, dass ich mich geirrt habe.«

Ich blickte auf unsere Hände hinab und merkte, dass alle vier zitterten. Dann hob ich den Blick wieder und nahm das Erschrecken vor der Wahrheit in Grahams Augen wahr. Mich hatte dieser Moment im Nebel des ländlichen England, in dem Matthew Macfadyen als Mr. Darcy Keira Knightley als Elizabeth erklärt, sie habe ihm ›Leib und Seele verzaubert‹, nie überzeugt. Wie konnte sie ihm nur glauben, nach all dem, was zuvor geschehen war? Doch nun begriff ich, wie über die Maßen berauschend es sein kann, wenn ein Mann einem sagt, dass man für ihn der Grund ist, an die Liebe zu glauben.

Einerseits wollte ich mich von allem, was Graham sagte, anziehen lassen, wollte am liebsten anerkennen, dass ich weitgehend das Gleiche empfand. Durch ihn wurde ich ehrlich für die Frage empfänglich, ob uns unser ähnlicher Hintergrund tatsächlich zu einem stärkeren Paar machen würde. Außerdem fühlte ich mich in seiner Gegenwart so lebendig – diese unerklärliche, allzeit bereite Energie.

»Shea? Sag was … Bitte …«, flehte Graham mit leiser, besorgter Stimme.

Das hatte ich doch schon mal gehört. Und die Tatsache, dass es mich an John erinnerte, war ein so sicheres Zeichen für meine Unsicherheit wie jedes andere. Im Moment konnte ich Graham nicht mal in die Augen sehen. Ich hatte nicht mal das Gefühl, bei ihm in diesem Park zu sein. Aber wo war ich denn dann? Und warum fühlte sich sein Tonfall so seltsam vertraut an?

Als ich wieder auf unsere Hände hinabsah, die immer noch ineinander lagen, fiel es mir ein. Ich hatte Johns Hände genauso gehalten, als ich zum ersten Mal die Gewissheit spürte, die Graham ausgedrückt hatte. Das war in dem Moment, in dem ich vor eben jenem Juwelier in Hudson, in dem John am Ende den Ring kaufte, »Ich liebe dich« gesagt hatte. Er hatte mir eine solche Gewissheit vermittelt, dass ich diese Worte zum ersten Mal einem Mann gegenüber aussprechen konnte. Bei John fühlte ich mich sicher. Geschützt. Geschätzt. Als hätte ich die Chance, auf eine Art zu lieben und geliebt zu werden, wie ich es mir nie hätte träumen lassen. Graham hingegen war wie eine brennende Wunderkerze, die mich anzog, aber in meinem tiefsten Herzen war ich schon immer die Art von Mensch gewesen, die sich am liebsten neben einem warmen Feuer eingerollt hätte.

»Danke«, sagte ich und drückte ihm die Hände, ehe ich ihn losließ. »Und du hast recht, zwischen uns ist etwas. Und das, was wir zusammen erlebt haben, hat mir sehr gefallen …«

»Aber …«, sagte Graham, der wie immer schon zwei Schritte weiter war.

»Aber du hast eine bestimmte Version von mir kennengelernt«, sagte ich. »Eine, die total aus dem Konzept geraten war und sich völlig verheddert hatte. Das alles – und vermutlich noch mehr – muss ich lösen, aber ich glaube nicht, dass wir das perfekte Paar sein könnten.«

»Dann ist es also immer noch John?«, fragte er, eindeutig gekränkt.

»Ich weiß es nicht. Und ich werde es wohl erst wissen, wenn ich diesen Dingen, die mich schon seit langer Zeit so verwirren, auf den Grund gegangen bin.«

Graham nickte, er war nicht überrascht. Dann brachte er einen Gedanken auf, der mich daran erinnerte, weshalb er ein so wichtiger Teil dieser ganzen Reise gewesen war.

»Macht Sinn. Du bist eigentlich die vierte Besitzerin des Rings. Dann ist es nur fair, dass du dich selbst genauso erforschst, wie wir es bei den anderen getan haben.«

Nachdem Graham weg war, starrte ich eine Weile zu den rosa gestreiften Wolken hinauf. Sie über den Himmel gleiten zu sehen, erweckte in mir den Wunsch, mich zu bewegen. Ich beschloss, Richtung Westen zu gehen, der Sonne zu folgen, die sich immer mehr dem Hudson näherte. Über etwa zehn im Zickzack verlaufende Straßenzüge ließ ich meine Route von grünen Ampeln bestimmen, bis ich schließlich genau wusste, wo es langging.

Der Bau der High Line hatte begonnen, als ich gerade mal eine Woche in Manhattan gelebt hatte, und die Eröffnung fand dann in meiner letzten Woche dort statt. Ich hatte jeden einzelnen Abschnitt ihrer Entwicklung verfolgt, von der Mittelbeschaffung bis hin zu dem Tag, an dem das Einweihungsband zerschnitten wurde. Es hatte sich immer so angefühlt, als würden wir miteinander Schritt halten, auf seltsame Art zusammen aufwachsen.

Das alles hatte ich John während eines unserer ersten Dates in L.A. erzählt, und dann hatte ich ihn auf unserer ersten New-York-Reise mit hierhergenommen. Wir spazierten die volle Länge des erhöhten Parks entlang, von der Thirty-Fourth Street bis Gansevoort. Unterwegs schossen wir alberne Selfies mit den Kunstinstallationen und küssten uns verstohlen hinter Pflanzen.

John hatte mir seinen Heiratsantrag auf der High Line gemacht, weil ich sie liebte, aber auch weil es der Ort war, an dem er sich wirklich in mich verliebt hatte. Aber was heißt das überhaupt?, fragte ich mich, als ich endlich zum Eingang auf der Thirty-Fourth gelangte. Sich verlieben. Das basierte auf Pheromonen und Lust. Man war betört. Oder vielleicht verzaubert? Man fing an, sich die eigene Zukunft mit diesem Menschen vorzustellen. Ich wusste, dass ich mich verliebte, als ich mich zu fragen begann, ob John wohl das fehlende Puzzleteilchen in meinem Leben war. Wäre er die Ruhe für meine Unruhe? Das Rationale zu meinem Emotionalen? Wären seine Hilfe und sein Rat der Grund dafür, dass ich die beste Version meiner selbst wurde? Würde ich all das für ihn sein? Und wie konnte einer von uns sicher sein, dass das für immer gelten würde?

Ich schlenderte nach Süden, vorbei an The Plinth, danach an den vier Backsteinbögen, die inzwischen von Wildpflanzen und Efeu bedeckt waren, und schließlich an dem riesigen Panoramafenster, das auf die Sixteenth Street hinausging. Davor befanden sich die stadionartig angeordneten Bänke, auf denen man sich unterhalten, lesen oder nachdenken konnte. Dort hatte ich gesessen, als ich zum ersten Mal hier gewesen war und darüber nachgedacht hatte, ob ich wirklich bereit war, diese Stadt zu verlassen – nach dem Umzug hierher die zweitgrößte Lebensentscheidung, die ich je getroffen hatte. Nun saß ich wieder hier und dachte über etwas sehr viel Größeres nach.

Ich hatte mich aufgemacht herauszufinden, ob mein Verlobungsring verflucht war. Gemäß meinem Aberglauben lautete die Antwort Ja, aber diese Schlussfolgerung führte mich zur nächsten, wichtigeren Frage: War die Liebe zwischen John und mir von Anfang an falsch gewesen? Nicht verflucht. Nicht dem Untergang geweiht. Einfach nur … nicht richtig? Es fühlte sich an, als wäre es unmöglich, alles hinter mir zu lassen, was wir uns in den letzten drei Jahren aufgebaut hatten, aber was waren schon drei Jahre auf das ganze Leben bezogen?

»Wusstest du, dass eins der Synonyme für *Aberglauben Wahnvorstellung* ist?«, hatte mich Annie einmal gefragt. Wir waren auf einem Spaziergang über das Manhattan-Beach-Pier über die Tatsache in eine Diskussion geraten, dass ich an so vielen von Nonnas Regeln festhielt.

»Nein, wusste ich nicht«, erwiderte ich. »Aber bestimmt gibt es einen Grund, weshalb du das jetzt sagst.«

»Weil eine Wahnvorstellung die Linse darstellt, durch die wir Dinge verarbeiten. Manchmal liegt das nicht in unserer Hand – eine psychotische Wahnvorstellung zum Beispiel. Doch in unserem Fall glaube ich schon. Ich glaube, dass du an diesem Aberglauben so beharrlich festhältst, liegt daran, dass du Regeln finden willst, an die du dich halten kannst.«

»Ja«, sagte ich. »Ich mag Regeln. Wo ist das Problem?«

»Regeln stellen einen Versuch dar, Kontrolle zu erlangen, Shea. Und ich überbringe äußerst ungern schlechte Nachrichten, aber Kontrolle ist eine totale Illusion. Wir haben nie wirklich Kontrolle. Über was auch immer.«

Ich verstand, was sie mir sagen wollte, stimmte ihr aber weder damals noch jetzt zu. Schützten mich meine Regeln etwa gerade nicht? Erlangte ich nicht gerade Kontrolle über meine Zukunft?

49

Als ich in L. A. landete, fühlte ich mich so ausgelaugt wie seit Moms Tod nicht mehr. Meine Schwester hatte den gleichen erschöpften Gesichtsausdruck, als ich vor ihrer Haustür ankam.

»Ich bin froh, dass du wieder da bist«, sagte Annie. Sie klang steif, aber das wunderte mich nicht. In Italien war viel gesagt worden und seitdem nichts mehr. Dennoch zog sie mich in eine rasche Umarmung.

»Ich mache dir das Gästezimmer bereit, dann muss ich zurück in die Schule. Heute Abend reden wir über alles.« Sie formulierte das nicht als Frage. Annie war nicht der Typ, der Dinge vor sich herschob. So nervös mich das auch machte, bedeutete es zumindest, dass an einer Front in meinem Leben schon bald Frieden herrschen würde.

Ich verbrachte den Tag damit, meinen Jetlag auszuschlafen. Als ich schließlich die Augen wieder aufschlug, war es draußen dunkel; ich hatte erfolgreich den ganzen Nachmittag verschlafen. Der Geruch nach Pizza zog mich in die Senkrechte und beinahe auch direkt zur Tür hinaus, doch da hörte ich Annies und Marks Stimmen.

»Klar werde ich mit ihr darüber reden, wie lange sie bleibt«, sagte Annie.

»Gut«, erwiderte er. »Ich weiß, sie ist deine Schwester, aber ich will mich da wirklich raushalten.«

Marks Unverblümtheit war kein Schock. Er war der älteste von vier Brüdern, einer loyaler als der andere. Im Laufe der Jahre hatten sie John ehrenhalber zum fünften ernannt.

»Geh zum Racquetball«, sagte Annie. »Ich werde mit ihr reden.« Ich wartete, bis die Haustür zuschlug, ehe ich mich auf den Weg in die Küche machte.

»Hey«, sagte Annie und richtete Pizzastücke mit Pilzen auf Tellern an – unsere Lieblingspizza.

»Danke, dass ich direkt hierherkommen durfte«, sagte ich. »Ich wollte John ein wenig Raum lassen, aus Gründen, die ich erklären kann ...« Übelkeit überkam mich; mein Körper hatte offenbar etwas dagegen einzuwenden.

»Mark hat John getroffen«, sagte Annie. In ihrer Stimme lag etwas, wovon mir noch übler wurde.

»Bevor oder nachdem er in Boston war?« Dass sie sich daraufhin nur von mir wegdrehte, war mir Antwort genug.

»Darf ich dir die ganze Geschichte erzählen?«, fragte ich, während ich ihr ins Wohnzimmer folgte und mich auf meinem gewohnten Platz auf ihrem Sofa niederließ.

Annie nahm den weltkleinsten Bissen von ihrer Pizza. Ich wusste nicht, ob ich froh oder niedergeschlagen sein sollte, weil das Ganze sie ebenso mitnahm wie mich.

»Okay«, sagte sie schließlich.

Ich fasste mich kurz, beschränkte mich auf die Einzelheiten der Ringmission, die sie seit Florenz verpasst hatte. Dann kehrte ich zu dem zurück, was zwischen Graham und mir, danach zwischen John und mir vorgefallen war.

»Das ist eine ganze Menge«, sagte Annie mitfühlend, sobald ich fertig war. Hier kam ihre Psychologieausbildung zum Zug, aber die ältere Schwester in ihr hielt sich nur zurück.

»Schon gut. Du kannst es ruhig sagen. Nichts davon wäre je passiert, wenn ich einfach auf dich gehört hätte.«

Annie zuckte mit den Schultern. Sie sah eher geschlagen als selbstgerecht aus. Bisher hatte ich es vor mir hergeschoben, über meinen Streit mit ihr genauer nachzudenken. Ich wusste immer noch nicht, wer recht hatte und wer nicht, wer sich zuerst entschuldigen sollte und wofür. Aber ich beschloss, all das ausnahmsweise mal zu ignorieren. Annie hatte es verdient, die große Schwester zu spielen.

»Annie, es tut mir wirklich leid«, sagte ich. »Ich hätte dir von Moms Ring erzählen sollen, oder zumindest hätte ich es dir nicht mitten in einem Streit, mitten auf einer italienischen *piazza*, fünfzehn Minuten vor Abflug sagen sollen. Das war grausam. Und du hattest recht: Ich war selbstsüchtig.«

Annie drehte sich auf dem Sofa zu mir. Ihre Gesichtszüge waren nun weicher, aber die Mauer war noch nicht ganz abgerissen.

»Danke, dass du das sagst«, begann sie. »Und du weißt, dass du mich nur so sehr frustrierst, weil ich das Gefühl habe, es wäre meine Aufgabe, dich zu beschützen, eine Aufgabe, die du mir nicht gerade leicht machst.«

Ich lächelte, endlich. »Betrachte es als kostenlose Vorbereitung aufs Muttersein.«

Annie lächelte, überwältigt von diesem Gedanken, ehe sie wieder ernst wurde. »Aber ich verstehe es. Das mit Moms Ring. Und, Shea, es gibt auch etwas, das ich dir sagen muss.«

»Okay …«, sagte ich, während ich meine Füße unter mich zog und es mir gemütlich machte.

»Es geht um Mom«, fuhr sie fort. »Ich wollte es dir in Italien schon sagen, aber ich dachte, es würde dir zu diesem Zeitpunkt eher wehtun als helfen. Ehrlich gesagt wünschte ich jetzt, ich hätte es dir schon vor Jahren gesagt, aber Mom hat mich auch darum gebeten, es für mich zu behalten.«

Meinem Puls gefiel ihr Tonfall nicht. »Wahrscheinlich haben wir beide nur versucht, Mom gegenüber loyal zu sein«, sagte ich vorsichtig.

»Ja. Und in diesem Fall hat Mom nur versucht, Nonna gegenüber loyal zu sein.« Annie atmete tief ein und platzte dann mit allem heraus: »Mom wollte Dad schon Jahre, bevor sie es dann tatsächlich getan hat, verlassen. Sie hatte die Scheidung beantragt, als wir beide vielleicht acht und zwölf waren, direkt nachdem wir das Haus oben im Norden verkaufen mussten, und da hat sie auch herausgefunden, dass Dad sie betrog. Sie war voll und ganz darauf vorbereitet, ihn zu verlassen, aber …« Annie verstummte.

»Aber was? Warum hat sie es nicht getan?« Pubertäre Wut stieg in mir auf.

»Nonna hat sie dazu überredet, es nicht zu tun.« Diesen Teil sagte sie langsam, weil sie wusste, wie hart mich ihre Worte treffen würden. »Ich kenne nicht alle Einzelheiten – Mom hat es mir ganz am Ende erzählt, als sie schon Morphium bekommen hat. Irgendwas von der Schande, die es über die Familie bringen würde, die Sünde, ihr Ehegelübde zu brechen. Du weißt, dass Mom nicht superreligiös war, aber ich glaube, tief in ihrem Inneren hat sie einfach ihrer Mutter geglaubt oder war zumindest überzeugt davon, verheiratet zu bleiben, bis Nonna nicht mehr unter uns war.«

»Das ist … Ich kann gar nicht …« Inzwischen war ich aufgestanden, bewegte meinen Körper, als müsste ich gleich auf etwas eindreschen. »Wie konnte Nonna das bloß tun? Wie konnte sie zulassen, dass Mom weiterhin in all diesem Schmerz feststeckte?« Ich legte mir die Hände auf die Augen, als würden meine Handflächen eine Antwort darauf enthalten. Dann kam mir ein Gedanke, und ich musste mich wieder hinsetzen: *War die Heldin aus meiner liebsten Liebesgeschichte die Schurkin in der meiner Mutter?*

»Warum wollte Mom nicht, dass ich das weiß?«, fragte ich schließlich.

»Sie wollte nicht, dass du einen Groll auf Nonna hast. Das ist eigentlich das, was sie noch am deutlichsten artikuliert hat. Sie wusste, wie sehr du sie und Pop geliebt hast und wie viel dir das Märchen ihrer Ehe bedeutet hat. Ich glaube, Mom hat beschlossen, es sei wichtiger, dass du daran festhältst.«

Ich hörte Annie zu, spulte aber in Gedanken zurück, versuchte, mich an irgendwelche Spannungen zwischen Mom und ihrer eigenen Mutter zu erinnern. *Wie konnten sie sich weiterhin so nah sein, obwohl Nonna ignorierte, was Mom brauchte?* »Hat Mom es Nonna übel genommen? Oder ihr all die Jahre die Schuld zugeschrieben?«, fragte ich.

»Keine Ahnung. Mom sagte mir nur, sie wünschte, sie wäre in vielerlei Hinsicht stärker gewesen. Der verheiratete Mensch in mir fragt sich, ob es für Mom – zumindest in ihrer Vorstellung – einfacher war, sich Nonnas ›Gesetzen‹ zu beugen, als sich von Dad scheiden zu lassen.«

Annies Kommentar katapultierte meine sich überschlagenden Gedanken in eine neue Richtung. »Moment mal«, sagte ich. »Wenn Mom Dad schon so lange verlassen wollte, ergibt es noch weniger Sinn als zuvor, dass sie ihren Verlobungsring *für den Rest ihres Lebens* getragen hat! Warum wollte sie diese ständige Erinnerung nicht loswerden?«

»Das weiß ich nicht. Aber ich glaube, wir werden damit leben müssen, es nie zu erfahren«, sagte Annie. Ich nickte und hoffte, sie merkte, wie dankbar ich war, dass sie nicht »deinetwegen« gesagt hatte, aber sie war aufgestanden und ging nun Richtung Küche; vielleicht hatte sie mit diesem Teil noch zu kämpfen.

»Warum hat Nonna Mom das angetan …«, dachte ich laut.

»Nonna ist in einer ganz anderen Zeit aufgewachsen, mit völlig anderen Überzeugungen«, antwortete Annie, die nun zwei Gläser Wasser in der Hand hatte. »Wahrscheinlich glaubte sie, Mom damit zu helfen. Und wie du weißt, konnte Nonna sehr überzeugend sein, wenn es um ihre Weltanschauung ging, vor allem, wenn sie dachte, sie würde ihre Lieben damit schützen.«

Es dauerte einen Moment, bis die Ironie in Annies Kommentar bei mir ankam, doch dann vergrub ich mein Gesicht in einem Kissen.

»Alles okay?«, fragte Annie.

»Nicht so …«, murmelte ich, noch immer mit dem Gesicht nach unten. »Aber es fühlt sich richtig an, wenn man es so bedenkt.«

»Ja«, erwiderte sie. »Sowohl psychologisch als auch schwesterlich betrachtet. Nun, können wir uns vielleicht jetzt sofort etwas versprechen?«

»Darf ich dafür mein Gesicht in diesem Kissen lassen?«, fragte ich.

»Nein«, sagte Annie und zog mich dabei hoch. Sie nahm meine Hand, um sie zu schütteln. »Keine Geheimnisse mehr.«

»Keine Geheimnisse mehr«, wiederholte ich. »Vor allem nicht vor dieser neuen Generation in unserer Familie.«

Annie blickte auf ihren Bauch hinab und strich liebevoll darüber. »Dieser neuen Generation von Frauen«, sagte sie.

»Ist es ein Mädchen?«, kreischte ich.

»Es ist ein Mädchen«, erwiderte meine Schwester. »Gott steh mir bei …« Ich umarmte sie – und meine künftige Nichte – so fest, dass wir fast vom Sofa gefallen wären.

Bevor ich an jenem Abend schlafen ging, beschloss ich, John endlich anzurufen. Zumindest, so dachte ich, könnten wir uns in Bezug auf die Wohnung irgendwie arrangieren. Bestenfalls wüsste einer von uns schon, wie wir mit dem, was als Nächstes käme, beginnen konnten.

»Lass uns einfach ein paar Wochen Zeit nehmen, um nachzudenken«, sagte ich nach unserer steifen Begrüßung. »Ich kann solange bei Annie und Mark wohnen.«

»Ja. Zeit wäre gut«, sagte John. »Und ich danke dir dafür. Morgen bin ich länger in der Schule, um die letzten Vorbereitungen für die Wissenschaftsolympiade zu treffen, falls es dir leichter fällt, Sachen aus der Wohnung zu holen, wenn ich nicht da bin.« Ich musste mein Handy fester umklammern. *Hatte es wirklich so weit kommen müssen? Dass wir einander aus dem Weg gingen?*

»Wäre das besser für dich?«, fragte ich, weil ich mir sehnlichst erhoffte, das nicht entscheiden zu müssen.

Ich wünschte mir, John hätte sehr viel länger nachdenken müssen, ehe er Ja sagte. Doch dann fiel mir wieder ein, dass Unentschlossenheit noch nie sein Problem war.

50

Der Tag danach war zum Glück ein Montag. Nachdem ich zwei ganze Wochen weg gewesen war, war zur Arbeit zurückzukehren die Ablenkung, die ich brauchte. Allerdings platzte leider Jack Sachs herein, als ich mal wieder mit leerem Blick auf den Computerbildschirm starrte. Zum Glück stand dieser direkt neben meinem riesigen Monatskalender, auf dem all meine farbig unterlegten Meetings und Events verzeichnet waren. Ich neigte den Kopf zur Seite, als würde ich mir gerade überlegen, dem noch etwas hinzuzufügen, dann schnappte ich mir einen grünen Stift vom Schreibtisch, um den Eindruck noch zu untermauern.

»Willkommen zurück, Anderson«, sagte er. »Alles gut?«

»Ähm, geht schon«, war alles, was ich herausbrachte.

»Ich kann dir einen Tag zum Eingewöhnen gewähren, oder ich kippe dir eine Tonne möglicher Angebotsanfragen auf den Schreibtisch. Was hilft dir mehr?«, fragte er.

»So viel Beschäftigung wie möglich, bitte.«

»Alles klar. Triff dich mit Julie. Sie wird dir alles erklären. Und über das andere sprechen wir dann Anfang nächster Woche.«

Erst als er schon halb durch den Flur war, wurde mir klar, dass er die Beförderung meinte. Den großen neuen Titel, von dem ich inzwischen gar nicht mehr so sicher war, ob ich ihn überhaupt wollte. Ich hatte damals von unterwegs mit einem schlichten Danke auf seine E-Mail mit dem Angebot reagiert, ein beinahe unhöfliches bloßes Minimum. Das bin ich nicht, dachte ich, während ich aufstand, um Julie zu suchen.

Die Stunden schleppten sich dahin, bis es Zeit war für den nächsten Schlag in die Magengrube: ein paar Sachen aus unserer Wohnung holen. Dort war es so ordentlich wie immer. John bevorzugte alle Zimmer volle fünf Grad kälter als ich, aber abgesehen von dieser stereotypen Kluft waren wir in Bezug auf das Zusammenleben sehr kompatibel. Seine Reinlichkeit im Badezimmer stellte jeden Mitbewohner, den ich je hatte, einschließlich Rebecca, in den Schatten.

Ich sah mich im Wohnzimmer um, erinnerte mich daran, dass wir kaum etwas verändert hatten, nachdem er eingezogen war. Der Raum trug eindeutig meinen Stempel, vom senfgelben Samtsofa bis hin zu der gewagten grün-goldenen Tapete dahinter. *Wollte John das so, oder hatte er nur Zugeständnisse gemacht?*

Im Eingangsbereich hing die Fotogalerie, die wir in mühevoller Kleinarbeit gemeinsam dort aufgehängt hatten. Bei der Erinnerung daran, wie John schwitzend über Rahmengrößen und Positionen brütete, musste ich lachen, doch die Fotos in diesen Rahmen fesselten mich nun. Wir beide auf einem Tuk-Tuk in Bangkok. Wir mit Annie und Mark an Weihnachten, alle vier in scheußlichen Pullis. Wir beide genau auf der *piazza* in Florenz, über die ich vor einer Woche allein spaziert war. Wir waren ein glückliches Paar. Wir waren schon immer ein aufrichtig glückliches Paar gewesen. Was waren wir jetzt?

Unfähig, diese Frage zu beantworten, wandte ich mich in Richtung Schlafzimmer. Ich stopfte Kleider und Toilettenartikel in eine Tasche, ohne eine Ahnung zu haben, wie viel ich brauchen würde, dachte darüber nach, eines von Johns Hemden mitzunehmen. *Um eine Art Schmusedecke zu haben? Um zu sehen, wie sehr ich ihn vermisse?* Er hat recht, dachte ich, es war besser, dies allein zu tun.

Schließlich wollte ich Annies und Marks Ersatzschlüssel vom Haken neben der Haustür nehmen. Aber er war nicht da. Unwillkürlich musste ich lachen: *Natürlich. John hat ihn.* Offenbar wollte das Universum nicht, dass ich davonkäme, ohne ihn persönlich getroffen zu haben. Ich beschloss, dass ich nicht in der Position war, die Autorität des Universums infrage zu stellen.

John war in der Aula der Schule, als ich dort ankam, und bereitete sein Team auf den großen staatlichen Wettbewerb vor. Ich hatte ihm geschrieben, dass ich wegen des Schlüssels vorbeikommen würde, doch er hatte nicht geantwortet. Einerseits fragte ich mich, ob es ein Fehler war, trotzdem herzukommen, aber andererseits musste ich ihn irgendwie persönlich sehen. Leise schlüpfte ich hinten in den Raum.

Die Kinder saßen an einem langen Tisch, in den Händen Buzzer-Attrappen. Er stand auf einem Podium und spielte den Moderator des Wettbewerbs. Er hatte sogar ein Sakko und eine Krawatte angezogen, um seine Rolle offizieller zu gestalten. Ich lächelte. In Sakko und Krawatte sah er immer so richtig gut aus.

»Meine Damen und Herren, willkommen zur diesjährigen südkalifornischen Wissenschaftsolympiade«, sagte er und ahmte ein wild gewordenes Publikum nach. Alle fünfzehn Kinder brachen in lautes Lachen aus.

»Na schön, unser erstes Thema heute ist Biologie. Franklin Middle, bist du bereit?«

»Ja!«, brüllte das Team wie aus einem Munde.

»So gefällt mir das!«, sagte John. »Gut, bitte wendet euch für die erste Frage dem Bildschirm zu.« Sie gehorchten wie kleine Soldaten, ihren kleinen Schultern konnte man die Nervosität praktisch ansehen. Wie macht John das?, dachte ich, als mein eigenes Blut auch schneller pulsierte. John drückte auf die Fernbedienung in seiner Hand. Aber es ploppte keine Quizfrage auf dem Bildschirm auf, sondern ein Foto von Jayden – einem der Teammitglieder aus der achten Klasse. Darauf stand er in Hulk-Pose auf der Bühne des letztjährigen Wettbewerbs. Die Kinder drehten durch, lachten und zeigten auf den Bildschirm, dann auf Jayden, der seinen eigenen Move nachahmte.

»Was denn?!«, sagte John. »Wie kommt das ... Moment mal.« Er hielt die Fernbedienung hoch und drückte erneut darauf. Dieses Mal war ein Schnappschuss von Kira und Jess zu sehen, die von ihren Plätzen aufsprangen, nachdem sie auf derselben Veranstaltung eine superschwere Frage beantwortet hatten. Das wusste ich, weil ich damals mit im Publikum gesessen hatte, nervös und aufgeregt wie die Eltern, die neben mir saßen.

»Ha!!! Was ist das? Mr. Jacobs!!«, brüllten die Kinder.

»Keine Ahnung, was da los ist«, flunkerte John, während er weiterklickte. Als Nächstes kam Teddy, der nach dem Wettbewerb von seinen Eltern gedrückt wurde, dann Alex, der den Pokal für den zweiten Platz ebenso fest drückte. Danach folgte ein Foto nach dem anderen von diesen Kindern, die vor Aufregung, Freude und Stolz fast platzten. Ich beobachtete ihre Mienen, während sie jubelten, als würden sie diese Momente noch mal durchleben, und Johns Gesicht, als er ihre totale Begeisterung in sich aufnahm.

John endete mit einem Foto des gesamten Teams, das mit der klassischen Bandbreite dämlicher Mittelschul-Grimassen posierte. Und er war mittendrin, die Wangen aufgeblasen wie ein falscher Kugelfisch. Ich schlug die Hand vor den Mund, um nicht laut zu lachen – oder vielleicht zu weinen? Ich konnte es gar nicht genau sagen. John ließ das Foto auf dem Bildschirm, während er um das Podium herum an den Tisch trat.

»Keine Quizfragen heute«, sagte er. »Diese Fotos sind alles, was ihr braucht, um euch auf den Wettbewerb vorzubereiten. Seit Monaten arbeitet ihr hart. Ihr kennt euren Stoff in- und auswendig. Außer dem Periodensystem, aber diese Edelgase sind echt der Knaller«, scherzte er. »Also, wenn wir gewinnen, ist das super. Aber eigentlich geht es um den Spaß, den wir alle zusammen haben. Und es ist mir eine Ehre, ein Teil davon zu sein.«

Die Kinder strahlten, dann verfielen sie in einen langsamen Applaus. John strahlte ebenfalls und machte mit. Und ich stand ganz still hinten im Raum, und am meisten schockierte mich, dass nichts von dem, was ich gerade gesehen hatte, eine Überraschung für mich war. *Das ist so durch und durch John.* In diesem Moment empfand ich so viel Respekt und Bewunderung für ihn, dass ich mich wunderte, dass das nicht alles aus mir herausplatzte und auf ihn übersprang. Aber womöglich passierte das gerade doch, denn sobald der ausgelassene Jubel abebbte, drehte sich John endlich um und entdeckte mich.

»Oh, hey«, sagte er erschrocken. Er hatte meine Nachricht nicht gelesen. Und seinem Gesicht nach zu urteilen, wollte er mich nicht sehen.

»Hi, tut mir leid«, stotterte ich. »Ich habe dir geschrieben. Ich glaube, du hast Annies und Marks Wohnungsschlüssel, oder?«

John schüttelte den Kopf, frustriert, dass er dieses Detail vergessen hatte. »Stimmt. Sorry. Er ist in meinem Handschuhfach. Das Auto steht auf dem Parkplatz, aber es ist abgeschlossen.«

»Macht nichts, ich habe …«, begann ich, doch John unterbrach mich.

»Richtig«, sagte er und schüttelte wieder den Kopf. Natürlich hatten wir einen Zweitschlüssel für den Wagen des jeweils anderen. Wir hatten schließlich bisher ein ganzes Leben geteilt.

»Wer ist das?«, fragte ein Kind, das ich noch nie gesehen hatte.

»Ähm ... Das ist meine ... Oh ...«, begann John.

Als er so um Worte rang, wäre ich am liebsten im Erdboden versunken. Ich schloss die Augen, weil mir genau das gerade nicht gelang, doch dann hörte ich ein ganz bestimmtes Geräusch, das ich wahrscheinlich, seit ich genau in dem Alter gewesen war, in dem alle Kinder es machten, nicht mehr gehört hatte: Alle fünfzehn Mitglieder des Wissenschaftsolympiade-Teams beendeten Johns Herumgestotter mit einem klassischen Mittelschul-*oooooh*. John und ich wurden beide rot.

»Viel Glück morgen«, rief ich, unfähig, mein Lächeln zu unterdrücken.

»Danke«, erwiderte er, ebenfalls mit einem Hauch von einem Lächeln.

Johns Diashow ließ mich an alte Fotos denken, während ich wieder mitten in der Nacht stundenlang hellwach dalag. Mom hatte seit Annies und meiner Geburt unglaublich gestaltete Alben angefertigt. Sie und Nonna hatten eine Phase durchlaufen, in der sie sie je nach Jahreszeit oder Anlass mit Stoff eingebunden hatten. Kleine rosa Blumen für unsere Babyalben. Mit Stechpalmenmotiv bedruckter Stoff für Weihnachten und unsere Skiurlaube in Big Bear. Ich fragte mich, ob sie wohl irgendwelche Antworten auf die Fragen enthielten, die seit meinem Gespräch mit Annie immer noch im Raum standen. Über mir drehte sich der Deckenventilator, die Kette in der Mitte klickte bei jeder Umdrehung, während meine Gedanken weiter in diese Richtung wanderten. Hat Annie nach Moms Tod nicht all diese Alben mitgenommen?, fragte ich mich. Ich sah sie in ein paar alten Schachteln vor mir, die mit dickem schwarzem Filzstift beschriftet waren. Könnten sie hier, in diesem Zimmer, im Schrank stehen? Es hätte keinen Sinn gemacht, nicht nachzuschauen, vor allem nicht, weil es bestimmt noch Stunden dauern würde, bis ich einschliefe, obwohl es schon weit nach Mitternacht war.

Ich stand auf und öffnete die verspiegelte Schranktür. Drinnen befand sich Annies *unglaublich* aufgeräumter Stauraum. Selbst ihre alten Stofftiere hatten ihr eigenes Fach. Ich fand ihren ziemlich zerlumpten Affen, der mich — wie immer — anstarrte. Dann entdeckte ich ganz oben auf dem Regal genau die Schachteln, an die ich mich erinnert hatte.

Ich schaffte es, die größte von ihnen herunterzuholen, ohne sie fallen zu lassen. Auf der Seite stand *1980–1987*. Zuerst hielt ich inne – damals war ich noch nicht mal geboren –, aber dann fragte ich mich, ob dieser Zeitraum womöglich am hilfreichsten sein könnte.

Ich nahm mir das erste Album vor, lehnte mich an die Wand, um es durchzublättern. Als Erstes sah ich eine Außenansicht von Moms und Dads erster Wohnung – dem Studio in Marina del Rey, das sie Moms Meinung nach nie hätten verlassen sollen. Das musste das Album aus dem allerersten Jahr, in dem sie verheiratet waren, sein. Auf der nächsten Seite befanden sich Fotos vom frisch vermählten Paar selbst. Mom war zierlich, braun gebrannt und hatte die perfekte Farrah-Fawcett-Frisur. Es gab eine Aufnahme von ihr, auf der sie an der Küchenzeile Essen vorbereitete, auf der nächsten präsentierte sie ein Kunstwerk, das die beiden gerade aufgehängt hatten, und schließlich kam eine mit Dad auf der Couch. Mom saß auf seinem Schoß und lächelte wie ein Mädchen, das sich gerade den Captain des Football-Teams geangelt hatte. Doch es war Dads Gesicht, das mich zweimal hinschauen ließ. Ich hatte ihn seit fast zehn Jahren nicht mehr gesehen. Natürlich war das nicht der Mann, den ich gekannt hatte. Dieser Typ hatte eine Achtzigerjahre-Gelfrisur, starke Armmuskeln und einen Schnurrbart, von dem ich gar nichts gewusst hatte. Er drückte Mom so fest, als hätte er gerade den besten Preis auf dem Jahrmarkt gewonnen. Ich habe nie gesehen, dass er sie so umarmt hat, dachte ich. Irgendetwas daran, sie so glücklich zu sehen, fühlte sich falsch an – als hätten sie nur so getan. Waren das die Eltern, die Annie kannte? Hatte sie deshalb gewollt, dass sie zusammenblieben?

Als ich mir das Album zur Genüge angeschaut hatte, schnappte ich mir ein anderes. Es hatte einen schmalen Goldrand – ihr Hochzeitsalbum. Ich sah mir sämtliche Fotos meiner Eltern am bis dahin glücklichsten Tag ihres Lebens an. Mom war eine selige Hippie-Braut bis hin zu den Wildblumen im Haar, und Dad sah schicker aus, als ich ihn je erlebt hatte – glatt rasiert und in weißem Smoking. Ich konnte gar nicht mehr aufhören, ihre strahlenden jungen Gesichter anzulächeln. Was war schiefgegangen? Und wann?

Schließlich kam ich in der Mitte des Albums zu einem Foto in größerem Format: die beiden vor dem Altar beim Traugottesdienst. Dad hält Moms Hände in seinen und sieht sie voller Liebe an. Doch mein Blick wanderte zu dem für mich offensichtlichsten Gegenstand auf dem Foto: zum Verlobungsring an ihrem Finger.

Ein unerwarteter Gedanke schoss mir durch den Kopf. Daraus wurde ein Idee, die sich zu einem Plan weiterentwickelte. Angetrieben von einer plötzlichen Dringlichkeit, sprang ich auf und zog mich an. Minuten später war ich auf der Straße, fuhr dem Sonnenaufgang entgegen Richtung Osten. Eine Stunde später klopfte ich an die Tür einer heruntergekommenen Wohnung. Schließlich wurde sie von einem alten Mann im Pyjama geöffnet.

»Shea?«, fragte er verblüfft.

»Ja. Hi, Dad«, sagte ich, während er die Tür weiter aufmachte, um mich hereinzulassen.

51

Wir setzten uns an seinem unordentlichen Küchentisch einander gegenüber, als wäre ich eine Staubsaugerverkäuferin, die sich einem Typen aufdrängt, der einfach nur sein verdammtes Frühstück essen will. Zwischen Small-Talk-Fragen, die begannen und dann abrupt abbrachen, und unbehaglichem gezwungenem Lächeln herrschte zu viel angespannte Stille. Dad kochte Pulverkaffee, hatte aber keine Milch, deshalb tranken wir ihn schwarz. Oder er zumindest. Ich war zu erstarrt, um auch nur daran zu nippen.

Er hatte von Annie gehört, dass ich vor Jahren an die Westküste zurückgekehrt war, und betonte, dass sie in den Ferien immer nach ihm sah. Das wusste ich bereits und war nicht hergekommen, um mir ein schlechtes Gewissen einreden zu lassen, wie ich schon bald klarstellte.

»Ich freue mich echt, dass du gekommen bist, was immer der Grund dafür ist, Sheaby«, sagte er. Früher hatte er diesen Spitznamen immer zur Melodie seines Lieblings-Coversongs von Frank Sinatra gesungen: *Yes, sir, you're my Sheaby. No, sir. I don't mean maybe. Yes, sir. You're my little Sheaby, girl!* Auf sein Stichwort war ich dann immer herumgewirbelt.

Ich spürte, wie ich bei dieser Erinnerung unwillkürlich lächeln musste, doch ich bemühte mich sofort, es zu unterdrücken. Ich wollte seinem Charme nicht erliegen, doch selbst ich musste zugeben, dass Dad weicher wirkte als beim letzten Mal, als wir miteinander gesprochen hatten. Er blickte mir tatsächlich in die Augen, während wir redeten, und erkundigte sich dauernd, ob mein Kaffee noch warm genug war. Allmählich fragte ich mich, ob es falsch von mir gewesen war, so voll und ganz den Kontakt zu ihm abzubrechen, doch dann brachte er die falsche Erinnerung aufs Tapet. Oder vielleicht auch die richtige.

»Gott, Shea«, sagte er. »Ich glaube, ich habe dich seit Moms Beerdigung nicht mehr gesehen.« Dad war damals den ganzen Tag betrunken gewesen, was seinerzeit typisch für ihn war.

Nach der Scheidung hatte er sich endgültig seinen Lastern hingegeben, er hatte ständig wechselnde Affären mit beträchtlich jüngeren Frauen und ging mit einer ganzen Reihe gescheiterter Nebengeschäfte baden. Zuerst hatten Annie und ich beide versucht, mit ihm in Kontakt zu bleiben. Annie hatte ihn sogar überredet, es eine Zeit lang mit einem Entzug zu probieren, doch dann wurde Mom so richtig krank. Ich stand kurz vor meinem Highschool-Abschluss. Annie war erst seit einem Jahr fertig mit dem College und gerade mit Mark zusammengezogen. Keine von uns hatte die Zeit zu versuchen, beide Elternteile zu retten, und die Entscheidung war klar. Dad besuchte sie nicht. Er rief nicht an. Mom wollte ihn nicht mehr, hatte er einmal zu Annie gesagt, warum sollte er sich dann bei ihr melden? An Annies Hochzeit war er genauso egoistisch gewesen.

»Glaubt ihr, ihr könntet in eurem vollen Terminkalender mal etwas Zeit finden, um mich anzurufen, nun, da ihr nur noch einen Elternteil habt?«, hatte er während des Mittagessens nach der Beerdigung gesagt, das Annie und ich arrangiert und bezahlt hatten. Das Einzige, was ich Dad in der Hinsicht zugutehalten konnte, war, dass er sich einverstanden erklärt hatte, die letzten

Arrangements beim Bestatter zu regeln. Wir hatten uns nicht dazu durchringen können, diesen Teil zu übernehmen. Es bedeutete, Entscheidungen zu treffen, die wir niemals als gut genug empfunden hätten, und, was noch schlimmer gewesen wäre: dabei zu sein, wenn der Sarg offiziell für immer geschlossen wurde. Mom hatte uns ausdrücklich gesagt, wir sollten kein schlechtes Gewissen haben, wenn wir diesen Teil nicht übernehmen konnten, noch immer gequält von ihrer eigenen Erfahrung mit Nonna.

»Na gut, seid brav, ihr zwei. Und denkt daran, Mom ist jetzt besser dran, sie muss nicht mehr leiden«, hatte Dad an jenem Tag zum Abschied gesagt und war praktisch zur Tür hinausgerannt. Ich ging ihm hinterher, um zu sehen, wohin er so rasch wollte. Draußen parkte ein Mercedes, ein prächtiger Oldtimer, am Steuer saß eine Frau, die sehr viel jünger war als Dad.

»Sie wäre besser dran gewesen, wenn sie nicht ihr ganzes verdammtes Leben lang gelitten hätte!«, brüllte ich ihm nach. Ich redete mir ein, er hätte mich noch gehört, aber in Wahrheit hatte er bereits im Auto gesessen.

Ich war überrascht, wie schwer es mir jetzt fiel, an all diesen Zorn anzuknüpfen. Annie sagte mir immer, die Zeit würde die meisten Wunden heilen, doch ich hatte nie geglaubt, dass das in diesem Fall auch geschehen würde. Aber Dad war sichtlich gealtert. Er hatte fast keine Haare mehr, und seine schlaffe, rötliche Haut verriet, dass er zu viel trank und zu wenig aß. Sein Rücken war gebeugt und seine breite Stirn von tiefen Furchen durchzogen. Er war mein Feind, aber im Körper eines alten Mannes – und der einzige Angehörige, den ich außer Annie und Mark noch hatte.

»Du bist also immer noch mit dem Typen zusammen, von dem Annie mir auf ihrer Weihnachtskarte geschrieben hat? Wie heißt er noch?«, fragte Dad, um die Stille auszufüllen.

»John«, erwiderte ich. »Und … es ist eine lange Geschichte.«

»Verstehe«, sagte Dad. Womöglich hatte ich soeben zum ersten Mal in unser beider Leben etwas gesagt, was er wirklich verstanden hatte.

»Dad, ich bin hergekommen, um dich ein paar Dinge über Mom zu fragen, in Bezug auf ihren Verlobungsring.«

»Okay«, sagte er, plötzlich nervös. »Dann schieß mal los.«

Ich holte tief Luft, weil ich wusste, dass ich nicht mehr rückgängig machen konnte, was ich als Nächstes sagen würde, ganz egal, was er mir darauf antwortete.

»Ich weiß, dass sie dich schon Jahre vor eurer Scheidung verlassen wollte.« Ich beobachtete, wie bei der Erinnerung daran seine Augen glasig wurden. Es schmerzte ihn. Was schockierenderweise wiederum mich schmerzte. Aber ich durfte diesen Moment nicht dem kleinen Mädchen überlassen, das hoffte, sein Dad würde eine Zugfahrt mit ihm unternehmen, wenn es sich benähme. »Ich will wissen, ob du irgendeine Ahnung hast, weshalb sie sich geweigert hat, ihren Verlobungsring abzulegen, nachdem ihr euch getrennt hattet.«

Dad riss die Augen auf – überrascht, aber auf eine seltsame Art. »Warum willst du das wissen?«, fragte er.

»Weil ich es wissen muss. Und sie kann es mir nicht mehr sagen.«

Er blickte mich an, als würde er etwas sehen, was er nicht fassen konnte. »Gut«, sagte er, eher zu sich selbst. »Wahrscheinlich hätte ich das schon vor langer Zeit tun sollen. Gib mir eine Sekunde, okay?«

Langsam stand er auf und verschwand im Flur vor der Küche. Ich saß da, war so verwirrt, dass ich so hektisch mit dem Fuß klopfte, dass ich einen Krampf bekam. Minuten später kehrte Dad, jetzt vollständig angezogen, mit einem zerknüllten Ball aus Papiertüchern in der Hand und einem überraschend zärtlichen Lächeln auf dem Gesicht wieder zurück.

»Hier«, sagte er. »Sieht so aus, als wäre es endlich an der Zeit, dass du das bekommst.«

Verwirrt wickelte ich das Papier aus. Dann erkannte ich an der Form, was sich darin befand: Moms Verlobungsring. Ich konnte mich nicht überwinden, ihn vollends auszuwickeln, vor allem nicht in Dads Anwesenheit. Ich wollte nicht, dass er dabei war, wenn ich ihn nach all den Jahren sah; ich brauchte Privatsphäre. Doch dieser Gedanke brachte mich auf etwas anderes.

»Warte mal. Warum zum Teufel hast du ihn?!«, schrie ich.

»Beruhige dich, Shea.«

»Nein, er gehört dir nicht, er gehört nicht zu dir!« Dann ging meine Fantasie mit mir durch. »O Gott, du hast ihn gestohlen! Er war an Moms Finger, als sie gestorben ist, und du hast ihn ihr abgenommen! Was für ein kranker, verkorkster Mensch tut so etwas?«

Er nickte. »Das habe ich wohl nicht anders verdient. Aber ich habe den Ring an mich genommen, weil mich der Bestatter darum gebeten hat. Sie wollen die Menschen nicht mit wertvollem Schmuck begraben. Angst vor Grabräubern oder so, nehme ich an. Und ich habe ihn an mich genommen, weil ich dachte, es wäre wohl das Richtige, falls eine von euch ihn eines Tages haben wollte.«

»Eines Tages? Hast du ihn für den richtigen, besonderen Moment aufbewahrt, oder was?« Ich kochte noch immer vor Wut.

»Nein. Ich habe den Ring aufbewahrt, weil ich so beschämt war, nachdem mir deine Mom das hier geschickt hatte.«

Dad griff in seine Gesäßtasche, zog ein gefaltetes Blatt Briefpapier heraus und reichte es mir.

»Was ist das?«

»Die Antwort auf deine Frage, weshalb deine Mutter diesen Ring all die Jahre getragen hat.« Meine Hände bebten, als ich mich anschickte, das Papier aufzufalten. Dann hielt ich inne. Ich hatte die letzten Worte, die meine Mutter je gesprochen hatte, an dem Tag gehört, an dem sie vor über einem Jahrzehnt gestorben war. Nun sprach sie plötzlich wieder zu mir, doch dies war der falsche Ort, um ihre Worte zu lesen.

»Du kannst den Brief behalten«, sagte Dad, als würde er meine Gedanken lesen. »Und du kannst mich anrufen, wenn du ihn gelesen und noch irgendwelche Fragen hast.«

Die Hoffnung in seiner Stimme war plötzlich zu viel für mich. Tränen stiegen mir in die Augen.

»Shea, es tut mir leid.« Er wollte gerade die Hand nach mir ausstrecken, zog sie dann aber wieder zurück. »Du hast nicht verdient, was ich getan habe. Und verdienst es bis heute nicht. Ich wünschte, ich könnte die Zeit zurückdrehen und dir und deiner Schwester ein besserer Vater sein, das schwöre ich. Das würde ich, wenn ich es könnte, Shea.«

Diese Entschuldigung war alles, was ich mir bis vor Kurzem erträumt hatte, von diesem Mann zu hören, aber nach all den Erkenntnissen der letzten paar Wochen wandte er sich an die Falsche.

»Ich bin nicht diejenige, bei der du dich entschuldigen solltest«, sagte ich, und dann sprudelten die Worte nur so aus mir heraus, als hätten sie schon in meiner Kehle darauf gewartet. »Ich kann ein besseres Leben haben. Aber weißt du, wer das nicht mehr haben kann? *Mom.*« Ich war inzwischen aufgestanden, klammerte mich Halt suchend an der Tischkante fest. »Du hast ihr die besten Jahre ihres Lebens gestohlen. Du hast ihr die Chance genommen zu erfahren, was echte Liebe ist. Und als du endlich weg warst, hatten wir nur noch wenige Jahre mit ihr, bis sie starb!«

Dad starrte mich an, kein Hauch von Erschütterung auf seinem Gesicht. »Du hast recht«, war alles, was er sagte, während er mühsam Tränen unterdrückte. »Ich hoffe, du wirst nie zulassen, dass dir jemand so etwas antut.«

Ich spürte, wie sich seine Worte förmlich in mich einbrannten. Dann schnappte ich mir Moms Nachricht und ihren Ring und ging zur Haustür hinaus.

52

Ich wartete auf dem Parkplatz auf Annie und versuchte, mich daran zu erinnern, ob ich je ohne sie am Emma Wood State Beach gewesen war. Ohne Mom waren wir nur ein einziges Mal hier, und zwar als wir ihrer gedenken wollten – nur wir zwei. An jenem Nachmittag spielten wir viel zu laut Linda Ronstadt, aßen Tomate-Mozzarella-Sandwichs aus unserem liebsten italienischen Laden und lasen alte Glückwunschkarten, die sie uns zu unseren Geburtstagen geschrieben hatte. Dann nagelten wir ein kleines Schild, das Annie gebastelt hatte, an den Zaun hinter den Dünen, in denen wir immer zusammen gesessen hatten. *Suzanne Anderson State Beach* stand darauf. Mom liebte diese kleine Enklave in der Küstenlinie vor allem, weil es der einzige Abschnitt in ganz Kalifornien war, der nach einer Frau benannt worden war.

Jetzt schlitterte Annie mit quietschenden Reifen auf den Parkplatz, stellte ihr Auto neben meines und sprang heraus.

»Ich habe tausend Fragen zu allem, was mit Dad zu tun hat, aber ich kann nicht klar denken, bevor ich diese Nachricht gelesen habe!«, sagte sie. »Außerdem habe ich mich bei der Arbeit krankschreiben lassen, was ich noch nie gemacht habe.«

Ich griff nach ihrer Hand. »Annie, ich bin heute ganz früh abgehauen, ohne dir Bescheid zu geben, dann habe ich dich eine Stunde Richtung Norden fahren lassen, nur damit du einen Brief mit mir liest. Es ist alles irgendwie unglaublich.«

Wir fanden das Schild mit Moms Namen und setzten uns dann auf die Strandtücher, die wir wie gute kalifornische Mädels immer in unseren Autos dabeihatten. Mit den Händen strich ich durch die langen Gräser, ließ mich von ihnen kitzeln, wie ich es getan hatte, als wir noch Kinder waren. Annie zog ihre Sneakers aus und grub wie damals ihre Zehen in den weichen Sand.

»Okay, ich bin bereit. Aber ... du brauchst ihn nicht laut vorzulesen, wenn du nicht willst«, sagte sie. »Sollen wir uns abwechseln?«

»Keine Chance«, sagte ich. »Wir hören ihn gemeinsam. Aber falls ich zusammenbreche, musst du übernehmen.«

Annie blickte auf das Meer hinaus, also tat ich es auch. Das Wasser rollte in langsamen Wellen heran, die sich dort, wo die Linie aus Muscheln auf den Sand traf, brachen – das beruhigendste Geräusch der Welt. Annie sog die Luft ein, um Kraft zu schöpfen. Ich tat es ihr nach und faltete dann das dünne Briefpapier auseinander. Oben befanden sich in schwarzem Kursivdruck Moms Initialen. Ich blickte auf die Seite mit ihrer schönen geschwungenen Handschrift hinab – Kennzeichen einer strengen katholischen Schulausbildung – und fing an zu lesen.

Jerry, mir ist zu Ohren gekommen, dass du so einiges über mich denkst – vor allem über die Tatsache, dass ich den Ring, den du mir vor fast drei Jahrzehnten geschenkt hast, immer noch trage und vielleicht auch noch bis zu meinem Tod tragen werde. Ich habe auch gehört, dass du glaubst, es läge daran, dass ich mich immer noch nach dir verzehre. Hiermit möchte ich das richtigstellen.

Anfangs war mir nicht ganz klar, was der eigentliche Grund dafür war, dass ich den Ring nicht ablegen konnte. Zuerst fühlte ich mich nach zwei Dutzend Jahren Ehe ohne ihn nackt. Dann trug ich ihn, um mir andere Männer vom Leib zu halten. Aber nun, da ich am Ende meines Lebens angelangt bin, ergeben sehr viel mehr Dinge einen Sinn, und dazu gehört auch, dass der Verlobungsring, den du mir geschenkt hast, nicht dir gehört und ganz bestimmt nicht uns. Er gehört mir. Ich trage diesen Ring, weil er alle Kraft enthält, die ich gebraucht habe, mich um mich selbst zu kümmern. Dich zu verlassen. Um also die Gerüchteküche zu korrigieren: Der Ring hat nichts mit dir zu tun, und gleichzeitig doch. Ja, zuerst war er ein Symbol unseres Gelübdes, füreinander da zu sein, doch als du dieses Gelübde gebrochen hast, wurde meine Freude an seiner Schönheit zu einem Symbol für meine Fähigkeit, trotz all der Hindernisse, die du mir in den Weg gelegt hast, weiterzumachen.

Jerry, deine Schwäche hat mich letztendlich stark gemacht. Und das ist ein weiterer Grund dafür, dass ich meinen Ring trage. Denn wenn ich auf meine Finger hinabblicke, werde ich jeden Tag daran erinnert, dass ich immer zurechtkommen kann, und das ist eine Fähigkeit, die ich auch unseren Töchtern vermittelt habe. Deshalb nein, ich trage diesen Ring nicht, weil ich dich immer noch liebe. Ich trage ihn, weil ich etwas davon verstehe, mich selbst zu lieben.

»Wow«, sagte Annie, mit der einen Hand umklammerte sie meinen Arm, mit der anderen griff sie sich an die Brust. »Ich kann nicht fassen, dass du das geschafft hast, ohne zusammenzubrechen.«

»Ich weiß«, sagte ich. »Ich war ... fast wie besessen. Sorry. Ist das schräg?«

»Nein. Mir war natürlich klar, dass du gelesen hast, aber ich habe die ganze Zeit ihre Stimme gehört. Das ist unglaublich. Ich wusste schon immer, dass Mom so stark war.«

Ich hatte nicht das Herz, Annie – oder mir selbst – gegenüber zuzugeben, dass meine Reaktion das genaue Gegenteil war. Ich blickte auf Moms Worte, suchte die Zeile, die mich am meisten mitnahm: *deine Schwäche hat mich letztendlich stark gemacht.* Ich hatte das Gefühl, dass dies eine Version meiner Mom war, die ich nicht kannte. Ich fragte mich, wann genau sie das geschrieben und wem sie es – wenn überhaupt – gezeigt hatte. Dann überwältigte mich noch ein anderer Gedanke.

»Das wollte sie mir also damals in ihrem Schlafzimmer sagen«, sagte ich leise. Annie sah mich an, als hätte sie nur darauf gewartet, dass ich eins und eins zusammenzählte.

»Vielleicht ...«

»Wollte sie deshalb, dass ich den Ring bekomme? Wollte sie all diese Energie an mich weitergeben?«

»Ich weiß es nicht, Shea«, sagte Annie. Ich merkte, wie sehr sie sich wünschte, sie könnte mir eine zuverlässigere Antwort geben. »Ich denke, das ist ein Teil der Vergangenheit, mit dem du deinen Frieden machen musst, genau wie Mom es mit einigen Teilen ihres Lebens tun musste.«

Wieder sah ich auf die Nachricht hinab. Dieses Mal landete mein Blick auf dem Satz, den ich beim ersten Lesen nur überflogen hatte: *Der Verlobungsring, den du mir geschenkt hast, gehört nicht dir und ganz bestimmt nicht uns. Er gehört mir.*

Ich nahm ihn in mich auf, dann wandte ich mich wieder dem Wasser zu und ließ die Bedeutung immer wieder wie Wellen über mich hinwegspülen. Nach ein paar Sekunden schloss ich die Augen, um das langsame *Wuuusch* zu hören, danach das Brechen der Welle. *Krach.*

»Mom konnte die Bedeutung ihres Rings definieren«, sagte ich schließlich.

»Ja, knallhart.«

»Aber es passt auch zu dem, was Wendell über Metalle und Energie gesagt hat.« Meine Gedanken waren zu meinem eigenen Verlobungsring gesprungen. »Sie können Energie speichern, aber auch leiten, und dann«, plötzlich drehten sich die Rädchen in meinem Gehirn so schnell, dass sich meine Worte überschlugen, »kann sich die Bedeutung verändern. Zum Beispiel bei Carmela … Zuerst romantische Liebe, dann wie Seelenverwandte, ohne Romantik.«

»Okay …«, sagte Annie, die Mühe hatte, mir zu folgen.

»Und für Bette auch! Egal, ob es stimmt oder nicht, sie *glaubt*, dass der Ring sie zu diesen großen Lieben geführt hat, daher ist es das, was er für sie bedeutet. Er gehörte ihr, niemandem sonst. O mein Gott, Annie! Celia könnte es genauso begründet haben wie Mom! Der Ring hatte eine Bedeutung jenseits der Lügen ihres Mannes, und zwar eine so große, dass sie ihn an ihren Sohn weitergeben wollte. Wie bei Mom und mir!«

»Willst du damit sagen, dass der Ring ihr Karma in sich getragen hat und nicht das ihres Mannes?«

»Genau! Und nicht das Karma der Ehe, was einen Sinn ergibt, weil … Natürlich!« Die Idee schlug wie eine Bombe bei mir ein, sodass ich Annie am Arm packte. »Annie, die *Frau* trägt den Ring!«, schrie ich.

»Herrgott! Shea! Das tut weh!«, schrie sie zurück.

»Tut mir leid, aber das *ist* es! Das ändert alles! Weil das Symbol an ihrem Finger steckt und nicht an seinem. Nur *ihre* Energie ist im Metall – nicht die Energie der Beziehung. Dann ist es nur *ihr* Geist, der weitergetragen wird. Es ist *ihr* Ring!«

Ich ließ mich auf mein Handtuch zurückfallen und strampelte mit den Beinen.

»Ich kann nicht glauben, dass ich das jetzt sage, und ich befürworte keinesfalls deine abergläubischen Ansichten, aber das ergibt irgendwie Sinn«, sagte Annie.

»Ich *weiß!* Was bedeutet, dass mein Ring nicht das Unglück aus all diesen Beziehungen an mich weitergibt, sondern die Stärke, die Weisheit und die Schönheit, die das Leben der Frauen ausgemacht haben, die ihn vor mir trugen! Starke, selbstsichere Frauen!«

»Genau wie noch eine Frau, die ich kenne«, sagte Annie mit einem Lächeln.

Meine Hand fuhr zu meinem Hals, tastete nach dem Ring. Er hing an seiner Stelle mitten auf meiner Brust. Ich hielt ihn hoch, sah den Diamanten im Smaragdschliff blinzelnd an, als er das Licht der Sonne, die hinter den Wolken hervorlinste, reflektierte. Ich drehte ihn zwischen den Fingern, sodass die blassblauen Strahlen, die er an den Rändern aussandte, glitzerten. *Lebenslinien.*

»Erde an Shea«, sagte Annie und fuchtelte mir mit der Hand vor dem Gesicht herum.

»Tut mir leid, hast du was gesagt?«, fragte ich, noch immer auf diese Erkenntnis und die Frauen konzentriert, über die ich nun noch mehr erfahren wollte, vor allem über Celia, die ich so vorschnell und hart verurteilt hatte.

»Ich hab gefragt, ob ich den Ring mal sehen kann«, sagte Annie. »Moms Ring.«

Ich hatte ihn bisher auch noch nicht angeschaut. Zu besorgt war ich gewesen, er könnte mich zurückversetzen zu dem Zeitpunkt, an dem ich ihn zum letzten Mal gesehen hatte, auf Moms Kommode. Ich griff in die Tasche und holte die zusammengeknüllten Papiertücher heraus, die Dad mir gegeben hatte, und reichte sie Annie. Ich konnte immer noch nicht hinsehen. Erst jetzt wurde mir klar, wie viel Schmerz und Verwirrung – und neuerdings auch Reue – sich in mir aufgestaut hatten, die alle mit diesem anderen Objekt zu tun hatten, meinem Verlobungsring.

»Ich wusste gar nicht mehr, dass er so elegant ist«, flüsterte Annie. Ich spähte hinüber, erleichtert, dass ich das Gefühl hatte, als würde ich den Ring tatsächlich zum ersten Mal sehen. Ich versuchte, mir vorzustellen, wie unsere Mom ihn getragen hatte, wenn sie das Geschirr spülte oder uns freitagabends ins Kino fuhr, und machte mich darauf gefasst, dass mich dieselben Gefühle wie damals überwältigten. Doch statt all des Zorns und des Frusts überkam mich nur Dankbarkeit. *Ein Teil von ihr. Hier, bei uns.*

»Vielleicht sollten wir ihn abwechselnd tragen«, schlug ich vor.

»Oder ihn deiner Tochter geben! Wir könnten ihr die Nachricht vorlesen, wenn sie alt genug ist.«

»Nein«, sagte Annie, während sie mir den Ring reichte. »Mom wollte, dass er dir gehört, und nun, da ich weiß, was er ihr bedeutet hat, bin ich ganz ihrer Meinung.«

»Wirklich?«, fragte ich. »Denn ich bin immer noch ein bisschen verloren. Und außerdem …«, am liebsten hätte ich es gar nicht gesagt, »… ist da noch John …«

»Dein Ring, deine Entscheidungen, dein Leben«, sagte Annie mit einem kryptischen Lächeln, dann sprang sie auf, strich sich die Haare zurück, als wollte sie damit einen perfekten Schlusspunkt setzen, und rannte aufs Wasser zu.

Ohne zu zögern, öffnete ich den Verschluss der Goldkette an meinem Hals, nahm Moms Ring und fädelte ihn zu dem Ring von John auf. Dann rannte ich meiner Schwester nach.

53

Als ich am nächsten Morgen aufwachte, fühlte ich mich zum ersten Mal, seit ich mich verlobt hatte, total ausgeruht. Ich muss John erzählen, was ich herausgefunden habe, ging mir die ganze Zeit durch den Kopf, während ich an die Decke von Annies Gästezimmer starrte. Doch der Gedanke daran, wie unser Gespräch nach dieser Enthüllung verlaufen würde, hielt mich davon ab. Ich hatte *meinen* Aberglauben aufgegeben, und zwar wegen *meiner* Überzeugungen. Doch das hatte so wenig mit uns zu tun. John und ich hatten uns darauf geeinigt, uns gegenseitig Zeit zu geben, um Klarheit zu erlangen, ehe wir wieder Kontakt zueinander aufnähmen. Bisher hatte ich keine Antworten.

Rasch putzte ich mir die Zähne und duschte. Danach schnappte ich mir einen Blaubeermuffin aus dem Stapel Lebensmittel, die ich als Dankeschön für Mark und Annie gekauft hatte. Dann tat ich, was jede verwirrte Frau des einundzwanzigsten Jahrhunderts tat, während sie ihren Morgenkaffee trank: Ich kaufte online ein Dutzend Ratgeber.

In den folgenden zwei Wochen setzte ich dann um, was ich dort geraten bekam: den Körper bewegen, dem Körper Ruhe schenken. Zeit mit klugen Freundinnen und Freunden verbringen. Meditieren. Tagebuch schreiben. Mehr Tagebuch schreiben. Weinen, wenn man das Geschriebene noch mal liest. Wieder weinen, wenn man über die Dinge meditiert, die man, als man zum letzten Mal weinte, ins Tagebuch geschrieben hat. In einem Buch wurde dazu geraten, sich jede Woche einen Strauß Lilien zu kaufen, darum tat ich das. Ein anderes bot Hilfestellung, wie ich mich in einen Raum mit John versetzen konnte, ohne tatsächlich mit ihm im selben Raum zu sein. Auch das tat ich, und dann schrieb ich Tagebuch und weinte dabei sehr viel. *Arbeite an, mit und für Dinge, die dir Freude machen* war mein Lieblingsbuch aus dem Stapel, genau darüber dachte ich an dem Tag nach, an dem ich den Vertrag für meine neue Stelle unterschreiben sollte: Leiterin des Filmfestival-Marketings.

»Ab jetzt betreust du American Express und Verizon. Das ist ein großes Ding, Anderson«, sagte Jack Sachs mit einem stolzen Lächeln.

»Das ist … Wow …«, erwiderte ich. Ich sah mich im Zimmer um, schindete Zeit. An einer Wand hingen gerahmte Fotos von Jacks Familie. An der anderen seine beiden College-Abschlüsse. Wie oft hatte ich hier gesessen, ohne dass mir je aufgefallen war, dass in Jacks Büro kein einziges Filmplakat hing? »Nun, ähm, seltsames Timing«, begann ich, als Jack sich gerade anschickte, die letzten Konditionen durchzugehen. »Ich würde gern zur Diskussion stellen, dass ich im Rahmen meiner Beförderung mehr Zeit mit dem Programmteam verbringen möchte.«

»Meinst du auf *sozialer* Ebene?«, fragte er, ohne den Blick vom Computer abzuwenden.

Meine beruflichen Träume hatten sich in den letzten Wochen in einige meiner Bewusstseinsstrom-Schreibsessions eingeschlichen, die damit anfingen, dass ich mir die Frage *Was für eine Ehefrau möchtest du gerne sein?* vorknöpfte (danke, Esther Perel). Die ersten Attribute, die mir dabei in den Sinn kamen, waren ganz nett, aber offensichtlich – *respektvoll, aufmerksam, rücksichtsvoll, unterstützend.* Doch je mehr ich darüber nachdachte, umso mehr merkte ich, dass mir Wörter in den Sinn kamen, die mehr nach einem Single klangen als nach einer Ehefrau: *unabhängig, autark, abenteuerlustig, zufrieden mit mir selbst. Ein Mensch, der seinen eigenen Weg geht.* Ich schrieb sie dann trotzdem auf, weil sie sich richtig anfühlten. Weil sie sich nach *mir* anfühlten.

Das war genau, was ich jetzt tun musste – bei dem bleiben, was mir persönlich Freude bereitete, auch wenn das hieß, mich beruflich zu verändern.

»Nein, auf beruflicher Ebene«, erwiderte ich. Das erregte seine Aufmerksamkeit. »Ich würde mich auch da gern einarbeiten.«

»Okay … möchtest du mir sagen, warum?« Ich hatte das Furcht einflößende Gefühl, dass Jack keine Ahnung hatte, was ich als Nächstes sagen würde. Ich eigentlich auch nicht, fairerweise hinzugefügt.

»Weil es letztendlich mein Ziel ist, in diesem Zweig des Festivals zu arbeiten«, hörte ich mich so klar und deutlich formulieren, als läge es mir schon seit Jahren auf der Zunge.

»Nun, da bist du aber momentan nicht«, sagte Jack. »Du arbeitest im Marketing, wo du gerade auf eine Stelle befördert wurdest, die es nicht erlaubt, nebenher noch einen Haufen Berufsfelderkundungen zu betreiben, Anderson.« Dabei hatte er diesen väterlichen Unterton an sich, den ich überhaupt nicht vertragen konnte.

Ich nickte, zögerte wieder. Jack interpretierte mein Schweigen als Zeichen, dass er gewonnen hatte.

»Schön, dann lass uns zuerst über die Vergütung sprechen …«

»Ich brauche mehr Bedenkzeit«, sagte ich, was mit einem scharfen Blick quittiert wurde. Dies erwies sich als genau der richtige Ansporn. »Das schlechte Timing tut mir wirklich leid, aber ich muss darüber nachdenken, ob ich diese Beförderung will oder nicht. Ich habe mir erst kürzlich eingestanden, dass es Priorität für mich hat, irgendwann in die Festivalplanung einzusteigen. Ich glaube, ich kann anfangen, es zu lernen, während ich diese neue Rolle ausfülle, aber wenn ich nicht in diese Richtung wachsen darf, würde ich gern auf meiner bisherigen Stelle bleiben.«

Jack sah mich an, als wäre ich ein sehr törichtes Kind. »Shea. Das ist ein guter, sicherer Job an einem wirklich bedeutenden Zeitpunkt in deinem Leben. Glaub mir, das ist die Art von Vertrag, die du zu Beginn einer Ehe unterzeichnen willst.«

Er meinte es gut, doch ich sprach dennoch aus, was mir als Nächstes durch den Kopf schoss. »Ich glaube, wir haben unterschiedliche Definitionen von sicher«, sagte ich. »Und von Ehe.«

Am nächsten Tag verschickte ich drei E-Mails: zwei an die beiden Leiterinnen der Programmplanung, in denen ich sie zum Kaffee einlud, damit ich ihnen Fragen stellen konnte. In der dritten schlug ich Jack Sachs vor, dass ich nur einen der Großkunden übernähme und dafür die Beförderung bescheidener ausfiele. Später in dieser Woche wurde dies von der Personalabteilung abgelehnt – vielleicht war die Bitte zu groß, vielleicht hatte ich aber auch zu sehr am Ego meines Mentors gekratzt. Wie auch immer – die launische Julie bekam den Job, aber dadurch, dass ich auf meiner alten Stelle blieb, hatte ich mehr als genug Zeit, ein Nebenprojekt ins Leben zu rufen. Ich begann damit, abends Ideen in mein Tagebuch zu notieren, ganz ohne zu weinen.

Ein paar Wochen später servierte ich das italienische Festmahl, das ich für meine Schwester und Mark gekocht hatte, damit sie meinem Vorschlag gewogen wären: ein Minifilmfestival an Annies Schule zu organisieren. Inspiriert wurde ich dazu vom DIY-Ratgeber, wie man Filmfestivals aufzieht, den meine neuen Freundinnen aus der

Programmplanung verfasst hatten: *Programmplanung für ein Filmfestival.* Das kleine Event würde wohl eher einer Pyjamaparty in einer Schulbibliothek als einer Veranstaltung mit rotem Teppich ähneln, erklärte ich anhand einer großartigen Präsentation, die ich mit Marks Hilfe auf dem Fernseher zeigte. Annie zweifelte daran, dass die Aufmerksamkeitsspanne von Dreizehnjährigen für mehr als Social-Media-Reels reichte, aber ich überzeugte sie mit meinen Games mit interaktiver Darstellung, dann besiegelte ich das Ganze mit meinem letzten Slide: einem Foto von uns beiden, wie wir in Nonnas Wohnzimmer aneinandergeschmiegt auf dem plastikbezogenen Sofa saßen. Völlig verzückt sahen wir uns *Dornröschen* an, unseren allerersten Lieblingsfilm.

»Jeden einzelnen Tag hast du mich nach der Schule genau an diese Stelle geschleift, bis Nonnas und Pops VHS kaputt war«, rief mir Annie ins Gedächtnis, während sie sich über meine Spinat-Béchamel-Lasagne hermachte.

»Mein erster Film war *Indiana Jones*«, warf Mark kopfschüttelnd ein. »Mann, ihr Mädchen seid von Anfang an so was von am Arsch.«

»Das *waren* wir«, sagten Annie und ich wie aus einem Munde.

»Meine Nichte wird mit einer gesunden Diät aus Filmen mit knallharten Prinzessinnen aufwachsen«, erklärte ich.

»Welche denn zum Beispiel?«, wollte Mark wissen.

»Zum Beispiel *Aladdin*«, sagten wir, wieder gleichzeitig.

An diesem Abend wurde die erste jährliche Kino-Pyjamaparty für die siebte Klasse geboren, mit dem Versprechen an Annie, dass ich in meinem Programm Lektionen über gesunde Kommunikation für ihre widerspenstigen Schülerinnen und Schüler verbergen würde.

Bis zum Ende des Monats hatte ich meine neuen Mitbewohner dazu genötigt, drei bis fünf Filme pro Woche anzuschauen – oder zuzuhören, wie ich sie anschaute. Es wurde so schlimm, dass sich Mark einer zweiten Racquetball-Liga anschloss.

»Ich glaube, wir müssen *Die Hochzeit meines besten Freundes* mit aufnehmen«, sagte ich zu Annie, als wir unsere Freitagabendroutine aufnahmen – eine große Pilzpizza und für mich auch ein Glas toskanischen Rotwein. »Er enthält eine Freundschaft zwischen einem schwulen Mann und einer Heterofrau, echte Konsequenzen, wenn man lügt, und eine mitreißende Musicalnummer!«

»Klar, aber ich muss ihn mir nicht ansehen«, sagte Annie. »Du hast mich so oft dazu gezwungen, dass ich das Drehbuch auswendig mitsprechen kann.« Sie ging hüftwackelnd an mir vorbei, hielt unsere Getränke à la Julia in der Baseballstadionszene hoch und zitierte exakt genau den richtigen Satz. »*Ich hab Bewegungen drauf, so was hast du noch nie gesehen.*«

»Das ist meine liebste romantische Komödie, die ich mir auch noch mal ansehen würde!«

»Es ist die einzige, die du dir noch mal ansehen wirst. Und es ist keine romantische Komödie.«

»Natürlich ist es das. Es gibt Romantik. Und Komödie. Außerdem mag ich auch andere romantische Komödien. Wir sind damit aufgewachsen.«

»Nein, magst du nicht«, sagte Annie, den Mund voll Pizza. »Und du hast immer etwas an deren Ende auszusetzen. Du bist der einzige Mensch auf der ganzen Welt, der je genörgelt hat, dass Harry einen Moment hätte warten sollen, ehe er zu Sally rennt.«

Die Bedeutung dessen warf mich praktisch nach hinten an die Couchlehne.

Ich öffnete die Datei »Filmnotizen« auf meinem Laptop, um nicht darauf eingehen zu müssen. Annie hatte recht. Ich schwärmte nicht auf die gleiche Weise für die Klassiker unserer

Neunzigerjahre-Jugend wie die meisten Frauen, die ich kannte. Natürlich respektierte ich als Filmliebhaberin ihren absolut perfekten Aufbau. Man wusste immer, dass Julia und Meg, Sandra und Jennifer nach genau der richtigen Art von Achterbahnfahrt aus Problemen am Ende den Sack zumachten. Aber nun, da meine Gedanken zu jedem einzelnen Orchester-Crescendo bei einem Tom-Hanks-Kuss wanderten, wurde mir klar, dass das zauberhafte Happy End der Teil war, der mir am wenigsten gefiel. Was hatte ich bloß gegen ein gutes Happy End?

Wie eine Antwort darauf kündigte ein Pling eine E-Mail an. Doch ich erhielt das genaue Gegenteil einer Antwort, als ich auf die Mailbox klickte: eine Nachricht von Graham. In der Betreffzeile stand *Mein Artikel*. Ich klickte weiter und fand einen Link zu einer Website, dann drei Worte, die mich in Rage versetzten: *Vielen Dank, Graham.*

»Das soll wohl ein schlechter Scherz sein!«, schrie ich und knallte den Computer auf die Couch, als würde er gleich explodieren.

»Was ist?«, fragte Annie. »Und erschreck nicht eine Frau, die keine Kontrolle über ihre Blase hat!«

»Graham hat den Artikel über mich geschrieben! Ohne meine Erlaubnis! Was für ein *hinterhältiger Mistkerl!* Er hat eine Verschwiegenheitserklärung unterschrieben, nicht wahr? Ich kann ihn strafrechtlich verfolgen, oder?«

»Wow. Das ist dreist …«, sagte Annie, während sie die Mail las.

»Nein, es ist *kriminell! Bah!* Du musst mir den Artikel vorlesen. Ich kann mir nämlich nicht vorstellen, was er über mich zu sagen hat nach allem …«

Ich stand auf, um meine Wut abzuschütteln, während sich Annie den Laptop schnappte und sich durch den Artikel klickte. Ihr Blick blieb irgendwo hängen, ihre Augen wurden schmal, dann weiteten sie sich, dann wölbten sich ihre Augenbrauen zu einem Bogen, der sie überrascht aussehen ließ. Es war ein wilder Ritt.

»So schlimm?«, fragte ich.

»Nein«, sagte sie und lächelte seltsam zärtlich, als sie den Artikel fertig überflogen hatte. »Tatsächlich ist er total gut. Und was noch besser ist: Du wirst überhaupt nicht erwähnt.«

Annie drehte den Laptop zu mir, dann klopfte sie neben sich auf das Sofa, damit ich mir den Artikel ansehen konnte. Vorsichtig setzte ich mich hin und scrollte nach oben zum Anfang. Bei der ersten Zeile formten sich auch meine Augenbrauen zu Bögen. *Ich war sechzehn, als ich mit meinem ersten journalistischen Text anfing, eine selbstauferlegte Untersuchung, weshalb meine Eltern so unglücklich miteinander waren. Ich war sechsunddreißig, als ich ihn vor zwei Monaten fertig schrieb.*

Es ging um ihn. Um seine Reise. Die gelernten Lektionen. *Seine Erbstücke.* Beim Lesen überkam mich Erleichterung – meinetwegen, aber auch Grahams wegen. Die beiden Seiten enthielten einen Heilungsprozess. Dann wurde mir klar, dass Annie sich irrte. Er hatte mich doch erwähnt. Irgendwo in der Mitte fand ich einen Satz über mich als den Menschen, der ihn dazu ermutigt hatte, seine Mutter in Portugal zu besuchen. Danach kam eine Beschreibung: *Shea ist ein Mensch, der in der Liebe eher seinem Aberglauben als seinen Gefühlen vertraut – und das aus gutem Grund.*

Ich las es. Und las es noch mal. Dann las ich es noch ein drittes Mal. Die Bedeutung sank mit jedem Durchgang tiefer und tiefer in mich ein und stellte dabei Verbindungen her. Er hatte recht. Ich traute meinen Gefühlen nicht über den Weg. *Aber warum?* Schließlich erreichten Grahams Worte einen Ort in mir, an dem ich noch nie gewesen war, einen Ort absoluter Gewissheit. *Weil ich der Liebe nicht traute.*

»Ich glaube nicht an sie«, sagte ich plötzlich.

»Was?«, fragte Annie.

»An die romantischen Komödien. Eigentlich an alle Liebesgeschichten. Weder an die in Büchern noch an die im echten Leben. Ich glaube, Nonna und Pop waren ein absoluter Glücksfall. Ich fürchte, Mark und du werdet es nicht schaffen, und wenn, werdet ihr unglücklich werden.« Ich konnte nicht fassen, was ich da gerade sagte, aber ich konnte mich nicht beherrschen. »Und deshalb habe ich so große Angst davor, John zu heiraten. Ich glaube nicht, dass unsere Liebe stark genug ist. Ich glaube nicht, dass *irgendeine* Liebe stark genug ist, um für immer zu halten.«

Nach alldem war mir zum Weinen zumute, aber ich starrte einfach nur wie betäubt ins Leere. Meine Schwester sah das nicht so. Tränen strömten über ihre runder gewordenen Wangen.

»Bin ich kaputt?«, fragte ich.

»Nein«, sagte sie. »Ich glaube, du bist in abgrundtiefer Trauer, Shea. Und es tut mir so, so leid, dass ich das nicht gemerkt habe.«

Ich stieß sie mit dem Arm an. »Nein, nein. Es ist nicht deine Schuld«, sagte ich.

»Du hast recht, ist es nicht. Aber ich bin deine Schwester. Und ich habe einen Abschluss in alldem!«

Ich schnappte mir vom Beistelltisch ein Taschentuch für Annie und ging dann noch mal zurück, um die ganze Schachtel zu holen.

»Seit wir die Nachricht gelesen haben, habe ich über Mom und Dad nachgedacht ... Du hast mit einer ganz anderen Version von ihnen zusammengelebt als ich. Diese vier Jahre Altersunterschied zwischen uns sind ein ganzes Leben«, schniefte Annie.

»Dann geht hier also alles um ihre Scheidung? Oder liegt es an Moms Tod?«

»Beides. Und beides zusammen hat diese Blockade in dir hervorgerufen – wie eine Angst, die beinahe die Wahrheit überdeckt.«

»Ist es die Angst, dass ich enden würde wie Mom?«, fragte ich. Es war eine Sorge, die ich nur mit Mühe in Schach halten konnte.

»Vielleicht. Oder …« Annie sah mich auf eine Art an, wie sie in meiner Vorstellung irgendwann in der Zukunft ihr kleines Mädchen ansehen würde. Ihre Miene sagte: *Das wird jetzt so schwierig zu hören sein, aber ich bin da.* »Shea, vielleicht glaubst du, dass du kein Für-immer haben darfst, weil sie keins bekommen hat.«

Mein Körper verstand sie sofort. Schluchzer stiegen plötzlich von einem Ort auf, von dessen Existenz ich gar nichts gewusst hatte. Annie gab mir einen Moment Zeit, dann zog sie mich auf ihren Schoß und strich mir übers Haar, während ich alles herausließ. Ich weiß nicht, wie lange es dauerte, bis ich mich endlich wieder aufrichtete. Doch als ich es tat, geschah dies aus einem Gedanken heraus, der sich durch meinen Schmerz hindurch Bahn gebrochen hatte: Bedeutete dies, dass ich die Angst, der ich mich nun gestellt hatte, hinter mir lassen konnte?

»Ich will ein Mensch sein, der glaubt«, sagte ich zu meiner Schwester. »Wie kann ich mich ändern?«

Annie antwortete mir mit einem stolzen Lächeln – offenbar hatte ich gerade den allerersten Schritt getan.

54

Es gab gemischte Reaktionen von den Siebtklässlerinnen und Siebtklässlern, als der Nachspann von *Die Hochzeit meines besten Freundes* lief. Wie es sich herausstellte, kamen Songs von Dionne Warwick nicht mehr so gut an wie früher, aber ich lächelte trotzdem breit, vor allem, als ich sah, wer ganz hinten in der Aula applaudierte. Ich hatte John zu unserer Abschlussparty eingeladen, weil ich mir nicht vorstellen konnte, einen Moment, der mich so mit Stolz erfüllte, ohne ihn zu feiern. Das Gefühl beruhte offenbar auf Gegenseitigkeit.

Wir trafen uns am Desserttisch, nachdem die meisten Kids sich nach und nach verabschiedet hatten. Annie tat, als würde sie ihnen hinaus in den Schulflur folgen, aber ich konnte sehen, dass ihr inzwischen runder Bauch in die Tür ragte.

»Sieht nach einem riesigen Erfolg aus, Shea«, sagte John. »Glückwunsch.« Er verlagerte sein Gewicht, als wollte er mich umarmen, tat es aber nicht. Ich hob die Arme, um sie vor der Brust zu verschränken, hielt mich dann aber davon ab und legte letztendlich die Handflächen zusammen, was sich, wie ich hoffte, als Dankesgeste interpretieren ließ.

»Es war wundervoll«, sagte ich. »Und eigentlich wurde ich dazu von dir inspiriert. Ich wollte ein Minifestival für Filmleute veranstalten, aber dann fiel mir wieder ein, dass du gesagt hast, die Leute unterschätzen immer, was Kinder verkraften können und brauchen.«

»*Ha.* Das klingt ganz nach mir«, sagte John mit einem kleinen Lächeln.

Ich konnte das nicht einordnen, und das brachte mich schier um. Das war der Mann, dessen Sushi-Bestellung ich früher an der Art und Weise erraten konnte, wie er den Kopf über die Speisekarte beugte. Vor lauter Stress schnappte ich mir einen Schokodonut vom Tisch, dann platzte ich mit einer Frage heraus.

»Wollen wir uns vielleicht treffen? Wenn du dazu bereit bist?«

John wirkte nicht überrascht. Dass er heute Abend hergekommen war, war vielleicht seine Art zu sagen, dass auch er bereit dazu war.

»Ja, treffen wir uns.«

Wir trafen uns drei Tage später in Abschnitt M der Hollywood-Bowl-Tribüne. Das waren genau die Sitze, die wir bei Tom Petty auch gehabt hatten, was ich genau wusste, weil ich die Ticket-Abrisse aufbewahrt hatte. Sie befanden sich in einer Schachtel mit Hunderten weiteren Erinnerungen, von Speisekarten und Bierdeckeln bis hin zu einem Stein, den John illegalerweise aus dem versteinerten Wald geklaut hatte, weil ich gesagt hatte, er würde aussehen, als würde er lachen. In den vergangenen paar Monaten hatte ich zwischen dem Tagebuchschreiben alles bestimmt ein Dutzend Mal durchgesehen.

»Der Platz kommt mir bekannt vor …«, sagte John wissend. *Natürlich wusste er es.* John war der Typ, der Gehirnkapazitäten dafür hatte, welche Blumen ich auf einer Hochzeit, auf der ich gewesen war, schön fand, oder dafür, wie der wirklich gute Wein hieß, den wir bei einem unserer Jubiläumsdinner getrunken hatten. Oder vielleicht, dachte ich, während ich seinen genau richtig zerzausten Haaren erlag, war er der Typ, der diese Kapazitäten in seinem Hirn *schuf.*

»Angesichts seines historisch guten Karmas konnte ich nicht widerstehen«, sagte ich. Er lächelte über meinen linkischen Versuch, das Eis zu brechen, dann blickte er an der steilen Neigung des Amphitheaters hinab zur halbrunden Bühne darunter. Ich wandte mich in dieselbe Richtung, bemerkte den kalifornischen Mohn, der auf dem Hügel hinter der Arena büschelweise blühte.

»John, du musst wissen, dass mir mein Anteil an dem, was zwischen uns passiert ist, echt aufrichtig leidtut. Ich wollte dir niemals wehtun.« Ich hatte hin und her überlegt, aber momentan schien es angebracht, es simpel zu halten.

Er nickte dankbar. »Ich muss mich ebenfalls entschuldigen«, sagte er. »Tut mir leid, dass ich dir manche Dinge nicht gesagt habe. Ich dachte, sie würden dich von mir wegstoßen, aber das ist dann ohnehin passiert. Es war einfach nur ... Ich hatte Angst.«

»Ich auch. Auf meine eigene Weise«, erwiderte ich, erleichtert, dass wir zur gleichen Einsicht gekommen waren. »Wie es sich herausgestellt hat, hatte ich, schon lange bevor wir uns kennengelernt haben, Angst vor der Liebe. Tatsächlich existiert dieser ganze Secondhandschmuck-Aberglaube nur deshalb.«

John horchte auf. »Huch. Wie hast du das alles herausgefunden?«

»Ähm, das ist eine ziemlich lange Geschichte, in die drei Länder, zehn Städte, vier Albträume, ein überraschendes Wiedersehen mit meinem Vater und ein geheimer Brief von meiner Mutter involviert sind. Oh, und zwei alte Verlobungsringe, wie sich herausgestellt hat. Aber auch Annie hat mir geholfen, einiges herauszufinden, und dann hat sie mir eine wirklich gute Therapeutin besorgt.«

Ein schallendes Lachen brach aus John heraus. Zum Glück. Dann sah er auf den Ring hinab, der immer noch an meiner Halskette hing, zusammen mit dem meiner Mutter. John hatte diesen zweiten Ring nie gesehen, schien aber instinktiv zu wissen, was für einer es war.

»Ich würde die ganze Geschichte gern hören«, sagte er. »Aber ich glaube, ich muss zuerst über uns reden. Ganz ehrlich, Shea, ich bin noch immer überfordert. Ich habe versucht, es zu verarbeiten, mit Freunden zu reden; ich habe sogar einen Ratgeber gelesen.«

»Welchen?«, fragte ich.

»Irgendetwas mit *Us?*«

»Wahrscheinlich *Us, Again*. Viel besser als *Us, Still*, das kannst du dir also ersparen.«

Es fühlte sich so gut an, in unseren vertrauten Rhythmus zu fallen. Ich konnte mir uns vorstellen, wie wir, gleich der anderen Paare vor einem Konzert bei Wein und Käse lachten. Doch John holte mich wieder zurück.

»Ich weiß nicht, wie wir das wieder in Ordnung bringen, Shea. Und ... ich weiß nicht, ob wir das überhaupt sollten.«

Ich hatte einen Plan, wie dieses Gespräch verlaufen sollte, einen, den ich vielleicht sogar in einem Notizbuch festgehalten hatte und den ich an Annie ausprobieren wollte, die ihn mich grausamerweise an Mark testen ließ. Doch meine Gedanken besannen sich zurück auf eine sehr einfache Frage, die mir einmal gestellt worden war. »John, woher weißt du, dass du verheiratet sein willst?«, fragte ich.

Er richtete sich ein wenig auf der Bank auf, damit hatte er offenbar nicht gerechnet. »Keine Ahnung. Ehrlich gesagt habe ich nie über die Alternative nachgedacht«, sagte er. Dann schien ihm etwas einzufallen. »Nach der Sache mit Carrie hatte ich Schwierigkeiten zu vertrauen, aber ich wollte trotzdem heiraten. Ich hatte nie einen Grund, es nicht zu wollen.«

Seine Antwort führte zu einer weiteren Frage. »Aber woher wusstest du, dass du mit mir verheiratet sein willst?«

John riss die Augen auf, aber vor Sorge, nicht aus Neugier. Er sah aus, als würde es ihm fast wehtun, dass ich diese Frage überhaupt stellen musste.

»Shea, ich will nicht mal in einem Raum sein ohne dich«, sagte er. »Wenn wir zusammen sind, fühle ich mich … Keine Ahnung. Du machst es mir einfach so leicht, die beste Version meiner selbst zu sein. Ich bin mir nicht mal sicher, ob ich überhaupt wusste, wer dieser Kerl war, bevor ich dich kennengelernt habe. Und ab da hat es einfach gepasst, als wären wir dazu bestimmt, dieses Leben gemeinsam zu führen. Ich kann es nicht erklären, aber ich fühle es. Und das Beste daran ist, dass ich immer wusste, dass du es auch fühlst.«

Johns Worte trafen mich tief ins Herz, aber an eine Stelle, die bereits für ihn ausgehöhlt war, sodass sie genau hineinpassten. Er hatte die perfekte Antwort geliefert, vor allem, weil nichts davon eine Überraschung war. Doch dadurch wurde das, was ich als Nächstes sagte, nur umso schwieriger zu gestehen. Reflexartig streckte ich meine Hände nach seinen aus. Fast rechnete ich damit, dass er so tun würde, als würde er es nicht sehen, doch stattdessen verschränkte er seine Finger mit meinen.

»Du hast recht. Ich fühle es auch«, sagte ich mit bebender Stimme. »Aber ich habe entdeckt, dass ich eine tief sitzende Angst habe, dass unsere Liebe nicht für den Rest unseres Lebens andauert – dass keine Liebe das wirklich kann. Das alles ist ein zu großes Risiko. Und als wir uns verlobt haben, wurde diese Angst stärker als alles andere, was ich in Bezug auf dich und auf uns empfinde.«

John nickte, dann ließ er den Kopf in die Hände sinken. Das ergab einen Sinn für ihn, wie es aussah, aber es machte ihn auch fix und fertig. Ich griff wieder nach seiner Hand, um ihn wissen zu lassen, dass ich noch nicht geendet hatte.

»Ich will mich nicht so fühlen. Und ich verspreche, wirklich hart daran zu arbeiten, diesen Teil von mir zu heilen; ich bin schon dabei. Aber ich bin noch nicht am Ziel.« Ich schloss einen Moment lang die Augen, um das Schmerzlichste von dem, was ich zu sagen hatte, auszusprechen. »Und ich verstehe, wenn du einen Abschluss brauchst, weil du Angst hast, dass mir das nicht gelingt.«

John holte sehr lang, sehr tief Luft. Er sah zu den Mohnblumen hinüber und zum Himmel hinauf, dann hinab auf seine Füße. Endlich sah er wieder mich an.

»Ich brauche ein wenig Zeit, um darüber nachzudenken«, sagte er. »Aber ich verstehe es. Und es tut mir leid.«

Ich wusste, dass er sich nicht für etwas entschuldigte, das er getan hatte; sondern bedauerte, dass er meine Vergangenheit nicht ändern konnte. Die Sicherheit, die Geborgenheit, zu wissen, was er meinte, überwältigte mich, als John sich zu mir herüberbeugte und mich in die wärmste, festeste Umarmung schloss.

In dem Moment passierte etwas Seltsames, Unerklärliches in mir. Es war, als würde sich plötzlich ein Tunnel oder ein Portal öffnen und mir Zugang zu einem kristallklaren Gefühl schenken. Es sickerte von meinem Kopf durch meinen ganzen Körper hindurch, bis es jedes andere, immer noch widerstreitende Gefühl in mir überschwemmte. Es war leicht und hell, und zwar nur deshalb – das wusste ich –, weil vorher alles so dunkel gewesen war.

Hoffnung.

Epilog

Auf der kleinen Vortreppe unserer Wohnung winkten John und ich Annie, Mark und Baby Louisa nach. Ich beobachtete, wie meine Schwester ihre Tochter vorsichtig in den Kindersitz hinabließ. Unsere kleine Familie war endlich größer geworden. Nun brauchte meine Ersatzmutter meine Unterstützung beim Aufziehen ihres eigenen kleinen Mädchens, und ich war so was von bereit, sie ihr zu geben.

»Spaziergang am Strand morgen?«, rief sie aus dem Autofenster.

»Um acht!«, schrie ich zurück. »Ich bringe Kaffee mit!« Dann hupte Mark zweimal, als sie sich zu ihrem eigenen Haus aufmachten, das nur acht Kilometer entfernt war.

»Ich glaube, Louisa hat das neue Haus wirklich gefallen«, sagte ich, als wir die Haustür schlossen.

»Ich weiß nicht«, sagte John. »Ich habe gesehen, wie sie die Küchenschränke gemustert hat.«

»Haha«, sagte ich und schob ihn durch den Vorraum. »Dann habe ich also recht. Sie sind viel zu Achtzigerjahre. Zum Glück habe ich einen Plan.«

»Zum Glück hast du das immer«, sagte er und legte mir beim Hineingehen den Arm um die Schulter.

Es war wieder Juni, fast ein Jahr war seit Johns Heiratsantrag vergangen.

Im Dezember hatte ich von Gianna gehört. Sie hatte mit ihrem Mann und ihrer Tochter eine Italienreise unternommen, um die

Familie kennenzulernen. Sie verbrachten eine Woche mit ihrer *zia* Maria und der ganzen *famiglia* in Borgo San Lorenzo. Danach fuhren sie mit dem Zug nach Rom, sodass Gianluca endlich die Frau kennenlernte, die nach ihm benannt war. Gia schickte mir ein Foto, auf dem die beiden mit Tränenspuren auf den Gesichtern neben Carmelas Porträt standen.

Im Februar hatte Rebecca Geburtstag gehabt, und ich flog nach Boston, um sie zu überraschen. Während ich dort war, sah ich bei Bette vorbei, die sich gerade auf eine Herzoperation vorbereitete. Sie bat mich um ein Foto des Rings, das sie mit ins Krankenhaus nehmen wollte – als visuellen Kraftspender. Bec brachte mich dafür mit einer befreundeten Fotografin in Kontakt, die herkam, um ihn wie ein Museumsstück abzulichten. Abzüge davon schickten wir auch an Gia und Gianluca, zusammen mit einer Nachricht von Bette.

Und irgendwann im April hörte ich endlich etwas von einem von Celia Quinns Verwandten. Es stellte sich heraus, dass er der Sohn des Sohnes war, dem sie gern den falschen Harry Winston vererbt hätte. Und er vervollständigte ihre Geschichte: Sein Urgroßvater hatte ein paar Jahre im Gefängnis gesessen. Seine Urgroßmutter Celia hatte ihn dort jede Woche besucht. Und als er wieder rauskam, versöhnten sie sich ganz langsam wieder miteinander. An ihrem fünfzigsten Hochzeitstag schenkte er ihr einen neuen Diamantring.

John und ich standen nebeneinander und betrachteten das Zuhause, das wir nun besaßen. Es hatte die alten dunklen Holzböden, von denen ich immer geträumt hatte, eine riesige Kücheninsel, damit John sich den Traum erfüllen konnte, zu Thanksgiving einzuladen, und genau die richtige Wand für eine neue Tapete. Die unmittelbar anstehende Aufgabe bestand jedoch darin, den Everest aus Kartons auszupacken.

»Ich will etwas im Schlafzimmer erledigen«, sagte ich. »Lass uns was zu essen bestellen, damit wir heute Abend ein paar davon leer räumen können.«

»Chinesisch?«, fragte John.

»Tonnenweise«, sagte ich und küsste ihn dann rasch, ehe ich in unser neues Schlafzimmer verschwand. Ich ging sofort zu dem kleinen Karton, auf dem *Shea Nachttisch* stand. Es gab ein paar Dinge, die ich dort sofort platzieren musste, um des guten Karmas willen, natürlich.

Zuerst das Schmuckkästchen aus Muranoglas, das ich von meiner allerersten Italienreise mitgebracht hatte. Das tiefe Blau und die Pastellgrüntöne erinnerten mich an die Strandscherben, die wir immer am Emma Wood State Beach fanden. Ich öffnete den Deckel, um mich zu vergewissern, dass der kostbare Inhalt noch da war: Moms Verlobungsring. Ich stellte das Kästchen auf den kleinen Nachttisch aus Holz, den wir bereits ins Zimmer gestellt hatten. Ich trug den Ring zwar nicht, wollte ihn aber in meiner Nähe wissen.

Unter meiner Lieblingsschlafmaske und meinen Lieblingshausschuhen entdeckte ich als Nächstes einen kleinen goldenen Rahmen. Ich griff danach und wischte das Glas ab. Darunter befand sich ein Teil von Grahams Artikel, der dadurch, dass ich darin erwähnt wurde, eine sehr wichtige Wahrheit ans Licht gebracht hatte. *Shea ist ein Mensch, der in der Liebe eher seinem Aberglauben als seinen Gefühlen vertraut – und das aus gutem Grund,* hatte Graham damals geschrieben. Ich hatte eine gedruckte Version davon gefunden, den Abschnitt ausgeschnitten und die Worte »eher seinem Aberglauben als« durchgestrichen. Nun hörte sich der Satz nach der Frau an, die ich sein wollte: *Shea ist ein Mensch, der in der Liebe seinen Gefühlen vertraut – und das aus gutem Grund.*

»Shea, kannst du mal herkommen und dir etwas ansehen?«, rief John aus dem anderen Zimmer.

»Ja, einen Moment«, sagte ich, während ich die sieben mal zwölf Zentimeter große Erinnerung neben mein Ringkästchen stellte und dann in Richtung Wohnzimmer ging.

Bis zu genau diesem Moment, in dem John mir – erneut – einen Heiratsantrag machte, wusste ich nicht, wie sich wahre Gewissheit anfühlte. Mein Inneres strömte eine Wärme aus, als wollte es mich in einer neuen Farbe erstrahlen lassen. Pure gelassene Freude überkam mich, als ich mit den Augen Tausende Schnappschüsse aufnahm. Der Mann, den ich liebte, war vor mir aufs Knie gesunken, um mir eine Frage zu stellen, auf die ich gehofft hatte. Wir waren im Lauf des vergangenen Jahres so gewachsen – dank Zeit, Raum, ehrlicher Gespräche und sehr hilfreicher Therapie. Aber das kam erst in dem Moment bei mir an, als wir uns offiziell auf die Wohnung geeinigt und uns damit für einen Raum entschieden hatten, der uns beiden gehörte. Der Kauf stellte ein Risiko dar, das uns für immer verändern würde – eine Investition in so viele Unbekannte. Aber inzwischen waren meine Hoffnungen auf unsere Zukunft eindeutig größer als alle meine Ängste. Und deshalb hatte ich an jenem Abend den Verlobungsring zurückgelegt in sein ursprüngliches Kästchen und dieses auf Johns Nachttisch gestellt. Meine wortlose Art zu sagen: *Ich bin jetzt bereit, wenn du es auch bist.* Es hatte sich als falsch herausgestellt, Harrys berühmten Silvester-Sprint infrage zu stellen. Wenn einem das klar wird, will man unbedingt, dass der Rest des Lebens so bald wie möglich beginnt. Tränen verschleierten mir die Sicht, aber nicht die Gedanken.

»*Ja*«, sagte ich und rannte von der Schlafzimmertür direkt in Johns Arme, wobei ich ihn fast umgeworfen hätte.

»Ich hab doch noch gar nicht gefragt!«, murmelte er in meinem Klammergriff.

»Stimmt! Tut mir leid!«, sagte ich. Dann stand ich auf, um John seinen Moment zu gewähren. Er richtete sich wieder gerade und blickte zu mir auf.

»Shea Anderson, willst du mich heiraten?«, fragte er.

Ich ergriff seine Hände und zog ihn hoch, damit wir auf gleicher Höhe waren, um einander in die Augen zu sehen, wie an dem Tag, an dem wir uns kennengelernt hatten.

»Ja«, sagte ich wieder, »aber darf ich bitte sagen, warum?«

John legte den Kopf schräg. »Willst du deine Antwort erklären?«, fragte er.

»Eher verteidigen«, sagte ich. »Ich finde, ein Für-immer hat das verdient.« Dann wappnete ich mich für das, was ich geprobt hatte. »John Hayden Jacobs, ich werde dich heiraten, weil meine klarsten Träume mir stets dich an meiner Seite zeigen. Weil ich all die Beweise habe, die ich brauche, dass wir gemeinsam sicherer und stärker der Welt entgegentreten können als allein. Weil Heirat die größte Bestätigung dafür ist, dass ich an *uns* glaube, bis dass der Tod uns scheidet. Und, was am wichtigsten ist, weil ich ein Mensch bin, der sich dafür entschieden hat zu vertrauen.«

John wischte sich die Tränen aus den Augen, dann hielt er mir das Ringkästchen vor das strahlende Gesicht. Darin lag der schimmernde Diamantring, den drei andere Frauen aus genau dieser Perspektive gesehen hatten. Ein zutiefst bedeutungsvolles Schmuckstück mit Energien, die ich stolz übernahm. Ein Gegenstand, der mir Kraft geben würde, während ich mein eigenes Für-immer gestaltete.

Ich beobachtete, wie John ihn aus dem Kästchen nahm und ihn – beinahe in Zeitlupe – zu meiner Hand hob. Dann ließ ich zum ersten Mal zu, dass er mir meinen Ring an den Finger steckte. Dieses Mal passte er wie angegossen.

Danksagungen

Die Idee für dieses Buch hat mich über ein Jahrzehnt begleitet, aber den Traum von *einem* Buch habe ich schon, seit ich ein sehr kleines Mädchen war, das Geschichten schrieb, die meine Mom zwischen aus Cornflakes-Schachteln zugeschnittenen Covers »publizierte«, die von einem Band zusammengehalten wurden. Auf meinem Weg erhielt ich so viel Unterstützung, dass mir die Reihenfolge der Danksagungen den Nachtschlaf raubte. Im Folgenden möchte ich, überwiegend alphabetisch, meinen aufrichtigen Dank ausdrücken:

Meinem CAA-Team: Mollie Glick & Lola Bellier definierten das Wort »Agentur« völlig neu für mich. Mollie, dein Glaube an dieses Buch hat mich dazu getrieben, die Hingabe hineinzustecken, die *du* verdient hast. Lola, deine Anmerkungen machten es zu etwas, das wir über die Ziellinie bringen konnten. Vielen Dank auch an Sarah Harvey und Gabby Fetters, weil ihr mich durch eure harte Arbeit in Rekordgeschwindigkeit zu einer internationalen Autorin gemacht habt.

Erstleserinnen: Angie Rosen, Nat Rosen, Sara Rosen Glynn, Geanna Barlaam, Jenny Anderson und Lindsey Martin waren bei meinem ersten Entwurf so wohlwollend, dass ich einen zweiten verfasst habe. Besonderer Dank gilt Sara, die das Ganze mit einem Baby in den Armen gelesen hat. Und Geanna, die bis zu (den) Ende(n) bei mir ausgehalten hat.

Gute Feen: Blair Singer, Carol Lokitz, Cindy Chupack, E. Jean Carroll, Julia Newton, Kim Kaye, Matt Pierson und Paul Flanagan platzten am kritischsten Moment unerwartet in mein Schreibabenteuer hinein, ob sie es nun wussten oder nicht.

Meine »Eltern« bei Haven Entertainment, Rachel Miller und Jesse Hara: Rachel, ich schreibe nur Bücher, weil du mir gesagt hast, dass ich das kann und sollte. Dass ich es tue, liegt daran, dass du unermüdlich daran arbeitest, dass meine Träume wahr werden. Und Jesse, ich werde niemals vergessen, worauf es wirklich ankommt, weil du es verkörperst: Arbeit, die man liebt, mit Leuten, die man liebt.

Jessica Walker: Die Idee für dieses Buch hatte ich (zufälligerweise?) genau zu der Zeit, in der du Therapeutin geworden bist. Dass es nun draußen in der Welt ist, liegt zum großen Teil daran, dass du mir seitdem geholfen hast, Wege zu finden und sie auch zu gehen.

Kate Dresser: meine Lektorin +++: Ich hatte recht; unsere Partnerschaft ist eine der großartigsten meines Lebens. Ich bin immer wieder überwältigt von deiner Überzeugung, deinem Enthusiasmus und deiner Fähigkeit, beides brillant in die Tat umzusetzen. Lass uns das für immer machen. Mein Dank gilt außerdem Tarini Sipahimalani und meinem gesamten Putnam-Team, bei dem ich mich schon so zu Hause fühle.

Kathleen Carter: Während ich das schreibe, bist du gerade zu meiner Presseagentin geworden, aber ich bin mir jetzt schon sicher, dass ich, sobald das Buch herausgekommen ist, möchte, dass die Welt weiß, wie hart du daran gearbeitet hast, dass es ein Erfolg wird.

Melissa Cassera: Du bist wie ich ein Mädchen aus Jersey und wirst für immer meine Inspiration bleiben. Unsere wöchentlichen Schreibtherapiesitzungen haben mein Leben verändert. Es ist mir eine Ehre, diesen (neuen!) Weg mit dir zu gehen und dauernd für Schwestern gehalten zu werden.

Susan Hyatt & BEYOND: Du warst in den Monaten, bevor das Buch sich verkauft hat, und in den Tagen danach da, und ich glaube nicht, dass das ein Zufall war. Danke, dass du mich so klar gesehen hast.

Meine Schwestern: Danielle Rosen, Sara Rosen Glynn und Alexandra Rosen Kanefsky – zwingt mich nie, infrage zu stellen, ob sie an mich glauben oder nicht, weil es einen großen Teil dessen ausmacht, weshalb ich an mich selbst glaube. Ruby, Emma und Lucy haben großes Glück.

Meine Schreibschwestern: Ally Hord, Amy Heidt, Carley Steiner, Hayley Terris, Juliet Seniff, Melissa Hunter und Molly Prather – *hol es dir,* in jeder Kategorie des Lebens, auf die es ankommt. Ihr seid die Sippe meiner Klein-Mädchen-Träume.

Dad: Wenn man sich einen Vater zurechtbasteln könnte, der eine Tochter zu einer Autorin erzieht, würde man einen Klon von Nat Rosen erhalten. Ich habe nie aufgegeben, weil du es auch nie tun würdest und weil ich es insgeheim nur wegen deiner perfekten Motivations-E-Mails tue.

Mom: Sieben Jahre lang hast du – und nur du – immer wieder gefragt: *Wie läuft es mit dieser Secondhandring-Idee?* Ich weiß, dass es daran lag, dass dir das Konzept gefiel, aber ein Teil von mir glaubt, dass wir auf magische Art verbunden sind, wodurch dein Unterbewusstsein wusste, dass meines dieses Buch schreiben musste. Dieser Teil von mir bist du.

Und schließlich *Robby:* Du bist der Grund, weshalb ich an ein Für-immer glaube – an die Möglichkeit und die Kraft. Danke, dass du mir nicht mit einem Secondhandring einen Heiratsantrag gemacht hast. Alles Gute zum zehnten Hochzeitstag.

Zur Autorin

Jessie Rosen fing mit ihrem preisgekrönten Blog 20-Nothings.com an. Zuerst schrieb sie in New York Artikel, dann arbeitete sie in L. A. für das Fernsehen und verkaufte Originalprojekte an ABC, CBS, Warner Bros. und Netflix. Rosen gleicht ruhige Tage, an denen sie schreibt, mit Abenden aus, an denen sie in Storytelling-Liveshows auftritt, einschließlich ihrer eigenen – *Sunday Night Sex Talks,* die einmal in *The Bachelorette* gezeigt wurde. Sie lebt mit ihren liebsten italienischen Weinen, romantischen Komödien aus den Neunzigern und Schmuck mit astreinem Karma in Los Angeles.

JESSIEROSEN.COM
((Instagram)) JESSIEROSENWRITER